JAN LUCAS
Cyrus Doyle
und die Kunst des Todes

atb aufbau taschenbuch

Als Chief Inspector Cyrus Doyle und seine Kollegin Pat Holburn zur Rocquaine Bay gerufen werden, erwartet sie dort ein grausamer Anblick: Eine junge Frau wurde ermordet, und auf ihrer Haut prangt eine höhnische Botschaft des Mörders. In den folgenden Ermittlungen häufen sich Ungereimtheiten. Was glaubt der verwirrte Strandwächter, der zur Tatzeit in der Bucht war, gesehen zu haben? Cyrus Doyle und Pat Holburn suchen nach weiteren Zeugen und finden heraus, dass die Tote von einem verhängnisvollen Beziehungsgeflecht umgeben war. Als sich schließlich auch noch Constable Jasmyn Allisette auffällig verhält, muss Cyrus Doyle in den eigenen Reihen ermitteln.

JAN LUCAS

CYRUS DOYLE

und die Kunst
des Todes

KRIMINALROMAN

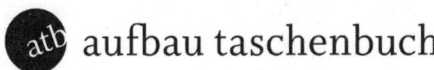 aufbau taschenbuch

MIX
Papier aus verantwor-
tungsvollen Quellen
FSC® C083411

ISBN 978-3-7466-3418-0

Aufbau Taschenbuch ist eine Marke
der Aufbau Verlag GmbH & Co. KG

1. Auflage 2018
© Aufbau Verlag GmbH & Co. KG, Berlin 2018
Dieses Werk wurde vermittelt durch die
AVA international GmbH Autoren- und Verlagsagentur,
München. www.ava-international.de
Umschlaggestaltung © Mediabureau Di Stefano, Berlin
unter Verwendung eines Bildes von
© mauritius images/robertharding/Neil Farrin
Gesetzt aus der Whitman durch die LVD GmbH, Berlin
Druck und Binden CPI books GmbH, Leck, Germany
Printed in Germany

www.aufbau-verlag.de

Für Kay
von Cy

Guernsey

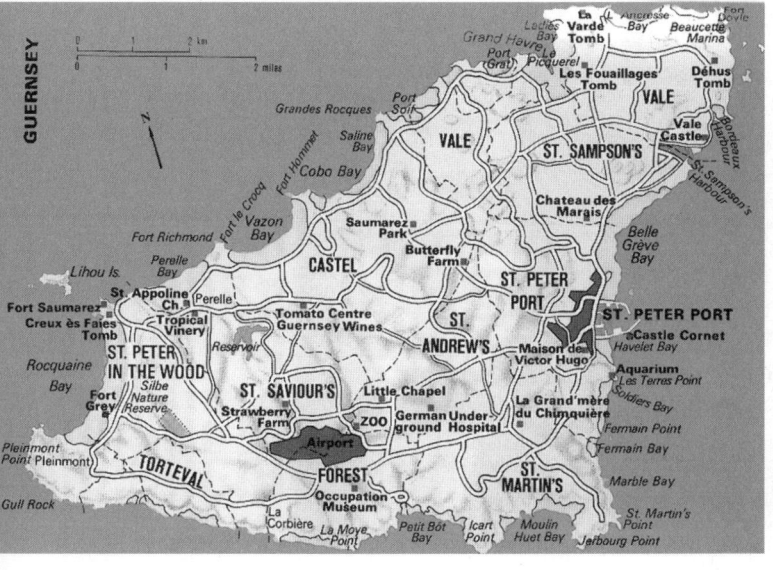

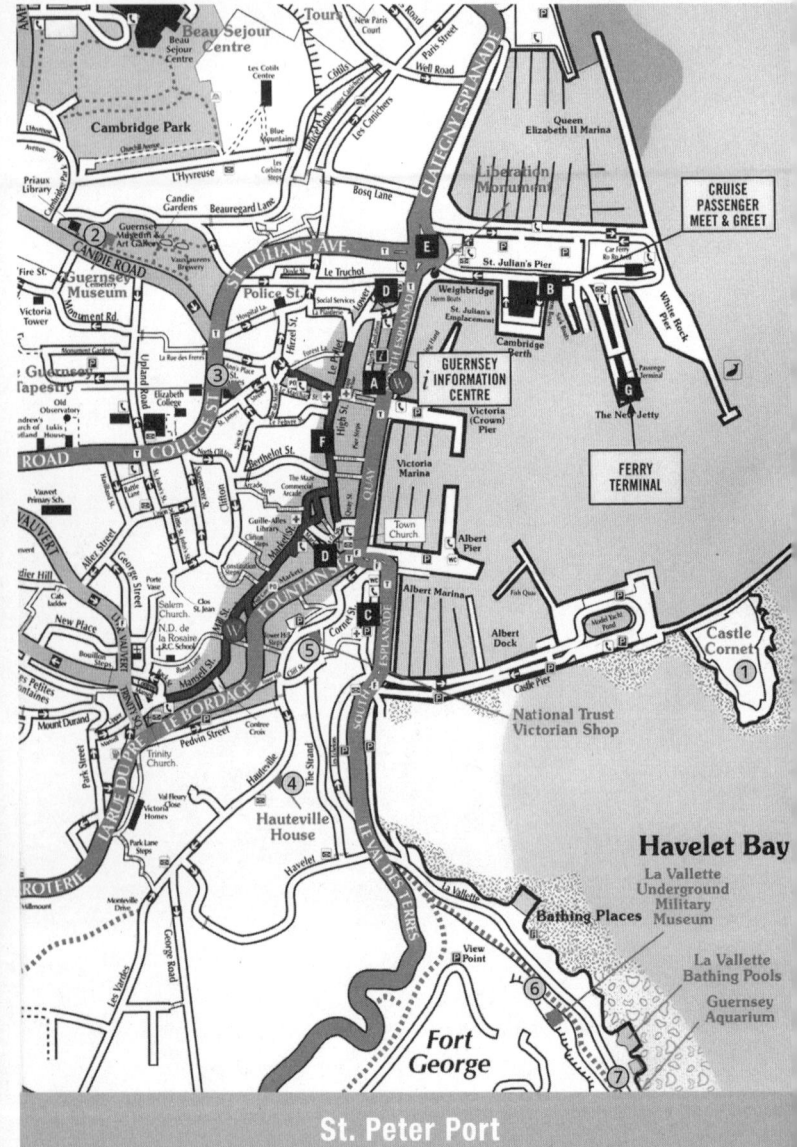

St. Peter Port

1. Castle Cornet
2. Guernsey Museum and Art Gallery
3. The Guernsey Tapestry (St. James)
4. Hauteville House
5. Victorian Shop and Parlour
6. La Vallette Underground Military Museum
7. Aquarium

ERSTER TAG

Sonntag, 14. Juni

PROLOG

Die Luft roch nach Salz und Jod und nach jener morgendlichen Frische, die bald schon Vergangenheit sein würde. Reginald Carney atmete tief durch und hoffte, mit der würzigen Seeluft die drückende Schwere aus seinem Schädel zu vertreiben. Jedenfalls ein Stück weit. Mehr konnte er kaum erwarten nach den Unmengen an billigem Fusel, die er gestern Abend in sich reingegossen hatte. So wie jeden Abend. Er konnte einfach nicht anders. Die Geister der Nacht waren zu stark, wenn er sich – und damit auch die Geister – nicht betäubte. Er rieb über seine müden, noch vom Schlaf verklebten Augen und blinzelte in die lang gezogene Bucht. Noch verbarg sich die Sonne auf der östlichen Inselhälfte. Hier im Westen, in der Rocquaine Bay, warf das milchige Licht des frühen Tages einen Schleier des Unwirklichen über alles.

Die Frau war verschwunden und ebenso das Monster. Er hatte sich alles nur eingebildet, natürlich. Der Alkohol war schuld. Manchmal, in lichten Momenten, fragte er sich, ob das Teufelszeug wirklich half, die Geister zu vertreiben. Oder rief es sie erst hervor, lockte es sie aus den tiefen Spalten in den Windungen seines Gehirns? Noch einmal wischte eine seiner ledrigen Hände über die Augen. Als er wieder in die Bucht sah, war alles unverändert, und erleichtert stieß er einen tiefen Seufzer aus.

Langsam setzte Carney einen Fuß vor den anderen, als wären die alten Kampfstiefel zu schwer für ihn. Er sah Ruderboote und ein paar kleine Fischkutter, die auf dem nur bei Ebbe sichtbaren Teil des Strandes lagen. Kein Mensch war zu sehen. Auch kein seltsames Wesen, wie man es vielleicht nur in den unbekannten Tiefen der Ozeane fand. Warum auch? Es war doch nichts anderes als Einbildung gewesen, eine Ausgeburt seines Rausches.

Nur ein paar Möwen hüpften aufgeregt hin und her, als Carney sich ihnen näherte. In einem der über Nacht angespülten Tanghaufen verbarg sich offenbar eine Leckerei, vielleicht ein toter, schon halb verwester Fisch.

»Macht nicht so ein Tamtam, ihr verfluchten Viecher«, krähte er mit seiner alt und dünn gewordenen Stimme. »Seid lieber froh, dass ich euch nicht abknalle!«

Die Möwen blieben ihm nichts schuldig und erwiderten sein Gezeter mit ihrem eigenen. Ohne weiter auf sie zu achten, setzte Carney seinen Weg in die Bucht hinein fort. Rechts von ihm erhob sich die hohe Steinmauer, die noch aus der Zeit der deutschen Besatzung stammte. Links von ihm Sand, Steine, Tang, Boote und Möwen. Er richtete seinen Blick weiter nach vorn zu dem kalkweißen Rundbau mit der grauen Umfassungsmauer, der den Süden der Bucht dominierte. »Cup and Saucer«, nannten ihn die Einheimischen mit liebevollem Spott, »Tasse und Untertasse«. Das Gebäude, offiziell Fort Grey getauft, war ein alter Martello-Turm aus der Zeit, als man Guernsey stark befestigt hatte, um eine Invasion Napoleons abzuwehren, die nie stattgefunden hatte. Jetzt befand sich darin ein Museum.

Sie musste ihm aus dieser Richtung entgegenkommen, wie sie es für gewöhnlich tat. Sie war die Einzige, die sich zu dieser frühen Uhrzeit mit den Möwen in die Bucht wagte. Aber sosehr er seine Augen auch zusammenkniff, um das Morgendämmer zu durchdringen, er sah sie nicht.

Carney ging noch ein Stück weiter und umrundete einen hellblauen Fischkutter, der sich faul in den Schlick drückte. Bei jedem Schritt schmatzte es, wenn er seine Stiefelsohlen vom Schlamm löste. Und da, jenseits des Kutters, erblickte er sie endlich.

Als wolle sie es dem müden Kutter gleichtun, lag sie bäuchlings im Schlick. Reglos. Ihr dunkelblondes Haar verteilte sich auf ihrem nackten Rücken. Sie trug nichts außer ihrem BH. Aber der schwarze Fetzen Stoff war fest um ihren Hals geschlungen, die unbedeckten Brüste drückten sich in den schlammigen Boden. Sehr ungewöhnlich. Aber noch ungewöhnlicher war ihr nacktes Gesäß, das sich ihm in geradezu obszöner Weise entgegenreckte und auf das jemand mit roter Farbe ein Wort geschrieben hatte.

Er verstand das alles nicht, und die Realität vermischte sich mit seinem Alptraum. Was, wenn das schwarze Monster zurückkehrte? Besser, er hätte nichts mit alldem zu tun. Helfen konnte er ihr ohnehin nicht. Er hatte in seinem verpfuschten Leben schon verdammt viele Tote gesehen, und Lizzie war so tot wie alle anderen.

Es war seine Schuld, hämmerte es plötzlich in seinem Kopf. Du bist schuld, du bringst allen den Tod!

»Nein!«, stieß er einen verunglückten Schrei aus, der nicht mehr war als ein Krächzen.

Carney drehte sich um und hastete so schnell er konnte zurück in die Richtung, aus der er gekommen war. Weg von diesem Ort. Panik hatte ihn ergriffen und wurde noch größer, als der genüsslich schmatzende Schlamm ihn mit allen Kräften an den Füßen festhalten wollte wie das Monster, das ihn als sein nächstes Opfer auserwählt hatte. Jeder Schritt war ein Akt der Gewalt, ein Losreißen von diesem Ort des Todes.

Du bist schuld, dachte er wieder. Wo du bist, ist das Grauen, ist der Tod, ist Verwesung. Würde das niemals enden?

KAPITEL 1

»Was haben wir?«, fragte Detective Chief Inspector Cyrus Doyle, als er unter einem in der Morgenbrise flatternden Absperrband aus Plastik hindurchtauchte und den Strand betrat.

Vor ihm stand Inspector Patricia Holburn, die viel näher an der Rocquaine Bay wohnte als er und deshalb vor ihm hier eingetroffen war. Sie trug schwarze Jeans und einen braunen Lederblouson, dessen Reißverschluss fast ganz geschlossen war. Noch war es früh am Morgen, und ein frischer Wind blies über die Bucht. Er spielte mit Pats halblangen blonden Haaren, was ihr ein leicht verwegenes Aussehen verlieh.

Fast noch attraktiver als ohnehin, schoss es Doyle durch den Kopf. Er wischte diesen Gedanken ganz schnell beiseite. In den vergangenen Monaten hatte er sich angewöhnt, sie nur als Kollegin und nicht als die Frau zu behandeln, mit der er vor mehr als zwanzig Jahren zusammen gewesen war und für die sein Herz immer noch schlug. Aber das wurde von ihr nicht erwidert, und daher arbeitete er hart daran, in ihr nichts anderes zu sehen als eine sehr gute Polizistin.

Pat zeigte mit dem Daumen über ihre Schulter.

»Die Tote am Strand dort heißt Elizabeth Somers und gehört zum ›Cup and Saucer‹. Sie wurde erdrosselt, mit ihrem eigenen BH, wie es aussieht.«

»Ein Sexualdelikt?«

»Einiges deutet darauf hin, aber ich würde mich jetzt nicht festlegen. Warten wir lieber, was Dr. Nowlan dazu sagt. Nur nicht theoretisieren, bevor man alle Fakten kennt, wie dein Namensvetter Conan Doyle mal geschrieben hat.«

Doyle versuchte ein zustimmendes Lächeln, aber es geriet sehr dünn. Er hatte sich diesen Sonntag anders vorgestellt und viel Zeit mit seinem Vater verbringen wollen. Jetzt hatte er den alten Herrn nicht einmal beim Frühstück gesehen. Um genau zu sein, er hatte überhaupt kein Frühstück gehabt. Pat und allen anderen Kollegen hier ging es sicher ähnlich. Und Elizabeth Somers hatte sich für heute wohl auch etwas anderes vorgenommen als zu sterben.

»Sehen wir dem Tod ins Angesicht«, seufzte er unwillig. »Führst du mich zu der Ermordeten?«

Pat ging voran, und ihre braunen Stiefeletten knirschten in den Kieseln, aus denen der Strand zu einem guten Teil bestand. Je näher sie dem weit zurückgewichenen Wasser kamen, desto mehr Tang und Schlick vermischte sich mit den Kieselsteinen. Es knackte laut, als Doyle aus Versehen eine große Muschel zertrat.

»Wir müssen mit allem hier fertig sein, bevor die Flut kommt«, sagte er.

»Das habe ich unseren Leuten schon gesagt.«

»Natürlich, Pat. Manchmal denke ich einfach nicht daran, dass du schon viel länger bei der Guernsey Police bist als ich. Es war nicht als Kritik gemeint.«

Sie drehte sich zu ihm um, und fast war ihm, als habe er ein flüchtiges Lächeln über ihr Gesicht huschen sehen.

»So habe ich es auch nicht verstanden, Cy.«

Sie führte ihn zu dem hellblauen Kutter, neben dem die Tote lag. Elizabeth Somers war eine attraktive Frau, soweit er das beim ersten Anblick beurteilen konnte. Gewesen. Mitte bis Ende dreißig, schätzte Doyle. Ihr Gesicht war halb vom Schlamm verdeckt, deshalb konnte er ihr Alter nicht genauer schätzen. Mittelgroß, leicht gebräunte Haut und mit ausgeprägten weiblichen Formen. Das war gut zu erkennen, trug sie doch nichts weiter als ihren BH. Der saß allerdings nicht dort, wo er hingehörte, sondern war um ihren Hals gewickelt.

War das schon auffällig, so waren es die großen roten Buchstaben auf ihrem nackten Gesäß erst recht. HURE stand dort in fingerdicken Strichen, gleichmäßig verteilt auf beide Pobacken.

»Das lässt uns nicht an einen Raubmord glauben, wie?«, sagte Doyle. »Sieht aus wie mit einem Farbspray aufgetragen. Ich nehme an, du hast die Untersuchung dieser knallroten Farbe bereits veranlasst?«

»Habe ich.«

»Hat man ihre anderen Sachen gefunden?«

»Ja, hier am Strand verteilt. Sieht ganz so aus, als habe der Täter sie mit voller Wut von sich geschleudert. Wir haben all ihre Kleidungsstücke eingesammelt, vom Pullover bis zu den Gummistiefeln. Außerdem haben wir eine Plastiktüte mit Strandfunden, die in der Nähe der Toten lag.«

»Was für Strandfunde?«

»Ein paar Steine und Muscheln und ein seltsam geformtes Stück Holz, das an eine sich hochschlängelnde Kobra erinnert.«

»Wozu hat sie das gebraucht?«

»Das war wohl ihr großes Hobby. Elizabeth Somers hat die Strandfunde zu kleinen Kunstwerken verarbeitet. Sie hat sogar eine Ausstellung drüben in den Verkaufsräumen von Guernsey Gold & Silver.«

Bei diesen Worten blickte Pat zu der Granitmauer, hinter

der die Straße lag. Auf der anderen Straßenseite, ungefähr auf der Höhe des alten Martello-Turms, verkaufte Guernsey Gold & Silver Schmuck und andere schöne Dinge aus Gold und Silber an Einheimische und Touristen. Es war ein alteingesessenes Unternehmen auf Guernsey.

»Woher weißt du das, Pat?«

»Von Peter Laforet, dem Juniorchef von Guernsey Gold & Silver. Er hat die Tote gefunden und uns verständigt.«

Pat zeigte auf zwei Männer in zehn Metern Entfernung. Doyle erkannte sofort die korpulente Gestalt von Sergeant Calvin Baker, der eifrig in ein Notizbuch schrieb. Sein Gesprächspartner hockte auf der Kante eines auf dem Trockenen liegenden Ruderboots und hatte die Hände auf dem Schoß ineinander verkrampft. Ende dreißig bis Anfang vierzig, schätzte Doyle. Blondes Haar und ein gepflegter Dreitagebart in derselben Farbe. Insgesamt durchaus ein gutaussehender Mann, der seine Wirkung auf das andere Geschlecht wohl nicht verfehlte. Die Sportkleidung und die Laufschuhe unterstrichen das.

»Was hat er hier gemacht?«

»Einen Sonntagmorgenlauf, sagt er. Die frische Luft und den noch leeren Strand genießen.«

»Also war er hier nicht mit der Ermordeten verabredet?«

»Nein. Das sagt er jedenfalls.«

»Glaubst du ihm, Pat?«

Sie warf dem blonden Mann einen forschenden Blick zu.

»Ich habe keinen Hinweis darauf, dass er lügt«, sagte sie vorsichtig. »Aber auch keinen darauf, dass er die Wahrheit sagt.«

»Eine gesunde Einstellung.« Doyle ließ seinen Blick über die Bucht schweifen. »Ist Constable Allisette noch nicht eingetroffen?«

»Doch, sie war noch vor Baker hier. Schließlich wohnt sie nicht weit entfernt in der Rue des Clercs.«

»Wo ist sie jetzt?«

»Auf Spurensuche, wie sie es nannte.« Als Doyle fragend die Brauen hochzog, fuhr Pat fort: »Wir haben verdächtige Fußspuren gefunden. Allisette folgt ihnen.«

Pat zeigte ihm die Spuren im Schlick, die von schweren Schuhen oder Stiefeln zu stammen schienen. Sie kamen aus Südwesten, endeten in der Nähe der Toten und führten wieder zurück nach Südwesten.

»Sieht nach Arbeitsschuhen aus«, sagte Doyle. »Wer trägt hier so etwas?«

»Vielleicht ein Fischer, der nach seinem Boot sehen wollte. Oder ein anderer Sammler, ein Kollege der Ermordeten.«

»Möglich«, meinte Doyle. »Auf jeden Fall jemand mit einem schlechten Gewissen, da er die Leiche nicht gemeldet hat.«

»Vielleicht war sie zu dem Zeitpunkt noch nicht da.«

»Das glaube ich nicht, Pat. Sieh dir die Spuren nur genau an. Die Abdrücke, die von hier weg führen, sind tiefer, und zwischen ihnen liegen größere Abstände. Das sieht ganz so aus, als hätte es unser Unbekannter auf dem Rückweg besonders eilig gehabt.«

»Ist auch meine Meinung, Cy. Deshalb habe ich bereits einen Gipsabdruck von diesen Schuhen machen lassen. Ich wollte nur keine Möglichkeit außer Acht lassen.«

Doyle nickte ihr anerkennend zu und blickte den Strand entlang nach Süden.

»Jetzt bin ich gespannt, was uns Constable Allisette über ihre Spurensuche zu berichten hat.«

* * *

Constable Jasmyn Allisette folgte den Spuren im Schlick mit klopfendem Herzen. Nicht nur, weil sie einem möglichen Mörder dicht auf den Fersen war, schlug ihr Herz schneller. Etwas anderes hatte sie dazu gebracht, diesen Schuhabdrücken zu folgen. Sie hatte sich so schnell wie möglich von der Toten entfernen wollen. Und von Inspector Holburn, bevor diese erkannte, was in Allisette vorging. Der Anblick der Toten – der Anblick von Lizzie Somers – hatte ihr fast den Boden unter den Füßen weggezogen. Sie hatte befürchtet, dass Holburn ihr die Verwirrung ansehen würde. Die Aufgabe, den auffälligen Spuren zu folgen, kam ihr mehr als gelegen. Sie musste Zeit gewinnen, um in Ruhe über alles nachzudenken.

Vor ihr lagen die letzten Meter Strand, und noch immer sah sie die Abdrücke mit dem stark ausgeprägten Sohlenprofil vor sich. In einem Thriller wäre das wohl eine zu deutliche Spur gewesen. Eine, die sie in einen Hinterhalt locken sollte.

Sie hielt kurz inne und atmete die frische Seeluft ein. Es war fast wie ein kühler Drink. Ein Blick nach hinten zeigte ihr, weit entfernt, den Fundort der Leiche. Mehr Kollegen als vorhin hielten sich jetzt dort auf, weggeholt vom sonntäglichen Frühstückstisch oder aus dem warmen Bett. Auch sie hatte noch im Bett gelegen, als der Anruf vom Hauptquartier kam, und sie hatte kurzzeitig daran gedacht, ihr Handy einfach so lange die Melodie des Scouting-For-Girls-Songs *Millionaire* dudeln zu lassen, bis der Anrufer entnervt aufgab. Aber ihr Pflichtgefühl hatte einen knappen Sieg errungen: Sie hatte sich Rosies sanftem Griff entzogen, hatte sich zu ihrem Nachttisch herumgedreht und das störende Gerät in die Hand genommen. Als sie »Hallo« gesagt hatte, hatte sie auf dem Display längst die großen Buchstaben HQ für »Hauptquartier« gesehen und gewusst, dass der Sonntag in

Rosies Armen so plötzlich zu Ende war, wie er begonnen hatte.

Wo der Strand endete, hörten auch die Fußabdrücke auf. Vor ihr lag eine felsige Landzunge, die natürliche Grenze zwischen der Rocquaine und der Portelet Bay. Ein mit Buschwerk bewachsener Landstreifen zog sich längs der angrenzenden Straße über die Landzunge, bis hin zum Portelet Beach Kiosk. Allisette war mit der Gegend vertraut, schließlich wohnte sie nicht weit entfernt.

Sie stieg zur Uferstraße hoch und blickte sich um. Die meisten der sich von hier bis zum Kiosk erstreckenden Parkplätze waren noch leer. Später am Tag, wenn die Ausflügler kamen, um die Strände zu genießen oder am Kiosk einen Cream Tea zu sich zu nehmen, würde sich das ändern. Jetzt aber standen hier nur ein roter Toyota-Transporter und ein schwarzer Vauxhall Insignia. Weit und breit war kein Mensch zu sehen.

Allisettes Blick heftete sich auf kleine Klumpen aus Schlamm, Kieseln und feuchtem Sand, wie sie auch an ihren eigenen Schuhen klebten. Die Spur führte quer über die Straße zu dem Wald, der sich hinter dem Imperial Hotel landeinwärts erstreckte. Sie hastete über die Fahrbahn und tauchte ins Halbdunkel des Waldes ein. Der Boden hier war weich und ein wenig feucht; er wartete noch darauf, dass die Morgensonne ihn mit ihren wärmenden Strahlen erreichte. Als sie ihre schmale Taschenlampe einschaltete, entdeckte sie sofort die tiefen Abdrücke eines starken Schuhprofils, ganz ähnlich jenen, denen sie am Strand gefolgt war. Sie war sich sicher, dass es sich um Abdrücke derselben Schuhe handelte, und setzte die Verfolgung fort.

Ein Konzert von Vogelstimmen begleitete sie, so vielfältig und laut, dass es ihr wenig sinnvoll erschien, auf mögliche verdächtige Geräusche zu achten. Vermutlich war der Unbekannte, dem die profilstarken Schuhe gehörten, auch gar nicht mehr in der Nähe. Das Einzige, worauf sie vertrauen konnte, waren die Fußspuren, denen sie zielstrebig folgte.

Nach zwei, drei Minuten standen Bäume und Unterholz weniger dicht beisammen und gaben den Blick auf eine kleine Lichtung frei. Die Spuren führten auf die Lichtung und schienen in deren Mitte zu enden, bei einem seltsamen Gebäude, dessen Anblick sie in Erstaunen versetzte. Jetzt wusste Allisette, wo sie sich befand. Als Kind war sie mit Freunden durch den Wald gestreift, und dabei waren sie auf das kleine Steinhaus gestoßen. Damals war es aber nur eine Ruine gewesen, in deren Trümmern sie gespielt hatten. Bis das Geisterhaus, wie sie es getauft hatten, uninteressant geworden war. Mein Gott, wie lange war das her? Obwohl sie noch jung war, erschien es ihr wie ein anderes Leben.

Woher das Haus stammte, wusste sie nicht. An den Küsten Guernseys hatten früher ähnliche Gebäude gestanden, sogenannte Zollhäuser. Von dort hatte man das Meer beobachtet und nach Schmugglern Ausschau gehalten. Aber für diesen Zweck stand das Geisterhaus zu weit von der Küste entfernt. Vielleicht war es ein Depot gewesen oder ein Gefängnis für ertappte Schmuggler.

Das Haus war ihr früher viel größer erschienen, und es hatte sich sehr verändert, schien nun bewohnt zu sein. In seinem jetzigen Zustand war sie geneigt, es als Festung zu bezeichnen. Es erinnerte sie an das Blockhaus aus einer *Schatzinsel*-Verfilmung, die sie als Kind gesehen hatte. Darin hatten sich die Guten vor Long John Silver und seinen bösen Meuterern verschanzt, um auf die Angreifer zu feuern. Unwillkürlich stellte sie sich vor, wie plötzlich eine Bande von Piraten mit alten Schießprügeln und Entermessern vor der Hütte auftauchte oder eine Abteilung Soldaten aus dem achtzehnten Jahrhundert, in roten Uniformen mit weißen Perücken unter dem Dreispitz und aufgepflanztem Bajonett. Aber nichts dergleichen geschah. Das seltsame kleine Gebäude lag vollkommen ruhig vor ihr und schien sie spöttisch mit seinen winzigen, an Schießscharten erinnernden Fensteröffnungen anzublinzeln.

Je länger Allisette das aus festem Stein errichtete Haus betrachtete, desto mehr Details fielen ihr auf. Das Dach, aus dem ein winziges Schornsteinrohr ragte, wirkte auf den ersten Blick flach. Aber bei näherem Hinsehen bemerkte sie, dass es ein nur leicht schräges Satteldach war, gedeckt mit Schieferplatten. Wer immer hier wohnte, hatte sich gegen einen unbefugten Zutritt von oben gut abgesichert. Stacheldraht zog sich rund um die Dachkante, und auf dem Dach ragten zahlreiche spitze Glasscherben auf, die das erste Sonnenlicht bedrohlich reflektierten.

Nach allen Regeln ihres Berufs hätte Allisette jetzt zum Handy greifen, DCI Doyle einen kurzen Lagebericht geben und um Unterstützung bitten müssen. Schon um ihrer eigenen Sicherheit willen, schließlich war sie allein und – wie alle Polizisten auf Guernsey, mit Ausnahme der Eingreiftruppe – unbewaffnet. Sie hatte die Hand schon fast am Telefon, zog sie dann aber zurück. Über den Grund war sie sich selbst nicht im Klaren. Vielleicht fürchtete sie unangenehme Fragen, obwohl Doyle und Holburn kaum so schnell hinter ihr Geheimnis kommen konnten. Doch eine diffuse Furcht blieb. Möglicherweise konnte sie vermeiden, dass ihre Vorgesetzten überhaupt auf den von ihr gefürchteten Verdacht kamen, wenn es ihr hier und jetzt gelang, den Mörder dingfest zu machen.

Falls es der Mörder war, schoss es ihr durch den Kopf. Sie

wischte diesen Gedanken beiseite und trat durch einen Gürtel von Brombeersträuchern hinaus auf die Lichtung. Gut geblufft ist halb gewonnen, sagte sie sich und rief mit fester Stimme: »Guernsey Police. Die Hütte ist umstellt. Kommen Sie mit erhobenen Händen heraus!«

Sie hatte die halbe Distanz zu der Hütte hinter sich, als etwas durch eins der winzigen, scheibenlosen Fensteröffnungen geschoben wurde, begleitet von einem metallischen Geräusch, einem doppelten Klacken. Die Öffnungen waren tatsächlich Schießscharten!

Allisette starrte in zwei kleine schwarze Löcher, nebeneinander angeordnet, jedes exakt so groß wie das andere. Sie war wie hypnotisiert und begriff erst nach einer kleinen Ewigkeit, was das metallische Klacken zu bedeuten hatte. Der Mörder – oder zumindest derjenige, dem sie bis hierher gefolgt war – hatte die beiden Hähne einer abgesägten Schrotflinte zurückgezogen. Zwei Schrotladungen aus dieser kurzen Entfernung, da konnte er sie gar nicht verfehlen. Wenn er abdrückte, würde das verheerende Verletzungen zur Folge haben.

»Keine Bewegung, sonst bist du tot!«

Die Stimme eines Mannes, seltsam rau, fast heiser. Sie dachte sofort an einen älteren Mann. Der Unterton, der in seinen Worten mitschwang, ließ sie noch nervöser werden. Es war Angst, mehr noch, Panik. In diesem Zustand konnte jede noch so geringe Erregung dazu führen, dass er abdrückte. Obwohl sie aus allen Poren schwitzte und ihr abwechselnd heiße und kalte Schauer über den Rücken liefen, zwang sie sich, äußerlich ruhig zu bleiben. Sie durfte die Panik ihres für sie unsichtbaren Gegenübers keinesfalls schüren.

»Beruhigen Sie sich, ich will Ihnen nichts Böses«, sagte sie, um einen festen, ruhigen Tonfall bemüht. Ihre Worte waren angesichts der Situation vielleicht nicht die klügsten, aber etwas Besseres fiel ihr nicht ein. Ihr Herz schlug so heftig, dass man es fast hören konnte, und sie musste sich zwingen, ruhig zu atmen.

»Ihr kriegt mich nicht!«, fauchte der Unbekannte, und seine heisere Stimme überschlug sich dabei fast. »Wer sich meinem Haus nähert, fährt zur Hölle!«

Offenbar steigerte sich der Mann immer mehr in seine Panik hinein und hatte sich kaum noch unter Kontrolle. Der doppelte Lauf der Schrotflinte begann zu zittern, erst nur leicht, dann immer stärker.

Mit Worten, das war Allisette jetzt klar, kam sie hier nicht weiter. Durch das Zittern der Waffe alarmiert, ließ sie sich blitzschnell zu Boden fallen und rollte sich über das noch taufeuchte Gras zurück ins Unterholz. Sie war kaum von der Lichtung herunter, da krachten auch schon zwei Schüsse, so kurz hintereinander, dass es sich fast wie ein einziger anhörte.

* * *

Doyle und Pat gingen zu dem Ruderboot, auf dem Peter Laforet hockte und, wie es schien, geduldig Sergeant Bakers Fragen beantwortete. Als sie sich vorstellten, grüßte der Juniorchef von Guernsey Gold & Silver knapp, aber nicht unfreundlich. Er blickte die Polizisten offen an und wirkte auf den ersten Blick ganz gelassen, aber Doyle fiel auf, dass seine ineinander verschränkten Hände in kurzen Abständen leicht zuckten. Laforet hielt sich an sich selbst fest, schoss es Doyle durch den Kopf. Auf dem Ringfinger der rechten Hand steckte ein auffälliger Ring, golden und silbern glänzend, der Doyle an einen alten Siegelring erinnerte. Darauf prangten ein doppeltes G und ein S, das Signet von Guernsey Gold & Silver.

Er hegte keinen Zweifel daran, dass der Ring aus echtem Gold und Silber gefertigt war.

»Ich habe dem Sergeant alles gesagt, was ich über Lizzie Somers weiß«, sagte Laforet und seufzte leicht. »Ich fürchte nur, ich war nicht sehr hilfreich.«

»Waren Sie beide hier am Strand verabredet?«, fragte Doyle.

»Nein. Wie kommen Sie darauf?«

»Es ist noch früh am Morgen. Die Tote war sehr attraktiv, und die Damen dieser Insel werden über Sie mit Recht dasselbe sagen.«

»Deswegen müssen wir ja nicht gleich etwas miteinander gehabt haben.«

»Natürlich nicht.«

»Außerdem ist – war – Lizzie verheiratet.«

»Es soll ja so etwas wie außereheliche Beziehungen geben«, sagte Doyle und beobachtete, wie das Zucken von Laforets Fingern stärker wurde. »Gab es zwischen Ihnen und der Toten eine solche Beziehung?«

»Nein, das habe ich Ihnen doch gerade gesagt. Wir hatten beruflich miteinander zu tun, weil ich die Ausstellung betreute. Lizzie hat einige der Kunstwerke, die sie aus ihren Strandfunden gefertigt hat, in unseren Geschäftsräumen ausgestellt, müssen Sie wissen.«

»Das weiß ich schon. Aber es erklärt nicht, warum Sie beide fast zur gleichen Zeit hier am Strand sind.«

»Ich bin häufig so früh hier, laufe etwas und genieße die Bucht, bevor sie sich mit Menschen füllt. Oft habe ich Lizzie hier getroffen, wenn sie nach kleinen Schätzen gesucht hat. Wir haben uns gut verstanden und nett miteinander geplaudert. So ist übrigens auch die Idee zu der Ausstellung entstanden.«

Während Doyle beobachtete, wie sich Laforets Hände voneinander lösten und, wie auf der Suche nach einem Halt, über den Bootsrumpf strichen, fragte Pat: »Warum hat Mrs Somers ihre Kunstwerke nicht bei sich selbst ausgestellt, im Museum?«

»Unsere Räumlichkeiten sind geeigneter. Wir haben solche Ausstellungen fast durchgängig, meistens zum Thema Schmuck. Lizzies Arbeiten sind da eine willkommene Abwechslung.«

»Und während Ihrer Zusammenarbeit sind Sie sich nicht nähergekommen?«, hakte Pat nach. »Fanden Sie Lizzie nicht attraktiv?«

»Ja, ich fand sie attraktiv, aber das muss ja nichts heißen. Sie sind auch attraktiv, Inspector, aber das heißt ja nicht gleich, dass der DCI etwas mit Ihnen am Laufen hat.«

Doyle bemerkte ein spöttisches Zucken um Pats Mundwinkel und ergriff wieder das Wort: »Sind Sie verheiratet, Mr Laforet?«

»Nein. Macht mich das zum Frauenhelden? Sind Sie verheiratet?«

»Um mich geht es hier nicht«, sagte Doyle kühl und trat näher an Laforet heran. »Sehen Sie, Sir, die Situation ist folgende: Sie kannten die Tote und sind zeitgleich oder ungefähr zeitgleich mit ihr an diesem Strandabschnitt. Sie melden zwar den Leichenfund, aber das kann auch ein Ablenkungsmanöver sein. Auf jeden Fall sind Sie zur Sekunde unser Tatverdächtiger Nummer eins. Sollte sich herausstellen, dass Sie uns angelogen haben und doch ein Verhältnis mit Lizzie Somers hatten, würde das diesen Verdacht noch verschärfen. Ich hoffe, das ist Ihnen klar.«

Laforet nagte nervös an seiner Unterlippe und schien mit sich selbst zu ringen. Bevor er etwas sagen konnte, ließ eine laute Detonation – oder waren es zwei, schnell nacheinander? – alle aufhorchen. Nur kurz zog Doyle die Möglichkeit in Erwägung, eins der Autos auf der Küstenstraße hätte eine Fehlzündung gehabt. Es hatte sich anders angehört, und Pat sprach aus, was ihm im selben Augenblick durch den Kopf ging.

»Ein Schuss – oder zwei!«

»Jasmyn!«, stieß Baker alarmiert hervor, zückte schnell sein Smartphone und drückte auf die Taste, unter der er Allisettes Nummer gespeichert hatte. »Nichts – ihr Handy ist nicht erreichbar!«

Doyle wies einen uniformierten Constable an, das Eingreifteam anzufordern und auf Peter Laforet zu achten. Dann war er auch schon mit Pat, Baker und ein paar Kollegen in Uniform unterwegs. Sie hasteten über den Strand und folgten dabei den Spuren, die Allisette und der von ihr verfolgte Unbekannte hinterlassen hatten.

* * *

Die Spuren hatten sie bis zum südlichen Ende der Bucht und dann quer über die Küstenstraße in den Wald geführt. Dicht gefolgt von George Topley, einem Sergeant der uniformierten Polizei, drang Doyle in das Unterholz ein. Hinter Ästen, Zweigen und Blättern verschwanden die Kollegen, die ihnen dicht auf den Fersen waren. Unter dem Dach der Baumkronen war es noch kühl, und Doyle hatte für einen Moment eine Gänsehaut, als er an Jasmyn Allisette dachte. Warum war ihr Handy nicht erreichbar? Was mochte ihr zugestoßen sein? Und weshalb hatte sie keine Standortmeldung abgegeben als sie die Rocquaine Bay verließ? Er erinnerte sich an jenen Laut, der sich wie ein Schuss angehört hatte, und die Sorge um seinen Constable trieb ihn weiter voran. Gern wäre er noch schneller gelaufen, aber er durfte die Fußspuren auf dem weichen Waldboden nicht verlieren oder verwischen.

Als er für einen Augenblick stehen blieb, um sich über den weiteren Verlauf der Spuren zu vergewissern, spürte er Topleys schnellen Atem im Nacken.

»Es kann nicht mehr weit sein, Sir.« Der Sergeant war vorsichtig und flüsterte nur. »Sonst wäre der Schuss nicht so laut gewesen. Wir sollten nichts überstürzen. Vielleicht wäre es besser, auf die Eingreiftruppe zu warten.«

»Besser für uns vielleicht, aber für Allisette?« Doyle dachte nur kurz über Topleys Vorschlag nach, dann schüttelte er den Kopf. »Nein, Sergeant. Vielleicht ist Allisette verletzt und benötigt dringend Hilfe. Wir müssen weiter!«

Topley nickte nur, und sie nahmen die Verfolgung der Spur wieder auf. Hinter sich hörten sie ihre Kollegen im Unterholz. Zweige knackten, und jemand, der sich wohl im Gehölz verletzt hatte, stieß einen leisen Fluch aus. Schon nach einem kurzen Stück bemerkte Doyle, dass es vor ihnen heller wurde. Eine Lichtung.

»Vorsicht!«

Die leise Stimme kam von links, und sie löste in Doyle große Erleichterung aus. Er hielt sofort an und spähte durch das Geäst. Auf dem Boden hockte Jasmyn Allisette. Sie wirkte unverletzt. Als er auf sie zutrat, bemerkte er den schmutzigen Zustand ihrer Kleidung, und ein paar Blätter klebten in ihrem kurzgeschnittenen rötlichen Haar. Der Blick aus ihren grünen Augen war ungewöhnlich. Normalerweise ließ sie sich nicht so leicht in Angst versetzen, aber jetzt wirkte sie zumindest verstört.

»Sind Sie verletzt, Jasmyn?«

Er sprach ebenfalls im Flüsterton und musterte sie eingehend, konnte aber keine Schusswunde entdecken.

Sie schüttelte den Kopf. »Nein, alles in Ordnung. Die beiden Schrotladungen gingen in die Bäume hoch über mir. Nur ein paar Zweige und Blätter sind auf mich herabgeregnet.«

»Das hätte leicht schiefgehen können.«

Doyles Stimme klang nicht vorwurfsvoll, nur besorgt.

»Der Typ da in der Hütte hat mehr Nervenflattern als ich. Deshalb ist wohl auch sein Finger am Abzug durchgegangen.«

Erst jetzt sah Doyle jenseits des dicken Eichenstamms, hinter dem Allisette sich verschanzt hatte, auf der Lichtung die seltsame, festungsartige Hütte. »Wer hat denn da den Spruch ›My home is my castle‹ zu wörtlich genommen?«

»Der Mann, dem ich vom Strand aus gefolgt bin. Jedenfalls nehme ich das an. Die Spur führte direkt zu diesem Ort.«

»Warum haben Sie sich nicht gemeldet? Haben Sie Ihr Handy verloren?«

»Verloren nicht, aber es funktioniert nicht mehr. Als ich mich eben zu Boden geworfen habe, um den Schrotladungen zu entgehen, bin ich darauf gelandet.«

Außer Topley waren noch weitere Kollegen erschienen, darunter auch Pat und Baker. Letzterer blickte Allisette voll tiefer Sorge an und wirkte, als hätte er sie am liebsten beschützend in seine Arme genommen.

»Jasmyn, geht es dir gut?«

Sie schenkte ihm ein knappes Lächeln. »Ja, Calvin. Unkraut vergeht nicht.«

Doyle hatte die Augen zusammengekniffen und betrachtete die Hütte. »Das Ding hat ja richtige Schießscharten!«

»Und genau dadurch hat der Alte auch geschossen«, sagte Allisette.

»Der Alte? Haben Sie ihn gesehen?«

»Nein, aber seine Stimme hat sich angehört wie die eines alten Mannes.«

Vergeblich zerbrach sich Doyle den Kopf darüber, wer in dieser seltsamen Mischung aus Waldhütte und altertümlicher Festung im Miniformat hausen mochte. Den kurz aufflammenden Gedanken, ob sie es hier mit Elizabeth Somers' Mörder zu tun hatten, verdrängte er schnell wieder. Das war jetzt zweitrangig. Der Unbekannte in der Hütte war auf jeden Fall gefährlich, das hatte er bewiesen. Er musste aufgehalten werden, bevor an diesem nur vordergründig schönen Sonntag noch jemand getötet wurde.

Eine fremde, kreidige Stimme ertönte, als hätte der Mann in der Hütte Doyles Gedanken gelesen. »Ich weiß, dass ihr da im Unterholz steckt. Glaubt nur nicht, ich kriege das nicht mit. Verschwindet und lasst mich in Ruhe! Sonst treffen euch die nächsten Schrotladungen. Mit meiner Flinte muss man nicht großartig zielen, um zu treffen.«

Ein seltsamer Unterton schwang in der Drohung mit und verriet, dass der Mann mit der Schrotflinte sich seiner Sache ganz und gar nicht sicher war. Hinter der scheinbaren Bestimmtheit seiner Worte verbarg sich Angst. Nackte Angst.

Pat war in geduckter Haltung herangekommen und legte eine Hand auf Doyles Schulter. »Wir sollten uns zurückziehen und auf das Eingreifteam warten. Die Kollegen werden ihn schon aus der Hütte holen.«

»Hast du die Angst in seiner Stimme gehört, Pat?«

»Ja. Aber was ändert das? Seine Angst macht ihn nur noch gefährlicher, unberechenbar.«

»Vielleicht aber auch beeinflussbar. Du übernimmst die Leitung und führst sämtliche Kollegen aus diesem Waldstück raus.«

Pat sah ihn an, ungläubig und erschrocken zugleich. Unter

anderen Umständen hätte ihm die Furcht in ihren Augen geschmeichelt, aber für solche Gefühle war es weder der rechte Ort noch die rechte Zeit.

»Oh nein, Cy, das lasse ich nicht zu! Du wirst hier nicht allein zurückbleiben, um den Helden zu spielen. Du trägst nicht mal eine Schutzweste. Wenn der Verrückte da vorn seine Schrotladungen auf dich abfeuert, zerreißt es dich in tausend Stücke. Warum warten wir nicht auf die Eingreiftruppe? Die muss jeden Augenblick hier sein.«

»Jeden Augenblick kann auch in fünfzehn Minuten heißen. Wir haben einen Mordfall aufzuklären. Außerdem, wenn die Kollegen von der Eingreiftruppe hier ihr schweres Geschütz auffahren, kann die Sache leicht eskalieren. Was ist, wenn unser Freund bei einem Feuergefecht ins Gras beißt?«

Ein harter Ausdruck, der nicht so recht zu ihren schönen, sanften Zügen passen wollte, trat auf Pats Gesicht. »Dann erspart das uns vielleicht eine aufwendige Mordermittlung.«

»Oder wir sind eines wichtigen Zeugen beraubt. Der Mann war, wie wir annehmen dürfen, kürzlich in der Rocquaine Bay, aber das macht ihn nicht automatisch zu unserem Mörder.« Als Pat etwas erwidern wollte, hob Doyle abwehrend die Hand. »Keine weitere Diskussion. Du verlässt mit den anderen sofort diesen Ort. Das ist ein Befehl.«

»Wie du willst, Cy. Aber glaub bloß nicht, dass ich Händchen halten komme, wenn du mit Schrot vollgepumpt auf der Intensivstation liegst.«

»Ich weiß, dass du nicht Händchen halten kommst.« Doyle wandte sich von ihr ab, um wieder die Lichtung mit der Hütte zu beobachten. »Und jetzt macht Dampf, dass ihr hier wegkommt!«

Er hörte Pat leise zu den anderen sprechen und nahm aus

den Augenwinkeln wahr, wie sich seine Kollegen vorsichtig zurückzogen.

Die kreidige Stimme ertönte wieder. »Was treibt ihr da im Wald? Wollt ihr mich umzingeln? Wenn mir jemand zu nahe kommt, schieße ich!«

»Meine Leute ziehen sich zurück«, rief Doyle. »Sie haben also keinen Grund, auf sie zu schießen.«

»Dann zieh du dich gefälligst auch zurück!«

»Ich möchte mit Ihnen sprechen«, sagte Doyle laut, aber ruhig.

»Ich aber nicht mit dir.«

»Mein Name ist Cyrus Doyle, Detective Chief Inspector. Ich bin unbewaffnet.«

»Ich nicht, und deshalb solltest du jetzt schleunigst abhauen, Bulle!«

»Seien Sie doch vernünftig. Im Augenblick mag Ihre kleine Festung Sie schützen, aber gleichzeitig sitzen Sie in der Falle. Kollegen mit schweren Waffen können jeden Augenblick hier eintreffen. Gegen die haben Sie keine Chance.«

»Das bleibt abzuwarten«, gab sich der Unbekannte selbstsicher. Aber das war nur vorgetäuscht. Wenn Doyle sich nicht irrte, war die Panik in seiner Stimme stärker geworden.

»Wir suchen den Mörder von Lizzie Somers«, sagte Doyle und behielt den ruhigen, sachlichen Ton bei. »Vielleicht können Sie uns dabei helfen.«

»Ich habe Lizzie nicht getötet!« Diesmal überschlug sich die Stimme des Unbekannten fast. »Sie ist ... sie war ein gutes Mädchen, immer freundlich zu mir.«

»Dann kommen Sie aus Ihrer Hütte und sprechen Sie mit mir. Ihre Aussage kann dabei helfen, den Mörder zu finden.«

»Du willst mich doch nur rauslocken, Bulle.«

»Genau das will ich. Weil ich verhindern möchte, dass es

bei einem Schusswechsel mit meinen Kollegen zu einem Unglück kommt. Deshalb komme ich jetzt zu Ihnen, mit erhobenen Händen und ohne Waffe.«

»Wenn du näherkommst, knall ich dich ab!«

»Dann wären Sie tatsächlich ein Mörder«, sagte Doyle und streifte seine Jacke ab, die er achtlos auf den Waldboden fallen ließ. Der Mann in der Hütte sollte auf den ersten Blick sehen, dass er keine versteckte Waffe bei sich trug. Es war ein gefährliches Unterfangen, gegen alle Regeln. Aber in der Ferne hörte er Polizeisirenen und vermutete, dass sich die beiden BMWs mit dem Eingreifteam näherten. Er musste jetzt handeln, wenn er vor dem Eintreffen der schwer bewaffneten Kollegen noch etwas erreichen wollte.

Ihm war alles andere als wohl in seiner Haut, als er mit erhobenen Händen den Wald verließ und mit kleinen, langsamen Schritten auf die Lichtung trat. Er schwitzte, und das lag nicht nur an dem ersten Sonnenlicht, das auf die merkwürdige Hütte und ihre Umgebung fiel. Am Rand der Lichtung standen Brombeersträucher, und die Dornen verhakten sich in Doyles Hemd und Hose, als wollten sie ihn zurückhalten. Aber er ging weiter, bis erneut die Stimme des Unbekannten erscholl.

»Sofort stehen bleiben, oder ich drücke ab. Ich meine es ernst, ich bringe dich um!«

Doyle blieb, die Hände weiterhin erhoben, stehen, blickte unverwandt auf die Hütte und fragte: »Warum?«

»Was?«

»Ich möchte wissen, warum Sie mich töten wollen.«

»Damit … na, damit …« Der Mann in der Hütte beendete den Satz nicht, schien verzweifelt nach einer Antwort zu suchen. Nach scheinbar endlosen Sekunden hatte er sie gefunden. »Damit du mich nicht umbringst!«

»Das kann ich doch gar nicht. Ich trage keine Waffe bei mir. Außerdem, weshalb sollte ich Sie töten wollen?«

»Na, um mich … um mich zu bestrafen.«

»Sie sagten doch, Sie haben Lizzie Somers nicht getötet.«

»Ja, ja, das stimmt ja auch.«

»Wofür sollte ich Sie dann bestrafen wollen?«

»Für die anderen, die tot sind«, sagte der Unbekannte leise, mit einer schwachen, kaum hörbaren Stimme, als liege er im Sterben.

Doyle schluckte schwer. Das war eine Antwort, mit der er nicht gerechnet hatte.

»Für die anderen, die tot sind? Wer ist sonst noch tot außer Lizzie Somers?«

»So viele.« Die Stimme aus der Hütte war weiterhin schwach und zitterte heftig. »So viele, die unschuldig waren. Männer … Frauen … Kinder. Und jetzt, jetzt jagen sie mich, um Rache zu nehmen. Aber sie haben Lizzie erwischt und nicht mich. Haben wohl gedacht, so früh am Morgen ist nur einer am Strand. Eine dumme Verwechslung. Auch Geister können sich irren. Doch damit geht Lizzies Tod auf mein Konto.«

Doyles Blick hing an dem doppelten Lauf der abgesägten Schrotflinte, der ihm aus einer der Schießscharten entgegenragte. Der Lauf wackelte bedenklich hin und her, und Doyle fragte sich, ob der Finger an den beiden Abzugshähnen ebenso unruhig war. Verfehlen würde ihn ein Schuss aus so kurzer Entfernung kaum. Die Kürze des abgesägten Laufs sorgte zwar für eine geringere Reichweite, aber dafür im Gegenzug für eine enorme Streuwirkung. Allisette hatte wirklich großes Glück gehabt, als sie den beiden Schüssen unverletzt entgangen war.

Kurz durchfuhr ihn der Gedanke, sich durch einen schnellen Sprung zur Seite in Sicherheit zu bringen. Aber das hätte sein Gegenüber erst recht nervös gemacht, und es hätte jegliches Vertrauen in Doyles Worte zerstört.

Also blieb er wie angewurzelt stehen und fuhr in seinem ruhigen Tonfall fort: »Kommen Sie doch nach draußen, damit wir reden können. Bitte! Wenn erst meine Kollegen hier auftauchen und sehen, dass Sie mich mit der Waffe bedrohen, kann ich für nichts garantieren.«

Nach ein paar Sekunden der Stille fragte der Unbekannte: »Was passiert mit mir, wenn ich zu Ihnen rauskomme?«

»Wir müssen Sie mitnehmen zur Vernehmung, das werden Sie sicher verstehen.«

»Mitnehmen? Wohin?«

»Nach St. Peter Port, ins Hauptquartier.«

»Ins Gefängnis?«

»Ich weiß es nicht. Das hängt von der Vernehmung ab. Da Sie auf eine Polizistin geschossen haben, kann ich eine Untersuchungshaft nicht ausschließen.«

Der Unbekannte schwieg, schien zu überlegen. Doyle spürte, wie er mit jeder verrinnenden Sekunde nervöser wurde. Es konnte nicht mehr lange dauern, bis die bewaffneten Kollegen die Lichtung umstellten. Natürlich konnte er auch dann versuchen, die Verhandlung mit dem Mann in der Hütte weiterzuführen, aber allein die Anwesenheit der Eingreiftruppe würde dessen Panik steigern.

Doyle lauschte in den Wald hinein, hörte aber keine Schritte oder andere Geräusche, die das Nahen der Bewaffneten ankündigten. Doch das musste nichts heißen. Sie waren Spezialisten und dazu ausgebildet, sich auf jedem Terrain möglichst leise zu bewegen.

Endlich ertönte aus der Hütte ein Räuspern. »Das Gefängnis, ist das sicher?«

Die Frage überraschte Doyle, und vergebens überlegte er, welche Antwort der andere erwarten mochte. Er beschloss, ehrlich zu sein. »Ich denke, ein Ausbruch ist ziemlich schwer.«

»Und ein Einbruch?«

»Was meinen Sie?«

»Wie leicht ist es, in das Gefängnis einzubrechen?«

»Genauso schwer«, antwortete Doyle irritiert.

Er hörte ein heiseres Kichern. Kein Laut der Erheiterung, sondern der Nervosität.

»Das ist gut«, krähte der Fremde. »Dann komme ich jetzt. Aber wehe, du schießt auf mich!«

»Ich trage keine Waffe, wirklich nicht.«

»Hm«, machte der Unbekannte nur.

Der Lauf der Schrotflinte verschwand aus der Schießscharte. Kurz darauf ertönten metallische Geräusche, wohl hervorgerufen von einem schweren Riegel und einem Schlüssel, der zweimal im Schloss herumgedreht wurde. Gebannt starrte Doyle auf die dunkle Öffnung. Offenbar brannte in der Hütte kein künstliches Licht, und die schmalen Schießscharten, die hier die Fenster ersetzten, ließen nur wenig Tageslicht hinein.

Die Gestalt, die ins Freie trat, passte zu dem anachronistischen Gebäude wie die Faust aufs Auge. Abgesehen von der modernen Kleidung hätte der alte, dürre Mann mit dem verfilzten grauen Haar und dem ungepflegten Bart aus einem alten Piratenfilm stammen können. Der Mann blinzelte mit schmalen, von zahlreichen Falten umringten Augen unsicher in die Helligkeit der Lichtung, während die kurze Flinte, die er mit beiden Händen trug, bedenklich hin und her wackelte. Er schien nicht auf Doyle zu zielen. Es wirkte mehr, als halte er sich an der Waffe fest. Wie die Krallen eines Raubvogels seine Beute hielten seine großen sehnigen Hände die Doppelläufige umklammert.

Er musste früher ein kräftiger Mann von großer Statur gewesen sein, aber das Alter hatte ihn gebeugt. Das Alter und wohl ebenso der Alkohol, unter dessen Einfluss er auch jetzt stand. Die Fahne billigsten Fusels, die zu Doyle herüberwehte, verschlug ihm fast den Atem. Der Alkohol war auch eine Erklärung für das Zittern der Hände und für die Panik in seiner Stimme.

Trotz des Alkoholrausches fand Doyle den Mann beeindruckend. Vielleicht war es mehr das, was er einmal gewesen war, als das, was er jetzt darstellte. Ein Geheimnis schien ihn zu umgeben, etwas Besonderes, sonst hätte er kaum in dieser kleinen Festung gehaust. Aber war er auch ein Mörder?

Doyles Blick glitt an der Gestalt entlang nach unten, über die abgewetzte, mit Flecken übersäte Jacke und die an mehreren Stellen zerrissene schwarze Jeans, und blieb auf den klobigen Schuhen mit dem ausgeprägten Profil haften. Kampfstiefel, wie man sie beim Militär trug. Doyle stellte sich den Mann zwanzig Jahre jünger vor, ohne Bart und mit dunklem, militärisch kurzgeschnittenem Haar, in gerader, soldatischer Haltung, und in seinen Gedanken sah er einen gefährlichen Mann vor sich.

»Schön, dass Sie herausgekommen sind«, sagte Doyle ruhig, aber ohne falsche Freundlichkeit. »Wären Sie so nett, mir die Flinte zu übergeben?« Als der Alte ihn misstrauisch ansah, fügte er hinzu: »Es ist zu unser aller Sicherheit. Wenn meine Kollegen kommen und uns beide so sehen, Sie mit der Schrotflinte in den Händen, könnten sie falsche Schlüsse ziehen.«

Der Alte nickte bedächtig und streckte die Hände mit der Waffe in Doyles Richtung aus. Die doppelte Mündung zeigte dabei zur Seite. Vorsichtig nahm Doyle die Flinte an sich, und das war keine Sekunde zu früh. Er hörte leise Stimmen und Schritte aus dem Wald.

Auch der Graubart schien die Geräusche aus dem Wald zu hören. Er lauschte in das Dickicht hinein, bevor er seinen flackernden Blick wieder auf Doyle heftete.

»Das Gefängnis«, begann er zögernd, »ist es wirklich einbruchssicher?«

KAPITEL 2

Die schwer bewaffneten Kollegen der Eingreiftruppe stürmten von allen Seiten auf die Lichtung, angeführt von Chief Inspector Kenneth Frobisher. Der sportliche Leiter der uniformierten Einsatzkräfte trug, wie seine Leute, eine Schutzweste und gab seine Kommandos über ein Headset. Doyle hatte ein freundschaftliches Verhältnis zu ihm entwickelt, und sie trafen sich häufig in ihrer Freizeit, nicht nur zum gemeinsamen Boxtraining im Polizeisportclub.

Ein breites Grinsen durchschnitt sein sonnengebräuntes Gesicht, als sein Blick auf Doyle fiel, der die Schrotflinte in den Händen hielt. »Wie ich sehe, hast du die Situation unter Kontrolle, Cy.«

»Ja, Ken. Es war unnötig, eure Sonntagsruhe zu stören. Aber das wussten wir noch nicht, als wir euch gerufen haben. Dieser Gentleman hatte sich mit der Doppelläufigen hier in seiner Festung verbarrikadiert.«

Frobisher musterte, nachdem er seinen Leuten das Entwarnungskommando gegeben hatte, erst den graubärtigen Mann und dann die Hütte. Mit sichtlichem Erstaunen rieb er sich das Kinn. »Was wird denn hier gespielt? Das sieht ja aus wie die Dreharbeiten zu *Rambos Flucht aus dem Altersheim*.«

»Ich weiß nicht mehr als du. Immerhin hat der Gentleman

sich freiwillig gestellt, nachdem ich ihm zugesichert habe, dass unser Gefängnis einbruchssicher ist.«

»Du meinst wohl ausbruchssicher, Cy.«

»Ich meinte das, was ich sagte.«

Wieder warf Frobisher einen langen Blick auf den Mann aus der Hütte. »Nun ja, es gibt solche und solche. Hat er die Frau am Strand getötet?«

»Er streitet das ab. Aber er gibt zu, dass er sie kannte.«

»Elizabeth Somers, nicht wahr? Die Künstlerin mit den Strandfunden.«

»Du kanntest sie auch, Ken?«

»Nicht persönlich. Aber ich war kürzlich mit einer Freundin bei Guernsey Gold & Silver, und da haben wir uns die Ausstellung angesehen. Deshalb sagte mir der Name gleich etwas, als das Hauptquartier mich anrief.«

»Aha, eine Freundin? Davon wusste ich gar nichts. Etwas Dauerhaftes?«

Frobisher machte mit der Hand eine Geste der Ungewissheit.

»Nicht, wenn sie öfter zu Guernsey Gold & Silver will. Das reißt zu große Lücken in mein bescheidenes Polizistengehalt.«

»So schlimm?«, fragte Doyle mitfühlend.

»Ist nicht gerade billig. Und dann kommen ganze Reisebusse vorbei und setzen die Touristen dort ab. Die müssen sich in dem Laden dumm und dämlich verdienen.«

Unerwartet meldete sich der graubärtige Alte, dem einer von Frobishers Männern Handschellen angelegt hatte, zu Wort. »So eine Goldgrube ist der Laden nicht.«

»Puh!«, machte Frobisher, als ihn der Atem des Alten streifte, und wandte das Gesicht ab. »Wie kommen Sie darauf? Und wie heißen Sie überhaupt?«

»Carney heiße ich, Reginald Carney. Ihr könnt aber Reggie zu mir sagen, das tun die meisten. Lizzie hat mir mal erzählt, dass es denen von Guernsey Gold längst nicht so gut geht, wie alle glauben. Ist halt nicht alles Gold, was glänzt.« Der Alte kicherte nervös.

»Na«, sagte Frobisher skeptisch. »Wenn Sie das mal nicht im Vollrausch geträumt haben.«

»Nee, nee, das ist schon wahr. Hat mir die Lizzie erzählt unter dem ... dem Siegel der ... Ver ...«

»Verschwiegenheit?«, half ihm Doyle.

»Genau.« Carney nickte heftig und hielt den rechten Zeigefinger vor den Mund. »Das ist ein Geheimnis, nicht weitererzählen.«

»Natürlich nicht«, sagte Doyle. »Aber woher wusste Lizzie das?«

»Sie ist doch eine schöne Frau.«

»War«, berichtigte Frobisher. »Und?«

»Da beißt ein Mann gern an, nicht?«

»Wer hat bei ihr angebissen?«, hakte Doyle nach.

»Na, der Junior von dem Laden.«

»Meinen Sie Peter Laforet?«

Carney wackelte mit seinem knochigen Zeigefinger und streckte ihn dann Doyle entgegen. »Du weißt ja schon alles. Schlauer Bulle.«

»Gewusst habe ich es nicht, aber geahnt«, sagte Doyle zu Frobisher und klärte ihn darüber auf, dass der Juniorchef von Guernsey Gold & Silver den Fund der Leiche gemeldet hatte. »Jetzt wissen wir also, warum er so früh am Strand war.«

Carney fühlte sich angesprochen und schlug vor: »Wollte vielleicht nach einem versunkenen Schatzschiff tauchen, um seine ... seine Finanzen aufzubessern.«

Frobisher wedelte sich frische Luft zu und fragte Doyle: »Ausnüchterungszelle?«

»Besser, wir schicken ihn gleich ins Princess Elizabeth, um ihn gründlich untersuchen zu lassen. Zwar glaube ich, dass unser Freund eine gewisse Routine im Alkoholkonsum entwickelt hat, aber ich möchte ausschließen, dass uns ein möglicherweise wichtiger Zeuge wegen einer Alkoholvergiftung vorzeitig verlässt.«

»Also hältst du ihn nicht für den Mörder, Cy?«

»Nein, aber das ist nur ein Gefühl.«

»Ich – der Mörder?« Carney schüttelte heftig den Kopf. »So 'n Quatsch! Der Mörder ist ein Seeungeheuer, vielleicht das Monster von Loch Ness!«

»Alles klar«, brummte Frobisher. »Ab mit ihm ins Princess Elizabeth.«

Das renommierte Princess Elizabeth Hospital war das einzige Krankenhaus auf Guernsey.

»Sorgst du für eine ständige Bewachung, Ken?«

»Selbstverständlich. Er wird uns nicht entwischen, weder alkoholisiert noch nüchtern.«

»Auch zu seinem Schutz«, ergänzte Doyle. »Carney scheint sich vor irgendjemandem oder irgendetwas zu fürchten.«

»Wahrscheinlich nur eine dem Alkohol geschuldete Wahnidee.«

»Ja, vielleicht«, sagte Doyle nachdenklich. »Vielleicht aber auch nicht.«

Während Reginald Carney von zwei Männern der Eingreiftruppe zu den Fahrzeugen am Waldrand gebracht wurde, erschienen weitere Polizisten auf der Lichtung, darunter auch Pat.

»Das ist ja noch mal gut gegangen«, sagte sie, nachdem sie Doyle von Kopf bis Fuß gemustert hatte. »Nicht eine Schramme. Da hast du wohl mehr Glück als Verstand gehabt.«

»Vielen Dank«, erwiderte Doyle mit einem leichten Lächeln.

»Wofür?«

»Dafür, dass du dich so um mich sorgst.«

»Pah!« Diese schmallippige Bemerkung war ihre einzige Reaktion.

»Wie geht es Allisette?«

»Sie hat sich von dem Schock bestimmt bald erholt. Baker kümmert sich rührend um sie.«

»Das kann ich mir vorstellen.« Doyle zeigte auf den Eingang der Hütte. »Hast du Lust, mit mir Robinson Crusoes Höhle zu erkunden?«

Pat nickte. »Wie kommst du auf Robinson Crusoe?«

»Das Ganze hier erinnert mich an das Einsiedlerdasein Robinsons.«

»Glaubst du, Carney ist auf Guernsey gestrandet?«

»Möglich. Es gibt auch ein inneres Einsiedlertum. Eins scheint mir so gut wie sicher: Der Mann hat Angst – vor wem oder was auch immer.«

Als die Lichtkegel ihrer Taschenlampen das Zwielicht in der kleinen Festung erhellten, fühlte sich Doyle in seiner Einordnung Carneys als Einsiedler bestätigt. Es gab hier nur die nötigsten Einrichtungsgegenstände wie ein schmales Bett, einen kleinen quadratischen Tisch, einen einzigen, recht wackligen Stuhl und ein Lowboard, in dessen Schubladen Kleidungsstücke und ein paar Zeitschriften lagerten. In einem winzigen abgetrennten Raum fanden sie eine chemische Toilette und eine schmale Tonne, die zu zwei Dritteln mit Wasser gefüllt war. Über der Tonne hing ein von Rissen durchzogener Wandspiegel. Auf einem Board darunter lagen ein paar Pflegeutensilien, die schon bessere Tage gesehen hatten.

»Ich muss mich bei Robinson Crusoe entschuldigen«, sagte Doyle. »Seine Höhle war gegen das hier eine Luxuswohnung.«

»Nicht mal einen Kühlschrank gibt es hier«, stellte Pat fest. »Aber ohne elektrischen Strom nutzt der ja auch nichts. Offenbar ist Carney bei seiner Ernährung nicht sonderlich anspruchsvoll.«

Bei den letzten Worten zeigte sie auf das Lowboard, auf dem eine angeschnittene Salami, ein Stück Schinken und ein halber Brotlaib, der schon zu schimmeln begann, lagen. Außerdem fanden sie mehrere Flaschen einer billigen Supermarkt-Whisky-Sorte, die meisten leer, eine noch halbvoll.

»Eigentlich braucht Carney gar nichts zu trinken«, bemerkte Doyle. »Schon der Alkoholgestank hier drinnen macht einen ganz benommen.«

Er nahm die Zeitschriften aus einer Schublade des Lowboards. Politische Magazine, Waffenmagazine und recht abgegriffene Pornohefte, auf deren Cover ein Busenpaar größer war als das andere.

»Eine interessante Mischung«, sagte er und zeigte Pat die Ausbeute.

Als ihr Blick auf die Titelbilder der Pornos fiel, seufzte sie leicht. »Da freuen sich die Pulloverhersteller.«

»Ach. Die Damen laufen nicht immer so herum wie auf den Cover?«

Pat lachte auf. »Wovon träumst du nachts, Cy?«

Er zwinkerte ihr zu. »Das willst du nicht wissen.«

»Da ist noch etwas.« Pat beugte sich zu der Schublade, in denen die Magazine gelegen hatten, und fischte ein paar zerknitterte Blätter hervor, die sie aufmerksam studierte. »Persönliche Dokumente. Ich hätte nicht gedacht, dass wir so etwas hier finden.«

»Und? Hat er uns seinen richtigen Namen genannt?«

»Sieht ganz so aus. Reginald Euan Carney, geboren 1949 in Faversham, Grafschaft Kent. Verwitwet, offenbar keine näheren Angehörigen. Vor acht Jahren auf unsere Insel gekommen und durfte sich wegen seiner besonderen Verdienste um das Bailiwick of Guernsey hier niederlassen.«

»Besondere Verdienste? Was hat er getan?«

»Davon steht hier nichts. Nur sein Beruf ist angegeben.«

»Seeräuber, Schreckgespenst oder staatlich anerkannter Whiskyprüfer?«

»Besser: Landschaftsgärtner.«

»Zeig her!« Ungläubig blickte Doyle auf das schmutzige, an den Rändern rissige Dokument, das Pat ihm reichte, und las es mit eigenen Augen. »Wahrscheinlich der einzige Landschaftsgärtner, der die Pflanzen mit einer Ladung Schrot stutzt.«

* * *

Als Doyle keine zwanzig Minuten später mit Pat den Wald verließ und zurück zur Rocquaine Bay ging, war er dankbar für die Sonnenstrahlen, die sich wie ein wärmender Schild über die Bucht legten. Das Ganze blieb natürlich weiterhin eine deprimierende Geschichte, wie jeder Mord, aber die Junisonne sorgte wenigstens für die Illusion eines normalen Sommersonntags. Für einen kurzen Augenblick stellte er sich vor, wie es wäre, ganz privat mit Pat an der Bucht entlangzuschlendern und die Wärme und das Meer zu genießen. Und natürlich Pats Nähe.

»Idiot!«, schalt er sich selbst.

»Meinst du mich, Cy?« Erst Pats Worte machten ihm bewusst, dass er laut gesprochen hatte.

»Wie? Nein, entschuldige. Ich war in Gedanken.«

»Bei Carney?«

»Ja, genau«, log er schnell.

»Vermutlich hast du recht. So ganz klar im Kopf scheint er nicht zu sein.«

»Landschaftsgärtner!« Doyle schüttelte den Kopf. »Beim besten Willen, das kann ich mir nicht vorstellen.«

Inzwischen hatten sich die ersten Schaulustigen eingefunden, die an den Absperrbändern standen und neugierig auf den Strandabschnitt mit der Toten starrten. Mehrere Uniformierte sorgten dafür, dass sie jenseits der Plastikbänder blieben. Auf der Küstenstraße parkten etliche Polizeifahrzeuge, und deren teilweise flackernde Einsatzlichter lockten weitere Schaulustige an. Um die Leiche am Strand hatten sich Kriminaltechniker in Plastikanzügen geschart. Ein paar Schritte entfernt standen Baker und Allisette und sprachen miteinander. Als die beiden Doyle und Pat erblickten, kamen sie ihnen entgegen.

Doyle informierte sie in knappen Worten über das, was sie inzwischen von Reginald Carney wussten. »Wenig genug«, schloss er.

»Auf jeden Fall ein seltsamer Kauz«, meinte Allisette. »Vielleicht aber auch unser Mörder?«

Doyle zuckte nur mit den Achseln. »Apropos möglicher Mörder: Wo steckt Peter Laforet?«

»Ich habe ihn zur weiteren Vernehmung und zur erkennungsdienstlichen Behandlung ins Hauptquartier bringen lassen«, sagte Baker. »Er war darüber nicht sehr erfreut und hat uns rechtliche Schritte angedroht.«

»Also das Übliche. Hat er inzwischen eingestanden, dass er ein Verhältnis mit dem Opfer hatte?«

»Nein, er ist bei seiner Aussage geblieben«, sagte Baker.

»Wieso, hatte er denn eins?«

»Wenn wir Carney in dieser Hinsicht glauben können, dann ja.«

»Mord aus Eifersucht?«, fragte Allisette.

»Möglich.« Doyle blickte zu der Toten, deren Position zur besseren Untersuchung der Leiche verändert worden war. Sie lag jetzt auf der Seite. Schlickreste, Sand und winzige Steine bedeckten ihren entblößten Körper. »Schön genug, um Männerherzen zu entflammen, war sie.«

»Und sie hatte große Brüste«, ergänzte Pat.

»Wie?«, kam es von einem verblüfften Baker.

»Große Brüste«, wiederholte Pat. »Carney steht offenbar darauf. Er hatte einige Pornohefte mit entsprechenden Titelbildern.«

»Das hat nichts zu sagen«, meinte Baker. »Die Mädchen auf diesen Heften haben immer große Ding …, äh, Brüste.«

Allisette drehte ihren Kopf zur Seite und starrte ihn an. »Du scheinst dich da ja gut auszukennen, Calvin.«

»Na, ist doch so«, sagte Baker und errötete. »Das weiß doch jeder.«

»Ich nicht«, erwiderte Allisette. »Ich dachte, solche Hefte gibt es nicht mehr seit der Erfindung des Internets.«

Doyle ergriff wieder das Wort. »Ich glaube, technische Neuerungen wie das Internet sind an Carney spurlos vorübergegangen, falls er uns keine Komödie vorspielt und irgendwo ein Smartphone vergraben hat.«

Eine Gestalt im blauen Plastikanzug, die sich über die Leiche gebeugt hatte, erhob sich und trat auf sie zu. Als sie ihren weißen Mundschutz über das Kinn nach unten streifte, erkannte Doyle das attraktive Gesicht von Dr. Helena Nowlan, Chefärztin am Princess Elizabeth und gleichzeitig Rechtsmedizinerin, wenn eine solche auf Guernsey gebraucht wurde. Das ging auf eine Entscheidung des Polizeichefs Colin

Chadwick zurück, der die alte Vorgehensweise, bei jedem verdächtigen Todesfall einen Rechtsmediziner vom britischen Innenministerium einfliegen zu lassen, als zu umständlich angesehen hatte. Nach Doyles Ansicht eine richtige Entscheidung.

Weitere, in der Öffentlichkeit durchaus kritisch betrachtete Neuerungen waren die Ausstattung der Eingreiftruppe mit den beiden BMWs und die Anschaffung eines Polizeihubschraubers, die erst kürzlich erfolgt war und das Bailiwick um die zehn Millionen Pfund gekostet hatte. Die Probeflüge mit dem Hubschrauber sollten dieser Tage beginnen, und Doyle, der auch diese Entscheidung befürwortete, hoffte, dass alles glatt über die Bühne ging.

Ein strahlendes Lächeln erschien auf Dr. Nowlans Gesicht. »Einen wunderschönen guten Morgen!«

»Das nenne ich mal Optimismus«, brummte Doyle mit einem Seitenblick auf die Tote. Er mochte Dr. Nowlan, aber ihre gute Laune ging ihm entschieden gegen den Strich. »Haben wir uns geirrt? Ist Lizzie Somers nur scheintot? Steht sie gleich wieder auf, um sich mit uns an die sonntägliche Frühstückstafel zu setzen und über all das hier zu lachen?«

Er spürte während seiner kleinen Tirade, dass Pat ihm einen ermahnenden Knuff in die Seite versetzte, war aber nicht zu bremsen. Obwohl er die ermordete Frau nicht gekannt hatte, solidarisierte er sich mit ihr. Sie hatte an diesem Morgen das Schlimmste erlitten, was man einem Menschen antun konnte. Die heitere Art der Ärztin kam ihm respektlos vor, wie ein weiterer Angriff auf Lizzie Somers.

»Tut mir leid, wenn meine – wie nannten Sie es? – optimistische Art Ihnen nicht zusagt, DCI«, erwiderte Dr. Nowlan betont nüchtern. »Aber wenn ich angesichts einer Toten mit tränenverschleiertem Blick durch die Gegend laufen würde, käme ich in meinem Beruf kaum zu etwas anderem. Haben Sie noch nie etwas von zweckmäßigem Optimismus gehört?«

»Doch, das habe ich natürlich.« Seine harschen Worte taten Doyle bereits leid. »Ich selbst praktiziere ihn mit voller Überzeugung. Verzeihen Sie mir, was ich eben gesagt habe.« Er blickte wieder zu Lizzie Somers hinüber. »Das alles hier – Sie haben es einfach nur abbekommen. Ich glaube, ich werde alt und dünnhäutig. Bei einem Polizisten ein sicheres Anzeichen, an den Ruhestand zu denken.«

Dr. Nowlan lachte auf. »Jetzt machen Sie mal halblang, Mr Doyle. Die Guernsey Police hat Sie nicht auf die Insel geholt, damit Sie hier einen auf Frühpensionär machen. Schätzungsweise zwei Jahrzehnte dürfen Sie gern noch für Ihr Geld arbeiten. Außerdem wüsste ich nicht, wer Sie ersetzen sollte.«

»Für jeden gibt es Ersatz«, sagte Doyle mit einem kurzen, kaum wahrnehmbaren Seitenblick auf Pat. »Also, Doc, was können Sie uns zu diesem frühen Zeitpunkt aus dem Schatz Ihrer Erkenntnisse verraten?«

»Die Sache scheint recht klar und damit wenig arbeitsintensiv für mich zu sein, auch ein Grund für meinen Optimismus. Die Tote ist erstickt, hervorgerufen durch die Strangulation mit ihrem eigenen BH. Aber das werden Sie sich bereits gedacht haben.«

Doyle lächelte. »Ja, Doktor. Aber wir dürfen es nur vermuten, Sie müssen es bestätigen. Anzeichen für Gegenwehr?«

»Bis jetzt nicht. Vielleicht finde ich noch etwas bei der Obduktion, aber bislang habe ich keine Spuren von Haut- oder Kleidungspartikeln unter den Fingernägeln entdecken können. Wobei anzumerken ist, dass die Fingernägel für eine Frau recht kurz geschnitten sind.«

»Das hängt wohl mit Elizabeth Somers' künstlerischer

Tätigkeit zusammen«, meinte Pat und setzte Dr. Nowlan darüber in Kenntnis, was sie bis jetzt über die Leidenschaft der Toten für Strandfunde wussten.

Die Ärztin nickte bedächtig. »Das erklärt auch diverse kleine Wunden an den Händen der Leiche. Sämtlich alte Verletzungen, nichts davon bedeutend. Sie passen sehr gut zu einer künstlerisch-handwerklichen Tätigkeit.«

»Gibt es Hinweise auf ein Sexualdelikt?«, fragte Doyle.

»Auf einen mit oder an der Frau begangenen Geschlechtsakt vor, während oder nach deren Tötung deutet nichts hin. Was natürlich nicht ausschließt, dass der Täter schon durch den Tötungsakt an sich sexuelle Befriedigung erlebt hat.«

Baker hatte umständlich einen seiner geliebten Schokoriegel aus einer Jackentasche gefriemelt, ihn dann aber mit einem fast schmerzerfüllten Blick auf die Ermordete wieder zurückgesteckt. Jetzt sagte er: »Schon seltsam, dass es keine Spuren der Gegenwehr gibt. Wenn Mrs Somers ihren Mörder so nah hat an sich herankommen lassen, hat sie ihn mit hoher Wahrscheinlichkeit gekannt und ihm vertraut.«

»Jedenfalls so weit, dass sie nicht mit ihrer Ermordung gerechnet hat«, fügte Doyle hinzu und wandte sich wieder an die Ärztin. »Können Sie schon etwas zum ungefähren Todeszeitpunkt sagen?«

»Man kann die Leiche mit Fug und Recht als frisch bezeichnen. Nach Messung der Körperkerntemperatur sowie der Außentemperatur unter Einbeziehung des hier am Strand wehenden Winds würde ich sagen, die Frau ist seit eineinhalb bis zwei Stunden tot. Aber vergessen Sie bitte nicht …«

Doyle fiel ihr ins Wort: »Es ist nur eine vorläufige Schätzung. Das wollten Sie doch sagen, Doc?«

Helena Nowlan nickte leicht.

»Bisher haben sich Ihre sogenannten Schätzungen immer als sehr präzise herausgestellt.«

»Ich gebe mir Mühe, aber den Satz will niemand in seinem Arbeitszeugnis lesen.«

»Obwohl es die Voraussetzung für jeden andauernden Erfolg ist«, sagte Doyle. »Ich will Sie nicht länger von Ihrer Arbeit abhalten, Doc. Bevor die Flut kommt, muss alles erledigt sein.«

»Gute Idee«, erwiderte Dr. Nowlan in einem Tonfall, als wüsste sie das nicht selbst. »Ich wünsche Ihnen eine erfolgreiche Jagd.«

Sie schob ihren Mundschutz wieder nach oben und wandte sich zu der Toten um.

KAPITEL 3

Der weiße Turm, der das Shipwreck Museum beherbergte, war umgeben von der kreisrunden Schutzmauer aus grauem Guernseygranit und wirkte umso beeindruckender, je näher sie ihm kamen. Doyle, Pat, Baker und Allisette hatten den Strand verlassen und schritten an der Küstenstraße entlang auf das Museum zu, das passenderweise direkt am Meer stand, fast schon mittendrin: auf einem Felsen im Wasser, mit dem Land durch einen schmalen Damm verbunden.

Schon als Kind fasziniert von der maritimen Geschichte seiner Heimatinsel, war Doyle immer mit großem Interesse und Begeisterung durch die Ausstellungsräume mit ihrer lebensnahen Schilderung von Schiffskatastrophen, Wracks und waghalsigen Rettungsversuchen gegangen. Trotzdem hatte er seit seiner Heimkehr keine Zeit gefunden, seine Kenntnisse über die ungefähr neunzig Schiffe, die ihr Unglück im Seegebiet vor der Rocquaine Bay gefunden hatten, aufzufrischen. Er machte sich eine geistige Notiz: Das Museum wäre ein geeigneter Ausflugsort für ihn und seinen Vater. Danach könnten sie am Strand spazieren gehen und einen Cream Tea zu sich nehmen. Vorausgesetzt, der alte Herr hatte einen guten Tag. Und auch vorausgesetzt, es lag keine Tote am Strand.

Je näher sie dem alten Gebäude kamen, desto mulmiger wurde es Doyle zumute. Er hatte weiß Gott Erfahrung darin, Menschen über den Tod eines geliebten Angehörigen zu informieren, aber richtig gewöhnt hatte er sich daran nie. Wenn er näher darüber nachdachte, war er sogar froh darüber. Der Respekt gegenüber den Toten – und gegenüber dem Wunder des Lebens – schien es ihm zu gebieten, nicht in bloße Routine zu verfallen. Jeder Tote war auf seine Weise ein besonderer Mensch gewesen und hatte es nicht verdient, als seelenloses Aktenzeichen zu enden.

Ein offener Mercedes-Roaster mit einem jungen Paar in den hellen Lederpolstern schoss mit deutlich überhöhter Geschwindigkeit an ihnen vorbei, und der übermütige Fahrer ließ ein lautes Dreiklanghorn ertönen. Doyles geübtes Auge hatte das Kennzeichen erfasst. Schnell zog er einen Schreibblock und einen Stift aus der Jackentasche und notierte sich die Nummer.

»Leb wohl, Führerschein!«, knurrte er halblaut.

Pats leuchtend blaue Augen blickten ihn ungläubig an. »Das ist jetzt nicht dein Ernst, oder? Wir haben einen Mord aufzuklären, und du willst einem flinken Jungen, der wohl nur seine Freundin beeindrucken wollte, den Führerschein abnehmen wie ein übellauniger Kollege von der Verkehrspolizei?«

»Worauf du dich verlassen kannst.« Doyle steckte Block und Stift wieder ein. »Ich möchte nämlich nächsten Sonntag nicht wieder an der Rocquaine Bay stehen, weil ein flinker

Junge, wie du es ausdrückst, einen Menschen zu Tode gefahren hat. Schon unsere Tote am Strand ist eine Leiche zu viel. Ich weiß bisher nur wenig über sie, aber den Tod hat sie auf keinen Fall verdient. Ermordet und dann noch beschriftet, als hätte man sie registriert, abgestempelt und zu den Akten gelegt. Kann eine Frau auf Guernsey nicht mal mehr am Strand spazieren gehen, ohne Gefahr zu laufen, umgebracht zu werden? Gar nicht auszudenken, wenn das ...«

Er brach schlagartig ab.

»Wenn was?«, fragte Pat.

Wenn das dir passiert wäre, hatte er eigentlich sagen wollen, bevor er im letzten Moment die Notbremse gezogen hatte. Stattdessen sagte er: »Wenn das Schule macht.«

»Ich hoffe, ich komme dir in den nächsten Stunden nicht in die Quere«, seufzte Pat.

»Wie meinst du das?«

»Du bist heute echt mies drauf, Cy. Als wäre die Tote am Strand deine erste Leiche.«

»Ganz gewiss nicht. Eher eine Leiche zu viel. Ich sagte ja schon, ich werde dünnhäutig.«

»Vielleicht, weil die Ermordete eine schöne Frau war?«

»Das war sie ohne Zweifel. Aber auch wenn sie Frankensteins Großtante gewesen wäre, würde ich ihren Mörder finden wollen, um jeden Preis.«

Pat bedachte ihn mit einem weiteren forschenden Blick, aber sie sagte nichts weiter zu diesem Thema.

Das Museum war noch geschlossen und würde laut einer Tafel neben dem Eingang erst um zehn Uhr öffnen, also in knapp zwei Stunden. Doyle fand eine Klingel mit der Beschriftung »Privat« und wollte gerade auf den schmutzigweißen Knopf drücken, als die große Eingangstür geöffnet wurde.

Vor ihnen stand ein unrasierter Mann Ende dreißig oder

Anfang vierzig, das buschige dunkle Haar ungekämmt, die Ärmel seines Sweaters bis zu den Ellbogen hochgeschoben, und sah sie aus wachen braunen Augen an.

»Die Herrschaften sind von der Polizei, nehme ich an.« Es war mehr eine Feststellung als eine Frage, ganz unaufgeregt vorgetragen. Im selben Ton hätte er in einer Fleischerei fragen können, ob heute Rind oder Schwein zu empfehlen sei. »Entschuldigen Sie, David Somers ist mein Name. Wo sind nur meine Manieren?« Er trat einen Schritt zurück ins Halbdunkel des alten Martello-Turms. »Bitte, treten Sie ein.«

Doyle wollte der Aufforderung folgen, blieb aber abrupt stehen und fragte ernst: »Sind Sie der Ehemann von Elizabeth Somers?«

Der Mann im Turm nickte, wirkte dabei aber nicht im Geringsten betroffen. »Der Witwer, sollte man jetzt wohl besser sagen, oder?«

»Kollegen von uns haben Sie also bereits über den Tod Ihrer Frau informiert?«

»Nein, wie kommen Sie darauf?«

»Weil Sie es wissen, ganz einfach.«

Somers lachte auf, wirklich erheitert, wie es schien, als ginge ihn die Ermordung seiner Frau nicht im Mindesten etwas an. »Ich verstehe. Sie meinen wohl, außer Ihnen kann nur der Mörder über Lizzies Tod Bescheid wissen. Da muss ich Sie enttäuschen. Der Polizeiauftrieb am Strand war nicht zu übersehen. Da habe ich mir einen Feldstecher genommen. Pure Neugier, ich gebe es zu. Tja, und da habe ich schnell erkannt, dass dort eine Leiche liegt und dass es sich bei ihr um meine Lizzie handelt.«

»Und Sie haben es nicht für nötig befunden, sich augenblicklich mit uns in Verbindung zu setzen?«, fuhr ihn Doyle harsch an. Er hatte in seinen weit über zwanzig Berufsjahren schon einiges an Kaltschnäuzigkeit erlebt, aber David Somers setzte allem die Krone auf.

»Nein, wieso? Ich habe auch Peter Laforet bei Ihnen am Strand gesehen. Da er Lizzie sehr gut kennt – kannte – na, egal, jedenfalls dachte ich mir, er wird sie schon identifizieren. Ich habe hier zurzeit eine Menge zu tun, müssen Sie wissen. Gemeinsam mit den anderen maritimen Museen Guernseys bereiten wir eine Sonderausstellung über Admiral James Saumarez und die Seeschlacht von Groix vor. Eröffnung soll am kommenden Wochenende sein. In acht Tagen jährt sich die Schlacht von Groix zum zweihunderzwanzigsten Mal. Sie werden sicher schon von Admiral Saumarez gehört haben.«

Und ob Doyle das hatte. Der 1757 in St. Peter Port geborene Seeheld war eins seiner Kindheitsidole gewesen, und unter anderen Umständen wäre er einer zwanglosen Plauderei über Saumarez und seine kühnen Taten nicht abgeneigt gewesen. Aber hier und jetzt war nichts zwanglos. Doyles Verblüffung darüber, wie überaus gelassen Somers auf die Ermordung seiner Frau reagierte, hatte sich gelegt, und machte einer kaum zu bändigenden Wut Platz, die ihn zu überwältigen drohte.

Pat kannte ihn gut genug, um das zu erkennen. Sie trat neben Doyle, und wie zufällig glitt einer ihrer Finger über seinen Handrücken. Es war die alte, beruhigende Geste, die er noch von damals kannte, aus grauer Vorzeit.

»Sie haben Peter Laforet erwähnt, Sir«, sagte sie ruhig und höflich. »Wie gut kannte er Ihre Frau?«

»Viel zu gut, jedenfalls in der letzten Zeit.« Ein raues, unechtes Lachen begleitete Somers' Worte. »Wäre Lizzie nicht schon mit mir verheiratet gewesen, wäre sie jetzt wahrscheinlich seine Frau. Pech für Lizzie, dass sie den armen Schlucker vom Shipwreck Museum genommen hat, bevor der reiche Prinz von Guernsey Gold & Silver an ihre Tür klopfte.« Bei den letzten Worten hatte seine Stimme einen harten, bitteren Klang angenommen.

Hinter ihm erschien im Halbdunkel eine Frau. Kurzes dunkles Haar, fast wie bei einem Mann, ein verhärmtes Gesicht ungewissen Alters und bar jeder Anmut oder gar Schönheit, bekleidet mit einem viel zu weiten Sweater und einer ebenso weiten, schlabbrigen Sommerhose.

»Sie war eben nichts anderes als eine Hure, das habe ich schon immer gesagt.«

Diese Worte klangen ebenso hart wie die von David Somers.

Pat richtete ihren Blick auf die Frau, die wie ein Geist aus dem Nichts erschienen war. »Und Sie sind wer?«

»Ich heiße Somers.«

»Dann sind Sie die Mutter von Mr Somers?«, fragte Pat etwas unsicher. »Ich muss Ihnen leider mitteilen, dass Ihre Schwiegertochter heute Morgen …«

»Ich bin Davids Schwester Victoria«, fiel die Frau im Museumsturm ihr ins Wort. »Unsere Eltern sind schon vor langer Zeit gestorben. Und ich weiß, dass diese Hure Lizzie tot ist. Schließlich haben David und ich es durch den Feldstecher gesehen.«

Doyle trat einen Schritt vor. »Was haben Sie gesehen, den Mord an Lizzie?«

»Nein, nicht den Mord.« Victoria Somers wirkte leicht verunsichert. »Die Polizei und die Leiche, das haben wir gesehen. Nur das.«

»Warum nennen Sie Ihre ermordete Schwägerin eine Hure?«, fuhr Doyle fort und bohrte seinen Blick in die dunklen Augen der Frau.

»Weil sie nichts anderes war. Sie haben doch gehört, was mein Bruder gesagt hat. Sie war eine verheiratete Frau, aber es hat ihr nichts ausgemacht, in aller Öffentlichkeit mit diesem reichen Schönling zu poussieren!«

Poussieren. Doyle konnte sich nicht erinnern, wann er dieses Wort zum letzten Mal gehört hatte. Er fühlte sich wie in der BBC-Verfilmung eines Jane-Austen-Romans.

»Haben Sie Lizzie öfters eine Hure genannt, Ms Somers?«

»Ich habe aus meiner Meinung über sie nie einen Hehl gemacht, auch nicht ihr gegenüber.«

»Aber haben Sie dabei das Wort ›Hure‹ benutzt?«

»Ganz bestimmt. Aber warum wollen Sie das wissen, Mister …?«

»Doyle, Cyrus Doyle, Detective Chief Inspector«, stellte er sich vor. »Interessanterweise hat irgendjemand – und wir dürfen vermuten, dass es der Mörder war – mit roter Farbe das Wort ›Hure‹ auf den Körper der Toten geschrieben. Ms Somers, hätten Sie Verständnis, wenn ich Sie nach Ihrem Alibi frage?«

»A-li-bi?«, wiederholte Victoria Somers ungläubig. »Ich, wieso?«

»Sehen Sie, wir haben zwar eine Ermordete, aber noch keinen Mörder«, sagte Doyle in einer Weise, als spreche er zu einem kleinen Kind. »Das wiederum bedingt, dass wir bei allen, die etwas gegen Ihre Schwägerin hatten, eine gewisse Neugier hinsichtlich des Alibis an den Tag legen.«

Die Frau schien ihre Überraschung überwunden zu haben und fragte: »Für welche Zeit?«

»Zwischen fünf und sieben Uhr.«

»Gegen halb sechs bin ich aufgestanden. Um kurz vor sechs bin ich dann aus dem Bad gekommen und habe die Zeit bis zum Frühstück genutzt, um die Sonderausstellung über

James Saumarez vorzubereiten. Bis David zu mir kam und mir sagte, dass die Polizei am Strand Lizzies Leiche gefunden hat.«

»Wann war das?«

»So vor einer halben oder dreiviertel Stunde.«

»Bis zu diesem Zeitpunkt haben Sie also kein Alibi«, stellte Doyle fest.

»Aber David hat mich sicher gehört. Es ging beim Schleppen und Öffnen der Kisten ziemlich laut zu.« Sie blickte ihren Bruder an, und es wirkte wie eine stumme Aufforderung. »Nicht wahr, David?«

David Somers hob die Schultern und ließ sie langsam wieder sinken. »Tut mir leid, Victoria, ich habe nichts davon mitbekommen. Zwischen Minnie Maus und mir ging es ziemlich laut zu. Volle Breitseite sozusagen.«

»Wovon sprechen Sie, Mr Somers?«, fragte Doyle.

»Ach, nur das dumme Spiel«, sagte Victoria. »Alles Zeitverschwendung, wenn Sie mich fragen.«

»Dieses Spiel soll auch junge Museumsbesucher für Admiral Saumarez interessieren. Ein Videospiel, das wir *Admiral S. Sea Battles* nennen. Die Kids können es hier in der Ausstellung gegen die künstliche Intelligenz spielen. Und sie können es im Museumsshop kaufen, um es dann gegen die KI oder online gegen andere zu spielen. Diese Online-Version haben Minnie und ich den ganzen Morgen über getestet, so von fünf bis sieben, also gerade in der fraglichen Zeit.«

»Wie passend«, entfuhr es Pat. »Und diese Minnie war die ganze Zeit über bei Ihnen?«

»Gewissermaßen. Sie lebt in Hongkong. Minnie ist ein echtes Programmiergenie. Ich habe sie auf einem internationalen *Counterstrike*-Turnier in Liverpool kennengelernt. Ohne sie gäbe es kein *Admiral S. Sea Battles*.«

»Aber sie heißt nicht wirklich Minnie Maus?«, vergewisserte sich Pat.

»Natürlich nicht. Minnie Wang ist ihr richtiger Name. Ist so ein Gag von mir, dass ich sie Minnie Maus nenne. Wie die Freundin von Micky ...«

»Schon klar«, sagte Pat. »Und Ihr Online-Spiel ging ohne Unterbrechung vonstatten?«

»Das kann Minnie Ihnen bestätigen. Wir haben das Duell der *Crescent* gegen die *Reunion* vom Oktober 1793 nachgespielt, mehrmals, um zu sehen, ob das Seegefecht ausbalanciert ist.«

»Warum zu dieser frühen Stunde?«, schaltete sich Baker in die Befragung ein.

»Da muss ich mich nach Minnie richten, sie hat noch einen Brotberuf bei einer Softwarefirma. In den Mittagsstunden hatte sie frei.«

»In den Mittagsstunden?« Baker sah David Somers ungläubig an.

»Hongkong, Sergeant«, sagte Doyle. »Zeitverschiebung. Dort fängt der Tag sieben Stunden früher an als bei uns.«

Er wandte sich wieder an das seltsam gelassene Geschwisterpaar. »Hat jemand von Ihnen heute Morgen mit Lizzie gesprochen oder etwas von ihr gehört?«

Beide schüttelten fast synchron den Kopf und blickten Doyle an, als hätte er eine reichlich absurde Frage gestellt.

»Ist das nicht ungewöhnlich?«, hakte er nach.

»Nein, wieso?«, entgegnete Victoria Somers. »Sie hat weitgehend ihr eigenes Leben gelebt. Sie hatte schon immer ihren eigenen Kopf, aber seitdem sie sich diesem reichen Schnösel an den Hals geworfen hat, hat sie gar keine Rücksicht mehr auf David und mich genommen. Sie hat auch nicht mehr im

Museum mitgeholfen. Dabei hätten wir gerade jetzt, bei der Vorbereitung der Sonderausstellung, ihre Hilfe gut gebrauchen können. Aber sie hatte ja nur noch ihre sogenannte Strandkunst im Kopf. Eine Künstlerin wollte sie sein, dabei hat sie nichts anderes getan, als stinkende Gräten und an den Strand gespülten Müll zu absonderlichen Gebilden zusammenzukleben.«

»Aber wie ich hörte, gibt es eine Ausstellung ihrer Werke drüben bei Guernsey Gold & Silver.«

Victoria verzog ihr ohnehin nicht besonders ansehnliches Gesicht zu einer schiefen Grimasse. »Was man so Ausstellung nennt. Das wäre doch nie zustande gekommen, wenn sie nicht mit dem jungen Laforet ins Bett gegangen wäre. Hurenlohn, mehr ist das Ganze nicht.«

Das schändliche, fast schon hasserfüllte Gezeter und die von Victoria geschnittene Grimasse ließen sie auf Doyle wie eine Hexe aus einem alten Märchenbuch wirken. Bleib objektiv, ermahnte er sich. Wenigstens zeigte sie Gefühle, wenn auch keine positiven. Ihr extrem gelassener, fast uninteressierter Bruder war für Doyle ein größeres Rätsel. Hatte er wirklich ein Alibi? Doyle nahm sich vor, diese Onlinespiel-Geschichte genau überprüfen zu lassen.

»Noch einmal zurück zu Lizzies heutigem Strandspaziergang«, sagte Doyle nach einem hörbar tiefen Atemzug. »Keiner von Ihnen hat also etwas davon mitbekommen?«

»So ist es«, kam es so schnell von Victoria Somers, dass ihr Bruder nur noch zustimmend zu nicken brauchte.

»Hat jemand von Ihnen einen Verdacht, wer sie getötet haben könnte?«

»Keine Ahnung«, sagte David Somers lahm. »Lizzie und ich wohnten zwar noch unter einem Dach, aber wir gingen schon längst getrennte Wege.«

»Vielleicht war es einer ihrer Liebhaber«, sagte Victoria in ihrer gehässigen Art.

Doyle nahm sie ins Visier. »Ihre Schwägerin hatte also mehrere Liebhaber? Wen noch?«

Victorias Gesichtsmuskeln zuckten, und ihr schmaler Mund wurde noch schmaler, während sie überlegte. »Keine Ahnung, ich weiß von niemandem sonst. Aber es gab bestimmt noch andere. Ich hatte Lizzie schon vor der Hochzeit durchschaut, aber David«, sie strafte ihren Bruder mit einem vorwurfsvollen Blick, »wollte ja nicht auf mich hören. Sie war eine, die nichts anbrennen lässt. Eben eine …«

»Hure«, nahm Doyle ihr das Wort aus dem Mund. »Das wollten Sie doch sagen?«

»Ja, genau.«

»Seien Sie froh, dass ich es ausgesprochen habe und nicht Sie, Ms Somers«, sagte Doyle hart. »Wenn ich dieses Wort heute noch einmal von Ihnen höre, sitzen Sie schneller hinter Gittern, als Sie gucken können.«

Ihr böser Blick wollte sich in ihn einbrennen. »Mit welcher Begründung?«

»Mordverdacht und üble Nachrede. Nur ein paar Beispiele. Wenn ich etwas nachdenke, fällt mir noch mehr ein.«

»Lächerlich!«, schnaubte Victoria. »Ich habe niemanden umgebracht, auch nicht Lizzie.«

»Victoria meint es nicht so. Sie trägt ihr Herz nun mal auf der Zunge.«

David Somers war aus seiner Lethargie erwacht und hatte offenbar beschlossen, den Vermittler zu spielen. Doyle blickte ihn erstaunt an. War die geschwisterliche Fürsorge größer, als es bisher den Anschein hatte? Aber warum hatte der Bruder Victoria dann das Alibi verweigert? Weil er eine grundehrliche Haut war? Oder spielten die beiden Somers ein Spiel mit Doyle und seinen Kollegen, das er noch nicht durchschaut hatte?

David Somers deutete zur Tür. »Wenn Sie keine weiteren Fragen mehr haben, dürfen wir uns wohl wieder der Saumarez-Ausstellung widmen.«

»Das dürfen Sie gern, sobald wir keine weiteren Fragen mehr haben. Aber nicht jetzt. Wir müssen erst das Gebäude durchsuchen. Wo liegen die Privaträume von Ihnen, Ihrer Schwester und Ihrer verstorbenen Frau?«

»In dem flachen Anbau, den man von draußen nicht sehen kann. Von außen soll das Bild des alten Martello-Turms mit seiner Umfriedung unverändert bleiben.«

Victoria scharrte währenddessen mit den Hufen, und jetzt brach es aus ihr hervor: »Eine Durchsuchung? Dazu haben Sie kein Recht. Außerdem geht das gar nicht. In weniger als zwei Stunden öffnet das Museum.«

Doyle gab sich ungerührt. »Natürlich müssen wir auch die Museumsräumlichkeiten in Augenschein nehmen. Je eher wir damit beginnen, desto eher sind wir fertig. Ich schlage vor, einer von Ihnen führt Sergeant Baker durchs Museum. Der andere zeigt Constable Allisette die privaten Räumlichkeiten, während Inspector Holburn und ich uns ganz genau in Lizzies Zimmer umsehen. Das wird übrigens für Sie beide gesperrt bleiben, bis unsere Kriminaltechniker es freigeben. Falls Sie mit diesem Vorgehen nicht einverstanden sind, bin ich gern bereit, Ihnen eine entsprechende richterliche Verfügung vorzulegen. Bis dahin allerdings – und heute ist Sonntag – müsste ich das gesamte Gebäude, also auch den Museumsbereich für Fremde sperren. Ihre Entscheidung.«

»Natürlich helfen wir Ihnen, DCI«, sagte David Somers. »Ich bringe Sie und Ihre Kolleginnen zu unseren Wohnräumen, während meine Schwester den Sergeant gern durchs Museum führen wird. Nicht wahr, Victoria?«

»Wenn es sein muss«, brummte sie. »Alles nur wegen dieser ...«

»Sprechen Sie frei, Ms Somers«, sagte Doyle, als ihr Gemurmel immer leiser wurde. »Was wollten Sie sagen?«

»Nichts«, quetschte sie über ihre dünnen Lippen und setzte sich ohne ein weiteres Wort in Bewegung.

Doyle hatte fast Mitleid mit Sergeant Baker, der lustlos hinter ihr her trottete.

* * *

Elizabeth Somers hatte zwei Zimmer am Ende des länglichen Anbaus bewohnt. Das kleinere war ihr Wohn- und Schlafraum gewesen. Das größere, durch eine Durchgangstür erreichbar, ihr Atelier. Hier bekamen Doyle und Pat erstmals einen Eindruck ihres künstlerischen Schaffens, und Doyle war über die Vielfalt erstaunt. Aus Strandholz geschaffene Skulpturen. Bilder und Zeichnungen, die scheinbar nahtlos in Fundstücke wie Muscheln, Steine oder Fischgräten übergingen. Letztere dienten vor allem zur Darstellung von Fischkörpern und verliehen den Zeichnungen und Bildern eine Morbidität, die sehr gut zum Meer passte, das in vielfältiger Ausgestaltung Lizzies übergreifendes Thema gewesen war.

Durch die übergroßen Fenster, die vermutlich nachträglich in die Wände des Ateliers eingebaut worden waren, war Lizzie mit Tageslicht für ihre künstlerische Arbeit versorgt worden. Wegen der Schutzmauer, die das gesamte Areal umgab, konnte man das Meer nicht sehen. Aber Doyle hörte, wie die Wellen beständig gegen den Felsen anrollten, auf dem Fort Grey erbaut war. Die Flut kam, und das Meer zeigte seine Stärke. Mit all seinen Launen, der mal spiegelglatten und dann wieder aufgewühlten und sturmgepeitschten Oberfläche, war das Meer unberechenbar wie das Leben. Gleichzeitig nahm es aber auch Leben. Die zahlreichen Schiffsunglücke, derer hier im Shipwreck Museum gedacht wurde, legten darüber Zeugnis ab. Lizzie Somers' Strandkunst versinnbildlichte auf beeindruckende Weise beide Seiten des Meeres, war schön und belebend, zugleich aber Ehrfurcht gebietend und auf bizarre Weise erschreckend.

Doyle spürte plötzlich einen großen Respekt vor Lizzie Somers' Arbeit, die ihm ein paar Minuten zuvor noch ganz unbekannt gewesen war. Gleichzeitig war er traurig, weil jemand diese einzigartige Kreativität ausgelöscht hatte, wie man eine Kerze ausbläst. Der Gedanke daran, was sie mit ihrer Phantasie und Gestaltungskraft noch alles hätte erschaffen können, schmerzte ihn.

»Hure«, sagte er leise, nachdenklich, ohne jeden abwertenden Unterton.

Pat, die sich eine Reihe aus winzigen Muscheln gefertigter Vignetten, keine größer als eine Handfläche, angeschaut hatte, wandte sich zu ihm um. »Wie bitte?«

Er blickte sie an, als erinnerte er sich erst jetzt wieder ihrer Anwesenheit. Und so war es auch, die hier versammelten Kunstwerke und das an- und abschwellende Rauschen des Atlantiks vor dem Fort hatten ihn ganz in ihren Bann gezogen.

»Du warst nicht gemeint, Pat«, sagte er mit einem entschuldigenden Lächeln. »Ich habe über Lizzie Somers nachgedacht.«

»Aha. Hältst du sie jetzt auch für eine Hure?«

»Ich weiß nicht, was ich von ihr halten soll. Dazu kenne ich sie bislang nicht gut genug. Aber ob sie nun eine Heilige oder eine Hure war, so eine Strafe hat sie auf keinen Fall verdient. Wenn ich mich hier umsehe, kommt mir der Gedanke, dass man den Mörder zweimal vor Gericht stellen sollte. Einmal, weil er die Frau getötet hat, und ein zweites Mal, weil er auch ihre Kunst getötet hat.«

»Ihre Werke werden fortbestehen, Cy.«

»Falls nicht ihr Mann alles erbt und es gemeinsam mit seiner Hexe von Schwester in die Mülltonne wirft.«

Pat wirkte erschrocken. »Hoffentlich nicht.«

»Aber das meinte ich gar nicht. Ich habe an das gedacht, was Lizzie Somers in ihrem Leben noch alles hätte erschaffen können.«

Pat zog ihre Brauen hoch. »Du erstaunst mich. Hast du nicht gelernt, dass ein Polizist seine Arbeit niemals persönlich nehmen soll?«

»Das ist mir ebenso eingebläut worden wie dir. Aber je länger ich Polizist bin, desto weniger kann und will ich mich darin fügen. Ich will kein Roboter sein, der gefühllos und rein mechanisch seiner Arbeit nachgeht. Wenn wir am Schicksal der Opfer keinen Anteil nehmen, wie sollen wir uns dann mit ganzer Kraft dafür einsetzen können, die Täter zu finden?«

»Wenn du jedes Verbrechen so nah an dich herankommen lässt, reibst du dich eines Tages auf.«

»Na und? Was spricht dagegen, Pat? Am Ende unseres Lebens hat sich jeder von uns aufgerieben, auf die eine oder andere Art. Es für eine gute Sache zu tun, ist in meinen Augen nicht das Schlechteste.« Er straffte sich, ein Zeichen, das Philosophieren zu beenden. »So beeindruckend Lizzies Kunstwerke auch sind, ich glaube, sie bringen uns nicht weiter. Nehmen wir uns also ihre privaten Habseligkeiten vor.«

Eine besonders heftige Welle traf auf den Fels unter ihnen; ein Teil der aufspritzenden Gischt sprühte über die Mauer und klatschte gegen eins der großen Fenster. Als wollte Lizzie Somers ihm aus dem Jenseits dafür danken, dass er so fest entschlossen war, ihren Mörder zu finden.

Hätten nicht auch in dem Wohn- und Schlafraum einige von Lizzies kleinen und größeren Kunstwerken die Wände geschmückt, wäre Doyle geneigt gewesen, die Einrichtung als fast spartanisch zu bezeichnen. Ein schmuckloses, schmales Bett. Ein winziger Schreibtisch mit einem billig und unbequem wirkenden Stuhl wie aus der Mitnahmeabteilung eines Möbelhauses, ein niedriges Bücherboard und darauf eine kleine Musikanlage, neben der zwei Dutzend CDs zu einem Stapel aufgebaut waren. Viele keltische Scheiben, darunter mehrere von Clannad und Moya Brennan. Eine Handvoll Mozart-Silberlinge, zwei von James Blunt und zwei Henry-Mancini-Sampler.

Die drei Regalbretter des Bücherboards enthielten einen einzigen Roman, immerhin von C. S. Forester: *Fähnrich zur See Hornblower*. Vielleicht hatte ihre Liebe zum Meer Lizzie dazu gebracht, sich diesen Klassiker der Seeabenteuer-Romane vorzunehmen. Wenn man dem hübsch mit Seemotiven verzierten Lesezeichen – eine Eigenproduktion der Toten, vermutete Doyle – glauben konnte, hatten die Jugendjahre des Seehelden Horatio Hornblower Lizzie nicht gerade in ihren Bann gezogen: Es steckte zwischen den Seiten 24 und 25.

»Man liest und schätzt ihn als Jugendlicher oder gar nicht«, murmelte Doyle zu sich selbst und dachte an jenes glückliche Jahr seiner Kindheit, als er einen Hornblower-Band nach dem anderen geradezu verschlungen hatte.

»Wen?«, fragte Pat, die mit ihren plastikbehandschuhten Händen akribisch den Schreibtisch der Toten durchsuchte.

Doyle hielt das Taschenbuch hoch. »Horatio Hornblower. Der einzige Roman hier, aber Lizzie scheint nicht weiter als bis Seite 25 gekommen zu sein. Na ja, um ehrlich zu sein, es sind ja auch eher Bücher für Jungs.«

»Ich hoffe, du fühlst dich nicht persönlich gekränkt.«

»Wieso?«

»Na, der gute Hornblower ist doch einer deiner Jugendhelden.«

»Daran erinnerst du dich noch?«

»Warum sollte ich nicht?«

Ihm fielen da ein paar gute Gründe ein, aber er schwieg lieber und stellte das Buch zurück an seinen Platz.

»Wenn Romane nicht Lizzie Somers' Ding waren, was hat sie sonst gelesen?«

Doyles Blick glitt über die Rücken der Bücher, die scheinbar ohne jede Ordnung in das Regal gestellt waren wie von jemandem, dem Bücher mehr eine Last als eine Lust waren. »Bücher über Kunst und ein paar eher handwerkliche Sachen; wie man Papier oder Holz bearbeitet und so weiter. Ein Bildband über Leuchttürme, einer über Segelschiffe jeglicher Art und zwei über Fische und andere Meerestiere.«

»Vorlage für ihre künstlerische Arbeit«, vermutete Pat, und Doyle stimmte ihr zu.

Er nahm die Bücher näher in Augenschein und interessierte sich besonders für Unterstreichungen, handschriftliche Anmerkungen in einer feinen, präzisen Art und die kleinen violetten Klebemerkzettel, die auf einigen Seiten angebracht waren. Jedoch war nichts darunter, das er als relevant für den Mordfall einstufte.

»Alles wichtig für Lizzies künstlerische Arbeit, aber augenscheinlich nicht für uns«, seufzte er und ging hinüber zu Pat. »Und bei dir?«

»Ganz dasselbe. Ein paar alte Postkarten und Notizen über Kunstausstellungen oder die Wettervorhersage.«

»Die Wettervorhersage?«

Pat nickte. »Lizzie hat sich für Stürme interessiert. Wohl, weil man danach besonders viele interessante Dinge am Strand findet.«

»Sie scheint ganz in ihrer künstlerischen Tätigkeit aufgegangen zu sein.«

»Aber deshalb bringt man niemanden um«, überlegte Pat laut. »Es sei denn, man ist ein Strandfundsammler, der glaubt, sie habe ihm die besten Funde und den Ruhm vor der Nase weggeschnappt. Außerdem muss man, um aus diesem Grund einen Mord zu begehen, im Oberstübchen nicht ganz dicht sein.«

»Willst du auf Reginald Carney hinaus?«

»Ich gebe zu, an ihn habe ich gedacht, auch wenn das Ganze natürlich reichlich konstruiert ist. Zumal wir in seiner seltsamen kleinen Festung nicht den geringsten Hinweis auf irgendeine künstlerische Tätigkeit gefunden haben.«

»Auch nicht bei seiner Lektüre. Nur Politik, Waffen und …« Doyle zögerte.

»Titten«, ergänzte Pat ungerührt.

»Du sagst es. Wenn Carney unser Mörder ist, dann möchte ich an ein anderes Motiv glauben. Etwas, das mit seiner fast schon panischen Angst zu tun hat.«

»Angst vor wem oder was?«

»Sag du es mir, Pat, und ich schlage dich für eine Auszeichnung vor.«

»Frag mich was Leichteres.«

»Einverstanden.« Er drehte sich langsam um sich selbst und blickte sich in dem Zimmer um. »Hier hat eine Frau in den Dreißigern gewohnt, und wir schreiben das einundzwanzigste Jahrhundert. Was vermisst man hier auf den ersten Blick?«

»Das ist wirklich leicht: einen Computer, einen Laptop, irgendetwas in der Art. Allerdings deutet auch nichts darauf hin, dass hier ein PC gestanden hat und entfernt wurde, um irgendwelche Hinweise verschwinden zu lassen.«

»Was vermisst du noch?«

»Einen Terminkalender. Immerhin hatte Lizzie bei Guernsey Gold & Silver eine Ausstellung am Laufen. Da muss es Vorarbeiten gegeben haben, eine Vernissage, Pressetermine.«

»Das bedeutet?«

»Sie hat alles über ihr Smartphone erledigt, das sie vermutlich bei ihrem letzten Strandspaziergang bei sich trug und das wir noch nicht gefunden haben. Ich warte noch ...«

John Barrys Titelmelodie zu dem Film *Frei geboren* unterbrach Pat, der Klingelton ihres eigenen Smartphones. Sie meldete sich, lauschte kurz und sagte dann: »Danke, Mildred, bitte halten Sie mich auf dem Laufenden. Ja, der DCI ist hier, ich unterrichte ihn.«

»Mildred?«, wunderte sich Doyle. »Heute ist Sonntag, da haben die Zivilangestellten der Einheit frei.«

»Sag das bloß nicht zu Mildred, sonst ist sie schwer beleidigt. Irgendwer hat sie über den Mord informiert, und schon ist die gute, unverzichtbare Mildred zur Stelle.«

Doyle konnte ein Schmunzeln nicht unterdrücken, als er an Mildred Mulholland dachte, die Sekretärin seiner Abteilung, deren Dienstzimmer man gemeinhin als »Herz des Kriminaldienstes« bezeichnete. Als verfüge sie über telepathische Fähigkeiten, war Mildred stets zur Stelle, wenn der von Doyle geleitete Kriminaldienst der Guernsey Police Force auf Hochtouren arbeitete. Bei ihr liefen alle Drähte zusammen, und außerdem versorgte sie Doyle und seine Mitstreiter auf ihre unnachahmliche Art mit Kaffee und Tee, mit Plätzchen und Sandwiches. Dabei wirkte sie mit ihrem hochtoupierten Haar und ihren konservativen Kostümen wie aus der Zeit gefallen.

»Was amüsiert dich so, Cy?«

»Ich musste gerade an die unvergleichliche Mildred denken. Typen wie sie findet man sonst nur noch in Kriminalromanen.«

»Sei froh, dass wir sie haben.«

»Oh, das bin ich. Was sagt sie?«

»Eine Funkpeilung von Lizzie Somers' Smartphone ist nicht möglich.«

»Also ist das Ding abgeschaltet oder zerstört worden. Und wo und wann war es zuletzt eingeloggt?«

»Im Bereich Rocquaine Bay heute Morgen um sechs Uhr sechsundvierzig.«

»Dann haben wir vermutlich ihren genauen Todeszeitpunkt. Der Mörder hat das Handy ausgeschaltet und an sich genommen. Oder ins Meer geworfen oder zerstört.«

Pat stimmte ihm zu.

»Hat Lizzie eine Cloud zur Datenspeicherung benutzt, zu der wir uns Zugang verschaffen könnten?«

»Unsere Techniker sind noch dabei, das herauszufinden. Mildred sagt, das könne dauern. Schließlich haben sie nichts außer Lizzies Telefonnummer.«

»Dann können wir immerhin die Verbindungsdaten ihrer letzten Gespräche herausfinden.«

»Auch daran wird gearbeitet«, sagte Pat und blickte sich noch einmal in dem Raum um. »Verlassen wir diesen traurigen Ort?«

»Guter Vorschlag«, erwiderte Doyle und fühlte sich erleichtert, als er hinter Pat auf den schmalen Gang hinaustrat.

* * *

Doyle und Pat trafen auf David Somers und Constable Allisette. Letztere hatte nichts gefunden, was geeignet erschien, bei der Aufklärung des Mordes behilflich zu sein. Ähnlich äußerte sich kurz darauf Sergeant Baker, der mit einer weiterhin – oder vielleicht grundsätzlich, dachte Doyle – griesgrämigen Victoria Somers aus dem Museum zurückkehrte.

»Eine Menge Krams von gesunkenen Schiffen«, wie sich Baker ausdrückte. »Ich habe gar nicht gewusst, wie viele Kähne hier vor der Küste abgesoffen sind.«

»Dafür ist das Shipwreck Museum da«, belehrte ihn Doyle. »Sind Sie noch nie hier gewesen? Mit der Schule oder Ihren Eltern?«

»Weder noch.«

»Da haben Sie aber etwas verpasst. Allein das große Schaubild über den Untergang der *Black Hawk* finde ich faszinierend. Das beflügelt doch die Phantasie jedes Jungen, auch wenn er schon längst erwachsen ist.«

»Die *Black Hawk*, Sir?«

»Haben Sie Tomaten auf den Augen, Baker? Das Schaubild im Eingangsbereich des Museums kann man gar nicht übersehen. Kapitän Byron Black war einer der erfolgreichsten Freibeuter Guernseys, und mit seinem Schiff, das im April 1798 von großer Kaperfahrt zurückkehrte, sollen Gold, Silber und Edelsteine im Wert von fünf Millionen Pfund untergegangen sein. Fünf Millionen nach heutigem Kurs, wohlgemerkt. Hier vor der Küste, ganz in der Nähe.«

Baker blickte seinen Vorgesetzten an wie ein Schuljunge, der die Hausaufgaben nicht erledigt hatte.

»Tut mir echt leid, aber da bin ich wohl dran vorbeigelaufen, ohne richtig hinzusehen.«

»So etwas bei einem Polizisten? Kommen Sie, Sergeant, ich zeige es Ihnen.«

Doyle, von der Leidenschaft für die maritime Geschichte seiner Heimat übermannt, packte Baker am Unterarm und zog ihn mit sich in den Eingangsbereich des Museums. David Somers rief ihnen etwas nach, das klang wie »Das hat keinen Zweck«, aber Doyle, beinah empört über die Unkenntnis seines Sergeants in Sachen *Black Hawk*, hörte kaum hin. Dabei spielte der Umstand keine geringe Rolle, dass er selbst Lust verspürte, sich das Schaubild, das er vor etlichen Jahren zuletzt betrachtet hatte, mal wieder anzusehen.

Aber es war nicht da. Doyle rieb sich die Augen. Wo die Museumsbesucher einst einen dreidimensionalen Ausschnitt des Schiffsuntergangs – sich im Wasser tummelnde Freibeuter, einige nach lebensrettenden Planken, andere in verblendeter Gier nach sinkenden Schatztruhen greifend und im Hintergrund das schon halb im Sturm gesunkene Schiff – hatten betrachten können, klaffte jetzt eine riesige Lücke. Farbunterschiede an der Wand und auf dem Fußboden verrieten, dass hier lange Zeit etwas gewesen war.

»Meinten Sie das hier, Sir?«, fragte Baker scheinheilig und gab sich keine Mühe, ein Feixen zu unterdrücken.

Doyle räusperte sich und suchte nach Worten für die Entschuldigung, die der Sergeant wohl mit Recht von ihm erwartete. Der herbeieilende David Somers erlöste ihn aus der peinlichen Lage.

»Wie ich schon sagte, das hat keinen Zweck. Wir haben das *Black-Hawk*-Schaubild abbauen lassen, um Platz für die Saumarez-Sonderausstellung zu schaffen. Das Schaubild hatte nach all den Jahren ohnehin eine Renovierung dringend nötig. So schlagen wir zwei Fliegen mit einer Klappe.«

Seine Schwester, begleitet von Pat und Allisette, trat hinter ihn. »Hoffentlich wird diese Saumarez-Ausstellung wirklich so ein Erfolg, wie alle glauben. Nicht, dass uns der Spaß nachher mehr kostet, als er einbringt.«

»Wenn das Ihre einzige Sorge ist«, knurrte Doyle sie an. Vor sich sah er wieder das Bild der Toten am Strand. »Vielleicht tröstet es Sie, dass Sie jetzt eine Person weniger durchfüttern müssen.«

Sie strafte ihn mit einem vernichtenden Blick. »Als hilfreiche Arbeitskraft konnte man Lizzie in letzter Zeit nicht bezeichnen. Sie war so mit ihren lächerlichen Basteleien beschäftigt, dass sie im Museum kaum noch einen Handschlag getan hat.«

»Dann können Sie dem Mörder ja dankbar sein«, sagte Doyle gallig und bohrte seinen Blick so lange in ihre Augen, bis sie nachgab und zu Boden sah. »Was Sie als lächerliche Basteleien abtun, scheint Ihrem Nachbar auf der anderen Straßenseite immerhin eine große Ausstellung wert zu sein.«

»Peter Laforet hatte für die Ausstellung wohl andere Gründe als künstlerische Qualität.«

»Vielleicht sind er und Lizzie sich deshalb sympathisch gewesen, weil er ihre Kunst gemocht hat«, überlegte Pat laut. »Wie standen Sie eigentlich zu der künstlerischen Betätigung Ihrer Frau, Mr Somers?«

»Ich habe es akzeptiert.«

»Begeisterung klingt anders«, stellte Pat fest.

»Worüber hätte ich begeistert sein sollen? Darüber, dass Lizzie, statt hier im Museum mitzuhelfen, ihre Zeit damit vertrödelte, Holz, Steine und Fischgräten zu angeblichen Kunstwerken zusammenzukleistern? Als wäre sie ein kleines Mädchen, das aus Kastanien, Eicheln und Streichhölzern Tiere bastelt. Lächerlich!«

Pat hatte beschlossen, den Speer etwas weiter in der Wunde

herumzudrehen. »Wie man hört, ist die Ausstellung bei Guernsey Gold & Silver sehr erfolgreich.«

David Somers presste die Lippen aufeinander und zuckte mit den Schultern.

Victoria aber wollte Pats Bemerkung nicht unkommentiert lassen. »Es finden sich immer ein paar Idioten, die irgendetwas beklatschen, von dem sie nichts verstehen.«

KAPITEL 4

»Das war ja richtig gruselig«, sagte Sergeant Baker, als sie gemeinsam das Shipwreck Museum verließen. »Wenn ich einen Film über die beiden Figuren drehen sollte, würde ich ihn *Geschwister des Grauens* nennen.«

»Die Schwester war die Gruselige«, meinte Allisette. »Der Bruder gab sich eher unbeteiligt.«

Baker fummelte einen halb zerquetschten Schokoriegel aus einer Hosentasche und riss die Verpackung auf. »Das fand ich nicht weniger gruselig. Wenn meine Frau ermordet worden wäre, hätte ich ganz sicher anders reagiert, selbst wenn sie mich betrogen hätte.«

»Du hast aber keine Frau, Calvin.«

»Was nicht ist, kann ja noch werden.«

Baker strahlte seine junge Kollegin aus leuchtenden Augen an und biss dann genießerisch in den Schokoriegel. Seine Schwärmerei für Allisette war ein offenes Geheimnis im Kriminaldienst und vermutlich im gesamten Polizeihauptquartier. Bis vor ein paar Monaten hatte ein Bote zweimal in der Woche ein Pralinenpräsent für Allisette im Hautquartier abgegeben. Der Auftraggeber war nie bekannt worden, aber es gab nur einen Verdächtigen: Calvin Baker. Inzwischen war durchgesickert, dass Jasmyn Allisettes sexuelle Orientierung dem eigenen Geschlecht galt, und vielleicht hatte das, vermutete Doyle, die regelmäßige Pralinenlieferung aus dem großen Süßwarenladen am unteren Ende der High Street zum Erliegen gebracht.

»Interessanterweise hat Victoria Somers kein Alibi«, sagte Pat. »Und das ihres Bruders ist schon recht ungewöhnlich und vor allem noch nicht bestätigt.«

»Die Spur führt nach Hongkong«, grinste Baker mit leichtem Schmatzen. »Das wäre noch ein toller Filmtitel. Aber vielleicht genügt es, wenn unsere Techniker sagen können, dass der nicht trauernde Witwer während der fraglichen Zeit über das Onlinespiel-System mit Hongkong verbunden war.«

»Das genügt keinesfalls«, wandte Pat ein. »Erstens muss diese Micky-Maus-Frau bestätigen, dass David Somers ununterbrochen gegen sie gespielt hat, und zweitens müssten wir wiederum deren Glaubwürdigkeit überprüfen.«

»Ich werde das gleich in die Wege leiten«, sagte Doyle zum Erstaunen der anderen, zückte sein Handy und entfernte sich mit ein paar schnellen Schritten von der Gruppe.

Er hatte die Nummer schon seit etlichen Jahren nicht mehr gewählt, aber sie war noch im Speicher. Wie ein altes Buch, das man sich wohl nicht wieder vornehmen würde, das man aber aus sentimentaler Erinnerung an vergangene Lesefreuden aufbewahrte. Es dauerte nicht lange, bis er eine Verbindung hatte, und die war, gemessen an der Entfernung, recht gut. Der Ton der vertrauten Stimme wechselte: erfreutes Erstaunen darüber, dass er von sich hören ließ; Vorwürfe, dass er sich so lange nicht gemeldet hatte; Interesse, als er von dem aktuellen Fall berichtete; schließlich professionelle Sachlichkeit mit der Zusage, sich möglichst bald zu melden.

Zurück bei seinen Leuten, sagte Doyle: »Die Hongkong

Police Force arbeitet mit Hochdruck daran, David Somers' Alibi zu verifizieren.«

»Wer sagt das?«, fragte Pat.

»DCI Lee von der Abteilung B der Hongkong Police Force.«

»Haben die in Hongkong keinen Sonntag, dass du gleich Verbindung zu einem Chief Inspector bekommen hast?«

»Ich habe da einen guten Kontakt aus meiner Zeit in Hongkong.«

»Aus deiner Zeit in Hongkong?«, wiederholte Pat langsam. »Davon hast du mir nie etwas erzählt, Cy.«

»Du hast ja auch nie danach gefragt.«

»Na, hör mal! Wie kann ich nach etwas fragen, von dem ich nicht die geringste Ahnung ...«

Pats Worte waren immer schlechter zu verstehen und gingen schließlich ganz in dem lauter und lauter werdenden Geknatter unter, das ein sich näherndes Insekt verursachte. Ein stählernes Insekt, das sich mit großer Geschwindigkeit durch den blauen Himmel schwang und aus dem Inselinneren, aus Richtung Torteval, kam. Ein Zehn-Millionen-Pfund-Insekt.

Der nagelneue Hubschrauber trug das Logo der Einheit: ein nach oben offener Lorbeerkranz und darüber eine Krone in Gold und Rot; innerhalb des Kranzes ein blauer Kreis mit der weißen Inschrift »Guernsey Police«; und in dem Kreis prangte das Wappen Guernseys: drei goldene Löwen auf rotem Grund.

Der Pilot ließ das Rieseninsekt sinken und in sehr niedriger Höhe vor dem Shipwreck Museum in der Luft schweben. Ein Polizeifotograf, der nahe dem Leichenfundort am Strand stand und eben noch Fotos von der näheren Umgebung der Leiche geschossen hatte, widmete jetzt seine ganze professionelle Aufmerksamkeit dem Hubschrauber.

»Bevor mir schlecht wird, sehe ich da nicht länger hin.«

Demonstrativ wandte Doyle dem Geschehen am Strand den Rücken zu. Ihm und seinen Kollegen war klar, was gerade vor sich ging. Chief Officer Chadwick hatte seine teure Neuerwerbung herbeordert, um den Mord an Lizzie Somers werbewirksam auszunutzen. *Neuer Polizeihubschrauber bei Mordfall im Einsatz.* So würde wohl die Bildunterschrift lauten, wenn die eindrucksvollsten Fotos an die Medien herausgegeben wurden.

»Sehen wir uns mal bei Guernsey Gold & Silver um«, schrie Doyle gegen den Hubschrauberlärm an. »Mich interessiert Lizzie Somers' Ausstellung und noch so einiges mehr.«

* * *

Das große Banner, das zur Straßenseite hin über dem Gelände von Guernsey Gold & Silver hing und leicht im Wind flatterte, war nicht zu übersehen: STRANDFUNDE UND DOSENFISCH – MEERESKUNST VON ELIZABETH SOMERS.

»Dosenfisch«, sagte Baker, als sie die Küstenstraße überquert hatten. »Das klingt lecker.«

»Der schwimmt bestimmt nicht in Schokoladensoße«, gab Allisette zu bedenken.

»Man muss ja auch mal was Herzhaftes essen.«

»Ach nee, das sind ja ganz neue Töne.«

»Ich esse auch andere Dinge als Schokolade, das weißt du.«

So oder ähnlich musste Bakers empörter Satz geklungen haben. Doyle verstand ihn nicht richtig, weil der Hubschrauber wieder lauter wurde. Chadwicks Stolz knatterte direkt über ihnen hinweg, um über der Gemeinde Torteval kleiner und leiser zu werden. Wahrscheinlich flog der Pilot zurück zum Start- und Landeplatz auf dem Guernsey Airport in der Gemeinde Forest, südöstlich von Torteval.

Guernsey Gold & Silver hatte noch nicht geöffnet, der Besucherparkplatz war leer, und vor dem Tearoom, der zu der Anlage gehörte, bereiteten gerade ein junger Mann und eine junge Frau Stühle, Tische und Sonnenschirme für die erwartete Kundschaft vor. Beide trugen ein blaues Oberteil, der schwarzhaarige Mann mit südländischem Einschlag dazu eine grüne Hose, die schlanke blonde Frau einen grünen Rock, der nur knapp unter ihren Knien endete und durchaus ansehnliche Beine erkennen ließ. Ansehnlich wie der Rest der Frau, die allerdings Doyles Tochter hätte sein können.

Sie erwiderte seinen Blick, strahlte plötzlich über das ganze Gesicht und trat auf ihn zu. »Hallo, Sir, wie geht es Ihnen?«

»Äh, danke, gut«, sagte Doyle schleppend und starrte verwirrt in das offene Gesicht, dessen gebräunter Teint einen hübschen Kontrast zu ihrem blonden Haar abgab, das sie hochgesteckt trug.

»Ich glaube fast, Sie erinnern sich nicht an mich.« In ihrer Stimme lag kein Vorwurf, und sie lächelte ihn immer noch offen an.

»Aber bestimmt, natürlich.« Während er diese lahme Lüge vortrug, durchsuchte er verzweifelt die vielen Schubladen seines Gedächtnisses, um das Gesicht mit einem Namen in Einklang zu bringen.

Pat ergriff das Wort. »Es freut uns sehr, Sie wiederzusehen, Faith.«

»Ja, natürlich, Faith«, sagte Doyle schnell, war aber noch immer vollkommen planlos.

»Sie haben mich nicht erkannt, Sir«, durchschaute Faith ihn lächelnd. »Im Gegensatz zu Ihrer Frau.«

Doyle wandte den Blick von ihr ab und sah hilfesuchend Pat an.

»Aber, *Liebling*«, sagte Pat mit einer eigenartigen Betonung auf dem zweiten Wort, »erinnerst du dich wirklich nicht an Faith aus Südafrika?«

Faith aus Südafrika. Jetzt hatte er es. Kein Wunder, dass er den Namen nach der kurzen Begegnung fast vergessen hatte. Oder sollte er sagen, verdrängt? Dieser Abend war beileibe kein Ruhmesblatt für ihn gewesen. Damals, nachdem er seinen ersten Fall als DCI der Guernsey Police gelöst hatte. Bei einem romantischen Dinner am Hafen von St. Peter Port hatte er versucht, Pat zurückzugewinnen – und sich dabei eine Abfuhr erster Klasse geholt. Er hatte sich gefühlt wie Napoleon am Abend von Waterloo: Niederlage auf der ganzen Linie. Daran hatte auch die süße Faith aus Südafrika nichts zu ändern vermocht, die damals in dem Restaurant gekellnert hatte. Er hätte sich wohl geschmeichelt fühlen sollen, als das Mädchen ihm ihren Zimmerschlüssel zugeschoben hatte. An jenem Abend aber war er nicht in der Stimmung für ein romantisches Abenteuer gewesen und hatte ihr den Schlüssel zurückgegeben. Seine Gedanken hatten nur Pat gegolten, der Frau, die er verloren hatte.

»Ich hatte gedacht, Sie wären längst wieder in Südafrika.«

Als er das sagte, merkte er sofort, wie mau seine Worte klangen. Das plötzliche Auftauchen der blonden Kellnerin und die bitteren Erinnerungen an den unglücklichen Abend mit Pat hatten ihn verwirrt.

»Da war ich auch, Sir. Aber Guernsey gefällt mir gut, und diese Sommersaison habe ich hier bei Guernsey Gold eine Stelle ergattert. Das war sogar recht einfach. Die Laforets suchen immer noch händeringend nach weiterem Service-Personal.«

»Schön für Sie«, sagte er geistesabwesend und konzentrierte sich wieder auf den aktuellen Fall. »Haben Sie etwas von dem Geschehen am Strand drüben mitbekommen?«

»Meinen Sie den Mord an Lizzie Somers?«

»Sie wissen schon von dem Mord und kennen den Namen des Opfers?«

»Jeder an diesem Küstenabschnitt hat den Polizeiauftrieb am Strand mitbekommen, und schlechte Nachrichten verbreiten sich schnell. Also weiß auch jeder hier, wer die Tote ist. Oder sagt man war?«

»Unwichtig«, winkte Doyle ab. »Kannten Sie Lizzie?«

»Nur vom Sehen. Sie hat ja ihre Ausstellung bei uns. Zwei- oder dreimal habe ich sie im Tearoom bedient.«

»Und mochten Sie Lizzie?«

Ein entschuldigendes Lächeln umspielte ihre dezent geschminkten Lippen. »Dazu habe ich sie nicht gut genug gekannt. Aber sie war immer höflich, das kann ich sagen.«

»Und Ihr Juniorchef, Peter Laforet, mochte der sie?«

»Wie meinen Sie das, Sir?«

»Ich drücke es mal anders aus: Ging sein Interesse an der Strandkünstlerin über deren Strandkunst hinaus?«

Faith überlegte für ein paar Sekunden mit in sich gekehrtem Blick, dann sah sie wieder Doyle an. »Wir haben Anweisung, nicht auf das Privatleben unserer Gäste zu achten. Das geht uns nichts an.«

Pat trat einen Schritt auf sie zu. »Sie sind doch eine aufgeweckte Person, da wird Ihnen wohl auffallen, wenn ein Mann für eine Frau schwärmt oder umgekehrt. Auf so etwas achten Sie doch, oder?«

»Ich weiß nicht, wie Sie darauf kommen«, antwortete Faith zögernd.

»Nicht ausweichen, sondern antworten!«, verlangte Pat. »Ich kenne die Gesetze in Ihrer Heimat nicht so genau, aber hier auf Guernsey macht sich strafbar, wer die Polizei bei ihren Ermittlungen behindert oder ihr etwas Wichtiges verschweigt. Bei einer Mordermittlung sehen die Gerichte das besonders eng.«

Faiths Blick wanderte Hilfe suchend von Pat über Baker und Allisette zu Doyle, aber auch er sah sie jetzt ernst und fordernd an.

Sie atmete tief durch. »Ja, ich glaube schon, dass zwischen den beiden etwas lief. Sie haben sich recht oft getroffen, und einmal habe ich beobachtet, wie sie Händchen haltend zum Strand hinübergingen.«

»Geht doch«, stellte Pat fest. »Wie lange ging das schon so mit den beiden?«

»Ungefähr so lange, wie die Ausstellung läuft, so eininhalb Monate. Das glaube ich zumindest, Genaues weiß ich nicht. Ich habe über ihr Verhältnis nicht Buch geführt.«

»Danke«, sagte Pat und wandte sich an den jungen Kellner, der aufmerksam zugehört hatte. »Haben Sie dem noch etwas hinzuzufügen?«

»Nein, mehr weiß ich auch nicht«, sagte er in einem sehr gebrochenen Englisch. Doyle nahm an, dass er aus Spanien oder Portugal kam. Ein Saisonarbeiter wie Faith und viele andere, die für den Touristensommer nach Guernsey kamen.

»Falls doch, melden Sie sich umgehend bei mir. Das gilt für Sie beide.«

Er wollte Faith seine dienstliche Visitenkarte geben, aber Pat war eine Sekunde schneller.

»Der DCI hat viel zu tun, melden Sie sich lieber bei mir«, sagte sie mit einem knappen Lächeln.

* * *

Eine Frau Ende dreißig im Businesskostüm, die gerade die Verkaufs- und Ausstellungsräume für den heutigen Tag öffnen wollte, wirkte nicht überrascht, als Doyle ihr seinen Polizeiausweis vor die Stupsnase hielt, und ließ ihn und sein Team bereitwillig eintreten.

»Jessica Falla, Verkaufsleiterin«, stellte sie sich vor. »Ich habe mit Ihrem Besuch gerechnet. Arme Lizzie!«

»Schlechte Nachrichten verbreiten sich offenbar in Windeseile, besonders, wenn sie nur eine Straße überqueren müssen«, seufzte Doyle. »Wie gut kannten Sie die Tote?«

»Nicht besonders gut«, erklärte die Frau im sachlichen Ton. Die Beziehung sei rein geschäftlich gewesen: Ihre Zuständigkeit als Verkaufsleiterin habe auch den Verkauf der bei Guernsey Gold & Silver ausgestellten Werke umfasst.

»Die Ausstellung würden wir uns gern einmal ansehen.«

Auch diesen Wunsch Doyles schien Jessica Falla vorausgeahnt zu haben, und sie führte die Polizisten umgehend in den großen Raum, der Elizabeth Somers' Kunst gewidmet war. Die Ausstellung war ebenso liebevoll konzipiert wie arrangiert, und einmal mehr wurde Doyle von Lizzie Somers' Kreativität und Geschmack in den Bann gezogen. Besonders gefiel ihm der »Dosenfisch«. Die Künstlerin hatte leere Fischdosen, wie man sie in gefülltem Zustand in jedem Supermarkt kaufen konnte, zu Behältnissen meeresbezogener Miniaturen gemacht. Oft enthielten die Dosen Fische, teils gemalt, teils aus kleinen Steinen, Holzstückchen oder auch Fischgräten zusammengesetzt. Andere Dosen beherbergten Segelboote oder Fischkutter. Manche Dosen enthielten abstraktere Motive aus Muscheln, Meerglas und Hühnergöttern. Letzteres waren Steine mit einem natürlichen Loch oder auch mehreren. Als kleiner Junge hatte er eine Zeit lang Hühnergötter gesammelt, weil seine Mutter ihm erzählt hatte, sie brächten Glück. Er hatte ihr eine Kette daraus gebastelt und zum Geburtstag geschenkt. Noch heute überkam ihn ein

Glücksgefühl, wenn er an ihre innige Umarmung zurückdachte, nachdem sie die Kette um ihren Hals gelegt hatte. Während er die Hühnergötter ansah, beschlich ihn ein leiser Anfall von Schwermut. Der Künstlerin hatten die Steine kein Glück gebracht.

»Sehr beeindruckend«, hörte er neben sich Pat sagen.

»Nicht wahr?«, pflichtete Jessica Falla ihr bei. »Diese Idee mit den Fischdosen ist doch absolut genial. Auf diese Weise hat Mrs Somers die Schönheit der Kunst mit dem immer wichtiger werdenden Recycling-Gedanken verbunden. Die neue Kunst des einundzwanzigsten Jahrhunderts.«

Doyle betrachtete von der Seite ihr strenges, aber durchaus attraktives Gesicht, das von kurzgeschnittenen brünetten Haaren eingerahmt wurde. Ihre Worte wirkten aufgesetzt, wie aus einem Ausstellungskatalog vorgelesen. War auch das unbeteiligte Antlitz der Verkaufsleiterin nur aufgesetzt? Eine Maske, hinter der sich etwas anderes verbarg?

»Wer hatte die Idee zu dieser Ausstellung?«, fragte er.

»Das Konzept stammt von Lizzie Somers.«

»Aber wer kam als Erster darauf, die Ausstellung hier bei Guernsey Gold & Silver zu veranstalten?«

»Das war der Juniorchef, wenn ich mich richtig erinnere.«

Täuschte er sich, oder huschte bei diesen Worten tatsächlich ein Schatten über Jessica Fallas Gesicht? Kaum wahrnehmbar und nach kaum einer Sekunde auch schon wieder verschwunden.

»War er schon lange mit Lizzie Somers befreundet?«

Etwas Abwehrendes trat in ihre Züge. »Wie meinen Sie das, befreundet?«

»Wie würden Sie es denn beschreiben, Ms Falla? In was für einem Verhältnis standen Peter Laforet und Lizzie Somers zueinander?«

Eigentlich kannte er die Antwort. Ihn interessierte mehr, wie sein Gegenüber auf die Frage reagierte.

»Ich weiß nichts über irgendein Verhältnis. Ich arbeite hier und pflege ein rein geschäftliches Verhältnis zur Familie Laforet. Schon gar nicht gehört zu meinen Aufgaben, sie auszuspionieren.«

Sie bemühte sich auch jetzt um einen sachlichen Tonfall, aber es wollte ihr nicht ganz gelingen. Doyle hörte einen Unterton heraus, der verriet, dass sie sich sehr zusammenreißen musste. Offenbar hatte er einen Nerv getroffen, aber er beschloss, das Thema im Augenblick nicht weiterzuverfolgen. Nach seiner Einschätzung war Jessica Falla nicht so leicht zu knacken. Ein neuer Angriff zu einem Zeitpunkt, an dem sie nicht damit rechnete, erschien ihm aussichtsreicher.

Also wechselte er das Thema und fragte: »Wo wohnt Peter Laforet?«

»Peter? Wie seine Eltern in dem großen Haus, das ein Stück von der Straße entfernt liegt, jenseits der Geschäftsgebäude. Guernsey Gold & Silver ist ein Familienunternehmen, und die Familie wohnt traditionell nahe bei den Betriebsräumen.«

Sie hatte sich offenbar entspannt und klang jetzt wieder, als zitiere sie aus einer Firmenbroschüre.

»Würden Sie uns hinführen?«

»Nicht nötig.«

Die Antwort kam nicht von Jessica Falla. In der breiten Eingangstür zum Ausstellungsraum stand ein hoch gewachsener, sonnengebräunter Mann mit einem vollen weißen Haarschopf und einem dichten Oberlippenbart, der ihn aussehen ließ wie einen General aus einem alten Kriegsfilm. Die dröhnende Stimme und seine stockgerade Haltung untermauerten dieses Bild, aber sein hellblaues Hemd mit bis zu den Ellbogen hochgekrempelten Ärmeln, eine weiße Sommerhose und Mokassins aus braunem Leder wirkten eher leger. Der offene Hemdkragen gab den Blick auf eine schlichte Goldkette frei, und am rechten Ringfinger entdeckte Doyle einen gold-silbernen Siegelring. Er hatte keinen Zweifel daran, wer der Mann war, der jetzt mit langsamen Schritten auf ihn zu trat.

»Es ist sehr nett, dass Sie uns persönlich zur Wohnung Ihres Sohns bringen wollen, Mr Laforet«, sagte Doyle und hielt dem strengen Blick aus einem Paar dunkler Augen stand, die von dichten weißen Brauen überschattet waren.

»Kennen wir uns?«

»Nein, Sir«, sagte Doyle, stellte sich vor und hielt seinen Dienstausweis unter die große, leicht gebogene Nase seines Gegenübers.

Nach einem flüchtigen Blick auf den Ausweis fragte Laforet in seinem tief dröhnenden Timbre: »Und woher wissen Sie, wer ich bin?«

»Ich bin weder blind noch taub. Und jetzt, Sir, wäre ich Ihnen dankbar, wenn Sie uns zu den Räumlichkeiten Ihres Sohns führen würden.«

Die Gestalt des Mannes, den Doyle auf Mitte bis Ende sechzig schätzte, schien das Unmögliche zu vollbringen und sich noch mehr zu straffen. Doyle war schon groß, aber Laforet senior überragte ihn noch um einen halben Kopf. Er blickte Doyle an, wie ein Offizier einen Untergebenen ansehen mochte: distanziert, überlegen und kühl.

»In Peters Wohnung haben Sie nichts zu suchen, und ich denke nicht daran, Sie hineinzulassen. Ich habe bereits mit unserem Anwalt telefoniert. Dass Sie Peter festgenommen haben, wird Ihnen schon Ärger genug einbringen. Legen Sie sich nicht weiter mit mir an!«

Pat sagte mit harter Stimme: »Die vorläufige Festnahme Ihres Sohns ist vollkommen gerechtfertigt. Er ist derzeit tatverdächtig. Er war allein bei der Toten, und er hat als ihr Liebhaber möglicherweise ein Motiv für die Tat: Eifersucht oder ein Streit unter Liebenden. Außerdem hat er uns gegenüber seine Beziehung zu Mrs Somers geleugnet, was kein gutes Licht auf ihn wirft.«

»Und wer ist das?«, schnaubte Laforet und sah dabei Doyle an, ohne Pat eines Blickes zu würdigen.

»Detective Inspector Holburn, meine rechte Hand.«

»Frauen bei der Polizei!« Falten bildeten sich auf Laforets Stirn, und das gebräunte Gesicht nahm einen angewiderten Ausdruck an. »Mischen sich heutzutage überall ein und denken, sie sind unersetzlich.«

Doyle zwang sich zu einem kalten Lächeln. »Unersetzlich sind die Frauen schon seit Anbeginn der Menschheit.«

»Wieso?«

»Sonst gäbe es uns alle nicht, Sir.«

»Ja. Das Einzige, wozu sie taugen. Verdrehen den Männern den Kopf. So wie dieses Somers-Flittchen.«

Allisette, ihrer Miene nach wütend über Laforets frauenfeindliche Äußerung, hakte sofort nach: »Sie mochten Lizzie Somers nicht?«

»Das können Sie laut sagen, junge Frau.«

»Constable, so viel Zeit muss sein.«

»Meinetwegen, Constable«, grummelte Laforet kaum hörbar.

»Warum mochten Sie sie nicht?«, fuhr Allisette fort.

»Sehen Sie sich doch um. Dieser billige Mumpitz, der hier zur Schau gestellt wird, ist ja geradezu geschäftsschädigend. Fischdosen!« Laforet lachte rau. »Die gehören auf den Müll, aber nicht in eine Ausstellung. Doch die kleine Somers wusste, wie sie zu etwas kam. Hat ihren weiblichen Charme spielen lassen und Peter den Kopf verdreht. Er hätte hier auch einen Haufen Pferdemist ausgestellt, wenn sie es gewollt hätte.«

»Sie wissen also von dem Verhältnis Ihres Sohns zu der Ermordeten?«, fragte Baker.

»Natürlich, jeder hier weiß das. Sie haben sich ja kaum Mühe gegeben, es zu verbergen.«

»Ach, interessant«, sagte Doyle mit einem Seitenblick auf Jessica Falla. »Und weshalb sind Sie so sehr dagegen? Einmal abgesehen davon, dass Sie keinen Draht zu Lizzie Somers' Strandkunst haben.«

»Sie ist eine verheiratete Frau, oder nicht? Sie sollte bei Ihrem Mann sein und ihm helfen, das Museum zu führen. Aber nein, sie muss Peter schöne Augen machen und ihre Zeit mit ... diesem Zeugs hier vertrödeln.«

Bei den letzten Worten machte Laforet eine weit ausholende Armbewegung, als wolle er sämtliche Kunstwerke der Toten aus dem Ausstellungsraum fegen.

»Hatten Sie Streit mit Ihrem Sohn?«, fragte Pat.

»Warum?«

»Na, wegen seiner Affäre mit Mrs Somers.«

»Selbstverständlich hatte ich Streit mit ihm. Ich habe ihm meine Meinung deutlich gesagt, aber er wollte nicht auf mich hören. Ich habe ihm die Verantwortung über die Geschäfte und die begleitenden Ausstellungen übertragen, also konnte ich es nicht verhindern. Aber jetzt sieht man ja, was er sich mit dieser Frau eingebrockt hat!«

Das hörte sich fast an, als wäre Peter Laforet das Mordopfer und nicht Lizzie Somers. Doyle wechselte einen kurzen Blick mit Pat und erkannte, dass sie von Laforets Worten ebenso wenig angetan war wie er.

»Mr Somers, haben Sie ein lückenloses Alibi für den heutigen Morgen?«, ergriff Doyle wieder das Wort.

Eine Blitzkaskade aus Laforets Augen traf ihn. »Das ist ja unglaublich! Erst verhaften Sie meinen Sohn, und jetzt verdächtigen Sie mich? Die Laforets sind eine der angesehensten Familien auf der Insel.«

Doyle lächelte ihn an, aber es war ein kaltes Lächeln. »Vor dem Gesetz sind alle gleich, Mr Laforet.«

»Ich werde meinen Anwalt anrufen.«

»Tun Sie das, aber das wird uns nicht aufhalten. Wir haben einen Mord aufzuklären. Den Weg zu Ihrem Haus finden wir auch allein.«

Zum ersten Mal seit seinem Eintreten trat so etwas wie Besorgnis in Laforets Züge. »Nein, ich werde Sie hinbringen, in Gottes Namen. Meine Frau ist zurzeit allein im Haus. Sie weiß noch nichts von Peters Verhaftung. Es geht ihr nicht gut, gehen Sie bitte schonend mit ihr um!«

»Inwiefern?«, erkundigte sich Pat.

»Sie hatte vor einigen Jahren einen Segelunfall und ist seitdem an den Rollstuhl gefesselt. Gesundheitlich ist sie sehr schwach, hat sich von dem Unfall nie wieder richtig erholt.«

* * *

Die Familie Laforet lebte in einem großen alten Farmhaus aus grauem Guernseygranit. Das zweiflügelige Gebäude war hervorragend in Schuss, nach allen Regeln der Kunst restauriert. Ein gepflegter Rasen, ein großer Swimmingpool und eine geräumige Garage verdeutlichten noch stärker, dass hier viel Geld zu Hause war. Kaum hatte George Laforet ihnen die Haustür geöffnet, da kam ihnen auch schon eine verhärmte Frau in einem elektrischen Rollstuhl entgegen, das schmale

Gesicht eine einzige Sorgenfalte. Offenbar war sie nicht so ahnungslos, wie ihr Mann gedacht hatte.

»Was ist mit Peter? Wo ist er? Sag schon, George, ist ihm etwas zugestoßen?«

»Peter geht es gut, Margaret«, sagte Laforet eilig. »Er ist mit der Polizei nach St. Peter Port gefahren, um ihnen dort genauer Auskunft zu Elizabeth Somers zu geben.«

»Ja, die Ärmste«, seufzte Mrs Laforet. »Die alte Mrs Wiley von nebenan hat eben angerufen und es mir erzählt. Sie hat gesehen, wie Peter in einen Polizeiwagen gestiegen ist. Aber warum nach St. Peter Port? Sie hätten mit Peter doch auch hier sprechen können.«

»Dort kann er seine Aussage gleich zu Protokoll geben«, antwortete ihr Mann und warf Doyle einen fast flehenden Blick zu.

»Ihr Mann hat recht, es ist für uns einfacher so«, sagte Doyle und stellte sich vor. »Hoffentlich stört es Sie nicht, dass meine Leute und ich uns hier ein wenig umsehen. Die Wohnung Ihres Sohns würden wir gern einmal unter die Lupe nehmen.«

»Wenn Sie meinen, Mr Doyle. Aber Mrs Somers war nur ein- oder zweimal hier, soweit ich weiß.«

»Trotzdem könnte sie dort Spuren hinterlassen haben, die uns weiterhelfen.«

Sie nickte, obwohl ihr schmales Gesicht Zweifel ausdrückte.

»Mein Mann wird Sie gern zu Peters Wohnung führen. Mir ist aber etwas unwohl dabei, wenn Sie sich da in Peters Abwesenheit umsehen.«

»Wir geben uns Mühe, nicht zu viel Unordnung zu machen. Aber in einem Mordfall ist es wichtig, schnell zu handeln.«

»Ich verstehe.«

Margaret Laforet seufzte wieder und wirkte dabei, als könne sie das alles kaum ertragen.

»Eine letzte Frage: Wie haben Sie den heutigen Morgen verbracht?«

Sie warf Doyle einen verbitterten Blick zu. »Ich laufe nicht groß in der Gegend herum, wie Sie sich vorstellen können. Ich war die meiste Zeit auf der Terrasse, habe dort gefrühstückt und dann gelesen, *Ebenezer Le Page.*«

Doyle kannte das Buch selbstverständlich, ein großartiger Roman von G. B. Edwards – und gleichzeitig sein einziger – über das alte Guernsey, wie manche hier es auch nannten. Das Guernsey vor und im Zweiten Weltkrieg, bevor die Welt und damit auch diese kleine Insel sich für immer gewandelt hatten.

»Ihr Mann war die ganze Zeit über bei Ihnen, nehme ich an.«

Er sagte das eher beiläufig, aber nicht ohne Absicht. Die Frage nach George Laforets Alibi, um deren Beantwortung sich der Gefragte bislang gedrückt hatte, stand noch im Raum.

»Ach, George, der ist schon vom Tisch aufgestanden, da war ich noch nicht ganz fertig mit dem Frühstück. Er isst morgens nie sehr viel, und das Wenige, das er zu sich nimmt, schlingt er auch noch in einem ungesund schnellen Tempo herunter. Ist es nicht so, George?«

Laforets ganze Antwort bestand aus einem mürrischen Brummen.

Er wandte sich an Doyle. »Kommen Sie, ich bringe Sie zu Peters Wohnung.«

Laforet führte Doyle und seine Leute zu dem kleineren Seitenflügel, der von seinem Sohn bewohnt wurde, und schloss ihnen die Verbindungstür auf. Es gab auch einen Vorder- und einen Hintereingang, so dass Doyle Mrs Laforets Aussage,

Lizzie Somers sei nur ein- oder zweimal hier gewesen, für zweifelhaft hielt.

Laforet sah Doyle mit unverhohlener Abneigung an. »Ich glaube, ich kann Sie jetzt allein lassen, oder?«

»Wenn Sie mir vorher noch eine Frage beantworten, Sir: Was haben Sie getan, nachdem sie vom Frühstückstisch aufgestanden sind?«

»Ich war fast die ganze Zeit über in meinem privaten Arbeitszimmer, hier im Haus.«

»Kann das jemand bezeugen?«

»Ich fürchte, nicht. Unser Hausmädchen ist samstags nur morgens da, um die Betten zu machen und das Frühstück zuzubereiten. Ich war allein.«

»Mit Ihrer Frau haben Sie in dieser Zeit nicht gesprochen?«

»Haben Sie nicht zugehört? Sie hat auf der Terrasse gesessen und gelesen.«

»Danke, dass Sie mich daran erinnern, dass Sie kein Alibi haben«, sagte Doyle gelassen.

»Und was jetzt? Nehmen Sie mich fest, so wie Peter?«

»Warum sollte ich das tun?«

»Ich habe Ihnen doch deutlich gesagt, dass ich von Mrs Somers wenig gehalten habe.«

»Das ist noch kein Mordmotiv. Außerdem haben wir Ihren Sohn bei der Toten angetroffen, nicht Sie.«

Kurz blitzte es in Laforets Augen auf, und er sog hörbar die Luft ein, als bereite er sich auf eine scharfe Erwiderung vor. Aber dann sagte er nur mit emotionsloser Stimme: »Melden Sie sich, wenn Sie noch etwas von mir wollen. Ich bin im Haupthaus.«

»Jetzt fällt mir doch noch etwas ein.« Doyle erinnerte sich an eine Bemerkung von Reginald Carney. »Wie geht es Ihrem Unternehmen geschäftlich? Läuft es gut?«

»Selbstverständlich«, antwortete Laforet wie aus der Pistole geschossen. »Wieso fragen Sie das?«

»Ach, nur so ein Gedanke.«

Als George Laforet sich umwandte und ging, wirkte seine Haltung nicht mehr so gerade wie bisher.

* * *

»Ein wenig moderner eingerichtet als bei den Eltern«, entfuhr es Jasmyn Allisette, als sie sich in Peter Laforets Teil des Hauses umsah.

Hatten im Haupthaus rustikale Möbel im Landhausstil dominiert, durchaus passend zu dem renovierten Farmgebäude, bevorzugte der Junior offenkundig einen modernen Minimalismus: wenige, funktionale Möbel und ein paar kleine Bilder mit abstrakten Motiven an den Wänden.

»Da sind wir schneller durch«, sagte Calvin Baker pragmatisch.

»Pat und Baker gehen ins Obergeschoss, Allisette und ich schauen uns hier unten um«, entschied Doyle.

»Wonach suchen wir genau?«, fragte Allisette.

»Nach allem, was uns weiterbringen kann. Also Augen auf und viel Erfolg!«

Pat und Baker erklommen die schwere Steintreppe zum oberen Stockwerk, und Allisette ging in die große Küche, die zum Wohnbereich hin offen war. Die Trennung bestand aus einem Tresen, vor dem auf der Wohnzimmerseite vier Hocker standen, gänzlich aus Metall gefertigt, einschließlich der Sitzfläche mit der nur angedeuteten Rückenlehne.

»Hübsch ungemütlich«, sagte Doyle leise zu sich selbst und ließ seinen Blick über die weißen Wohnmöbel schweifen.

Auf dem seltsam ungleichmäßig geformten Tisch entdeckte er ein paar Bücher zu Guernseys Seefahrtsgeschichte, die sein Interesse weckten. Er war überrascht, dass Peter Laforet sich für das Thema interessierte. Auf Doyle hatte er den Eindruck gemacht, als seien schnelle Motorboote eher sein Ding als die Schmuggler- und Freibeuterschiffe längst vergangener Jahrhunderte. Bei einem der Bücher, einem abgegriffenen Band mit zerfleddertem Schutzumschlag, lugte aus dem oberen Schnitt etwas Violettes heraus. Es war ein Buch über Schiffsunglücke vor Guernseys Küste, und als Doyle die betreffende Stelle aufschlug, entpuppte das violette Etwas sich als einer jener kleinen Klebezettel, wie er sie auch in Lizzie Somers' Büchern gesehen hatte. Die mit rotem Stift an einen Seitenrand geschriebene Anmerkung war in Lizzies präziser, feiner Handschrift abgefasst, da war er sich sicher: *Lies mal, Liebling, ist das nicht interessant?*

Das Kapitel befasste sich mit dem Untergang der *Black Hawk*, und auf der rechten Seite war ein alter Stich abgebildet, der das Geschehen sehr dramatisch illustrierte: ein fast gänzlich gesunkener Dreimaster und panisch im Wasser ums Überleben kämpfende Seeleute.

»Da hol mich doch der Klabautermann!«, stieß Doyle, lauter als beabsichtigt, hervor.

»Was ist, Sir, haben Sie etwas gefunden?«, rief Allisette aus der Küche.

»Offenbar hat Lizzie ihrem Liebhaber ein Buch über die Zeit der Segelschiffe ausgeliehen.« Sein Blick fiel auf die übrigen Bücher, die auch von ihr stammen mochten. »Mindestens eins.«

»Ein gemeinsames Hobby der beiden?«

»Wenn ja, dann eins, dass ich Peter Laforet nicht zugetraut hätte. Aber etwas anderes ist noch merkwürdiger: Lizzie hat

93

für ihren Freund eine Buchstelle markiert, die sich mit dem Untergang der *Black Hawk* befasst.«

»Das ist doch das Schiff, dessen Darstellung im Museum abgebaut wurde.«

»Exakt. Dort verschwindet es, und hier taucht es auf.« In Doyles Worten schwang ein triumphierender Unterton mit.

»Was für ein Zufall.«

»Wenn das ein Zufall ist, dann ziehe ich meine alte Uniform an und absolviere wieder Streifendienst.«

Er las den Absatz, an dessen Rand sich Lizzies handschriftlicher Vermerk befand. Die Passage beschäftigte sich mit diversen Autoren, die sich nach dem Sinken der *Black Hawk* mit dem Unglück befasst hatten. Anschließend blätterte Doyle die anderen Bücher durch, Werke über Freibeuterei im Speziellen und Guernseys Westküste im Allgemeinen, aber er entdeckte in ihnen keine weiteren Merkzettel oder handschriftlichen Notizen.

»Also in der Küche ist alles, was man so zum Kochen braucht, aber nichts Auffälliges«, hörte er wie von fern Allisettes Stimme, ohne weiter darauf einzugehen.

Pat und Baker kehrten aus dem Obergeschoss zurück, und Pat schwenkte triumphierend einen Plastikbeutel in der Rechten. »In den Computer sind wir nicht reingekommen, da brauchen wir das Passwort. Aber in einer Schublade des Nachttisches lagen ein paar gute alte Papierfotos, wie es aussieht mit einer dieser Retro-Sofortbildkameras aufgenommen. Vermutlich von Peter Laforet. Jedenfalls liegt oben eine Sofortbildkamera.«

Als sie näherkam und den Beutel hochhielt, erkannte Doyle, dass die Fotos eine mit schwarzer Reizwäsche bekleidete Frau zeigten.

»Intime Fotos von Lizzie?«

»Von wegen. Offenbar hat Peter Laforet mehr als ein Eisen im Feuer. Hier, sieh selbst!«

Doyle nahm den Beutel an sich, der ein halbes Dutzend Fotos enthielt. Eine Frau in schwarzer Korsage und einem winzigen schwarzen Slip rekelte sich in verschiedenen Positionen auf einem Bett und blickte betont lustvoll in die Kamera. Nein, das war nicht Lizzie. Das Haar dieser Frau war brünett und sehr kurz. Das Gesicht hatte er vorhin erst gesehen: Es war das stupsnasige Antlitz von Jessica Falla.

»Sieht ganz so aus, als hätte die Dame uns vorhin angelogen«, sagte Pat. »Lies mal, was auf der Rückseite steht.«

Doyle drehte den Beutel um und las auf der Rückseite des untersten Fotos zwei augenscheinlich mit knallrotem Lippenstift geschriebene Worte: »Für Peter«.

»So steht es auf jeder der Fotorückseiten«, erläuterte Pat. »Ich mag ja altmodisch sein, aber für mich deutet das eindeutig auf mehr als eine reine Geschäftsbeziehung hin.«

Doyle grinste, als er ihr den Beutel zurückgab. »Vielleicht sollten wir beide unsere Auffassung von einer reinen Geschäftsbeziehung überdenken.«

Pat lachte leise. »Willst du mich schockieren? Oder nur davon ablenken, dass ich hiermit den Fund des Tages gemacht habe? Wenn Jessica Falla ein Verhältnis mit Peter Laforet hatte, und danach sieht es ja aus, hat sie in Lizzie Somers mit einiger Wahrscheinlichkeit eine Konkurrentin gesehen. Vielleicht hat sie diese Konkurrentin heute Morgen aus dem Weg geräumt.«

»Keine schlechte Theorie, und wir sollten ihr nachgehen. Aber wie passt das Freibeuterschiff da hinein?«

Pat legte den Kopf schief und sah ihn fragend an. »Habe ich einen Hörfehler, oder hast du eben Freibeuterschiff gesagt?«

»Das habe ich.« Er nahm das Buch mit dem violetten Merkzettel vom Tisch und schlug es an der markierten Stelle auf. »Bitte sehr, *mein* Fund des Tages!«

Pat überflog interessiert die aufgeschlagenen Seiten und fragte: »Ja, und?«

»Die *Black Hawk*! Das Schiff, dessen Schaubild David Somers gerade hat abbauen lassen. Und hier, beim Liebhaber seiner Frau, taucht das Schiff auf. In einem Buch, das vermutlich Lizzie gehört hat, wie du an dem Merkzettel und der Handschrift hier sehen kannst. Was will uns das sagen?«

»Dass Lizzie und Peter mehr an untergegangenen Schiffen interessiert waren, als es David Somers geahnt haben mag?«

»So ist es, Pat, aber warum?«

Baker schnippte mit Daumen und Mittelfinger. »Vielleicht wollte Peter Laforet seinem Nachbarn nicht nur die Frau wegnehmen, sondern auch das Museum. Lizzie hat ihn dabei unterstützt und ihn mit Literatur über Schiffsuntergänge versorgt, damit er sich auf die Führung des Museums vorbereiten konnte.«

»Das nenne ich eine logische Schlossfolgerung.«

Baker strahlte. »Freut mich, dass wir denselben Gedanken haben, Sir.«

»Um ehrlich zu sein, Sergeant, diesen Gedanken hatte ich noch gar nicht. Aber wie gesagt, er ist in sich durchaus logisch.«

»Sie meinen also, es könnte so gewesen sein?«

»Nein«, antwortete Doyle zu Bakers Enttäuschung. »Ich glaube, es geht um das konkrete Schiff, um die legendäre *Black Hawk*. Wer die Lage des Wracks ausfindig machen kann, der darf eine kleine Sensation für sich verbuchen.«

»Ganz zu schweigen von dieser sagenhaften Schiffsladung im Wert von fünf Millionen Pfund«, ergänzte Pat.

Doyle nickte zufrieden. »So ist es.«

»Fünf Millionen Pfund«, sagte Baker andächtig. »Wer braucht so viel Geld?«

»Bei dieser Summe spielt es keine Rolle, ob man es wirklich braucht.«

»Schon richtig«, stimmte Pat Doyle zu. »Aber glaubst du wirklich, es gibt eine Verbindung zwischen diesem vor zweihundert Jahren gesunkenen Schiff und dem Mord an Lizzie Somers?«

»Ich weiß es nicht«, seufzte er. »Vielleicht ist die *Black Hawk* ebenso eine falsche Spur wie die offenherzigen Fotos der sich ansonsten so zugeknöpft gebenden Jessica Falla. Vielleicht war es tatsächlich der abgedrehte Reginald Carney. Auf jeden Fall kommt dieses Buch in *meinen* Plastikbeutel.«

* * *

Während Baker und Allisette die Angestellten von Guernsey Gold & Silver befragten, suchten Doyle und Pat die Verkaufsleiterin in ihrem überraschend kleinen Büro direkt neben den Schau- und Verkaufsräumen auf, in die jetzt die ersten Besucher und potentiellen Kunden strömten. Jessica Falla tippte konzentriert auf ihre Computertastatur ein, oder tat zumindest so.

»Wir haben da noch eine klitzekleine Frage«, sagte Pat mit einem Lächeln, das nur auf den ersten Blick entschuldigend wirkte.

Jessica Falla erbarmte sich schließlich und sah zu ihren beiden Besuchern hoch.

»Ja?«

Pat hielt ihr den Beutel mit den Fotos vor die Augen.

»Entspricht das Ihrer Vorstellung von einer rein geschäftlichen Beziehung?«

KAPITEL 5

Als Doyle in seinem TVR Tamora in Richtung St. Peter Port fuhr, hatte er Zeit, um über das letzte Gespräch mit Jessica Falla nachzudenken. Er saß allein in seinem Roadster, weil Pat mit ihrem eigenen Wagen unterwegs war. Im Rückspiegel sah er ihren VW Golf, der seinem Wagen über die Route du Coudré landeinwärts folgte. Baker und Allisette waren noch an der Rocquaine Bay damit beschäftigt, die Angestellten von Guernsey Gold & Silver zu vernehmen.

Jessica Falla hatte Pat und ihm gegenüber mit ihrer typischen unbeteiligten Miene zugegeben, ein Verhältnis mit Peter Laforet gehabt zu haben. »Das Ganze ist schon seit über einem Jahr vorbei, es hat auch nur zwei, drei Monate gedauert. Eine reine Bettgeschichte.«

»Tatsächlich?«, hatte Pat mit einem Blick auf die von ihr entdeckten Fotos erwidert. »Das hätte ich jetzt nicht gedacht.«

»Diese Fotos hatte ich schon ganz vergessen.«

»Woran ist Ihre Beziehung zu Peter zerbrochen?«, hatte Pat weiter gefragt. »An Lizzie Somers?«

Ihr auffällig langes Zögern wäre schon Antwort genug gewesen, aber schließlich hatte die Verkaufsleiterin leicht genickt.

»Und Sie hegten deshalb keinen Groll gegen Lizzie?«

»Nein, ich bin eine gute Verliererin.«

»Trotzdem hätte ich gern gewusst, wie Sie den heutigen Vormittag verbracht haben.«

»Ich habe bei mir zu Hause gefrühstückt, dann bin ich hergekommen. Und bevor Sie fragen, ich habe allein gefrühstückt. Ich lebe auch allein.«

»Wo wohnen Sie?«

»In St. Sampson.«

»Dann sind Sie mit dem Auto hergefahren«, hatte Pat ge-schlussfolgert.

»Ja. Als ich hier eintraf, war der Mord schon geschehen. Fragen Sie diese Blonde aus Südafrika, sie hat mich ankom-men sehen.«

»Faith?«

»Ja, genau.«

Sie hatten Faith danach gefragt, und sie hatte es bestätigt. Trotzdem war das kein stichhaltiges Alibi für Jessica Falla.

»Vielleicht ist sie schon früher an der Rocquaine Bay ge-wesen, hat Lizzie Somers getötet und ist dann wieder nach Hause gefahren«, hatte Pat zu Doyle gesagt.

»Um sich dort nach dem Mord bei einem gemütlichen Frühstück zu stärken, bevor sie zur Arbeit fährt?«

»Warum nicht, Cy? Sie macht einen abgebrühten Eindruck.«

»Die Guernsey-Frauen, ein ewiges Rätsel.« Dabei hatte er Pat durchdringend angesehen, und sie hatte verwirrt dreinge-blickt.

Doyle lächelte leicht, als er jetzt daran dachte, und sah wie-der in den Rückspiegel, zu Pat. Es war unter den gegebenen Umständen nicht schwer, sich einen angenehmeren Sonn-tagvormittag mit ihr vorzustellen, aber immerhin verbrachte er die Zeit mit ihr. Mehr durfte er sich nicht erhoffen. Er lenkte die Gedanken in andere Bahnen, was ihm nicht leicht fiel. Auch wenn es ihm immer wieder passierte, nach seiner Erfahrung war es einfach sinnlos, über seine Beziehung – oder Nicht-Beziehung – zu Pat zu sinnieren.

Bevor er losgefahren war, hatte er sein Smartphone mit der Freisprechanlage verbunden. Jetzt wählte er den Festnetzan-schluss von »Le Petit Château«. Es dauerte ein bisschen, dann hörte er eine Frauenstimme: »Moira hier, Cy. Was gibt es?«

»Arbeit, leider. Eine Tote und zu viele Verdächtige. Ich bin jetzt unterwegs nach St. Peter Port. Das Frühstück fällt damit endgültig flach, und zum Lunch bin ich auch nicht da. Vermutlich nicht mal zum Abendessen.«

»Macht nichts, ich halte Ihnen etwas warm.«

»Es tut mir leid, Moira. Ich weiß, Sie wollten heute Nachmittag mit den Kindern hinaus in den Sonnenschein.«

»Kein Problem, Cy. Wir werden einfach den Rasen hinter dem Haus nehmen. Dann laufen wir auch nicht Gefahr, auf dem Weg in eine Badebucht in einen Stau zu geraten.«

»Danke für Ihr Verständnis. Wie geht es Dad?«

»Er hatte einen guten Appetit beim Frühstück, und jetzt sitzt er mit Joel vor dem Fernseher. Sie gucken irgendeinen alten Piratenfilm.«

Joel war Moiras elfjähriger Sohn. Moira Ingram, Joel und seine zwei Jahre jüngere Schwester Isabel lebten mit Cy und seinem Vater Leonard unter einem Dach. Nach dem Tod ihres Mannes, Chief Inspector Dennis Ingram, hatte Doyle Moira das Angebot gemacht, als Haushälterin und Pflegekraft für Leonard nach »Le Petit Château« zu kommen und gemeinsam mit ihren Kindern dort zu leben. Zusätzlich zu Moiras Honorar bekamen sie und die Kinder freie Kost und Logis. Dadurch hatte Moira das eigene Haus verkaufen und ihre kleine Familie aus einer drückenden Geldnot befreien können. Es hatte besser funktioniert als erhofft. Sein Dad und Moira kamen prima miteinander aus, und auch die beiden Kinder fühlten sich wohl. Da sie ohnehin die Schule in der Gemeinde St. Martin, in der die Doyles wohnten, besuchten, hatte es gut gepasst.

Doyle und sein Vater lebten in einem Haus an den südöstlichen Klippen der Insel, das für sie beide viel zu groß war. Zwei Menschen allein konnten sich dort wie lebendig begraben fühlen, und ein reiner Männerhaushalt war ohnehin nichts. Nicht, wenn man mit einer Frau wie Doyles verstorbener Mutter aufgewachsen war.

Es war für ihn wie eine Befreiung gewesen, als nach der bösen Geschichte mit Violet Brehaut endlich wieder eine Frau den Haushalt führte und Kinderlachen »Le Petit Château« erfüllte. Da Doyle in dem Turm neben dem Haupthaus wohnte, war auch möglichem Gerede der Leute vorgebeugt. Zwar war die zupackende Moira durchaus eine Frau nach seinem Geschmack, aber er hatte nie versucht, sich ihr zu nähern. Zwei ernste Gründe sprachen dagegen: Sie war die Witwe eines Kollegen, dessen gewaltsamer Tod noch keine zwei Jahre zurücklag. Der zweite Grund saß am Steuer des Golfs hinter ihm.

Er bedankte sich noch einmal bei Moira, beendete das Gespräch und dachte an die vor ihm liegenden Aufgaben. Erst einmal wollte er ausführlich mit Peter Laforet sprechen. Deshalb waren sie nun unterwegs in das Polizeihauptquartier in St. Peter Port. Zwar hätten er und Pat auf dem Weg in die Inselhauptstadt leicht das Princess Elizabeth Hospital anfahren können, aber nach seiner Erfahrung dauerte es eine Weile, bis ein Volltrunkener vernehmungsfähig war. Außerdem hielt er ein Gespräch mit Laforet für ergiebiger als eins mit dem alten Reginald Carney, und Pat war ganz seiner Meinung.

Doyle lenkte den Tamora hinter einem langgestreckten, baumbestandenen Tal, dem Silbe Nature Reserve, nach links. Das Tal war ein kleines Paradies voller bunter Blumen und Vögel, umherschwirrender Insekten und kleiner Säugetiere. Einmal war er als Junge mit seiner Schulklasse hindurchgewandert und einmal mit seiner Mutter, und beide Male hatte es ihn sehr beeindruckt. Als er mit seiner Mum dort gewesen war, hatten sie ein Sonntagspicknick veranstaltet, nur sie beide. Sein Dad, damals Chief Inspector bei der Guernsey Police, hatte an dem Sonntag überraschend zum Dienst gemusst. *Duplizität der Ereignisse*, dachte Doyle und überlegte, ob es sich damals auch um einen unnatürlichen Todesfall, wie es in der Dienstsprache hieß, gehandelt hatte. Er wusste es nicht mehr. Aber er erinnerte sich deutlich, dass er erst sehr enttäuscht gewesen war, als sein Vater nicht mit zu dem Ausflug kam.

Mum hatte es verstanden, ihm die Enttäuschung zu nehmen. Sie kannte seine Begeisterung für spannende Geschichten und hatte ihm die Legende von einem riesenhaften Ungeheuer erzählt, das in diesem Tal in einer verborgenen Höhle hausen sollte. Augenblicklich war sein Interesse geweckt worden, und er hatte, einen schweren Ast in der Rechten, eifrig Ausschau nach jedweder Art von Höhle gehalten, um seine Mum vor dem Ungeheuer zu beschützen. Als sich sein Jagdeifer gelegt und einem ständigen Magenknurren Platz gemacht hatte, hatte seine Mutter die Decke auf dem Boden ausgerollt und die liebevoll zubereiteten Leckereien aus dem Picknickkorb geholt. Getrunken hatten sie dabei nur das klare Wasser aus dem Bach, der sich durch das Tal schlängelte und mit dem grünen Dach der Bäume dafür sorgte, dass hier auch im Sommer stets eine angenehme Temperatur herrschte.

Eigentlich hatte sich seit damals nicht viel geändert, noch immer war er auf der Jagd nach Ungeheuern. Nur wusste er heute, dass sie Menschengestalt hatten und in ganz normalen Häusern lebten, vielleicht sogar nebenan, und nicht in versteckten Höhlen in verwunschenen Tälern.

Er ließ die Vergangenheit ruhen und konzentrierte sich auf den Verkehr. Die Straße stieß auf eine größere, die Route des Paysans, und Doyle bog nach rechts ab. Es war eine der bestausgebauten Straßen auf Guernsey, und in seiner Richtung führte sie vorbei am Flughafen zur Ostküste, wo auch die Hauptstadt St. Peter Port lag. Um keinen Bogen zu fahren, verließ er schon nach einem kurzem Stück die Route des Paysans wieder und bog nach links auf die Route de la Tourelle ab. Als am Straßenrand ein Hinweisschild auf einen Tearoom auftauchte, blitzte Pats Lichthupe in seinem Rückspiegel auf. Er hatte verstanden, und es ging ihm genauso wie ihr. Also hob er kurz die rechte Hand mit nach oben gestrecktem Daumen. Das Gelände der Mint Brasserie schob sich auch schon in sein Blickfeld. Er trat auf die Bremse und lenkte den Tamora auf den Parkplatz. Als er ausstieg, hielt neben ihm Pats Golf.

Sie lächelte ihn an, und es tat gut. »Lässt du dich von mir zu einem schnellen Frühstück einladen, Cy? Ich weiß ja, wir stecken bis über beide Ohren in Arbeit. Aber wenn mein Magen knurrt, kann ich nicht richtig nachdenken.«

»Schon überredet. Wie heißt es doch? Schließt sich eine Tür, tut sich eine andere auf.«

»Muss ich das verstehen?«

»Ich habe eben mit Moira telefoniert und ihr mitgeteilt, dass ich weder zum Frühstück noch zum Lunch und wohl auch nicht zum Abendessen komme.«

»Wie hat sie es aufgenommen?«

»Zum Glück gelassen. Sie will mir etwas vom Abendessen warmhalten, aber so lange kann ich nicht warten.«

»Dann hoffen wir mal, dass die Mint Brasserie halbwegs mit Moiras Kochkünsten konkurrieren kann.«

Ein seltsamer Unterton lag in Pats Stimme, und Doyle wurde nicht schlau daraus. Sein Hunger war zu groß, und er dachte nicht länger darüber nach.

Sie suchten sich einen kleinen Tisch draußen, wo Bäume und bunte Sonnenschirme Schutz vor der sommerlichen

Wärme spendeten, und bestellten Kaffee, Toast, Spiegelei, Würstchen, gegrillte Tomaten und Bohnen.

»Das ist ja fast das volle Programm«, lachte Pat. »Hoffentlich bin ich danach nicht zu satt und faul zum Arbeiten.«

»Ich werde dich schon antreiben, wenn es nötig ist. Der Tag wird noch sehr lang werden.«

»Du rechnest also nicht mit einem schnellen Geständnis von Peter Laforet oder von diesem seltsamen Mr Carney?«

»Carney ist mir, offen gestanden, noch ein völliges Rätsel. Entweder ist er eine arme, verwirrte Seele oder aber ein begnadeter Schauspieler.«

»In beiden Fällen kann er durchaus gefährlich sein.«

»Ich denke, das hat unser Mister Shotgun schon bewiesen.«

Doyle schenkte der Kellnerin, die ihnen »unseren preisgekrönten Kaffee« brachte, ein dankbares Lächeln, bevor er erst Pats und dann seine Tasse füllte.

»Und was hältst du von Peter Laforet?«

Doyle trank, bevor er antwortete, einen Schluck Kaffee. Ob preisgekrönt oder nicht, er brauchte morgens einfach seine Dosis Koffein.

»Ein cooler Typ. Aber so cool, dass er erst seine Geliebte umbringt und dann selbst die Polizei anruft, um den Unschuldigen zu spielen?« Seine Lippen bildeten einen schmalen Strich, und er atmete hörbar durch die Nase, während er überlegte. »Möglich ist es, aber es fällt mir schwer, daran zu glauben.«

Auch Pat trank von ihrem Kaffee, während die Kellnerin den Toast servierte. Als die junge Frau mit dem schwarzen Pferdeschwanz sich wieder entfernt hatte, sagte sie: »Dann hast du ihn festgenommen, obwohl du ihn für unschuldig hältst.«

»Baker hat ihn festgenommen, um genau zu sein. Aber zu

recht. Ich habe den Eindruck, dass Peter Laforet uns etwas verschweigt. Vielleicht ist er im Vernehmungsraum gesprächiger als in seiner gewohnten Umgebung.«

»Und Jessica Falla?«

»Eifersucht ist das älteste Mordmotiv der Welt. Schon Kain war eifersüchtig auf seinen Bruder Abel. Aber wenn sie es war, hat sie sich lange Zeit gelassen.«

»Rache ist ein Gericht, das man am besten kalt serviert. Das wussten schon die alten Klingonen.«

»Ich bin Chief Inspector und kein Raumfahrer«, sagte Doyle und sah zu, wie die fleißige Kellnerin auf einem Riesentablett den Rest des Frühstücks brachte. »Auf jeden Fall müssen wir die zugeknöpfte Ms Falla ebenso im Auge behalten wie Victoria Somers, die ihre Abneigung sehr offen zeigt. Und auch Peters Vater, ebenfalls kein Fan von Lizzie Somers, fehlt ein Alibi.«

Pat bugsierte ihr Spiegelei auf eine Scheibe Toast und nickte. »Mrs Laforet sitzt im Rollstuhl, sonst hätten wir noch jemanden ohne Alibi.«

Doyle wollte seine Gabel gerade in eins der kleinen Würstchen stoßen, zeigte dann aber mit ihr auf Pat.

»Gut, dass du es erwähnst. Ich möchte alles über diesen Segelunfall wissen.«

»Warum?«

»Ist doch eine ungewöhnliche Geschichte, und ich finde ungewöhnliche Geschichten immer interessant.« Er ließ sich ein Stück der goldbraun gebratenen Wurst schmecken und fügte hinzu: »Vergessen wir doch den Fall für eine kleine Weile. Wahrscheinlich ist dies für uns beide der einzige idyllische Moment des Tages.«

»Anspruchslos, wie wir sind«, sagte Pat und nickte zustimmend.

Obwohl Doyle sich Mühe gab, wollte es ihm nicht gelingen, seinem eigenen Vorschlag zu folgen. Vielleicht lag es daran, dass sein Blick auf die hier ansässigen Gold- und Silberschmiede fiel, die ihre Kunst vor Publikum zeigten und natürlich auch ihre Verkaufsauslage. Der Betrieb war bei weitem nicht so groß wie Guernsey Gold & Silver, aber Doyle musste immer wieder an die Rocquaine Bay denken und an die Tote am Strand.

KAPITEL 6

Doyle, der nach dem späten Frühstück in der Mint Brasserie wieder die Führung übernommen hatte, fuhr über die Queens Road und die Brock Road nach St. Peter Port hinein. Dadurch vermied er die Straßen am Hafen, die kurz vor Mittag vermutlich reichlich voll waren. Viele Ausflügler strömten für gewöhnlich nach dem Frühstück zum Hafen, um einen Bootstrip zu einer der anderen Kanalinseln oder zur nahen französischen Küste, nach Saint-Malo, zu unternehmen.

Das Polizeihauptquartier in der Hospital Lane wurde durch eine hohe graue Mauer aus Guernseygranit geschützt. Die Einfahrt war offen wie fast immer. Links von ihr prangte an der Mauer auf weißem Grund die in großen schwarzen Buchstaben gehaltene Aufschrift »ISLAND POLICE«, zwischen den Wörtern das Wappen von Guernsey. Rechts der Durchfahrt hing eine altertümliche Gaslaterne mit der weißen Beschriftung »POLICE«, als befände man sich noch im Zeitalter Königin Victorias. Aber das täuschte, die Guernsey Police war eine zwar kleine und hin und wieder auf Improvisation angewiesene, aber doch hochmoderne Polizeitruppe. Wer bei der Gaslaterne etwas höher blickte, sah über den oberen Rand der Mauer eine Überwachungskamera spähen, die jeden Ankömmling aufnahm. Doyle rang sich ein kurzes Lächeln ab, als er durch die Windschutzscheibe zu ihr aufsah. Schon als er den Tamora durch die enge Einfahrt rollen ließ, bemerkte er, dass auf dem Parkplatz viel mehr Autos standen als an einem normalen Sonntag. Das verwunderte ihn nicht. Dies war alles andere als ein normaler Sonntag, es war ein Mordtag.

Als hätte man sie für ihn und Pat freigehalten, waren zwei Parkplätze gleich rechts vom Haupteingang frei. Kaum hatte er den Tamora zum Stehen gebracht, rollte auch schon Pats Golf in die Lücke neben ihm.

»Haben wir jetzt reservierte Plätze?«, fragte sie beim Aussteigen.

»Alles im Service inbegriffen«, sagte Doyle mit einem Augenzwinkern. »Die Einheit freut sich eben, uns auch am Sonntag begrüßen zu dürfen.«

Er wartete auf Pat und ging neben ihr die zehn Treppenstufen zum glasüberdachten Eingang hoch. Die junge uniformierte Polizistin, die in der Eingangsloge saß und ihr Eintreffen auf dem Videomonitor beobachtet hatte, nickte ihnen zu.

»Sir, Ma'am, kein guter Tag heute, schätze ich.«

Sie musste relativ neu bei der Truppe sein, er kannte sie nicht. Ein natürliches, hübsches, noch mit etwas Babyspeck angereichertes Gesicht, umrahmt von kurzen dunklen Haaren. Ihre Augen blickten ihn vertrauensvoll an.

»Da liegen Sie richtig, Constable. Aber wir sind nicht für die guten Tage da. An guten Tagen kommen die Leute ohne uns aus und sind froh, wenn sie von uns nichts sehen und nichts hören.«

»Ja, Sir, ich weiß.« Sie lächelte leicht. »Der Festgenommene, Mr Laforet, sitzt in der Zelle und wartet auf seine Vernehmung. Vor fünfzehn Minuten ist sein Anwalt eingetroffen, gut gekleidet, kein Anfänger. Einer der Trudeaus.«

»Ah, danke für die Information, Constable …«

»Wood, Sir, Amelia Wood.«

Eigentlich hatte er weitergehen wollen, aber jetzt blieb er wie angenagelt stehen.

»Constable Wood?«

»Ja, Sir, warum?«

»Es gab schon einmal einen weiblichen Constable dieses Namens bei der Einheit.« Er dachte an die kuriose Begegnung mit der resoluten Radfahrerin an der Portelet Bay, damals bei der üblen Sache mit dem Mädchenmord. »Aber das ist schon viele Jahre her. Die Dame ist längst nicht mehr im Dienst, hat jetzt graue Haare und heißt seit ihrer Heirat auch nicht mehr Wood.«

»Sie sprechen von Jane Penrose.« Es war eine Feststellung, keine Frage.

»Ja. Woher wissen Sie das?«

»Jane ist meine Großtante. Ehrlich gesagt, waren ihre Erzählungen über ihre Zeit bei der Truppe nicht unwesentlich daran beteiligt, dass ich mich für den Polizeidienst entschieden habe.«

»Gut so. Wie geht es Ihrer Großtante? Erteilt sie immer noch Verweise an renitente Autofahrer?«

Amelia Wood lachte laut. »Das wissen Sie?«

»Mich hat sie auch schon erwischt.«

»Ja, Tante Jane ist immer noch voll in Fahrt. Einmal Polizistin, immer Polizistin, wie sie zu sagen pflegt.«

Er spürte Pats Hand in seinem Rücken, die ihn sanft weiterdrängte.

»Grüßen Sie Ihre Tante bitte von mir«, sagte er, bevor er dem Drängen nachgab.

Als sie ein Stück entfernt waren, sagte Pat: »Entschuldige meine Ungeduld, Cy, aber wir haben ja noch zwei Festgenommene zu vernehmen. Einen hier und den anderen im Princess Elizabeth. Kannst du deine ungezwungenen Plaudereien mit hübschen jungen Constables vielleicht ein wenig aufschieben?«

»War doch interessant. Immerhin hat schon mein Vater mit einem Constable Wood zusammengearbeitet.«

»Manchmal wiederholt sich Geschichte«, seufzte Pat und fügte nach einer Pause leise hinzu: »Manchmal aber auch nicht.«

In der Kriminalabteilung sah ihnen Mildred Mulholland mit einem Blick entgegen, als hätte sie schon sehnsüchtig auf Doyle und Pat gewartet.

»Wir haben eine kleine Frühstückspause eingelegt«, erklärte Doyle. »Warum so nervös, Mildred?«

»Ach, dieser Anwalt geht mir auf die Nerven. Wenn es nach ihm ginge, wäre er gleich zum Chief durchmarschiert, um sich über die Festnahme von Peter Laforet zu beschweren. Es ist übrigens ...«

»Ein Trudeau«, kam Doyle ihr zuvor. »Constable Wood hat uns bereits informiert. Sie hat nur nicht gesagt, welcher.«

»Der Jüngere, Sir.«

»Oh«, stieß er missmutig hervor und dachte an den blondgelockten Thomas Taylor Trudeau, mit dem er schon mehrmals aneinandergeraten war. »Da haben wir jetzt etwas, auf das wir uns freuen können. Ist er bei seinem Mandanten?«

»Ja, Sir.«

»Pat, bereitest du den Vernehmungsraum vor?«

Sie nickte, und er ging zum Zellentrakt. Trudeau wirkte mal wieder wie aus dem Ei gepellt und trug trotz des Sommerwetters einen grauen Dreiteiler mit feinen Nadelstreifen, Maßanfertigung.

Doyle begrüßte ihn so höflich wie möglich.

»Hat Ihr Mandant Sie inzwischen über die Situation informiert?«

»Ja, Chief Inspector, und ich bin reichlich empört. Mr Laforet ruft die Polizei und wird zum Dank dafür festgenommen! Das ist ein Skandal!«

»Er hat Ihnen hoffentlich auch erzählt, dass er uns seine Beziehung zu der Ermordeten verschwiegen hat.«

Peter Laforet, der auf der Pritsche saß und den einzigen Stuhl in der schmalen Zelle seinem Anwalt überlassen hatte, sprang auf.

»Das habe ich nur getan, damit Sie mich nicht verdächtigen!«

»Und damit das Gegenteil erreicht«, sagte Doyle und wandte sich wieder an Trudeau. »Sie wissen, dass ich recht habe. Wir können Mr Laforet ohne Schwierigkeiten hierbehalten, solange er uns kein stichhaltiges Alibi vorweisen kann. Hören Sie, Trudeau, ich mache Ihnen einen Vorschlag. Wenn Ihr Mandant jetzt in einer offiziellen Vernehmung offen zu mir ist, können Sie ihn mitnehmen. Es sei denn, es drängt ihn dazu, den Mord zu gestehen.«

Laforets Züge verhärteten sich. »Ich werde nichts gestehen, was ich nicht getan habe!«

»Das sollen Sie auch nicht«, sagte Trudeau. »Sind Sie bereit, mit dem DCI zu sprechen?«

»Ja, klar, wenn ich dann hier rauskomme.«

Trudeau blickte wieder Doyle an. »Und Sie halten Ihr Versprechen? Das ist kein Trick?«

»Kein Trick«, versprach Doyle.

* * *

Fünf Minuten später saßen sie sich im Vernehmungsraum gegenüber, Laforet und Trudeau auf der einen Seite des Tisches, Doyle und Pat auf der anderen. Constable Watkins von den Uniformierten hatte ihren nicht gerade zierlichen Körper neben der Tür aufgebaut, um jede Fluchtmöglichkeit zu vereiteln. Pat hatte den DAT-Recorder eingeschaltet und alle für das Protokoll relevanten Angaben aufs Band gesprochen. Doyle bat Laforet, die Ereignisse des Morgens aus seiner Sicht chronologisch zu schildern.

»Aber ich habe Ihnen das alles doch schon erzählt!«

»Mir schon«, sagte Doyle ruhig und zeigte auf den Recorder. »Aber nicht dem Ding da.«

Trudeau beugte sich zu seinem Mandanten. »Geben Sie alles ruhig und wahrheitsgemäß zu Protokoll, bitte.«

Laforet holte tief Luft und befolgte den Rat seines Anwalts. Seine Stimme klang ruhig und ausgeglichen, wurde aber deutlich nervöser, als er schilderte, wie er auf die Leiche gestoßen war. »Erst dachte ich nur, Lizzie wäre ausgerutscht oder gestolpert, als ich sie da am Strand liegen sah. Ich habe sie gerufen, mehrmals, laut. Als sie sich nicht gerührt und auch nicht geantwortet hat, lief es mir plötzlich eiskalt über den Rücken. Ich bin dann schnell zu ihr hin und habe gemerkt, dass es zu spät war. Da habe ich sofort mein Handy genommen und den Notruf gewählt.«

»Trinken Sie einen Schluck«, sagte Doyle und deutete auf die Wasserflasche und die Plastikbecher auf dem Tisch. »Sie wirken ein wenig mitgenommen.«

»Ich bin es nicht gewohnt, über eine Leiche zu stolpern.« Laforet griff zu der Flasche und goss sich Wasser ein, von dem er hastig trank.

»Zumal es die Leiche Ihrer Freundin war«, fügte Doyle hinzu.

»Ja, eben.«

»Welcher Art war Ihre Beziehung zu Lizzie Somers?«

»Wie meinen Sie das?«

»War es eine rein sexuelle Beziehung? Oder haben Sie beide Heiratspläne geschmiedet?«

»Wie waren uns beide sympathisch.«

»Die Nachbarskatze ist mir auch sympathisch«, sagte Doyle kalt. »Aber ich verabrede mich nicht mit ihr zu einem Strandspaziergang.«

»Wir mochten uns eben, was soll ich mehr dazu sagen?«

Doyle wandte sich an den Anwalt. »Mr Trudeau, der Deal gilt nur, wenn Ihr Mandant auch präzise auf meine Fragen antwortet. Im Augenblick habe ich den Eindruck, er dreht und windet sich. Unter diesen Umständen können wir das Ganze vergessen.«

Trudeau nickte und sah seinen Mandanten ernst an. »Sie haben den DCI gehört. Bitte halten Sie nichts zurück, sonst kann es sein, dass Sie die Nacht hier verbringen.«

»Wir hatten oft Sex miteinander«, sagte Laforet mit leiser Stimme. »Manchmal in meiner Wohnung, oder wir haben uns ein Zimmer genommen. Ich mochte sie wirklich gern, nicht nur deshalb.«

»Haben Sie über eine Heirat gesprochen?«

»Ja, schon, aber wir hatten keine festen Pläne. Lizzie war ja auch noch verheiratet und hätte sich erst mal von ihrem Mann trennen müssen.«

»Außerdem hätte Ihr Vater so eine Verbindung nicht gern gesehen, nicht wahr?«

Laforet wirkte alarmiert. »Wie kommen Sie darauf?«

»Ich habe mich mit ihm unterhalten, und er schien mir keine besonders hohe Meinung von Lizzie zu haben.«

»Seine Ansichten sind etwas altertümlich. Wie man sich

nur mit einer verheirateten Frau einlassen könne und so weiter. Außerdem mochte er Lizzies Strandkunst nicht.«

»Auch das hat er mir gesagt. Gab es wegen seiner ablehnenden Haltung Streit zwischen Ihnen und Ihrem Vater?«

»Wir sind beide mal etwas lauter geworden, aber das war auch schon alles.«

»Und zwischen Ihnen und Lizzie?«

»Nein, wir haben uns nie gestritten. Wenn wir zusammen waren, haben wir die Zeit einfach genossen. Sie wusste, dass ich mich gegen meinen Vater behaupten kann, wenn es hart auf hart kommt. Ich habe auch ihre Ausstellung gegen seinen Willen durchgeboxt.«

»Hatten Sie und Lizzie genügend gemeinsame Interessen, die eine Ehe hätten tragen können? Ich meine jetzt nicht das Sexuelle.«

»Und was meinen Sie sonst?«

Doyle griff zu dem Plastikbeutel mit dem Buch aus Peter Laforets Wohnung, der bis jetzt unbeachtet an einem Tischende gelegen hatte. Er zog den Beutel heran und drehte ihn um, so dass das Buchcover nach oben zeigte.

»Zum Beispiel untergegangene Schiffe.«

Laforet und sein Anwalt starrten das Buch an. Trudeaus Gesicht mit der in Falten gelegten Stirn drückte Verwirrung aus, aber Laforets Gefühle blieben Doyle verborgen.

»Das Buch gehörte Lizzie, sie hat es mir geliehen.«

»Das hatte ich mir auch schon zusammengereimt. Was hat Sie und Lizzie daran so interessiert? Speziell am Untergang der *Black Hawk*?«

»Es ist eine interessante Geschichte.«

»In der Bibel stehen jede Menge interessanter Geschichten, aber die habe ich nicht bei Ihnen gefunden.«

»Lizzie hatte mir davon erzählt, und wir haben ein wenig

rumgesponnen. Wie es wäre, das Wrack der *Black Hawk* aufzuspüren und so. Es war ein Spiel, mehr nicht.«

»Immerhin ein Spiel, bei dem fünf Millionen Pfund herausspringen können.«

»Was?«, kam es von Trudeau. »Fünf Millionen Pfund?«

»Das ungefähr soll die Ladung der untergegangenen *Black Hawk* wert sein«, erläuterte Doyle und erzählte ihm in knappen Worten die Geschichte dahinter.

Trudeau hatte sich wieder entspannt. »Also nur altes Seemannsgarn. Wenn alle Experten dieser Welt das Wrack bis heute nicht gefunden haben, dann ist es wohl erwiesen, dass es tatsächlich nur ein Spiel zwischen Mr Trudeau und Mrs Somers war, so wie mein Mandant es sagte. Kein Motiv für einen Mord jedenfalls. Selbst wenn es mehr als ein Spiel gewesen wäre, hätte Mr Laforet kaum die Frau umgebracht, die ihm bei der Suche nach dem Wrack behilflich sein konnte.«

»Das ist wahr«, gab Doyle zu, »einerseits.«

»Und andererseits?«, fragte Trudeau. »Was wollen Sie damit andeuten?«

»In allen richtigen Piraten- und Freibeutergeschichten kommt es zum Zwist innerhalb der Mannschaft, zum blutigen Streit.«

Trudeau lehnte sich zurück und lachte. »Nun vergessen Sie mal Ihren Robert Louis Stevenson, Chief Inspector. Hier und heute geht es um eine ermordete Frau, nicht um den Schatz von Captain Flint. Sie scheinen mir ein unverbesserlicher Romantiker zu sein. Aber die Zeit der einbeinigen Piraten und der alten Segelschiffe ist lange vorbei.«

»Na gut, dann sprechen wir über nicht ganz so alte Segelschiffe«, sagte Doyle ungerührt und widmete sich wieder dem Festgenommenen. »Erzählen Sir mit bitte alles über den Segelunfall Ihrer Mutter, Mr Laforet.«

»Warum? Was hat das mit dem Mord an Lizzie zu tun?«

»Wenn ich das wüsste, würde ich Sie nicht fragen.«

»Das möchte ich allerdings auch gern wissen«, mischte sich Trudeau ein. »Ich sehe da keinen Zusammenhang mit der meinem Mandanten vorgeworfenen Tat.«

Doyle blickte den Anwalt hart an. »Wir haben vereinbart, dass Mr Laforet mir Rede und Antwort steht. Wir haben nicht vereinbart, dass Sie meine Fragen genehmigen oder einen Sinnzusammenhang darin erkennen müssen. Also, Mr Laforet, wann hatte Ihre Mutter diesen Unfall?«

»Ziemlich genau vor acht Jahren. Es war eigentlich ein ruhiger, warmer Tag, aber dann kam ein unerwarteter Sturm auf. Das Segelboot kenterte und begrub meine Mutter unter sich. Zum Glück waren schnell Helfer zur Stelle, die sie vor dem Ertrinken bewahrt haben. Aber bei dem Unglück wurden ihre Beine so schwer geschädigt, dass sie seitdem auf den Rollstuhl angewiesen ist.«

»Wo ist das geschehen?«

»Quasi vor unserer Haustür, in der Rocquaine Bay.«

»War Ihre Mutter allein unterwegs?«

»Nein, da war noch ein Skipper. Er hatte sie zum dem Ausflug eingeladen.«

»Wer war das?«

Laforet zögerte »Ich verstehe wirklich nicht, warum Sie diese alte Geschichte jetzt aufwärmen.«

»Sie müssen es auch nicht verstehen. Beantworten Sie einfach meine Frage.«

»Der Skipper war Robert Somers.«

»Und Robert Somers ist wer?«

»Der Vater von David und Victoria.«

»Also Lizzies Schwiegervater.«

»Nein, das kann man so nicht sagen. Robert Somers ist bei

dem Unfall gestorben. David und Lizzie haben erst zwei oder drei Jahre danach geheiratet.«

»Sehr interessant«, sagte Doyle. »Hat man Robert Somers die Schuld an dem Unfall gegeben?«

»Man munkelte so etwas, aber offiziell konnte er nichts dafür. Ein Unglück eben.«

»Mit weitreichenden Folgen. Wie sieht Ihr Vater das?«

»Er ist nicht so gut auf die Familie Somers zu sprechen.«

»Also beruht ein Teil seiner ablehnenden Haltung Lizzie gegenüber auf dieser alten Geschichte?«

»Vermutlich schon.«

»Ist Ihre Mutter öfter mit ihrem Nachbarn in die Bucht hinausgefahren?«

»Hin und wieder.«

»Haben die beiden sich auch sonst *hin und wieder* getroffen?«

»Wie soll ich das verstehen?«

»Ich möchte wissen, ob die beiden ein Verhältnis hatten.« Als Laforet nur starr auf seinem Stuhl saß, ohne etwas zu sagen, fragte Doyle lauter: »War Robert Somers der Liebhaber Ihrer Mutter?«

»Ja«, sagte Laforet leise, und es klang wie ein Seufzer. »Seine Frau war viele Jahre zuvor gestorben, als die Kinder noch klein waren. An Krebs, glaube ich. Irgendwann hatte sich etwas zwischen ihm und meiner Mutter entwickelt.«

»Ja, diese Liebschaften. Apropos, wann haben Sie mit Jessica Schluss gemacht? Als es mit Lizzie losging?«

»Mit Jessica?«

»Jessica Falla, Ihre Verkaufsleiterin, Sie erinnern sich? Die Frau, deren erotische Fotos Sie bis heute aufbewahren.«

Laforet fasste sich an die Stirn. »Die Fotos! Die hatte ich ganz vergessen!«

»Etwas in der Art hat Ms Falla auch gesagt. Noch einmal: Wann war Schluss zwischen Ihnen?«

»Als Lizzie in mein Leben trat, stimmt. Da habe ich Jessica gesagt, dass es vorbei ist. Ich hatte ohnehin ein ungutes Gefühl dabei, etwas mit einer Angestellten zu haben.«

»Und sobald Sie eine andere hatten, haben Sie Jessica den Laufpass gegeben«, sagte Doyle und konnte den Sarkasmus in seiner Stimme nicht verbergen. »Das zeugt doch von Ihrer hohen moralischen Integrität.«

Trudeau räusperte sich. »Mit solchen Urteilen halten Sie sich bitte zurück, Mr Doyle! Das gehört nicht zu Ihren Aufgaben.«

»Sie haben recht, bleiben wir sachlich. Mr Laforet, war Jessica Falla eifersüchtig auf Lizzie? Mit anderen Worten: Trauen Sie ihr zu, Lizzies Mörderin zu sein?«

»Ich weiß nicht. Über so etwas habe ich nie nachgedacht. Jessica hat es eigentlich sehr gefasst hingenommen. Aber sie ist auch eine Frau, die ihre Gefühle nicht so schnell nach außen zeigt. Keine Ahnung, ehrlich.«

»Sie führen jetzt die Geschäfte von Guernsey Gold & Silver?«

»Ja, seit ungefähr vier Jahren.«

»Wie läuft es?«

»Sehr gut.«

»Keine finanziellen Probleme?«

»Nein. Aber was hat das mit dem Tod von Lizzie zu tun?«

»Vermutlich nichts, da haben Sie recht.« Doyle sah kurz auf seine vor ihm liegenden Notizen. »Eine wichtige Frage noch: Wann haben Sie Lizzie zum letzten Mal lebend gesehen?«

»Gestern Nachmittag. Wir hatten ein paar Stücke aus ihrer Ausstellung an Kunden verkauft, die sie sofort mitnehmen wollten. Lizzie war da, um sie durch andere Stücke zu ersetzen.«

»Haben Sie miteinander gesprochen?«

»Ja, aber nur kurz.«

»Wirkte sie verändert? War sie nervös? Oder hatte sie Angst vor etwas oder jemandem?«

»Nichts dergleichen. Sie war wie immer, wirkte ganz heiter, weil ihre Ausstellung beim Publikum so gut ankam. Ihre eigene Familie steht – oder stand – nicht gerade hinter ihr, was ihre Strandkunst betrifft.«

»Das habe ich schon gemerkt. Worüber haben Sie miteinander gesprochen?«

»Über den heutigen Tag. Wir haben uns für den Morgenspaziergang am Strand verabredet. Am Abend wollte Lizzie dann bei mir vorbeikommen, um etwas für uns zu kochen. Sie wollte deshalb gestern Abend in den Pub des Imperial Hotels. Da ist samstags immer Fleischverlosung. Meist gibt es aber nicht nur Fleisch, sondern auch Hummer und andere Fischspezialitäten.«

»Wollten Sie nicht mit?«

Laforet schüttelte sich leicht. »Dutzende von Kerlen in verschwitzten T-Shirts, die das Bier in sich reinschütten und dabei Lose ziehen. Ich komme mir bei so etwas fehl am Platz vor. Zwei- oder dreimal habe ich Lizzie dahin begleitet, und sie hat immer etwas Leckeres gewonnen. Sie scheint … schien ein glückliches Händchen zu haben. Aber wie gesagt, für mich ist das nichts. Lizzie wollte wohl allein ins Imperial.«

»Hatte sie gestern auch Glück bei der Verlosung?«

»Das kann ich Ihnen nicht sagen. Wir haben uns nicht mehr gesprochen.«

Das hatte Laforet zwar schon erklärt, aber Doyle wollte die Chance zu der Fangfrage nicht ungenutzt verstreichen lassen. Vielleicht sprach Laforet die Wahrheit, oder er ließ sich nicht so leicht aufs Glatteis führen.

»Danke für Ihre Antworten, Mr Laforet. Wenn Sie uns noch behilflich sein könnten mit den Zugangsdaten zu Ihrem Handy und Ihrem Computer, dürfen Sie jetzt gehen.«

Laforet sah seinen Anwalt an. »Muss das mit den Zugangsdaten sein?«

»Wenn Sie unschuldig sind, kann das Ihrer Entlastung dienlich sein«, sagte Trudeau. »Und die Polizei wird die Geräte ohnehin überprüfen. Wenn Sie sich behilflich zeigen, haben Sie alles eher zurück.«

Doyle erhob sich und nickte dem Anwalt zu. »Mr Trudeau, ich empfinde unser heutiges Zusammentreffen als durchaus angenehm.«

Der Anwalt stand auch auf, strich Jackett und Weste glatt, fasste mit zwei Fingern an das schwarze Gestell seiner Brille und rückte sie zurecht, als könne er dadurch Doyle besser erkennen. »Warten wir es ab, Mr Doyle. Vielleicht kommen auch wieder andere Zeiten.«

Als er mit seinem Mandanten, begleitet von Constable Watkins, den Raum verlassen hatte, sagte Pat: »Ich dachte schon, ich muss mir Sorgen machen, Cy.«

»Wieso?«

»Für eine Sekunde hatte ich den Eindruck, du machst Trudeau gleich einen Antrag.«

KAPITEL 7

Kurz nach Peter Laforets Vernehmung kamen Sergeant Baker und Constable Allisette ins Hauptquartier.

»Täuschen mich meine Augen, oder habe ich da eben diesen Rechtsverdreher Trudeau zusammen mit Peter Laforet wegfahren sehen?«, fragte Baker, als Doyle sein kleines Team im Besprechungsraum versammelt hatte.

»Sie haben richtig gesehen, Sarge.« Doyle unterrichtete ihn und Allisette über die Vernehmung. »Und was haben Sie beide noch herausgefunden?«

Baker verzog missmutig den Mund, an dessen Rand ein kleiner Schokoladenkrümel klebte. »Nichts von Belang, Sir, leider. Für die meisten scheint heute ein ganz normaler Sonntag zu sein. Bis auf den Umstand natürlich, dass an der Rocquaine Bay eine Leiche gefunden wurde.«

»Hat schon jemand mit dem Schrotschützen gesprochen, diesem Carney?«, fragte Allisette.

Pat beugte sich ein Stück über den Tisch vor und sagte: »Mildred hat eben mit dem Princess Elizabeth telefoniert. Carney wird noch ärztlich untersucht und ausgenüchtert. Wie man Mildred sagte, kann das noch eine Weile dauern.«

»Zu diesem Carney haben wir noch eine Info«, erklärte Baker. »Er ist wohl so eine Art inoffizieller Strandwächter der Rocquaine Bay. Sammelt Abfälle ein und passt auf, dass kein Unfug mit den da liegenden Booten getrieben wird. Dafür stecken ihm die Leute dort manchmal etwas zu. Das wäre doch eine Erklärung für seinen Gang zur Bucht heute Morgen.«

Doyle stimmte ihm zu.

»Hm«, machte Allisette und wirkte nicht recht zufrieden.

»Was überlegen Sie, Constable?«, fragte Doyle.

»So viele Verdächtige und verschiedene Ansatzpunkte. Auf mich wirkt es wie ein vertracktes Puzzle, und uns fehlt noch der richtige Stein, um daran anzusetzen. Ich finde die Sache mit Peter Laforets Mutter und ihrem Segelunfall sehr interessant. Das wäre ein Motiv für George Laforet, sich an der Familie Somers zu rächen.«

»Aber ausgerechnet an Lizzie, die nur angeheiratet ist?«, gab Pat zu bedenken.

»Ihre Affäre mit Peter Laforet hat in seinem Vater vielleicht die Erinnerung an damals wachgerufen, an das Verhältnis zwischen seiner Frau und Robert Somers.«

»Durchaus möglich«, sagte Doyle. »Leider haben nicht allzu viele unserer Verdächtigen ›hier‹ gerufen, als die Alibis für heute Morgen verteilt wurden. Jedenfalls möchte ich, dass Peter Laforets Version über den Unfall gegengecheckt wird. Unsere Unterlagen, alte Zeitungsberichte, was verfügbar ist. Sie, Sergeant, setzen sich gleich mal daran. Pat, du koordinierst die einlaufenden Ermittlungsergebnisse und hältst mich über alles Wichtige auf dem Laufenden. Besonders interessiert es mich, wann Carney ansprechbar ist.«

Sie nickte. »Wird erledigt.«

»Und was soll ich machen, Sir?«, fragte Allisette.

Doyles Blick ruhte auf ihr. »Sie wohnen doch in der Nähe der Rocquaine Bay, nicht wahr?«

»Ja, Sir, in der Rue des Clercs.«

»Dann kennen Sie vermutlich die samstägliche Fleischverlosung im Imperial Hotel.«

»Ich habe davon gehört, Sir. Ist wohl eine willkommene Ausrede für Ehemänner, sich samstags in den Pub zu verdrücken. Ihren Frauen können sie dann erzählen, sie wollten einen schönen Sonntagsbraten ergattern, auch wenn sie nichts gewonnen haben. Eine gute Gelegenheit, sich ein paar Pints hinter die Binde zu kippen.«

Der verächtliche Unterton in Allisettes Stimme war Doyle nicht entgangen. Er kannte den Grund. Ihr Vater war ein Trinker gewesen und nach dem Besuch im Pub oft gewalttätig gegen Frau und Tochter geworden. Doyle konnte sich sehr gut vorstellen, dass Allisette für solche Veranstaltungen noch weniger übrig hatte als Peter Laforet.

Trotzdem sagte er: »Ich möchte, dass Sie mich zum Imperial Hotel begleiten, Constable. Es scheint der Ort zu sein, wo Lizzie Somers das letzte Mal unter Menschen war. Ich hätte dabei gern jemanden an meiner Seite, der sich in der Gegend auskennt.«

Allisette schien wenig begeistert zu sein. Noch nie hatte Doyle auf ihrer Stirn unter dem rötlichen Haar so viele Falten gesehen.

»Vielleicht sollte ich besser Calvin unterstützen. Es gibt in diesem Fall noch mehr Hintergrundinfos zu recherchieren als diesen Segelunfall.«

»Sie können Ihre Arbeitswut austoben, wenn wir von unserem Ausflug zurück sind.«

Doyle sah Allisette an, dass ihr Unmut nicht verschwunden war, aber sie erhob keine weiteren Einwände. Eigentlich schätzte er sie als unternehmungslustig ein, als eine Polizistin, die lieber zu Ermittlungen unterwegs war, als Büroarbeit zu erledigen. Natürlich waren da die schlechten Erfahrungen mit der Trinkerei ihres Vaters, aber das allein erklärte ihre Unlust noch nicht. Doch er wollte nicht weiter auf dem Thema herumreiten. Jeder hatte das Recht, mal schlecht drauf zu sein. Vielleicht war ihr auch die Begegnung mit Reginald Carney auf den Magen geschlagen. Umso wichtiger war es für sie, dass sie gleich wieder in den Einsatz ging und nicht groß darüber brütete, dass sie um ein Haar von einer doppelten Schrotladung erwischt worden wäre.

* * *

Die Mittagssonne entfaltete ihre volle Kraft, und Doyle fuhr ohne Verdeck. Er genoss den warmen Fahrtwind, der über sein Gesicht und seine Haare strich, als wollte der Tamora sich bei seinem Fahrer für die frische Luft bedanken. Fast hätte die Illusion eines sonntäglichen Mittagsausflugs aufkommen können, wäre in seinem Hinterkopf nicht der Mordfall mit seinen vielen ungeklärten Fragen gewesen.

Jasmyn Allisette schien die Fahrt dagegen überhaupt nicht zu genießen. Mit verkniffenem Gesicht, den Blick ins Leere gerichtet, hockte sie stumm und teilnahmslos auf dem Beifahrersitz. Zum wiederholten Mal an diesem Tag fragte sich Doyle, wo die impulsive, alerte junge Frau geblieben war, als die er sie kennengelernt hatte. Es erinnerte ihn an den Film *Die Körperfresser kommen*, in dem Menschen von emotionslosen Außerirdischen ersetzt werden.

Er fuhr dieselbe Strecke wie vorhin, nur in umgekehrter Richtung. Als er die Rocquaine Bay erreichte, lenkte er den Roadster nach links. Von rechts schob sich der beeindruckende Bau von Fort Grey mit dem Shipwreck Museum in sein Sichtfeld, von links die große Anlage von Guernsey Gold & Silver. Bei beiden herrschte jetzt reger Betrieb, was ihn auch im Fall des Museums nicht überraschte. Der Tod von Lizzie Somers schien weder für ihren Mann noch für ihre Schwägerin ein Anlass zu sein, von der Routine abzuweichen. Hätte er sie gefragt, ob sie nicht das Museum für einen Trauertag schließen wollten, hätten sie ihn wahrscheinlich verständnislos bis empört angesehen oder sogar ausgelacht. Vielleicht war es doch wie in dem *Körperfresser*-Film, und es gab Außerirdische, die nur wie Menschen aussahen.

»Die Menschen brauchen gar keine Aliens, sie können sich auch so ganz gut das Leben schwer machen«, seufzte er und warf einen kurzen Seitenblick auf seine Beifahrerin.

Allisette schien aus ihrer Trance zu erwachen und sah ihn fragend an. »Haben Sie etwas gesagt, Sir?«

»Nur, dass wir gleich da sind.«

Sie blickte sich um, als sähe sie das alles hier zum ersten Mal. »Ja, Sie haben recht. Wollen Sie wirklich, dass ich mit zum Imperial komme? Vielleicht kann ich mich nützlicher machen, wenn ich mich noch einmal am Strand und im Shipwreck Museum umsehe. Oder bei Guernsey Gold & Silver.«

»Zügeln Sie Ihren Arbeitseifer etwas, schließlich haben wir heute Sonntag. Außerdem kamen Sie und Baker doch gerade von Guernsey Gold & Silver.«

»Stimmt, Sir, ich dachte auch nur ...«

»Was dachten Sie, Jasmyn?«

Absichtlich benutzte er ihren Vornamen. Er spürte, dass irgendetwas sie stark beschäftigte. Vielleicht gelang es ihm so, hinter das Geheimnis ihrer seltsamen Stimmung zu kommen.

»Ich dachte nur, eine Person reicht völlig aus, um sich im Imperial umzuhören.«

»Haben Sie etwas gegen das Imperial?«

»Nein, wieso?«

»Weil Sie sich so dagegen sträuben, mich zu der Befragung zu begleiten.«

»Ich sträube mich nicht, Sir. Es kommt mir nur überflüssig vor. Ich habe das Gefühl, bei all den Leuten, die wir befragen, geraten die wesentlichen Dinge dieses Falles mehr und mehr aus unserem Blickfeld.«

»Das mag sogar sein, aber das Sammeln von Fakten gehört nun einmal zur polizeilichen Grundlagenarbeit. Die Kunst ist es, in einem zweiten Schritt das Wesentliche vom Unwesentlichen zu trennen. Aber das haben Sie während Ihrer

Ausbildung bestimmt mehr als einmal gehört. Wir sind derzeit in der Sammelphase. Außerdem ist dieser Pub vielleicht der Ort, an dem Lizzie Somers zum letzten Mal in der Öffentlichkeit gesehen wurde. Das halte ich nicht für unwesentlich.«

»Wenn Sie es sagen, Sir.«

»Nicht so negativ, Constable! Vielleicht finden wir ja etwas Wichtiges heraus. Außerdem ist es jetzt zu spät, unsere Pläne zu ändern. Da vorn ist das Imperial. Wie heißt es doch? Mitgefangen, mitgehangen.«

Allisette konnte seinem Scherz, mit dem er sie etwas aufmuntern wollte, nichts abgewinnen und setzte wieder ihre Leichenbittermiene auf.

Doyle nahm den Fuß vom Gaspedal, weil die breite Küstenstraße vor ihnen einen Bogen schlug und nach Osten führte, ins Landesinnere. Direkt an diesem Knick, mit Blick hinaus auf die Rocquaine Bay, lag der große Komplex des Imperial Hotels, dessen weißes Hauptgebäude durch die strahlende Mittagssonne noch heller erschien.

Vor dem Hotel gab es nur noch wenige freie Parkplätze. Der Sommersonntag sorgte für gute Geschäfte. Doyle stieg aus, streckte sich und nahm für einen Augenblick das unbeschwerte Bild von Ausflüglern, Badegästen, Surfern und Segelbooten in sich auf. Es war nur ein Bild, und die Realität – seine Realität – war leider alles andere als unbeschwert.

Allisette quälte sich regelrecht aus dem niedrigen Sitz und trottete lustlos hinter Doyle her.

Auf dem Rasen vor dem Hotel standen einfache Stühle und Tische aus Holz vor einem uralten Kanonenrohr, das vielleicht einmal zur Abwehr feindlicher Invasoren von See her gedient hatte. Jetzt zielte es auf die Gäste und nicht aufs Meer, als wollte man damit potentielle Zechpreller abschrecken.

An den Tischen unter den Sonnenschirmen servierte eine junge Frau mit halblangem dunkelblonden Haar Getränke und Barspeisen. Doyle erkundigte sich bei ihr danach, wer gestern Abend für die Fleischverlosung zuständig gewesen sei.

»Das war Barry. Sie finden ihn drinnen, an der Bar.«

»Sir, soll ich hier draußen die Gäste vernehmen?«, fragte Allisette, als die Kellnerin zum nächsten Tisch gegangen war.

»Vielleicht war jemand von ihnen auch gestern Abend hier, bei der Fleischverlosung.«

»Glauben Sie?«

Doyle ließ seinen Blick über die Leute unter den Sonnenschirmen schweifen. Sie sahen allesamt aus wie Touristen. Veranstaltungen wie diese Fleischverlosung wurden seiner Erfahrung nach fast ausschließlich von Einheimischen besucht. Touristen gingen abends ins Restaurant und hatten keinen Anlass, einen Rinderbraten oder einen Hummer in der Lotterie zu gewinnen.

»Kann doch sein, dass wir Glück haben.«

»Dann versuchen Sie Ihr Glück, Constable. Ich gehe rein und spreche mit diesem Barry.«

Im Pub des Imperial herrschte gähnende Leere. Bei dem Wetter saß man lieber draußen. Noch vor einigen Jahren, schoss es Doyle durch den Kopf, hätte sonntags kein einziger Pub auf der Insel geöffnet gehabt. Lange Jahrzehnte hatte auf den Kanalinseln am Sonntag ein strenges Ausschankverbot für Alkohol geherrscht. So streng, dass sonntags selbst die Tankstellen geschlossen hatten. Schließlich war im Benzin auch Alkohol.

Der einzige Mensch weit und breit war ein bärtiger, vierschrötiger Mann, der sich an den Flaschen in einem Regal hinter der Bar zu schaffen machte. Als Doyle näher trat,

konnte er die in fetten gelben Buchstaben gehaltene Aufschrift auf dem blauen T-Shirt lesen: ICH HABE DEN GRÖSS-
TEN (DURST).

»Barry, nehme ich an.«

»Wer will das wissen?«

»Ich.« Doyle zeigte ihm seinen Dienstausweis. »Und?«

»Ja, ich heiße Barry. Ich arbeite hier im Imperial und
schmeiße den Pub.«

»Hoffentlich sind Sie nicht Ihr bester Kunde.«

»Warum?«

Doyle deutete auf das T-Shirt. »Bei Ihrem Durst.«

Barry lachte auf. »Ja, total witzig, finden Sie nicht?«

»So witzig, dass ich schon vor fünfundzwanzig Jahren darüber gelacht habe. Das war allerdings auch das letzte Mal.
Verraten Sie mir Ihren vollständigen Namen?«

»Barry McFarland.«

»Wo wohnen Sie?«

»Gleich um die Ecke, in der Rue de la Vallée.« Er nannte
Doyle die genaue Anschrift. »Habe ich etwas verbrochen,
Chef?«

»Das will ich nicht hoffen. Ich interessiere mich für die
Fleischverlosung gestern. Waren Sie zufrieden mit der Veranstaltung?«

Der Mann grinste breit. »Klar doch, die Veranstaltung ist
immer gut besucht. Für das Geld, was die Leute hier lassen,
könnte sich jeder von denen auch ein gutes Sonntagsessen
beim Fleischer oder im Fischgeschäft kaufen. Aber es ist halt
der Nervenkitzel, quasi für umsonst dranzukommen.«

»Wer hatte gestern das große Glück?«

»Wir hatten zwei Hauptpreise. Den Rinderbraten hat ein
Typ namens Artie abgeräumt. Den vollen Namen kenne ich
nicht, aber er ist so gut wie jeden Samstag dabei. Und dann

gab es noch einen riesigen Tintenfisch. Den hat witzigerweise Joe Lafleur abgeräumt.« Barry McFarland lachte wieder.

»Wieso witzigerweise?«

»Weil er selbst Fischer ist. Lustig, nicht?«

»Ich schmeiß mich weg vor Lachen, aber erst nach der Arbeit. Was ist mit Lizzie Somers? Ich habe gehört, sie hat oft ein glückliches Händchen bei der Verlosung.«

McFarlands Miene verwandelte sich in ein Fragezeichen. »Lizzie wer? Das sagt mir nichts.«

»Dunkelblond, gute Figur, in den Dreißigern. Gehört zum Shipwreck Museum.«

»Ach, die Frau von David? Da hätte ich selbst drauf kommen müssen bei dem Namen. Die ist gestern leer ausgegangen. Ich hätte sie gern getröstet. Die Kleine ist ja selbst zum Anbeißen.«

»War«, korrigierte Doyle. »Sie wurde heute Morgen getötet.«

McFarlands eben noch zum Lachen bereite Miene verdunkelte sich. »Ach, deshalb das große Polizeiaufgebot?«

»So ist es. Für einen Barmann sind Sie erstaunlich schlecht informiert. Sonst scheint es schon die ganze Bucht zu wissen.«

»Das liegt am Sonntag. Die Einheimischen, die gestern hier waren, müssen heute den braven Familienvater spielen. Die kommen erst am Montag wieder. Von den Touristen ist nicht viel zu erfahren, was Inselereignisse betrifft. Die interessiert eher, wann die Flut kommt und wie viele Sonnenstunden wir heute haben.«

»Wann ist Lizzie Somers gestern gegangen?«

»Das kann ich nicht genau sagen. So gegen elf, schätze ich. Die ehemalige Sperrstunde hat sich irgendwie eingeprägt. Viele verlassen immer noch um diese Zeit den Pub, weil

Mutti sonst sauer wird und das Nudelholz schwingt. Danach war es relativ leer hier, und Davids Frau ist mir nicht mehr aufgefallen.«

»Dann können Sie wohl nicht sagen, ob sie allein gegangen ist?«

»Nein, keinen blassen Schimmer. Leider ist sie nicht mit mir gegangen.«

Der Barkeeper wollte erneut loslachen, unterließ es aber, als er Doyles warnenden Blick auffing.

»Wissen Sie, ob Lizzie in Begleitung hier war?«

»Nein, ich glaube nicht.«

»Wirkte sie ungewöhnlich auf Sie? Ängstlich, verstört?«

»Nach dem Streit war sie nicht so besonders gut drauf. Es ging ja auch hoch her.«

»Was für ein Streit?«

McFarland rollte mit den Augen, unter denen breite Ringe saßen. »Hören Sie mal, Chef, wollen Sie mich auf den Arm nehmen?«

Doyle war irritiert. »Wieso?«

»Na, die Kleine ist doch da draußen!«

»Welche Kleine?«

»Die mit Ihnen gekommen ist, das habe ich doch durchs Fenster gesehen. Jetzt spricht sie mit den Leuten an den Tischen.«

»Sie sprechen von Constable Allisette.«

»Weiß ich das? Sie hat sich mir nicht vorgestellt, als ich sie vor die Tür gesetzt habe.«

»Wann? Gestern?«

McFarland nickte. »Darüber reden wir doch die ganze Zeit.«

»Sind Sie sicher?«

»Sicher bin ich mir sicher. Schaut ja nicht schlecht aus, die kleine Rothaarige. Ist aber eine ziemlich wilde Braut. Wenn ich sie und Davids Frau nicht getrennt hätte, ich glaube, dann hätte es Mord und Totschlag gegeben. Oh, Entschuldigung, das habe ich natürlich nicht wörtlich gemeint.«

Doyle sah durch eins der Fenster nach Allisette, die an einem der Tische stand und mit einem Paar mittleren Alters sprach. Einerseits konnte er das, was der Barkeeper ihm erzählt hatte, kaum glauben. Andererseits ergab Allisettes seltsames Verhalten, in diesem Licht betrachtet, plötzlich Sinn. Wenn McFarlands Worte stimmten, hatte sie natürlich kein Interesse daran, ihm unter die Augen zu treten und von ihm identifiziert zu werden. Schließlich hatte sie von dem Streit mit Lizzie Somers kein Sterbenswörtchen erzählt. Aber warum nicht? Darauf gab es eine nahe liegende Antwort, doch die wollte ihm ganz und gar nicht gefallen.

»Das haben Sie alles nicht gewusst, Chef?« Der Barkeeper gluckste vor Erheiterung. »Vielleicht sollten Sie erst mal Ihre eigenen Leute befragen.«

Doyle schluckte seinen Ärger über den frechen Typ hinunter. Nicht McFarland hatte diese Situation verursacht.

»Wann war das mit dem Streit?«

»Zwischen halb zehn und zehn, denke ich. Ihre Kollegin war noch nicht lange hier, keine fünf Minuten. Ich glaube fast, sie hat nach Davids Frau Ausschau gehalten. Jedenfalls ist die Rothaarige wie eine Furie auf sie los und hätte ihr fast die Haare ausgerissen. Und Ausdrücke sind da gefallen, da kriegte selbst ich rote Ohren.«

»Wer von den beiden hat diese Ausdrücke benutzt?«

»Da haben sich beide nichts geschenkt. Frauen unter sich, da fallen alle Hemmungen, das sage ich Ihnen.«

»Sie sind dann dazwischengegangen und haben meine Kollegin vor die Tür gesetzt?«

»Ja. Ich wusste ja nicht, dass sie ein Bul …, äh, von der Polizei ist.«

»Und dann?«

»War Ruhe.«

»Für den Rest des Abends?«

»Ja, Chef.«

»Haben Sie meine Kollegin noch einmal gesehen, nachdem Sie sie vor die Tür gesetzt haben?«

»Nicht bis vorhin, als Sie mit ihr hier aufgekreuzt sind.«

* * *

Allisette folgte Doyle stumm, als er zu ihr trat und leise sagte: »Kommen Sie mit.«

Sie gingen zu einem der Tische vor dem Imperial, der ein ganzes Stück abseits stand, und setzten sich unter den Schatten des aufgespannten Sonnenschirms. Die Kellnerin hatte die neuen Gäste bereits erspäht und näherte sich. Doyle sah hinaus aufs Meer, dessen blaues Funkeln fast zu schön aussah, um wahr zu sein. Das dunkle Blau des Atlantiks und das sich darüber spannende Hellblau des Himmels waren mit kleinen weißen Tupfern durchsetzt: Segelboote und Möwen. Sein Blick wanderte ein Stück den Strand entlang bis zu dem auffälligen Gebäude des Shipwreck Museums. Alles wirkte wie eine Idylle, die den Mord an Lizzie Somers längst vergessen hatte.

Die Kellnerin hatte ein freundliches Lächeln aufgesetzt. »Schön, dass Sie sich entschieden haben, noch etwas zu bleiben. An so einem Tag wie diesem ist es einfach herrlich hier bei uns. Wo sonst hat man einen so tollen Ausblick auf die Bucht? Möchten Sie etwas aus der Karte mit den Barspeisen auswählen?«

Bevor sie die Karten auf den Tisch legen konnte, sagte Doyle: »Ich denke, eine Flasche Wasser mit zwei Gläsern reicht.« Er blickte in Allisettes verschlossenes Gesicht. »Oder?«

Allisette nickte kaum merklich.

»Mit Kohlensäure oder ohne?«

Er sah Allisette auffordernd ab, aber sie zuckte nur leicht mit den Schultern.

»Mit«, entschied er und sah der Kellnerin nach, bis sie im Eingang zum Pub verschwunden war. »Möchten Sie mir etwas erzählen, Constable?«

Sie wich seinem Blick aus, stützte die Ellbogen auf die Tischplatte, legte das Gesicht in beide Hände und murmelte: »Eigentlich nicht.«

»Schade. Barry, der Barkeeper, hat mir nämlich eben eine Geschichte erzählt, zu der ich gern Ihren Kommentar gehört hätte.«

»Warum? Sie haben es doch schon gehört.«

»Weil ich es kaum glauben kann und eigentlich gar nicht glauben möchte.«

Die fleißige Kellnerin kehrte schon zurück, eine Wasserflasche und zwei Gläser auf dem Tablett, und ließ es sich nicht nehmen, ihnen einzuschenken. »Rufen Sie mich, wenn Sie noch etwas brauchen oder doch noch Appetit bekommen.«

»Das werden wir«, versprach Doyle und glaubte gleichzeitig nicht, dass es dazu kommen würde. Selbst wenn er nicht schon mit Pat in der Mint Brasserie gefrühstückt hätte, wäre ihm jetzt wohl jeder Appetit vergangen. Allisette sah auch nicht so aus, als würde sie etwas hinunterkriegen.

»Jasmyn, reden Sie mit mir«, bat er, als die Kellnerin außer Hörweite war. »Erzählen Sie mir, was gestern Abend vorgefallen ist!«

»Ich bin mir nicht sicher, ob ich überhaupt etwas dazu sagen sollte«, sagte sie leise, fast flüsternd.

»Das ist Ihr gutes Recht, auch wenn ich etwas anderes von Ihnen erwartet hätte.«

»Wie geht es dann weiter?«

Er trank einen Schluck Wasser und sagte nach kurzem Überlegen: »Wir fahren zurück zum Hauptquartier, Sie besorgen sich einen Rechtsanwalt, und dann beginnt Ihre Vernehmung.«

»Meine Vernehmung.« Allisette ließ die Worte in sich nachklingen und machte dabei ein Gesicht, als sei das unvorstellbar. »Wie lautet die Anklage?«

»Was für eine Frage … Mord, natürlich.«

»Sie trauen mir einen Mord zu, Sir?«

Ihre Stimme war jetzt lauter, und ihre Worte wurden von einem leichten Zittern ihrer Stimmbänder begleitet.

»Im Augenblick weiß ich nicht recht, was ich Ihnen zutrauen soll und was nicht. Als Polizist muss ich mich an die Fakten halten. Sie hatten gestern Abend einen heftigen Streit mit Lizzie Somers und haben diesen Vorfall verschwiegen. Das allein ist nur ein dienstliches Vergehen. Aber wenn sich herausstellt, dass Sie ein Motiv für den Mord hatten – und dieser Streit deutet darauf hin – und wenn Ihnen dann noch ein Alibi fehlt, dann sieht es für Sie düster aus.«

Allisette hob den Kopf und sah ihn aus geweiteten Augen an. »Ich bin keine Mörderin, Sir. Ich habe Lizzie Somers nicht getötet, das müssen Sie mir glauben!«

»Darauf, ob ich Ihnen glaube, kommt es nicht an. Das Gericht muss Ihnen glauben.« Nach einer kurzen Pause fügte er hinzu: »Oder auch nicht.«

»Aber ich schwöre es Ihnen, ich habe Lizzie zum letzten Mal gestern Abend gesehen, hier im Pub.«

»Bevor Barry Sie vor die Tür gesetzt hat, wie er es ausdrückte?«

»Ja, Sir. Ich bin dann nach Hause, zu Fuß. Ich wollte wieder einen klaren Kopf kriegen. Zu Hause habe ich dann noch eine halbe Flasche Wein geleert und bin ins Bett. Als ich heute Morgen zur Bucht beordert wurde und feststellte, dass Lizzie das Opfer war, da war ich völlig perplex.«

»Und haben spontan beschlossen, Ihre Auseinandersetzung zu verschweigen und stattdessen fröhlich mitzuermitteln, als wären Sie gänzlich unbefangen?«

Es sprudelte aus Doyle heraus. Er war nicht so ruhig, wie er es gern gewesen wäre. Eine ermittelnde Polizistin, die ihre persönliche Beziehung zum Mordopfer verschwieg und vielleicht selbst ein Tatmotiv hatte, schlimmer hätte es kaum kommen können. Nicht nur für Allisette, auch für ihn selbst. Es war sein Team, und für das trug er die Verantwortung. Seit seiner Rückkehr nach Guernsey und seiner Berufung zum DCI war er stolz auf seine Abteilung gewesen, auf seine Leute. Er hatte das Gefühl gehabt, sich in jeder Situation auf sie verlassen zu können. Und jetzt das!

Der auflandige Wind wurde etwas stärker und trug das gleichmäßige Tuckern eines kleinen Fischkutters draußen vor der Bucht bis zu ihnen. Es war ein auffälliges Boot mit einem Anstrich aus knallroten und weißen Streifen. Für den Bruchteil einer Sekunde durchzuckte Doyle der Gedanke, dass er jetzt lieber ein Fischer wäre dort draußen auf dem Kutter, als hier zu sitzen und dieses Gespräch mit Allisette zu führen. Wohl das schwerste berufliche Gespräch, das er jemals mit einem Mitglied seines Teams geführt hatte, seine vielen Jahre bei der Londoner Metropolitan Police eingeschlossen.

Allisette räusperte sich und suchte nach den richtigen Worten. »Ich bin den Spuren von diesem Carney gefolgt in der

Hoffnung, er sei der Mörder. Ich dachte, wenn wir ihn schnell fassen, stellen sich keine anderen Fragen.«

»Hielten Sie ihn wirklich für den möglichen Mörder? Oder wollten Sie nur schnell einen vermeintlichen Mörder zur Hand haben, um den Verdacht von sich selbst abzulenken?«

In ihrem Blick lag Empörung und mehr: Enttäuschung. »Wie können Sie mich nur so etwas fragen?«

»Wenn man Sie unter Mordanklage stellt, werden Sie sich noch ganz andere Fragen gefallen lassen müssen.«

Doyle sagte es hart, ohne erkennbares Mitleid. Er musste die Wahrheit erfahren, und deshalb durfte er Allisette jetzt nicht schonen.

»Können Sie sich denn gar nicht vorstellen, dass es nicht um mich geht?« Allisette klang jetzt fast verzweifelt.

»Leider kann ich mir sehr vieles vorstellen, seitdem ich eben mit Barry gesprochen habe. Es ist an Ihnen, meine Vorstellungskraft einzugrenzen. Wenn es nicht um Sie geht, wen schützen Sie, Jasmyn?«

Ihre Lippen öffneten sich zu einer Antwort, aber die kam nicht. Sie schien es nicht über sich zu bringen.

Doyle schob das bislang von Allisette unberührte Wasserglas näher zu ihr hin. »Trinken Sie etwas und überlegen Sie sich, ob Sie offen zu mir sein wollen. Wenn nicht, dann hat dieses Gespräch keinen Sinn.«

Allisette führte das Glas an die Lippen, um gierig zu trinken, und setzte es erst wieder ab, als es leer war. In ihrem Gesicht lag plötzlich ein entschlossener Ausdruck. Sie schien sich entschieden zu haben.

»Sie wissen, dass ich mit einer Freundin zusammenlebe? Ich meine, dass wir ein Paar sind?«

»Ja, Sie haben vor einiger Zeit mal so eine Bemerkung fallen lassen.«

»Sie heißt Rosie, Rosie Belmont, und arbeitet für eine Versicherungsgesellschaft in St. Peter Port. Das sage ich nur, damit Sie wissen, dass Rosie ein rationaler Typ ist, keine impulsive Mörderin aus Leidenschaft oder so etwas.«

»Auch rationale Typen können ihre leidenschaftlichen Momente haben«, wandte Doyle ein. »Aber erzählen Sie weiter.«

»Seit ungefähr einem halben Jahr kriselt es zwischen uns. Rosie ist sogar vor zwei Monaten ausgezogen und hat sich eine kleine Wohnung in St. Andrew genommen, näher an ihrer Arbeitsstelle, wie sie sagte. Aber ich habe schnell herausgefunden, dass der wahre Grund eine andere Frau war und Rosie einen Ort brauchte, um mit ihr zusammen zu sein. Ein gemeinsames Liebesnest.«

»Und diese Frau war Lizzie Somers?«

Allisettes Lider flatterten nervös. Sie presste die Lippen aufeinander und nickte nur.

»Das lief dann zur selben Zeit wie Lizzies Beziehung zu Peter Laforet«, stellte Doyle fest.

»Lizzie war bi und offenbar sehr liebesbedürftig. Peter Laforet war ihr nicht genug.«

Sie goss sich ein zweites Glas Wasser ein und leerte es erneut in einem Zug.

»Weiter!«, forderte Doyle.

»Ich habe um Rosie gekämpft, weil ich sie wirklich liebe, und vor drei Wochen ist sie zu mir zurückgekehrt. Zumindest dachte ich das. Aber in der letzten Woche ist zwischen Lizzie und ihr wohl wieder etwas passiert. Rosie war abends oft weg und hat sich kaum Mühe gegeben, sich intelligente Ausreden einfallen zu lassen. Sie hat noch die Wohnung in St. Andrew, und dort werden sie sich wohl getroffen haben. Auch gestern Abend war Rosie wieder unterwegs. Angeblich hatte eine Kollegin Geburtstag und zu einem Umtrunk in St. Peter Port eingeladen. Rosie sagte, wenn sie ordentlich getankt hätte, wolle sie lieber nicht mehr so weit fahren und in St. Andrew übernachten. Aber ich habe mir gleich gedacht, dass das nur ein Märchen ist. Als ich es gestern nicht mehr aushielt, bin ich hier zum Pub gegangen. Rosie hatte mir, als sie zu mir zurückgekehrt war, erzählt, Lizzie sei jeden Samstagabend hier, um ein Essen zu gewinnen, das sie für Peter Laforet zubereitete. ›Dann spielt sie ihm die brave Hausfrau vor‹, hatte Rosie gesagt und dabei gelacht. Na ja, ich dachte, wenn ich Lizzie hier treffe und zur Rede stelle, kann ich rauskriegen, was sie von Rosie will. Ob ihr wirklich etwas an Rosie liegt oder ob es nur Sex ist, eine Affäre. Ich war reichlich durcheinander und hoffte wohl auch, ich könnte sie dazu bringen, die Finger von Rosie zu lassen.«

»Und?«

»Es lief alles schrecklich schief. Ich hatte schon vorher Wein getrunken und verlor die Kontrolle über mich, als ich Lizzie tatsächlich im Pub sah. Ich bin auf sie los wie eine Furie und habe sie wüst beschimpft. Das war natürlich blöd von mir, aber ich konnte einfach nicht an mich halten.« Allisette seufzte schwer. »Immerhin gab es einen Hoffnungsschimmer.«

»Inwiefern?«

»Sie sagte mir, es sei sowieso aus zwischen ihr und Rosie. Nur wüsste das Rosie noch nicht. Sie wolle jetzt endlich Nägeln mit Köpfen machen und Peter Laforet dazu bringen, sich ganz offen zu ihr zu bekennen. Sobald das geschehen sei, wolle sie alles in die Wege leiten, um sich von ihrem Mann scheiden zu lassen. Sie wolle es Rosie noch in dieser Nacht mitteilen. Ich könne sie gern zurückhaben. So hat sie es ausgedrückt.«

»Sie klingen nicht begeistert«, stellte Doyle fest. »Sie hatten Ihr Ziel, Ihre Freundin Rosie zurückzubekommen, doch erreicht.«

»Mich hat Lizzies herablassende Art gestört. Als hätte sie mir einen Brotkrumen überlassen, den ich ohne ihre Gnade niemals bekommen hätte. Vielleicht hat mich auch geärgert, dass sie damit ja recht hatte.«

»Wollen Sie sich um Kopf und Kragen reden? Sie zimmern sich gerade selbst ein Mordmotiv zurecht.«

Allisettes grüne Augen blitzten ihn geradezu an. »Ich sollte doch aufrichtig zu Ihnen sein, Sir. Es stimmt, ich habe in der vergangenen Nacht eine unglaubliche Wut auf Lizzie Somers gehabt, aber ich habe sie nicht ermordet. Ich bin zurück nach Hause und habe dort gewartet. Auf Rosie.«

»Ist sie gekommen?«

»Heute Morgen, keine zwanzig Minuten, bevor mich der Anruf vom Hauptquartier aus dem Bett geholt hat. Gerade erst waren Rosie und ich unter die Decke geschlüpft, um unsere Versöhnung zu feiern.«

»Was hat Rosie Ihnen erzählt?«

»Nicht viel, aber ich konnte sehen, dass sie ziemlich fertig war. Lizzie Somers war nach dem Besuch im Pub tatsächlich bei ihr in St. Andrew gewesen, um mit ihr Schluss zu machen. Wie ich heraushören konnte, hat Rosie verzweifelt versucht, sie umzustimmen. Ohne Erfolg. Lizzie ist wohl irgendwann nach Mitternacht heim zur Rocquaine Bay gefahren.«

»Dann war Rosie Belmont in ihrer Wohnung in St. Andrew allein, bis sie heute Morgen zu Ihnen kam?«

»So hat sie es mir erzählt.«

»Wo ist sie jetzt?«

»Wohl noch in der Rue des Clercs, in unserer gemeinsamen

Wohnung. Sie wollte auf mich warten, bis ich vom Einsatz zurück bin.«

»Demnach hat Ihre Freundin für die Tatzeit kein Alibi, aber sehr wohl ein Motiv für die Tat: Rache aus enttäuschter Liebe oder Leidenschaft.«

»Deshalb wollte ich sie da raushalten, Sir. Es ist ganz allein meine Schuld.«

Allisette saß vor ihm wie ein Häufchen Elend, aber er fand kein Wort des Trostes für sie. Sie hatte ein schweres Dienstvergehen begangen. Mehr noch, auch sie hatte kein Alibi für die Tatzeit, aber ein Motiv: ihre Wut, vielleicht sogar ihren Hass, auf Lizzie Somers.

Schweren Herzens zückte er sein Handy und rief Pat an. »Hast du schon was Neues?«

»Nicht wirklich, Cy, nur ein paar Zwischenberichte. Aber ich melde mich schon, wenn es etwas gibt, keine Sorge.«

»Darum geht es nicht. Falls du abkömmlich bist, möchte ich dich bitten, sofort zum Imperial zu kommen. Ich könnte auch einen Streifenwagen herbeordern, aber ich hätte lieber dich hier.«

»Was ist los?« Ihre Stimme klang besorgt.

»Kannst du kommen, Pat?«

»Ja, sofort.«

»Gut. Dann alles andere persönlich, wenn du hier bist.«

Allisettes Blick hing an ihm, während er das Handy zurücksteckte.

»Was haben Sie vor, Sir?«

Er streckte die Rechte mit der Handfläche nach oben zu ihr aus. »Ihren Dienstausweis und Ihr Handy bitte, Constable.«

»Warum?«

»Bis auf Weiteres suspendiere ich Sie vom Dienst, Constable Allisette«, sagte Doyle mit mechanischer Stimme, der keine Gefühlsregung zu entnehmen war. »Sie können dagegen schriftlich Beschwerde einlegen. Bis zur Aufhebung der Suspendierung oder bis zum Erfolg einer Beschwerde sind Sie nicht befugt, dienstliche Handlungen auszuüben oder dienstliche Arbeitsmittel zu benutzen. Eine Zuwiderhandlung stellt ein schweres Vergehen da. Haben Sie das verstanden?«

»Ja, Sir. Aber das meinen Sie doch nicht ernst, oder?«

»Sie lassen mir leider keine andere Wahl. Also?«

Zögernd und mit ungläubigem Blick händigte sie ihm den Ausweis und das Handy aus.

»Mit Rücksicht auf Ihre Stellung als Police Constable und auf Ihre bisherigen Verdienste unterlasse ich es, Sie vorläufig festzunehmen«, fuhr Doyle fort. »Aber ich erwarte von Ihnen ab jetzt vorbehaltlose Offenheit. Inspector Holburn wird Sie zum Hauptquartier bringen und dort die Vernehmung leiten, um ein offizielles Protokoll aufzunehmen. Seien Sie kooperativ. Ich werde Inspector Holburn die Entscheidung überlassen, ob Sie danach auf freien Fuß gesetzt werden oder nicht.«

Die Minuten, bis Pat endlich mit ihrem Golf am Imperial eintraf, zogen sich hin wie Stunden, und weder Doyle noch Allisette sagten in der Zeit ein einziges Wort.

KAPITEL 8

Doyle fühlte sich nicht besonders gut, während er den Tamora auf der Küstenstraße entlang der Rocquaine Bay nach Norden steuerte. Er hätte viel darum gegeben, jetzt Pat an seiner Seite zu haben. Aber sie musste Allisette zur Vernehmung ins Hauptquartier bringen. Er hatte sie für diese Aufgabe ausgewählt, weil er die Affäre Allisette möglichst klein halten wollte. Zu vertuschen war sie nicht, und er malte sich lieber nicht aus, wie der Chief Officer darauf reagieren würde. Außerdem hatte Doyle ein schlechtes Gewissen, weil er so wenig Mitgefühl für Allisette gezeigt und ihr keinen Mut zugesprochen hatte.

Auch Pat hatte die ganze Geschichte kaum glauben können und Allisette entgeistert angestarrt, ein stummes »Warum?« in ihren Zügen. Er hatte Pat nur wenige Instruktionen geben müssen. Sie war erfahren genug in ihrem Job und wusste, was zu tun war.

Rechts von ihm, kurz vor Guernsey Gold & Silver und dem Shipwreck Museum, zweigte die Rue des Clercs ab. Doyle ging vom Gas und schlug das Lenkrad ein. Kaum hatte er die Bucht hinter sich gelassen, tauchte er in eine andere Welt ein. Nach ein paar Häusern beiderseits der Straße beherrschten Äcker und Bäume die Szene. Eine ländliche, ruhige Gegend, nur einen Steinwurf entfernt vom Meer, den Wassersportlern und Badegästen, von fröhlich lärmenden Kindern und über ihnen kreischenden Möwen. Es hieß, dass man auf Guernsey nie mehr als fünfzehn Minuten von der nächsten Küste entfernt war. Hier waren es keine fünf Minuten.

Das Haus, in dem Allisette und Rosie Belmont wohnten, lag in einer Kurve und hieß »Le Pierrot«. Es war ein Doppelhaus, und die eine Hälfte bewohnten die beiden Frauen. Doyle ließ den Roadster auf dem Vorplatz neben einem kleinen Japaner, einem dunkelblauen Toyota Auris, ausrollen. Weit und breit war kein Mensch zu sehen. Die meisten Leute nahmen jetzt wohl ihren Lunch ein oder hatten sich zu einem Sonntagsausflug entschlossen.

Er drückte auf die Klingel neben dem Schild *Allisette/ Belmont*, und kurz darauf stand eine hinreißend schöne Blondine vor ihm, deren weit geschnittenes Top, das lässig über eine weiße Sommerhose fiel, ihre Kurven kaum verhüllen konnte. Sie musterte ihn, bevor ihr Blick auf seinen Wagen fiel.

»Sie müssen Chief Inspector Doyle sein«, sagte sie mit einem strahlenden Lächeln. »Jasmyn hat mir schon so viel von Ihnen erzählt. Ich freue mich sehr, Sie kennenzulernen.« Als sie Doyles kurzes Stirnrunzeln bemerkte, fügte sie hinzu: »Wundern Sie sich nicht, ich habe Sie an Ihrem Wagen erkannt. Auch von dem hat Jasmyn schon viel erzählt. Falls Sie zu ihr wollen, sie ist nicht da. Ich dachte, sie hätte noch Dienst.«

»Ich möchte zu Ihnen, Ms Belmont«, sagte er kühl.

»Oh. Dann nur herein in die gute Stube. Und sagen Sie doch einfach Rosie zu mir.«

Sie führte Doyle in ein gemütlich eingerichtetes Wohnzimmer. Auf dem niedrigen Holztisch standen eine angebrochene Flasche Rosé und ein Weinglas. Daneben lag der aufgeschlagene Katalog eines Einrichtungshauses. Aus den kleinen Lautsprechern einer kompakten Musikanlage kam leise klassische Musik, ein angenehmer Sopran. Er kannte das Stück nicht. Durch das breite Fenster, das viel Helligkeit hereinließ, blickte man hinaus auf den Vorplatz mit den beiden Autos.

»Gehört der Toyota Ihnen, Ms Belmont?«

»Ja. Aber Sie sollen mich doch Rosie nennen. Ms Belmont klingt so schrecklich erwachsen und vernünftig. Es genügt, wenn ich mir das im Büro anhören muss. Und setzen Sie sich bitte!«

Doyle blieb stehen, den Blick auf die Frau gerichtet. Erst jetzt fiel ihm auf, dass sie barfuß war. Sie standen auf einem beigen Teppich, dick und flauschig.

»Sind Sie mit dem Wagen heute Morgen von Ihrer Wohnung in St. Andrew gekommen, Ms Belmont?«

Das Dauerlächeln auf ihren geschwungenen Lippen erstarb. Offenbar hatte sie begriffen, dass sie Doyle nicht mit ihrem Gesäusel einlullen konnte. Sie ging zu dem Tisch, trank einen Schluck Wein und sah ihn jetzt ernst an.

»Ich würde Ihnen auch einen Schluck anbieten, aber ich nehme an, Sie sind im Dienst.«

»Richtig erkannt. Sie haben meine Frage noch nicht beantwortet.«

»Ja, ich bin mit dem Wagen zu Jasmyn gefahren. Und wir lagen gerade schön im Bett, da kam der Anruf. Eine Leiche am Strand, hieß es, und im Radio kam auch etwas darüber. Eine Strandkünstlerin sei ermordet worden. Sie haben keinen Namen genannt, aber es kann nur Lizzie sein. Richtig?«

»Lizzie Somers, ja.«

Rosie Belmont sah aus, als würde sie im nächsten Augenblick anfangen zu weinen.

»Sie hätte bei mir bleiben sollen, in St. Andrew. Dann wäre ihr das nicht passiert.«

»Haben Sie Lizzie getötet?«

»Ich? So ein Quatsch! Warum sollte ich?«

»Weil Sie Lizzie geliebt haben. Aber sie hat heute Nacht mit Ihnen Schluss gemacht. Wenn das kein Mordmotiv ist ...«

»Oh, Jasmyn hat geplaudert. Und jetzt wollen Sie den Mord mir anhängen?«

»Ich will nur die Wahrheit herausfinden. Wenn Sie es waren und es zugeben, dann ist Constable Allisette aus dem Schneider.«

»Inwiefern?«

»Ihr geht es wie Ihnen: Sie hat kein Alibi, aber ein Motiv.«

»Und das reicht schon, um jemanden zu verdächtigen?«

»In einem Mordfall allemal.«

»Sie sind ja lustig. Vielleicht kommen Sie noch auf die Idee, Jasmyn und ich hätten es gemeinsam getan.«

»Und? War es so?«

Natürlich war ihm auch dieser Gedanke schon durch den Kopf gegangen. Aber dann wäre es Allisette und ihrer Freundin ein Leichtes gewesen, sich gegenseitig ein Alibi zu geben. Sie hätten nur behaupten müssen, schon eine Stunde früher miteinander im Bett gewesen zu sein.

»Sie haben ja viel Vertrauen zu Jasmyn«, schnappte Rosie Belmont.

»Allisette hat das Vertrauen leider erschüttert, indem sie mir verschwiegen hat, dass sie Lizzie kannte. Sie hat das übrigens getan, um Sie vor jedem Verdacht zu bewahren, Ms Belmont.«

»Hat ja nicht viel geholfen. Da hat sich die gute Jasmyn wohl etwas zu blöd angestellt.«

»Weiß Allisette, wie Sie über sie sprechen und offenbar auch denken?«

Rosie Belmont lachte unerwartet auf und winkte ab. »Ach, die Kleine, die ist doch zu gut für die Welt.« Sie hob die Weinflasche hoch und hielt sie Doyle hin. »Wirklich keinen Wein?«

Er schüttelte nur den Kopf und sah zu, wie sie sich ein weiteres Glas einschenkte und mit einem Zug zur Hälfte leerte.

»Sie sollten sich mit dem Alkohol zurückhalten.«

»Warum? Wollen Sie mich festnehmen? Dann trinke ich lieber schnell noch einen.«

Doyle hatte kurz daran gedacht, es aber schnell wieder verworfen. Wenn er jeden vorläufig hinter Gitter bringen wollte, der als Mörder von Lizzie Somers in Frage kam, würden die Arrestzellen im Hauptquartier nicht ausreichen.

»Morgen früh um neun sind Sie zur Protokollierung Ihrer Aussage in der Hospital Lane, nüchtern!«

»Oh, da muss ich arbeiten.«

»Das können Sie danach. Sie werden Ihrem Chef schon eine Ausrede auftischen, wie ich Sie einschätze.«

»Wie schätzen Sie mich denn ein, Chief Inspector?«

»Das wollen Sie gar nicht wissen.«

Grußlos wandte er sich um und verließ die Wohnung. Als er ins Freie trat und die würzige Luft einatmete, die das nahe Meer verriet, fühlte er sich richtiggehend befreit. Er fand, dass Rosie Belmonts äußere Anziehungskraft in einem krassen Gegensatz zu ihrem Charakter stand. Aber das sah Jasmyn Allisette vielleicht anders. Über Geschmack ließ sich bekanntlich nicht streiten. Er ließ den Tamora stärker aufröhren als nötig, als er zurück auf die Straße fuhr.

KAPITEL 9

»Der Chief möchte Sie dringend sprechen, Sir. Irgendwie ist diese … Sache mit Constable Allisette schnell zu ihm durchgesickert.«

Die Worte, mit denen Mildred ihn im Hauptquartier empfing, waren nicht geeignet, Doyle aufzuheitern. Der ganze Fall entwickelte sich in eine unangenehme Richtung. Die unangenehmste, die er sich vorstellen konnte: eine Polizistin, die in den Fall verwickelt war. Chief Officer Colin Chadwick würde ebenso wenig begeistert darüber sein wie er selbst.

»Ist Inspector Holburn noch mit der Befragung von Allisette beschäftigt?«, fragte er Mildred.

»Gerade fertig«, antwortete Pat, die eben in Mildreds Büro trat, eine DAT-Kassette in der Hand. »Es ist genau das herausgekommen, was du schon wusstest.«

Hinter ihr konnte er Allisettes schmale Gestalt sehen. Ihr Blick hielt seinem nur kurz stand, dann senkte sie ihn schamhaft zu Boden.

»Wenn das so ist, kommen Sie vorerst mit der Suspendierung davon, Constable«, sagte er. »Aber wahrscheinlich wird sich ein Disziplinarverfahren anschließen. Sie können also jetzt nach Hause fahren, zu Ihrer … Ihrer *Freundin*.«

Allisettes Kopf ruckte hoch, und neuer Kampfgeist schimmerte in ihrem Blick. »Warum betonen Sie das so seltsam, Sir?«

»Manche Menschen sind einem freundlich gesinnt, obwohl man sie gar nicht als Freunde betrachtet. Andere nennt man so, aber sie empfinden alles andere als freundschaftliche Gefühle für einen.«

»Ich verstehe Sie nicht, Sir.«

»Dann denken Sie darüber nach.«

Er wandte ihr demonstrativ den Rücken zu und hörte nur, wie sie die Tür schloss.

»Du bist aber hart zu Allisette«, sagte Pat.

»Was sie getan hat, ist kein Kavaliersdelikt, sondern eine schwere Verletzung ihrer Dienstpflichten. Du weißt, dass ich mich vor meine Leute stelle, wann immer es geht. Aber Allisette hat eine Linie überschritten.«

Pat lächelte zu seiner Überraschung. »Außerdem hat sie dich gekränkt, Cy, als sie die Wahrheit vor dir verborgen hat. Das hat dich verärgert, oder?«

»Natürlich.« Er musste jetzt auch lächeln, als er Pat ansah. »Manchmal denke ich, du liest in mir wie in einem offenen Buch.«

»Nur manchmal? Was ich allerdings ebenso wenig wie Allisette verstanden habe, ist deine Bemerkung über ihre Freundin.«

»Du hättest dabei sein sollen. Rosie Belmont ist ein ganz eigener Charakter. Wenn du mich fragst, hätte Allisette das bessere Los gezogen, wenn Ms Belmont nicht zu ihr zurückgekommen wäre.«

»Das sieht Allisette wohl anders.«

»Leider«, seufzte er. »Ich muss jetzt los, der Chief möchte mich sprechen. Das wird wahrscheinlich keine heitere Plauderei werden.«

Er bekam noch mit, wie Pat die DAT-Kassette an Mildred weiterreichte, die daraus ein ordnungsgemäßes Aussageprotokoll machen würde. Allisette würde es in den nächsten Tagen unterschreiben müssen. Vielleicht war das für lange Zeit das letzte Mal, dass sie das Hauptquartier von innen sah.

Als Doyle sich auf dem Gang umdrehte, wäre er fast in Sergeant Baker hineingerannt. Er war sehr aufgeregt und begann sofort zu sprechen: »Was haben Sie bloß mit Jasmyn gemacht, Sir? Sie können sie doch nicht derart kompromittieren, indem Sie sie vom Dienst suspendieren!«

»Wenn hier jemand den anderen kompromittiert hat, dann war es Allisette«, sagte Doyle scharf. »Sie hat mit ihrem Verhalten nicht nur mich, sondern die gesamte Abteilung in Verruf gebracht. Lassen Sie sich das mal in Ruhe durch den Kopf gehen, Sergeant. Außerdem steht es Ihnen nicht zu, meine Entscheidungen in Frage zu stellen. Oder sind Sie plötzlich mein Vorgesetzter?«

»Nein, Sir, natürlich nicht. Aber ich meinte ...«

Doyle ließ ihn nicht ausreden. »Sind Sie Allisettes Rechtsanwalt?«

»Äh, nein.«

»Ihr Ehemann?«

»Natürlich nicht.«

»Dann sollten Sie sich zu dieser Sache lieber nicht öffentlich äußern. Ich möchte nicht, dass sich ein solcher Auftritt wiederholt. Ist das klar?«

Die Antwort war ein kaum hörbares »Ja«.

Doyle legte die Hand hinter das Ohr. »Ich habe Sie nicht verstanden, Baker.«

»Ja, Sir!«, stieß der Sergeant so laut hervor, dass Pat die Tür öffnete und auf den Gang sah.

Sie hatte die Situation wohl blitzschnell erfasst und fragte mit gespielter Unschuld: »Was ist das hier, eine militärische Übung?«

Doyle hatte keine Lust, sich auch noch mit ihr anzulegen. Deshalb brummte er nur etwas Unverständliches und machte sich auf den Weg zum Chief Officer.

* * *

In Chadwicks Vorzimmer begrüßte ihn die stets freundliche Frances Blanchford mit einem Lächeln, das eine gewisse Anteilnahme anzudeuten schien. Sie kannte ihren Chef gut und wusste wohl, das Doyle keine angenehmen Minuten bevorstanden.

»Sie sind ja genauso diensteifrig wie Mildred. Kann Ihr Mann am Sonntag auf Sie verzichten, Frances?«

Sie lachte. »Auf dem Sportkanal läuft irgendeine Fußballübertragung. So lange sie genügend Essen und Getränke im Kühlschrank finden, bemerken er und unsere beiden Jungs gar nicht, dass ich weg bin.«

»Dann melden Sie mich mal an. Ich habe gehört, der Chief freut sich riesig auf eine Unterredung mit mir.«

»So riesig, dass ich Sie ohne Voranmeldung durchschicken soll. Viel Glück, Sir!«

»Kann ich wohl brauchen, danke.«

148

Colin Chadwick empfing ihn mit einem unerwartet freundlichen Gesicht, aber Doyle ließ sich nicht täuschen und beschloss, auf der Hut zu sein.

»Cyrus, nehmen Sie Platz. Wie ich höre, sind Sie schon seit dem Morgen auf den Beinen. Eine Tote in der Rocquaine Bay und ein Irrer, der mit der Schrotflinte auf Polizisten ballert. Was für ein Sonntag!«

»Sie sagen es, Colin.«

Doyle setzte sich auf einen Besucherstuhl vor dem großen Schreibtisch und warf einen sehnsüchtigen Blick durchs Fenster auf das bunte Treiben in den Grünanlagen von Candie Gardens.

»Einen Verdächtigen haben Sie nach Hause geschickt, habe ich gehört?«, fragte Chadwick fast leutselig.

»Ja, einen von vielen, leider.«

»Warum leider? Vielleicht ist der Richtige darunter.«

»Ich werde versuchen, mich Ihrer positiven Sichtweise anzuschließen.«

»So zurückhaltend, Cyrus?« Chadwick beugte sich vor, und sein spitzes Fuchsgesicht näherte sich Doyle, als habe der Chief gerade die Witterung aufgenommen. »Oder liegt es daran, dass jemand aus Ihrem Team zu den Verdächtigen gehört? Wie ich, eher beiläufig übrigens, erfahren habe, haben Sie Detective Constable Allisette von ihren Pflichten suspendiert.«

»Ich habe Sie vorhin nach Hause geschickt.«

»War das klug? Hätten Sie Allisette nicht vorläufig festnehmen müssen? Man könnte uns vorwerfen, dass wir nicht ordentlich ermitteln und unsere eigenen Leute schonen.«

»Ich habe ja auch Peter Laforet heimgeschickt, und der ist für mich eine Ecke verdächtiger als Allisette.«

»Und sein Motiv?«

»Wie ich erfahren habe, hat Lizzie Somers, die Ermordete, einen recht lockeren Lebenswandel geführt und war Partnern beiderlei Geschlechts nicht abgeneigt. Vielleicht hat ihm das nicht gepasst. Es hätte dem Ruf der Familie Laforet schaden können. Vielleicht war es auch einfach Eifersucht oder gekränkter Stolz. Jedenfalls hat Laforet anfangs seine Beziehung zu Mrs Somers geleugnet, und das allein macht ihn schon verdächtig.«

Chadwick nickte bedächtig. »Die Laforets sind eine alteingesessene und angesehene Familie, das ist wahr.«

»Das gilt für Allisettes Familie natürlich nicht.«

Kaum hatte er es ausgesprochen, da ärgerte sich Doyle auch schon über den etwas sarkastischen Tonfall seiner Worte. Er sollte lieber kleinere Brötchen backen, als den Chief auch noch herauszufordern.

»So habe ich das nicht gemeint«, sagte Chadwick laut. »Es geht mir nur um den guten Ruf der Guernsey Police und darum, das Vertrauen der Bevölkerung in die Einheit nicht zu erschüttern. Ist jetzt überhaupt noch jemand in Haft?«

»Der Irre, wie Sie ihn nannten. Er liegt unter Bewachung im Hospital.«

»Was wissen wir von ihm?«

»Nicht viel mehr als seinen Namen, Reginald Carney. Angeblich ein früherer Landschaftsgärtner aus Südengland, der sich vor acht Jahren hier niedergelassen hat. Verdient sich hier und da etwas Geld als eine Art Strandwächter in der Rocquaine Bay. Residenzerlaubnis wegen besonderer Verdienste um das Bailiwick.«

»Sie scheinen da Zweifel zu haben, Cyrus.«

»Mir fallen beim besten Willen keine besonderen Verdienste ein, mit denen ein Landschaftsgärtner sich die Residenzerlaubnis erwerben könnte. Ich habe den Eindruck, sein liebstes Werkzeug, um Bäume zurechtzustutzen, ist die Schrotflinte.«

»Die für die Erteilung der Residenzerlaubnis zuständige Verwaltung wird sicher über die Verdienste dieses Mannes Auskunft geben können. Sie müssen ja in seiner Akte vermerkt sein.«

»Aber nicht heute.«

»Warum nicht?«

»Weil Sonntag ist.«

»Das hatte ich für einen Moment glatt vergessen.« Chadwick blickte, wie zuvor Doyle, nach Candie Gardens hinaus. Auch er schien sich einen angenehmeren Zeitvertreib für diesen Tag zu wünschen. »Also, Cyrus, erzählen Sie mir mal genau, was mit Constable Allisette los ist.«

Doyle kam der Aufforderung nach, und während er sprach, verdüsterten sich Chadwicks Züge zusehends. Als Doyle fertig war, glitt Chadwicks Rechte über eine blaue Mappe auf seinem Schreibtisch.

»Bisher war Allisette eine zuverlässige Polizistin, ich habe hier ihre Personalakte. Ihre letzte Beurteilung über sie war ausgezeichnet, Cyrus. Was hat sich geändert?«

»Nichts in ihrer Einstellung dem Polizeidienst gegenüber. Persönliche Umstände, möchte ich es nennen. Sie wollte ihre Partnerin aus der Schusslinie halten. Menschlich nobel und verständlich, aber dienstlich natürlich ein Vergehen.«

»Ihre Partnerin«, schnaubte Chadwick und machte eine unglückliche Miene.

»Stellen Sie sich vor, Ihre Frau geriete in einen schweren Verdacht. Wären Sie da nicht zumindest versucht, etwas daran zu drehen?« Als Doyle sah, dass sich die Augen seines Gegenüber umwölkten, fügte er schnell hinzu: »Auch wenn Sie das natürlich niemals tun würden.«

»Das kann man wohl kaum miteinander vergleichen.«

»Meines Erachtens schon. Rosie Belmont ist Allisettes Frau, wenn auch ohne Trauschein.« Doyle dachte an die Begegnung mit Ms Belmont. »Jedenfalls aus Allisettes Sicht.«

»Höre ich da einen zweifelnden Unterton heraus, Cyrus?«

»Auf mich hat Ms Belmont keinen angenehmen Eindruck gemacht. Ich glaube nicht, dass sie sich Allisette gegenüber in einer ähnlichen Situation auch nur ansatzweise so loyal verhalten würde.«

Chadwick schlug mit der flachen Hand auf den Tisch, als sei er das Thema allmählich leid. »Leider können wir Allisettes Verhalten nicht rückgängig machen. Wie wollen Sie mit dem Constable verbleiben?«

»Solange wir diesen Fall bearbeiten, sollte die Suspendierung Bestand haben. Es darf nicht der Eindruck entstehen, dass wir nicht sauber ermitteln. Die Entscheidung über weitere disziplinarische Maßnahmen liegt dann ganz bei Ihnen, Colin.«

»In Ordnung, widmen wir uns erst dem Mordfall Somers und anschließend Constable Allisette. Wie wollen Sie bei den Ermittlungen weiter vorgehen?«

»Wir warten auf Dr. Nowlans pathologischen Bericht und darauf, mit Reginald Carney sprechen zu können. Obwohl ich persönlich bei Carney wenig Hoffnung habe. Ich glaube nicht, dass er uns großartig weiterbringen kann. Tja, und dann steht noch die Auswertung diverser Handy- und Computerdaten aus. Viel Routinearbeit letztlich, aber die ist ja nicht ohne Grund erfunden worden. Und dann habe ich noch ein besonderes Anliegen: Ich möchte Ihnen einen Undercover-Einsatz vorschlagen.«

Chadwick wirkte überrascht. »Wer soll wo undercover ermitteln und warum?«

»Ich habe da an Constable Bunting von den Uniformierten gedacht.«

»Bunting? Der ist noch sehr jung.«

»Gerade deshalb erscheint er mir als gut geeignet«, sagte Doyle und erläuterte dem Chief Officer sein Vorhaben.

»Wenn Sie meinen, es bringt etwas, haben Sie mein Einverständnis. Sprechen sie mit Frobisher darüber, er müsste im Haus sein. Bunting gehört zu seinen Leuten.«

* * *

Frobisher war tatsächlich in seinem Büro und gerade damit fertig, seinen leitenden Officers Anweisungen für das weitere Vorgehen im Mordfall Somers zu geben. Mehrere Teams sollten die Anwohner der Rocquaine Bay befragen.

Als sie allein waren, trug Doyle ihm sein Anliegen vor. »Ich habe dabei an Constable Bunting gedacht. Gerade seine Jugend und Unbefangenheit könnte ihm die Aufgabe erleichtern.«

»Da könntest du recht haben. Ich will ihn aber nicht dazu verdonnern. Wenn er sich freiwillig meldet, okay. Geht das für dich klar?«

»Mehr habe ich nicht erwartet, Ken.«

Bunting gehörte zu einem der für die Anwohnerbefragung vorgesehenen Teams, hatte das Hauptquartier aber noch nicht verlassen. Keine zwei Minuten später fand er sich in Frobishers Büro ein.

»DCI Doyle hat etwas mit Ihnen zu besprechen, Constable«, erklärte Frobisher. »Es geht hier um eine freiwillige Aufgabe, und niemand wird es Ihnen übelnehmen, falls Sie ablehnen.«

Bunting nickte eifrig. »Verstanden, Sir.«

Doyle wandte sich an den schlanken Constable. »Sind Sie heute bei Guernsey Gold & Silver im Einsatz gewesen, Bunting?«

»Nein, nur in dem Waldstück mit dieser seltsamen Hütte.«

»Sind Sie Peter Laforet begegnet, als er im Hauptquartier war?«

Der Constable schüttelte den Kopf. »Ich kenne ihn gar nicht.«

»Kennen Sie sonst jemanden aus der Familie oder von den Angestellten?«

»Auch nicht, Sir.« Er grinste unsicher. »Ich bin derzeit solo und muss niemanden mit Schmuck beschenken.«

Doyle zog die Brauen hoch, als er das hörte. »Dann ist aus der Sache mit der resoluten Lernschwester im Princess Elizabeth nichts geworden?«

»Nicht so richtig, Sir. Sie war mir ein bisschen zu resolut.«

»Ich kann nicht sagen, dass ich traurig darüber bin. Für die Sache, die ich Ihnen vorschlagen möchte, ist es eher hilfreich. Sie können da ruhig ein bisschen flirten, im dienstlichen Auftrag, wenn Sie so wollen.«

»Wie bei James Bond? Alles für England?«

»Alles für Guernsey in diesem Fall«, korrigierte Doyle ihn. »Bei Guernsey Gold & Silver sucht man dringend Servicepersonal. Bewerben Sie sich gleich morgen früh um einen Job und sagen Sie, Sie könnten sofort anfangen. Erzählen Sie denen, falls man Sie fragt, irgendeine Story, weshalb Sie dringend Geld brauchen. Kranke Großmutter, kaputtes Auto, geplante Neuseelandreise, was Ihnen glaubhaft erscheint. Und dann hören Sie sich nach allem um, was Ihnen interessant erscheint, sei es Geschäftliches oder Privates aus der Familie Laforet. Irgendetwas ist da unter der glänzenden Oberfläche aus Gold und Silber verborgen. Die haben im Service eine alerte junge Südafrikanerin, Faith, an die sollten Sie sich halten. Die kriegt bestimmt so einiges mit.«

»Soll ich mich an diese Faith nur halten oder gezielt an sie ranmachen, Sir?«

Doyle verkniff sich ein Grinsen und sah aus dem Augenwinkel, dass es Frobisher ebenso erging.

»Ranmachen, was für ein Ausdruck.« Doyle schüttelte den Kopf. »Arbeiten Sie an Ihrem Wortschatz, Constable. Flirten Sie ein bisschen mit ihr, das fällt Ihnen bei einem Mädchen wie Faith bestimmt nicht schwer, alles andere wird sich ergeben. Ich will alles wissen, was in dem Laden vor sich geht. Wäre das etwas für Sie?«

»Ich bin dabei, Sir! Danke, dass Sie mir das zutrauen. Ich hatte sowieso schon mal daran gedacht ...«

Plötzlich stockte Bunting und warf einen verschämten Blick auf seinen Vorgesetzten.

»Was denn, Constable, Sie wollen die Uniformierten verlassen und zu den Kriminalern überlaufen?«, fragte Frobisher, wirkte aber nicht böse, sondern eher amüsiert. »Finden Sie Ihren jetzigen Dienst so langweilig?«

»Nein, Sir, Entschuldigung. Ich habe nur manchmal gedacht, dass es in der Kriminalabteilung auch sehr interessant sein könnte.«

»Vielleicht können wir bald jemand Neuen dort gebrauchen.«

Doyle sagte das ohne jeden Enthusiasmus. Er dachte an Allisette und daran, was ein Disziplinarverfahren gegen sie ergeben mochte. Im schlimmsten Fall konnte sie ihren Job bei der Polizei ganz verlieren.

»Ich werde mir auf jeden Fall Mühe geben, Sir«, versprach der Constable.

Doyle unterrichtete ihn über alles, was sie bislang über die Laforets und die Somers herausgefunden hatten.

»Das ist ja fast wie in einer Fernseh-Soap«, staunte der junge Polizist.

»Nur wollen wir nicht, dass eine Fortsetzung folgt, schon gar nicht in Sachen Mord. Schnelle Ergebnisse wären besser. Noch ein guter Rat zum Schluss.«

Die Augen des Constables waren erwartungsvoll auf Doyle gerichtet. »Ja, Sir?«

»Spielen Sie nicht so viel Bond, seien Sie einfach Bunting.«

KAPITEL 10

»Hoffentlich ist diese Fahrt ergiebiger als die letzte, die ich heute unternommen habe«, seufzte Pat auf dem Beifahrersitz des Tamoras.

Sie trug, wie auch Doyle, eine Sonnenbrille, und der Fahrtwind zupfte dank des abgebauten Verdecks, das im Kofferraum verstaut lag, an ihren blonden Haaren. Einfach hinreißend, fand Doyle, verschloss diese Schublade in seinem Gehirn jedoch ganz schnell wieder.

»Ich finde diese Sache mit Allisette genauso wenig angenehm. Auch wenn du meinst, dass ich ihr gegenüber zu streng gewesen bin, sie tut mir durchaus leid. Aber sie ist erwachsen und muss für das einstehen, was sie anrichtet.«

Pat wandte ihm ihr Gesicht zu und sah ihn an. »Das müssen wir alle, Cy. Du hast richtig gehandelt, Allisette konnte nicht weiter an diesem Fall arbeiten. Vielleicht hättest du einfach nur ein bisschen freundlicher zu ihr sein können. Und zu Baker.«

»Dem kaufe ich einen Karton Schokoriegel zur Wiedergutmachung«, brummte er, während er den Roadster aus St. Peter Port hinaus über die Queens Road in Richtung St. Andrew steuerte.

Kurz dachte er daran, dass Rosie Belmont dort ihre Zweitwohnung hatte. Aber ihr Ziel war das Princess Elizabeth. Dr. Nowlan hatte sich gemeldet und wollte ihnen berichten, was sie bei der Obduktion herausgefunden hatte. Doyle hatte sich nach dem Zustand von Reginald Carney erkundigt und von der Chefärztin erfahren, dass er vernehmungsfähig sei.

Pat schien wirklich in seinen Gedanken zu lesen, fragte sie doch in diesem Augenblick: »Was glaubst du, sind wir nach dem Besuch im Princess Elizabeth wirklich schlauer?«

»Ich hoffe es, was bleibt mir übrig.«

»Du weißt doch, Hoffen und Harren macht manchen zum Narren.«

»Wem sagst du das«, sagte Doyle und wechselte rasch das Thema. »Du hast dich noch gar nicht dazu geäußert, was du von meiner Idee mit Bunting hältst.«

»Offenbar hast du meinen Rat nicht benötigt. Warum willst du jetzt, wo die Sache entschieden ist, meine Meinung dazu hören?«

»So verschnupft?«

»Ich dachte schon, dass eine stellvertretende Ermittlungsleiterin auch dazu da ist, den Ermittlungsleiter zu beraten.«

»Es ging alles sehr schnell, als ich bei Chadwick war. Als er nach unseren weiteren Schritten fragte, musste ich die Gunst der Stunde nutzen, um ihm diese Idee unterzujubeln.«

»Die Idee ist dir da erst gekommen?«

»Nein, schon vorher. Aber dann passierte die Sache mit Allisette, und ich habe selbst nicht mehr an meinen Undercover-Plan gedacht. Glaubst du, falls du mich trotzdem noch berätst, Bunting ist eine gute Wahl?«

»Falls Faith auf junge Männer steht, ja.«

»Was soll das heißen? Warum sollte sie das nicht?«

»Weil sie gestandenen Männern gern mal ihren Zimmerschlüssel zuschiebt, nicht wahr?«

»Das war ein einziges Mal.« Doyle sprach sehr laut, nicht nur um das Röhren des Roadsters zu übertönen. »Und ich habe, wie du weißt, keinen Gebrauch davon gemacht.«

»Ich wollte ja auch nur sagen, dass du vielleicht mehr Chancen als Bunting hättest, aus ihr etwas herauszukriegen.«

Doyle hatte keine Lust, das Gespräch weiterzuführen. Er drückte das Gaspedal nach unten, so dass der 3.6er Motor freudig aufstöhnte, und überholte einen Kleinwagen, der so quälend langsam dahinschlich, als halte der Fahrer gerade seinen Sonntagsnachmittagsschlaf.

»Wäre ich Sherlock Holmes, würde ich jetzt das Schreiben einer neuen Monographie in Erwägung ziehen«, sagte Pat.

»Worüber?«

»Über die Bestimmung des Gemütszustands von Sportwagenfahrern anhand der von ihnen verursachten Motorgeräusche.«

* * *

»Das ist, was vom Menschen bleibt«, sagte Dr. Helena Nowlan sachlich, als sie Lizzie Somers – nackt, kalt und durch die Nähte der Obduktion wie ein Zombie aussehend – wieder gnädig mit dem grünen Laken bedeckte. Sie wandte sich an ihre beiden Besucher. »Ich nehme an, Sie haben genug gesehen.«

Doyle nickte nur.

»Nach unseren bisherigen Ermittlungen hat sie das Leben sehr genossen«, sagte Pat. »Als hätte sie gewusst, dass es nicht lange dauert, will mir jetzt scheinen.«

»Dann muss sie hellseherisch veranlagt gewesen sein.«
Dr. Nowlan streifte ihre Einmalhandschuhe ab, warf sie in einen kleinen Abfallbehälter, wusch und desinfizierte ihre Hände. »Es war eindeutig Mord. Der erste Angriff erfolgte von hinten, wie Sie an der Schädelfraktur in Höhe des Scheitelbeins sehen konnten. Er war heftig, aber nicht tödlich, und sie war danach noch bei Bewusstsein. Die Spuren an ihren Fingern zeigen eindeutig, dass sie sich gegen die Strangulation gewehrt hat, aber der Mörder war viel stärker als sie.«

»Also war es ein Mann?«, fragte Pat.

»Nicht unbedingt, es gibt auch kräftige Frauen«, antwortete die Ärztin. »Außerdem dürfte Elizabeth Somers durch den Schlag auf den Schädel so geschwächt gewesen sein, dass ihre Gegenwehr zwecklos war. Sie hat sich vermutlich mit aller ihr verbliebenen Kraft zur Wehr gesetzt, aber die war eben nicht mehr sehr groß.«

Doyle wandte sich von dem Metalltisch ab, auf dem die Leiche lag.

»Also kommt jede durchschnittlich kräftige Frau ebenso als Täterin in Frage.«

»Exakt, Chief Inspector. Ich hätte Ihnen gern geholfen, den Täterkreis enger einzugrenzen, aber mehr ist nicht drin. Einige Dinge verraten uns die Toten, aber sprechen können sie nicht.«

»Dann könnte so ziemlich jeder, mit dem wir es heute zu tun hatten, der Mörder sein«, sagte Pat freudlos.

»Mit Ausnahme von Margaret Laforet«, ergänzte Doyle und wandte sich wieder der Ärztin zu. »Oder kommt eine Frau im Rollstuhl auch in Frage?«

»Kaum. Es sei denn, sie hat Kraft genug, um sich beim Zuschlagen aus dem Rollstuhl zu erheben. Der Rest wäre möglich. Die Tote wurde stranguliert, als sie durch den Schlag zu Boden gegangen war.«

»Den genauen gesundheitliche Zustand von Margaret Laforet kennen wir nicht«, sagte Pat.

»Falls die ganze Sache mit dem Rollstuhl nicht bloß eine Scharade ist, würde ich sie trotzdem als Täterin ausschließen«, meinte Doyle. »Sich mit dem Rollstuhl auf dem Strand zu bewegen, dürfte allein schon eine Leistung sein. Aber unter diesen Umständen den Mord auszuführen, das kann ich mir nicht vorstellen.«

Pat nickte, sah aber nicht ganz zufrieden aus. »Wir sollten uns über Mrs Laforets gesundheitliches Befinden zumindest schlau machen.«

»Einverstanden.«

»Reibungslose Teamarbeit, wie ich sehe.« Dr. Nowlan schmunzelte, als sie ihren Kittel auszog und ihn an einen Haken neben der Tür hängte. »Wenn Sie keine Fragen mehr zu der Toten haben, können wir uns ja um Mr Carney kümmern.«

»Wie ist sein Zustand?«, fragte Doyle.

»Relativ nüchtern und relativ gesund. Die Betonung lag beide Male auf relativ. Da er sich hauptsächlich von Alkohol ernährt, dürfte ihm schon die eine oder andere Gehirnzelle fehlen. Über die Leberwerte sprechen wir lieber erst gar nicht, die sind ziemlich unterirdisch. Also sagen wir mal: Für jemanden mit seinen Lebensumständen ist er noch erstaunlich gut in Schuss. Andere lägen da schon neben Mrs Somers.«

* * *

Doyle und Pat folgten Dr. Nowlan durch die Gänge des Krankenhauses bis zu einem Krankenzimmer, vor dem ein junger Polizist in Uniform Wache hielt.

Doyle deutete auf die Tür. »Alles ruhig da drin, Constable Luscombe?«

»Wie man's nimmt, Sir. Hin und wieder hört man seltsame Laute. Manchmal klingt es wie ein Tier.«

Dr. Nowlan breitete ihre Hände aus, und es wirkte wie eine Entschuldigung. »Ich sagte ja, dass schon einige Gehirnzellen dem Alkohol zum Opfer gefallen sind. Wir haben ihn ans Bett fixiert, zu seiner eigenen Sicherheit, aber knebeln können wir ihn nicht.«

»Kann er für sich selbst sorgen?«, fragte Pat. »Oder muss man ihn dauernd unter Beobachtung halten?«

»Ich bin keine Psychiaterin, aber ich würde sagen, er kann so für sich sorgen wie bisher.«

»Dann wird er doch wieder zur Flasche greifen und sich weiter um den Verstand saufen.«

»Wahrscheinlich, aber dagegen gibt es kein Gesetz, oder?«

»Nein, wohl nicht«, musste Pat zugeben.

Doyle wandte sich wieder an den Constable. »War schon ein Anwalt bei ihm?«

»Ja, vor einer halben Stunde. Sie wollte ins Besuchercafé und einen Happen zu sich nehmen. Wenn jemand zur Vernehmung erscheint, wollte sie informiert werden. Warten Sie, hier habe ich ihre Karte.«

Doyle nahm die Karte an sich und sagte halblaut: »Sally Tomlinson, Rechtsanwältin, St. Peter Port, Arcade Steps.« Er nahm sein Smartphone und gab die Handynummer ein.

»Tomlinson?«, meldete sich eine junge Frauenstimme.

»DCI Doyle, Guernsey Police. Wie schmeckt es Ihnen?«

»Wie? Gut, danke, aber woher ...« Sie lachte auf, es war

ein richtiges Glucksen. »Oh, ich verstehe, Sie sind bei meinem Mandanten, Mr Carnegy.«

»Carney«, korrigierte Doyle. »Wir stehen vor seiner Tür und warten brav auf Sie. Falls Sie jetzt zu uns stoßen möchten, Ms Tomlinson.«

»Ja, äh, ich habe da noch ein halbes Stück Brombeerkuchen auf dem Teller und …«

»Möglicherweise ist man so nett, es Ihnen einzupacken«, schlug Doyle vor.

»Einpacken? Ach ja, eine gute Idee. Aber worin?«

Doyle atmete tief durch und ermahnte sich dabei, ruhig zu bleiben. »Wo eine Küche ist, ist oft auch Frischhaltefolie nicht weit.«

Die Anwältin gluckste wieder. »Sie haben echt gute Ideen, Mr Doyle.«

»Danke und bis gleich.«

Er unterbrach die Verbindung rasch, ehe die Anwältin ihn noch mit weiteren Fragen zum Verbleib ihres nicht aufgegessenen Brombeerkuchens bestürmen konnte.

»Wollen wir nicht schon reingehen?«, fragte Pat.

Doyle schüttelte den Kopf. »Allem Anschein nach ist Ms Tomlinson kein zweiter Thomas Taylor Trudeau, aber wahren wir die Form. Dann kann sie uns nicht unterstellen, wir hätten ihre Abwesenheit ausgenutzt, um Carney etwas zu entlocken.«

Doyle konnte nicht genau sagen, wie er sich die Rechtsanwältin vorgestellt hatte. Aufgrund der Sache mit dem Brombeerkuchen wohl eher ein bisschen wie einen weiblichen Sergeant Baker. Überrascht starrte er die spindeldürre junge Frau an, die mit einem Plastikteller in der Hand und einer farbenfrohen Umhängetasche unter der Schulter auf sie zukam. In ihrem Shirtkleid mit Palmenmuster sah sie aus wie der wandelnde Sommer. Die strohblonden Haare waren sehr kurz geschnitten, verweigerten sich aber trotzdem jeder Ordnung, so dass man nicht von einer Frisur sprechen konnte.

»Hallo allerseits«, grüßte sie und ließ ihr glucksendes Lachen hören. Vor Doyle blieb sie stehen und hielt den Plastikteller hoch. Unter der übergespannten Frischhaltefolie sah Doyle das halbe Stück Brombeerkuchen, immer noch eine ordentliche Portion, und eine Plastikgabel. »Sie müssen Chief Inspector Doyle sein. Das war ein guter Tipp mit der Frischhaltefolie. Sie halten mich jetzt wohl für verfressen?«

»Nein, wieso, wir müssen alle ...«

»Dabei esse ich viel zu wenig«, fuhr sie ihm in die Rede. »Das sagt jedenfalls Mark, das ist mein Freund. Ich solle zusehen, dass ich mal was auf die Rippen kriege, sagt Mark. Als ich vorhin mit ihm telefoniert habe, meinte er, ich solle unbedingt hier im Café etwas zu mir nehmen. Deshalb der Kuchen, wissen Sie.« Sie blickte etwas bekümmert auf das erst halb vertilgte Kuchenstück. »Wie soll ich das bloß aufkriegen? Ich bin jetzt schon pappsatt. Ist ja auch ein bisschen blöd, jetzt die ganze Zeit mit dem Kuchen durch die Gegend zu laufen. Was wird Mr Carmody von mir denken.«

»Er hält wohl nicht so viel von Kuchen, mehr von flüssiger Nahrung«, sagte Doyle. »Außerdem heißt er Carney.«

»Ah, danke.«

»Haben Sie sich denn schon mit der Angelegenheit vertraut machen können, Ms Tomlinson?«, fragte er vorsichtig.

»Natürlich, ich habe den Vorgang, lang ist er ja bisher nicht, eingehend studiert. Mir sind alle Details bekannt, soweit sie darin vermerkt sind.«

»Dann können wir ja hineingehen, Ms ...«

»Sally«, gluckste sie. »Sagen Sie alle doch einfach Sally zu mir. Bei ›Ms Tomlinson‹ ist ja der halbe Tag vorbei, bevor man es ausgesprochen hat.« Sie hielt den Teller noch ein Stück höher. »Aber was mache ich jetzt hiermit?«

Constable Luscombe räusperte sich. »Verzeihung, Ms ..., äh, Sally. Ich hatte heute noch nicht Gelegenheit, viel zu essen. Falls Sie den Kuchen entbehren ...«

»Wunderbar, hier!« Und schon hatte Luscombe den Teller in der Hand. »Aber sagen Sie Mark nichts davon, sonst schimpft er wieder mit mir.«

»Ich kenne Mark gar nicht«, sagte der leicht irritierte Constable.

»Oh, wenn Sie möchten, kann ich Sie gern mal mit Mark bekannt machen. Er wird sich bestimmt ...«

»Vielleicht könnten Sie und der Constable das bei anderer Gelegenheit erörtern, Sally«, drängte Doyle. »Ihr Mandant wartet.«

»Ach ja, Verzeihung.« Sie lächelte alle der Reihe nach an und zog den Riemen der Umhängetasche straff, als läge ein längerer Marsch vor ihr. »Besuchen wir also Mr Carmichael!«

* * *

Doyle, Pat, Dr. Nowlan und Sally Tomlinson betraten ein schmales Einzelzimmer. Reginald Carney lag rücklings im Bett und starrte sie aus geröteten Augen an. In seinem Blick vermengten sich Zorn und Furcht. Vergebens versuchte er, sich aufzurichten. Die Fixiergurte hielten ihn in liegender Position, und seine Arme konnte er nicht bewegen. Nur den Oberkörper konnte er ein Stück weit anheben, bis er wieder aufs Bett zurücksackte. Er wirkte auf Doyle wie ein Tier in der Falle.

»Verschwindet! Raus hier!«, schrie er, gefolgt von einem lauten Geräusch, das entfernt an ein Wolfsheulen erinnerte.

»Beruhigen Sie sich, Mr Carney«, sagte Dr. Nowlan in einem zwar sanften, aber auch nachdrücklichen Ton. »Wir wollen Ihnen nichts tun! Wir wollen uns nur ein wenig mit Ihnen unterhalten.«

»Warum bin ich dann gefesselt? Ihr wollt mich umbringen, das weiß ich. Jetzt, wo ihr mich endlich gefunden habt, macht ihr mir den Garaus.« Er schloss die Augen und atmete mehrmals tief durch, bevor er, leiser und ruhiger als zuvor, fortfuhr: »Was soll's, ich habe es schließlich verdient. Macht schon Schluss mit mir, dann ist endlich alles vorbei!«

Dr. Nowlan wandte sich an ihre Begleiter. »Ich muss mich bei Ihnen dafür entschuldigen, hier Ihre Zeit verschwendet zu haben. Ich hatte wirklich den Eindruck, der Patient sei ansprechbar.«

Während die Ärztin noch sprach, ging Sally Tomlinson ans Kopfende des Bettes und strich ihrem Mandanten sanft über die Stirn. »Nun beruhigen Sie sich mal, Sir. Sie sind doch ein erwachsener Mann und haben keinen Grund, herumzuschreien wie ein Baby. Was macht das denn für einen Eindruck?«

Carney musterte die Anwältin, als nähme er sie jetzt erst zur Kenntnis.

»Wer sind Sie?«

»Sally Tomlinson, Ihre Anwältin. Aber sagen Sie einfach Sally zu mir. Ich trinke ja auch nicht aus goldenen Bechern. Da Sie nicht in der Lage waren, sich um eine anwaltliche Vertretung zu kümmern, bin ich durch gerichtlichen Eilbeschluss bestellt worden. Falls Sie damit nicht einverstanden sind und vielleicht einen Anwalt mit mehr Erfahrung wünschen, werde ich mich gern darum kümmern.«

Carney kniff die Augen zusammen, als hielte er das alles für einen Traum.

Schließlich sagte er: »Nein, ich will keinen anderen Anwalt. Sie … Sie sind sehr nett.«

»Fein.« Lächelnd griff sie in ihre Umhängetasche und zog ein zusammengefaltetes Formular und einen Kugelschreiber heraus. »Dann unterschreiben Sie bitte mein Mandat.«

»Unterschreiben?«, wiederholte er ratlos und sah dabei auf die Fixiergürtel, die seine Arme festbanden.

»Ah, ich verstehe. Wie dumm von mir.« Sally gluckste wieder und sah zu Doyle, Pat und Dr. Nowlan herüber. »Ich denke, wir können diese Gurte jetzt lösen. Mein Mandant wird sich ab jetzt brav verhalten.« Ihr Blick heftete sich wieder auf Carney. »Das werden Sie doch, Sir?«

Er nickte wie ein gehorsamer Schuljunge.

»Soll ich wirklich?«, fragte Dr. Nowlan, an Pat und Doyle gewandt.

»Riskieren wir es«, entschied Doyle. »Schließlich sind zwei Polizisten hier im Raum, und ein weiterer steht draußen vor der Tür. Da sollte nichts passieren.«

Gespannt beobachtete er, wie die Ärztin die Gurte löste. Als sie damit fertig war, blieb Carney ganz ruhig im Bett liegen.

Sally reichte ihm Papier und Stift. »Unterschreiben Sie bitte unten rechts, Mr Caunliff.«

»Carney heiße ich.«

»Schön, dann schreiben Sie das auch hin.«

Ohne einen Blick auf das zu werfen, was er unterschrieb, kritzelte Carney ungelenk ein paar eher abstrakt anmutende Zeichen auf das Papier.

Sally faltete es sorgfältig zusammen, wollte aber den ihr von Carney hingehaltenen Kugelschreiber nicht zurücknehmen.

»Den können Sie gern behalten. Ich habe noch zwei Dutzend davon in der Tasche. Die sind von meinem Freund Mark, Werbematerial für sein Umzugsunternehmen. Falls Sie mal umziehen wollen.«

»Umziehen, wohin?«, krächzte Carney mit seiner typisch heiseren Stimme.

»Vielleicht ins Gefängnis«, sagte Pat und stellte sich ihm vor.

»Gefängnis? Aber warum?«

»Tja, was gäbe es da wohl für einen Grund, Mr Carney?« Pat bedachte ihn mit einem unschuldig fragenden Blick. »Wie wäre es mit der Tatsache, dass Sie heute Morgen mit einer Schrotflinte auf Detective Constable Allisette geschossen haben?«

»Das ist nicht erwiesen«, warf Sally wie aus der Pistole geschossen ein. »Soweit ich den kargen Unterlagen entnehmen konnte, wurde Constable Allisette nicht verletzt. Ich warne deshalb davor, meinem Mandanten eine dahingehende Absicht zu unterstellen. Er hat in die Bäume geschossen und wollte vielleicht nur ein Tier treffen.«

»Oder die Bäume stutzen«, kam es von Doyle. »Er ist schließlich Landschaftsgärtner.«

»Sie sollten die Angelegenheit etwas ernsthafter behandeln, Chief Inspector«, ermahnte ihn Sally. »Für meinen Mandanten steht schließlich einiges auf dem Spiel.«

»Für Constable Allisette stand auch einiges auf dem Spiel, als die doppelte Schrotladung nur knapp über sie hinwegging.« Doyle gab sich keine Mühe, die in ihm aufsteigende Wut zu verbergen. »Bei objektiver Betrachtung der Tatsachen besteht kein Zweifel daran, dass die Schüsse ihr galten. Ob mit Tötungs- oder Verletzungsabsicht oder als reine Warnung, darüber wird das Gericht befinden. Aber mit Ihrer Geschichte von der Tierjagd werden Sie da nicht durchkommen, Sally!«

»Schon gut, schon gut«, gluckste sie munter. »Man kann's ja mal versuchen.«

Pat flüsterte in Doyles Ohr: »Vorsicht, Cy, vielleicht ist sie doch mit den Trudeaus verwandt.«

Carney räusperte sich mehrmals, um seiner Stimme Kraft zu geben. »Ich wollte die Polizistin nicht verletzen. Aber ich hatte Angst. Angst um mein Leben.«

»Warum?«, fragte Doyle. »Offensichtlich leben Sie in Todesangst. Vor wem? Was haben Sie getan? Jemandem die Gartenhecke verunstaltet?« Als Carney die Lippen zusammenpresste und schwieg, fügte Doyle hinzu: »Sind Sie überhaupt Landschaftsgärtner?«

Der graubärtige Mann winkte Sally näher zu sich heran und sagte ganz leise etwas, das nur sie verstand.

Sally nickte und sah dann Doyle und Pat an. »Mein Mandant möchte keine Angaben über seine Person machen. Bitte befragen Sie ihn nur zur Sache.«

»Meinetwegen«, seufzte Doyle und nahm wieder den Alten ins Visier. »Was haben Sie mit dem Mord an Lizzie Somers zu tun, Mr Carney?«

»Ich habe Lizzie nicht getötet! Ich mochte sie doch.«

»Andere mochten Lizzie auch«, wandte Pat ein. »Haben Sie es aus Eifersucht getan und deshalb das Wort ›Hure‹ auf ihr Gesäß geschrieben?«

»Nein, nein, so war das nicht. Ich war das nicht. Das müssen Sie glauben. Ich stand zu weit weg, um es zu verhindern!«

Im ersten Augenblick glaubte Doyle, sich verhört zu haben. Er lauschte Carneys letztem Satz nach und fragte schließlich: »Sie haben gesehen, wie es passiert ist?«

»Ja, ich glaube. Aber ich war viel zu weit weg. Als ich endlich bei Lizzie war, da war sie schon tot und ganz nackt.«

Pat trat an das Bett und sah Carney mit ernster Miene an.

»Was soll das jetzt wieder heißen, Sie glauben es? Entweder haben Sie gesehen, wie Lizzie Somers ermordet wurde, oder nicht!«

Sally streckte ihre Rechte abwehrend in Pats Richtung aus.

»Bitte setzen Sie meinen Mandanten nicht unter Druck! Er bemüht sich nach Kräften, Ihnen zu helfen.« Sie wandte sich wieder Carney zu und strich ihm beruhigend über den Arm. »Also, wie war das mit dem Mord? An was können Sie sich erinnern, Sir?«

»Ich war noch ganz duselig, als ich zur Rocquaine Bay kam. Der Whisky, wissen Sie? Ich hatte viel davon getrunken wie fast jede Nacht. Sonst kann ich nicht schlafen. Die Geister holen mich sonst, die Geister!«

Je länger er sprach, desto lauter und desto unruhiger wurde er. Sally strich weiterhin sanft über seinen Arm.

»Ganz ruhig, hier sind keine Geister. Erzählen Sie uns, was Sie heute Morgen in der Rocquaine Bay gesehen haben.«

»Da war Lizzie, noch ganz weit entfernt. Sie sammelte irgendwelche Sachen vom Boden auf und tat sie in eine Tüte. Das macht sie immer. Für ihre Kunstwerke.«

»Gut, Sir«, sagte Sally mit samtiger Stimme. »Und weiter?«

»Plötzlich war da diese Gestalt, wie aus dem Nichts, und beugte sich über Lizzie. Dann war sie auch schon tot.«

»Wo kam die Gestalt her?«, fragte Pat.

»Nirgendwoher, sie war einfach da.«

»Und wohin ist sie verschwunden?«

Die eingefallenen Schultern des Alten zuckten leicht. »Keine Ahnung. Ich glaube, sie hat sich in Luft aufgelöst.«

»Das sind vermutlich die Folgen des übermäßigen nächtlichen Alkoholgenusses«, sagte Dr. Nowlan. »Wahrnehmungsstörungen, kurzzeitiger Ausfall des Bewusstseins, Halluzinationen. Ich fürchte, wir dürfen seiner Aussage keine zu große Bedeutung beimessen. Teile davon können sehr wohl wahr sein, aber anderes entspricht mit einiger Wahrscheinlichkeit nicht der Realität.«

»Na super«, seufzte Pat. »Dann hat er den Mörder vielleicht gar nicht gesehen.«

»Doch, das habe ich!«, rief Carney mit halb aufgerichtetem Oberkörper. »Je länger ich darüber brüte, desto mehr weiß ich es.«

»Wie sah er aus?«, fragte Doyle mit ruhiger Stimme.

Er wollte den alten Mann nicht noch mehr aufwühlen. Vielleicht brachte er doch eine brauchbare Aussage zustande.

»Schwarz«, kam es nach ein paar langen Sekunden über die rissigen Lippen. »Ganz schwarz.«

»Jemand mit dunkler Haut?«, fragte Pat. »Mann oder Frau?«

»Weder noch«, antwortete Carney zum allgemeinen Erstaunen. »Es war kein Mensch.«

»Kein Mensch?« Auch Sally sah ihn mit offenem Mund an. »Was war es dann?«

»Ein Ungeheuer, ein schwarzes Ungeheuer! Wie die aus meinen Träumen. Jede Nacht kommen sie, um Rache zu nehmen. Sie wollen mich holen, mich bestrafen, mich fressen!«

Carney war sehr erregt. Seine Gliedmaßen zuckten, und er warf seinen Kopf von einer Seite auf die andere. Dr. Nowlan beeilte sich, ihn wieder zu fixieren.

»Ein schwarzes Ungeheuer wie das aus seinen Träumen?«, fragte Pat. »Hat er das alles womöglich nur halluziniert?«

»Es klingt ganz so«, sagte Dr. Nowlan, als sie sämtliche Gurte wieder festgezogen hatte. Dann blickte sie zu der Rechtsanwältin. »Sally, ich halte es für richtig, Ihren Mandanten noch mindestens über Nacht hierzubehalten.«

»Das muss wohl sein«, sagte Sally leise und strich erneut über Carneys Arm. »Ich wünschte, ich könnte mehr für ihn tun.«

Dr. Nowlan bedachte sie mit einem aufmunternden Lächeln.

»Lassen wir ihn ausruhen. Ich werde das Pflegepersonal beauftragen, regelmäßig nach ihm zu sehen.«

Doyle war enttäuscht, als er mit den anderen das Krankenzimmer verließ. Die Hoffnung, eine hilfreiche Aussage von Carney zu bekommen, hatte sich gründlich zerschlagen. Als Zeuge war er so gut wie wertlos. Aber war Carney vielleicht doch selbst der Mörder und nebenbei ein guter Schauspieler?

* * *

Mit seinem Brombeerfleck an der Lippe hatte Constable Luscombe, der brav vor dem Zimmer Wache hielt, etwas von Sergeant Baker an sich. Neben seinen Füßen stand der leere Plastikteller mit der Plastikgabel und der zerknüllten Frischhaltefolie. Sein Blick war hoffnungsvoll auf Doyle gerichtet.

»Haben Sie etwas herausbekommen, Sir? Ist Carney schuldig oder unschuldig? Muss ich hier weiter Wache stehen?«

»Zu Punkt eins: nein. Zu Punkt zwei: keine Ahnung. Zu Punkt drei: ja.« Doyle, verärgert über die Zeitverschwendung mit Carney, hatte das ziemlich barsch gesagt und fuhr im selben Tonfall, den Blick auf das Stillleben aus Plastik gerichtet, fort: »Punkt vier: Räumen Sie Ihren Müll weg und säubern Sie Ihren Mund, Constable! Sie sind im Dienst und nicht im Zirkus!«

»Ja, Sir, Entschuldigung.«

Luscombe zog ein zerknittertes Taschentuch aus einer Tasche seiner Uniformhose und wischte sich damit über den

Mund. Als er sich nach dem Plastikmüll bücken wollte, war Sally ihm schon zuvorgekommen.

»Lassen Sie nur, Constable, das mache ich schon. Wenn Mark mich fragt, kann ich wenigstens ehrlich sagen, ich hätte den Kuchenteller blitzblank weggebracht.«

Doyle begleitete sie auf dem Weg zum nächsten Müllbehälter und fragte: »Sally, auch wenn Ihr Mandant nicht gern darüber sprechen möchte, können Sie mir noch etwas über seinen privaten Hintergrund sagen? Mir ist vollkommen rätselhaft, warum er sich auf Guernsey niederlassen durfte.«

»Aufgrund besonderer Verdienste um das Bailiwick, habe ich gelesen.«

»Ich auch. Aber was für Verdienste kann sich ein Mann wie er erworben haben?«

Sally blieb vor dem Müllbehälter stehen und stellte den leeren Teller darauf.

»Das weiß ich ebenso wenig wie Sie, Chief Inspector. Vielleicht war er früher ganz anders als heute.«

Sie kramte ihr Handy aus der bunten Tasche und fotografierte den Teller, bevor sie ihn entsorgte. Kichernd wie ein kleines Mädchen steckte sie das Handy wieder ein.

»So, das hätten wir.« Sie sah Doyle an, und ein Strahlen erschien auf ihrem schmalen Gesicht. »Ein Beweisfoto für Mark.«

KAPITEL 11

Doyle, Pat und Baker – das zusammengeschrumpfte Ermittlerteam – hatten sich im Besprechungsraum eingefunden, während jenseits der Fenster die Sonne tiefer und tiefer sank, ohne dass es spürbar kühler wurde. Mildred brachte Tee und

Sandwiches, und Doyle legte ihr nahe, endlich Feierabend zu machen.

»Wie käme ich dazu? Sie und die anderen arbeiten doch auch noch.«

»Das ist so vorgesehen, wir sind Polizeibeamte.«

Mildred zog hörbar die Luft ein. »Und ich nur eine Zivile, ja, wollen Sie das sagen?«

»Ihre Arbeit ist nicht weniger wert als unsere«, beschwichtigte Doyle sie schnell. »Ich fürchte nur, Sie werden die Überstunden nicht bezahlt bekommen.«

»Ich habe auch nicht danach gefragt. Wenn Sie mich jetzt entschuldigen wollen, ich habe zu arbeiten.«

Sie schloss die Tür hinter sich und sah nicht mehr die Erheiterung in Pats Gesicht.

»Stell Mildred in Frage, Cy, und du stellst unsere gesamte Abteilung in Frage.«

»Das habe ich gemerkt. Dabei habe ich es nur gut mit ihr gemeint.«

Baker wollte etwas sagen, verbiss es sich dann aber, und nur ein unverständlicher Laut drang aus seinem Mund.

»Ja, Sergeant?«, fragte Doyle.

»Nichts, Sir.«

»Doch, Sie wollten etwas bemerken.«

»Nichts, was Sie gern hören möchten. Sie würden es von einem einfachen Sergeant als unangemessen empfinden.«

»Mein Gott, Baker, seien Sie nicht so eine verdammte Mimose«, sagte Doyle laut. »Ich habe Ihnen vorhin den Kopf gewaschen, weil ich sauer war. Das wird der beste Sergeant, den ich jemals hatte, doch wohl wegstecken können, oder?«

Bakers bisher düstere Miene hellte sich auf, seine Gestalt straffte sich, und er wirkte gleich ein ganzes Stück größer.

»Ist das Ihr Ernst, Sir?«

»Absolut.«

»Dann möchte ich schon gar nicht sagen, was ich sagen wollte.«

»Bevor die ganze Sache zu kompliziert wird, spucken Sie es lieber aus. Inspector Holburn ist mein Zeuge, dass ich Sie für Ihre Bemerkung nicht in Einzelhaft stecken werde.«

»Wie Sie wollen, Sir. Ich wollte bemerken, dass unsere Abteilung durch Jasmyns Suspendierung schon ein wenig in Frage gestellt ist.«

Doyle hatte sich so etwas schon gedacht und lächelte ruhig.

»Ich weiß, wie sehr Sie mit meiner Entscheidung hadern, Calvin. Aber hätte ich Constable Allisette nicht durch die Suspendierung aus der Schusslinie genommen und ihre Verwicklung in den Fall wäre später durch andere herausgekommen, wären die Folgen für sie vielleicht bedeutend schwerwiegender geworden. So besteht die Chance, dass das Disziplinarverfahren sehr glimpflich für sie abläuft und sie vielleicht schon bald wieder bei uns ist.«

Das rundliche Kindergesicht des Sergeants strahlte wie das eines kleinen Jungen am Weihnachtsmorgen.

»Glauben Sie wirklich, Sir?«

»Ich kann es nicht versprechen, aber der Chief ist da recht wohlwollend eingestellt. Vermutlich wird Allisette einen unschönen Vermerk in ihre Personalakte bekommen, aber wer von uns hat den nicht?«

»Ich etwa auch?«, entfuhr es einem überraschten Baker.

Pat sah aus, als wolle sie dieselbe Frage stellen.

»Kleiner Scherz.« Doyle wandte sich an Pat. »Bringst du bitte unseren Sergeant auf den neuesten Stand der Dinge, was das Princess Elizabeth betrifft?«

Als Pat mit ihrem knappen Vortrag fertig war, sagte Baker: »Das Verhör von Mr Carney muss ja echt deprimierend gewesen sein. Ein schwarzes Ungeheuer, das klingt nach einem dieser uralten Schwarz-Weiß-Gruselfilme von Jim Arnold.«

»Jack Arnold«, sagte Doyle. »Jim Arnold war in den Siebzigern und Achtzigern ein erfolgreicher englischer Torwart.«

»Ja, Jack Arnold, natürlich.« Baker nickte eifrig. »*Das Ungeheuer der schwarzen Lagune*, nicht wahr?«

Offenbar hatte Pat gemerkt, dass Doyle kurz davor stand, aus dem Stegreif einen filmhistorischen Essay abzuliefern, denn sie sagte schnell: »Da wir das Ungeheuer der schwarzen Lagune mit an Sicherheit grenzender Wahrscheinlichkeit als Mörder von Lizzie Somers ausschließen können, könnten Sie, Sergeant Baker, jetzt auch den DCI und mich auf den neuesten Stand der Dinge bringen.«

»Gern, da gibt es so einiges an Neuheiten.« Er blickte auf den Bildschirm seines Laptops. »Der Segelunfall von Margaret Laforet ist tatsächlich passiert. Ein Verschulden konnte keinem der beiden Beteiligten nachgewiesen werden.«

»Haben Sie herausgefunden, ob Mrs Laforet wirklich auf den Rollstuhl angewiesen ist?«, fragte Doyle.

»Bis jetzt noch nicht. Ihr Arzt ist Dr. Randall Drillot hier in St. Peter Port, in der Beauregard Lane. Dort wohnt er auch, aber er ist heute nicht zu erreichen. Seine Frau sagte mir, einmal im Monat gönne er sich einen handyfreien Sonntag. Er ist heute auf einem Ausflug mit Freunden.«

»Was macht er?«, fragte Pat.

»Das klingt jetzt etwas doof, aber er ist zum Segeln rausgefahren.«

»Dann kontaktieren wir ihn morgen«, entschied Doyle und nickte Baker aufmunternd zu. »Weiter, Sarge.«

Baker blickte wieder auf seinen Laptop und gab ein paar Tastaturbefehle ein.

»Ja, hier haben wir es, das vorläufige Ergebnis der Farbanalyse. Es geht um die Farbe, mit der man das Wort ›Hure‹ auf die Ermordete geschrieben hat. Es handelt sich aller Wahrscheinlichkeit nach um einen Farbspray der Marke Colorsign in der Farbnote Mittelrot-Signal. Einer Anmerkung unserer Techniker zufolge bekommt man sie auf Guernsey in jedem Baumarkt und Fachgeschäft für Renovierungen. Es wird wohl häufig verwendet, um Absperrungen und Ähnliches zu markieren.«

»Frobisher soll uns gleich morgen ein paar Constables zur Verfügung stellen«, sagte Doyle. »Die klappern alle in Frage kommenden Läden nach Käufern dieser Farbe in den letzten Wochen ab. Das ist zwar kein Produkt, an das sich die Kassierer unbedingt erinnern müssten, aber vielleicht haben wir ja doch Glück und es gibt einen Zahlungsvermerk oder einen auffälligen Käufer.«

»Ist notiert«, sagte Pat. »Aber wenn wir Pech haben, hat der Täter das Farbspray online bestellt.«

»Daran habe ich auch gedacht. Trotzdem ist es einen Versuch wert.« Doyle sah den Sergeant an. »Baker?«

»Kommen wir zu den Telefonen und Computern der Verdächtigen. Die Auswertung hier läuft noch und wird wohl auch noch geraume Zeit in Anspruch nehmen. Auch wenn wir Lizzie Somers' Handy nicht gefunden haben, kennen wir durch ihre Mobilfunknummer ihren Anbieter und haben uns ihre Verbindungsdaten geben lassen. Ich habe mir mal ein paar interessante Übereinstimmungen bei den bisher vorliegenden Telefondaten notiert. Das ist zunächst die Handynummer einer Mira Bryce, die von …«

»Mira Bryce, wirklich?«, rief Pat aus.

Baker blickte sie irritiert an. »Ja, Ma'am.«

»Was hast du, Pat?«, fragte Doyle. »Was ist mit dieser Frau?«

»Du müsstest eigentlich schon von ihr gehört haben, Cy. Sie ist eine bekannte Journalistin, Buchautorin und Dokumentarfilmerin, ein richtiger Star hier auf Guernsey.«

»Das muss wohl in den Jahren passiert sein, als ich in London war.«

»Anscheinend.«

Pat wirkte verärgert, aber Doyle konnte sich keinen Reim darauf machen. Er bat Baker um Aufklärung darüber, was es mit Mira Bryce auf sich habe.

»David Somers hat sehr häufig mit ihr telefoniert. Über den Zeitraum, den wir zurückverfolgt haben, also die letzten sechs Monate, manchmal sogar täglich. Und jetzt kommt's: Lizzie Somers hat, wie es aussieht, nur ein einziges Mal bei Mira Bryce angerufen, und zwar gestern Nachmittag um zwanzig nach fünf. Das Gespräch dauerte nur zwei Minuten und dreiundfünfzig Sekunden.«

»Und heute ist Lizzie tot.«

Baker lächelte bitter, und sein Gesicht wirkte dabei gar nicht mehr kindlich. »So ist es, Sir.«

»Wem ist das aufgefallen?«

»Mir, Sir, beim Abgleich der bislang eingetrudelten Verbindungsdaten.«

»Sehr gut gemacht, Sarge. Mit dieser Mira Bryce sollten wir uns unbedingt näher beschäftigen.«

»Pah, die flinke Mira!«, schnaubte Pat.

Doyles Kopf ruckte zu ihr herum. »Wie?«

»Mira Bryce war schon auf der Schule verschrien. Damals hieß sie noch Mira Le Page. Sie wollte immer die Erste und die Beste sein. Um das zu erreichen, hat sie sich nicht gescheut, bei anderen abzuschreiben oder ihnen sogar Schulunterlagen zu stibitzen. Die anderen standen dann ohne Hausaufgaben da, und sie glänzte mit Dingen, die ihr nicht durch den Kopf, sondern nur durch ihre flinke Hand geflossen waren. Im Abschreiben war sie nämlich blitzschnell, daher der Spitzname.«

»Ich entnehme deinen Worten zwei Informationen, Pat. Erstens bist du mit ihr zur Schule gegangen, und zweitens bist auch du ihr zum Opfer gefallen und deshalb noch immer sauer auf sie.«

»Dem kann ich nicht widersprechen«, sagte Pat spitz.

Doyle verkniff sich ein Grinsen. »Falls du noch mehr über deine Schulfreundin weißt, nur raus damit!«

»Schul*freundin* ist hier wirklich das falsche Wort. Sie hat sich ein paar Jahre nach der Schule einen vermögenden Mann geangelt, Porter Bryce. Er war, was sie dann als seine Ehefrau auch wurde: Journalist, Buchautor, Dokumentarfilmer. Sein Spezialgebiet war die Unterwasserwelt der Kanalinseln, aber seine Werke fanden international Beachtung. Deshalb konnte er wohl auch ein gewisses Vermögen erwerben. Vor ein paar Jahren ist er bei einem Tauchunfall ums Leben gekommen, wenn ich mich richtig erinnere. Seitdem schippert die flinke Mira mit ihren rotweißen Kutter allein zwischen unseren Inseln umher und führt sein Werk fort.«

Bei ihren letzten Worten war Doyle wie elektrisiert. »Sag das noch mal!«

»Was? Alles?«

»Nein, nur das mit dem Kutter. Wieso ein Kutter? Und wie sieht der aus?«

»Das ist so eine Marotte von Mira. Zu ihren Tauchfahrten fährt sie mit einem ehemaligen Fischkutter raus aufs Meer, den sie ziemlich auffällig hat anstreichen lassen. Rot und weiß, sieht fast aus wie schwimmender Leuchtturm. Nur dass die Streifen bei der *Island Queen* senkrecht sind.«

»*Island Queen* heißt der Kahn?«, vergewisserte sich Doyle.

»Ein ziemlich hochtrabender Name, ja. Vielleicht betrachtet die flinke Mira sich selbst als Königin der Inseln. Das würde zu ihr passen. Einen Mangel an Selbstbewusstsein hat sie noch nie an den Tag gelegt. Aber warum interessierst du dich so für ihren Kutter?«

»Ich habe das Ding heute gesehen, in der Rocquaine Bay. Die Streifen an dem Boot sind mir gleich aufgefallen.«

»War das heute Morgen, als wir bei der Leiche waren? Ich habe da weder die *Island Queen* noch einen anderen Kutter auf dem Wasser bemerkt. Auch sonst hat niemand etwas davon erzählt.«

»Nein, es war in der Mittagszeit, als ich mit Allisette draußen vor dem Imperial saß. Der Kutter fuhr seewärts, und ich habe dann nicht weiter auf ihn geachtet.«

»Bist du sicher, dass es die *Island Queen* war?«

»Keine Ahnung, wie das Boot heißt, das ich gesehen habe. Es hatte jedenfalls diese Streifen, die du beschrieben hast, Pat.«

»Das ist ja interessant«, sagte sie leise. »Natürlich könnte es ein Zufall sein.«

»Wenn da nicht diese Telefonate wären«, warf Baker ein. »Man sollte sich das zumindest genauer ansehen.«

»Das übernehme ich«, sagte Doyle. »Ich werde Mrs Bryce mal auf den Zahn fühlen.«

»Aha«, brummte Pat. »Hat die flinke Mira dich also auch schon am Haken.«

Doyle grinste breit. »Na, hör mal. Eine Frau, auf die du nach so vielen Jahren noch sauer bist, die muss ich mir doch näher ansehen.«

»Da ist noch eine andere Frau, die auch interessant sein könnte«, fuhr Baker in seinem Bericht fort. »Julia Duval. Sie hat sehr oft mit Peter Laforet telefoniert, einige Male mit George Laforet und zweimal mit Lizzie Somers.«

»Wer hat im letzteren Fall wen angerufen?«, fragte Pat. »Und wann?«

»Auch hier war unsere Tote die Anruferin, und auch die beiden Gespräche dauerten nur wenige Minuten. Eins vor drei Tagen und eins gestern, direkt nach dem Telefonat mit Mira Bryce.«

Doyle nickte bedächtig. »Der Name Julia Duval sagt sogar mir etwas. Eine Millionärin.«

»Multimillionärin«, korrigierte Pat. »Auch eine Witwe, die gut geerbt hat. Aber so viel, dass man Mira Bryce mit ihr kaum in einem Atemzug nennen kann. Ich nehme an, die wirst du dir dann auch anschauen wollen, Cy?«

»Die überlasse ich dir, Pat. Zu viel Geld verdirbt den Charakter.«

* * *

Als Doyle den Tamora unter das Dach des Carports rollen ließ, neben den Rover Streetwise, war der Sonntag fast vorüber. Die Sonne stand schon tief auf der anderen Seite der Insel, wo auch die Rocquaine Bay lag. Er hatte die Bucht immer gemocht, verhieß sie doch Strand- und Badefreuden, Entspannung bei einem Cream Tea oder eine spannende Zeitreise durchs Shipwreck Museum. Seit heute Morgen war ein neues Gefühl dazugekommen: Beklemmung. Vor seinem inneren Auge sah er die Tote und auf ihrer Haut die rote Schrift mit dem hässlichen Wort. Eine Schändung und Verhöhnung über den Tod hinaus. Sicher, Lizzie Somers war keine Heilige gewesen. Aber wer war das schon? Niemand war perfekt, und seine eigenen Sünden – all die Momente, in denen er anderen Menschen wehgetan hatte – marschierten an ihm vorüber wie in einer Parade der Verfehlungen.

Er blickte an dem langen Schatten, den »Le Petit Château«

warf, entlang zu den Klippen und dem weiten Meer. Wie wäre sein Leben wohl verlaufen, wenn er Pat nie den Rücken zugekehrt hätte und auf Guernsey geblieben wäre? Wären sie verheiratet und stolze Eltern oder längst geschieden? Wäre er dann auch DCI der Guernsey Police? Oder hätte der Ruf des übermächtigen Vaters ihn schon vor Jahren dazu gebracht, den Dienst zu quittieren? Was wäre er dann heute? Betreiber einer Werkstatt für Oldtimer oder ein Schullehrer, der uninteressierten Kindern einzubläuen versucht, dass Mozart kein Fabrikant von Schokoladenpralinen ist und dass Marlborough und Wellington nicht nur die Namen von Städten, sondern auch von einflussreichen Politikern und Feldherren sind?

Obwohl es ein warmer Sommerabend war, fröstelte es ihn. Vielleicht eine kalte Brise vom Meer, sagte er sich.

»Wollen Sie nicht hereinkommen und etwas essen, Cy? Oder haben Sie in St. Peter Port zu Abend gegessen?«

Die Stimme einer Frau. Als er sich umdrehte, stand dort natürlich nicht Pat, an jeder Hand ein süßes Kindchen. Schnell schob er, wie er es sich antrainiert hatte, diese Gedanken beiseite.

Moira Ingram sah ihn lächelnd an. Sie trug ein leichtes, ärmelloses Sommerkleid, gemustert in einem Rot, das, zumindest im Abendlicht, dem Rot ihrer langen Haare zu entsprechen schien. Eine schöne Frau in ihren besten Jahren, und Doyle drückte ihr die Daumen, dass sie noch einmal einen Mann fand, den sie von Herzen lieben konnte. Auch wenn das wohl das Ende ihrer Rolle als Haushälterin und Betreuerin – er nannte es lieber Hausdame – in »Le Petit Château« bedeuten würde. Innerhalb kürzester Zeit war sie zum guten Geist des Hauses geworden und legte fast immer eine heitere, positive Ausstrahlung an den Tag. Aber er hatte sie beobachtet und wusste, dass sie auch ihre dunklen Momente hatte.

»Wirklich schön, Sie zu sehen, Moira«, sagte er ehrlich.

»Das hört sich an, als hätten Sie den ganzen Tag ohne menschliche Gesellschaft verbracht und sich schrecklich gelangweilt.«

»Das kann man gerade nicht sagen. Es gab da schon ein paar interessante Begegnungen. Zum Beispiel einen alten Säufer, der in einer festungsartigen Waldhütte lebt, mit einer Schrotflinte um sich schießt und sich von schwarzen Ungeheuern bedroht sieht. Ein Geschwisterpaar, das der Ermordeten – ihrer Ehefrau beziehungsweise Schwägerin – so kaltherzig gegenübersteht, dass ihnen fast Eiszapfen wachsen. Oder eine Rechtsanwältin, die ihrem Freund unbedingt weismachen will, dass sie mehr isst als sie isst.«

Moira lachte leise. »Apropos. Wie wäre es mit einer ordentlichen Portion Chicken Tikka Masala und dazu einem Randalls Guilty aus dem Kühlschrank? Mit oder ohne menschliche Gesellschaft, ganz wie Sie möchten.«

»Mit, das wäre perfekt.«

Es blieb nicht bei der einen Flasche, und auch Moira trank eine mit. Doyle genoss das gekühlte Stout, ebenso wie das von Moira zubereitete Chicken Tikka, das sie mit Reis servierte. Es war das beste Chicken Tikka, das er kannte, und er sagte es ihr.

Sie bedankte sich für das Lob und verriet: »Ich habe ein Geheimrezept für ein paar besondere Zutaten der Masala-Soße.«

»Wie kommt es, dass mich das jetzt nicht überrascht?«

Moira war mit einem Polizeibeamten verheiratet gewesen und wusste, wann ein Polizist über seine Arbeit reden wollte und wann nicht. Sie stellte ihm keine Fragen nach dem heutigen Mordfall, und dafür war er ihr dankbar. Er hörte zu, wie sie von ihrem Tag erzählte, von ihren beiden Kindern und seinem Vater, die alle drei schon im Bett lagen. Es freute ihn, dass sein Vater einen recht guten Tag gehabt hatte. Mehrmals hatte er sich nach Doyle erkundigt. Der einzige Wermutstropfen für ihn war, dass er an diesem Tag keine Zeit mit seinem Vater hatte verbringen können.

Nach dem Essen sahen sie sich im Fernsehen eine Quizshow an und rieten fleißig mit. Er empfand die wenigen Stunden in Moiras Gesellschaft als sehr entspannend, aber als er gegen Mitternacht oben in seinem Turmzimmer endlich ins Bett fiel, fand er keinen Schlaf. Also zog er ein altes Buch über Guernseys Kaperfahrer aus dem Bücherschrank und schlug das Kapitel über die *Black Hawk* auf. Irgendwann fielen ihm dann doch die Augen zu. Aber er schlief sehr unruhig, geplagt von wilden Träumen, in denen alle möglichen seltsamen Gestalten ihr Unwesen trieben: Piraten, schwarze Ungeheuer, Rechtsanwälte.

ZWEITER TAG

Montag, 15. Juni

KAPITEL 12

Calvin Baker ging zu Fuß vom Polizeihauptquartier in der Hospital Lane zur nicht weit entfernten Beauregard Lane. Er ging häufiger zu Fuß, als man es angesichts seines korpulenten Körpers vermutet hätte. Gerade deshalb. Er wusste, dass er weder gesund lebte noch anziehend auf andere Menschen wirkte. Wäre da nicht diese verdammte Leidenschaft für Schokolade gewesen. In einer Aufwallung heroischer Selbstübermannung hatte er der Versuchung widerstanden, sich für den Fußmarsch mit einem Notvorrat an Schokoriegeln zu versorgen. Da nicht zu vermuten war, dass er inmitten von St. Peter Port verschollen gehen würde, befürchtete er keine Notlage, die ihn an den Rand des Hungertods bringen würde.

Außerdem, gestand er sich ein, hätte ihm der leere Platz neben sich im Auto das Fehlen von Jasmyn Allisette nur umso schmerzhafter bewusst gemacht. Sie sah in ihm nichts weiter als einen Kollegen, und das würde sich auch nicht ändern. Da machte er sich keine Illusionen. Aber allein ihre Anwesenheit stimmte ihn fröhlich und leicht. Der Gedanke, sie könne nicht mehr in den Dienst zurückkehren, war für ihn kaum zu ertragen.

Vergebens sann er darüber nach, was er noch für sie tun konnte, außer dabei mitzuhelfen, Lizzie Somers' Mörder möglichst schnell zu überführen. Daran, dass Jasmyn selbst die Täterin sein mochte, verschwendete er keinen Gedanken.

Und ihre Freundin, diese Rosie Belmont? Er wusste zu wenig über sie, um sich ein Bild von ihr zu machen. Er hatte sie nur kurz gesehen, bevor er das Hauptquartier verließ. Sie war gekommen, um ihre Aussage zu Protokoll zu geben. Eine atemberaubend attraktive Frau, keine Frage. Aber das sagte nichts über ihren Charakter aus.

Die Beauregard Lane mit ihrem vielen, gut gepflegten Grün und den dazu passenden großen Häusern verdeutlichte jedem bereits beim ersten Anblick: Wer hier wohnte, war wohlhabend, sehr wohlhabend. Nicht umsonst stand hier auch das altehrwürdige La Fregate Hotel, in dem viele Reiche und Noble abstiegen. Ob Dr. Randall Drillot nobel war, wusste Baker nicht, aber reich musste er sein. Das im Morgenlicht weiß erstrahlende Haus, auf einer kleinen Anhöhe gelegen und mit einem hervorragenden Blick auf den Hafen und das Meer, war sehr groß und wirkte mit seinen vielen Fensterflächen, Terrassen und Balkonen wie ein kleines Hotel. In solchen Anwesen wurde in Agatha-Christie-Verfilmungen mit Stil gemordet. Eine Mrs Laforet konnte sich hier wohl behandeln lassen, einem Sergeant Baker als Patient hätte man wohl nicht einmal die Tür geöffnet. Das musste man auch nicht. Bakers Recherchen hatten ergeben, dass Dr. Drillot nur Patienten behandelte, die nach privater Vereinbarung mit ihm abrechneten.

Bei seinem Telefonat vorhin hatte er mit einer Mitarbeiterin Drillots gesprochen, die ihn dringend gebeten hatte, sich in der Praxis und nicht in der Privatwohnung des Arztes zu melden. Zu der Praxis führte eine eigene, von sorgsam gestutzten Rosensträuchern gesäumte Auffahrt, und die Melodie der Türklingel erinnerte ihn an Elgars *Pomp & Circumstance.*

Eine Blondine in einem grünen Kittel öffnete ihm. Oder

war es ein Minikleid? Vielleicht war es ein Kittel, der extrem kurz war, weil die junge Frau vor ihm so groß war und sehr lange Beine hatte. Sie musterte ihn durch eine große, modisch geformte Brille.

»Lieferungen für die Praxis nehmen wir am hinteren Eingang entgegen.«

»Wir sind verabredet«, sagte Baker.

»Wir? Das kann ich mir kaum vorstellen.«

»Ich habe vor etwa dreißig Minuten mit jemandem telefoniert und einen Gesprächstermin mit Dr. Drillot vereinbart. Ich bin Sergeant Baker von der Guernsey Police.«

»Ach, Sie sind das.« Sie sagte das, als hätte sie sich Baker ganz anders vorgestellt, und so war es wohl auch. »Wir haben miteinander gesprochen. Ich bin Jeanette Roussel und assistiere Dr. Drillot. Na, dann treten Sie mal ein.«

Als Baker ihr in die Praxis folgte, deren stilvolle Möblierung eher an die Chefetage eines großen Unternehmens denken ließ, schoss ihm die Überlegung durch den Kopf, ob es für ein Medizinstudium schon zu spät wäre.

Dr. Randall Drillot, der ihn in einem riesigen und prachtvoll eingerichteten Behandlungszimmer empfing, passte rein äußerlich zu allem, was er bisher gesehen hatte. So stellte man sich den charmanten, weltgewandten Chefarzt in einer Krankenhaus-Soap vor. Noch größer als seine Assistentin, kein Gramm zu viel am Körper, gleichmäßig gebräunte Haut, volles braunes Haar mit grau melierten Schläfen und, als er zur Begrüßung den Mund öffnete, zwei Reihen perfekter Zähne. Baker wartete nur noch auf ein Aufblitzen wie aus der Zahnpastawerbung.

»Was kann ich so früh am Tag für die Polizei tun?«, fragte Drillot, als beide Platz genommen hatten. »Und was darf Jeanette Ihnen bringen, Tee oder Kaffee?«

Baker saß in einem gut gepolsterten und äußerst bequemen Stuhl vor Drillots wuchtigem Schreibtisch und fühlte sich trotzdem unwohl. Diese Welt war nicht die seine, und das spürte er mit jeder Faser seines Körpers. Auch wenn Dr. Drillot ihm gegenüber freundlicher auftrat als Ms Roussel, hatte er den Eindruck, dass dies nur aufgesetzt war und sich jederzeit ändern konnte. Er war hier ein Fremdkörper, ein Störenfried. Deshalb wollte er es so kurz wie möglich halten.

»Vielen Dank, aber ich will Ihre Assistentin nicht mehr als nötig beanspruchen.« Vergeblich wartete Baker darauf, dass die blonde Jeanette den Raum verließ. Sie blieb ausdrucks- und reglos neben dem Schreibtisch stehen, als wäre sie einer der luxuriösen Einrichtungsgegenstände. Also fuhr er einfach fort: »Ich bin hier, um mich nach einer Ihrer Patientinnen zu erkundigen. Mrs Margaret Laforet. Sie sitzt im Rollstuhl.«

Dr. Drillot hatte die schlanken, gebräunten Hände vor der Brust verschränkt und nickte.

»Mit dieser Feststellung haben Sie recht, Sergeant ...«

»Baker ist mein Name, immer noch. Was Mrs Laforet betrifft, so interessiert uns die Frage, ob sie immer im Rollstuhl sitzen muss oder ob sie aufstehen kann.«

Der Arzt zeigte erneut ein Zahnpastalächeln. »Ich betreibe hier eine Praxis für sehr anspruchsvolle Patienten, eine Elite in jeder Hinsicht, wenn Sie verstehen. Dieser Anspruch erstreckt sich nicht nur auf die Qualität der medizinischen Behandlung, sondern auch auf die Diskretion, was aufgrund der ärztlichen Schweigepflicht eigentlich selbstverständlich ist. Ich muss Sie daher bitten, meine Verschwiegenheit zu respektieren.«

»Wir ermitteln in einem Mordfall, Sir. Das dürfte doch wohl etwas anderes sein.«

»Ah, der Mord gestern in der Rocquaine Bay. Ich habe in

der Zeitung darüber gelesen. Das Opfer war aber doch nicht Mrs Laforet, oder doch?«

»Nein, Sir. Sie ist eine Nachbarin des Opfers.«

»Und schon dadurch verdächtig? So verdächtig, dass Sie einer Frau im Rollstuhl nachspionieren?«

»Ich darf über den Stand unserer Ermittlungen leider keine Auskunft erteilen.«

»Sehen Sie, Sergeant, und ich darf über den Gesundheits-zustand meiner Patienten keine Auskunft erteilen. Da stehen wir beide doch auf derselben Linie.« Drillot erhob sich. »Ich muss mich um meine Patienten kümmern und mich deshalb verabschieden.«

Baker blieb dickfellig auf seinem Stuhl sitzen, auch wenn er jetzt den Kopf ein gutes Stück in den Nacken legen musste, um dem Arzt ins Gesicht zu sehen.

»Wo waren Sie gestern, Dr. Drillot?«

»Auf einem Segelausflug. Hat meine Frau Ihnen das nicht am Telefon gesagt?«

»Doch. Sie sagte auch, Sie hätten Ihr Handy nicht dabei.«

»Das gönne ich mir einmal im Monat. Entspannung heißt auch, nicht immer und überall erreichbar zu sein.«

»Mag sein, aber in diesem Fall finde ich es doppelt unge-wöhnlich. Erstens sind Sie Arzt, und es könnte sein, dass einer Ihrer Patienten, von denen Sie offenbar sehr gut bezahlt wer-den, Sie dringend braucht. Außerdem kann man bei einem Segelausflug verunglücken, wie das Beispiel von Mrs Laforet zeigt. Da ist ein Handy sehr nützlich.«

»Wir alle hatten sie ja dabei, aber wir schalten sie dann aus, damit wir nicht erreichbar sind. Bei einem Unfall schaltet man sie wieder ein. Was meine Patienten betrifft, die müs-sen einen Tag im Monat mit einer Vertretungspraxis Vorlieb nehmen. War es das jetzt, Sergeant?«

»Nein, Sir. Ich hätte gern eine Liste Ihrer Segelfreunde, mit denen Sie gestern unterwegs waren.«

»Auf keinen Fall. Ich bin hier kein Verdächtiger, und mein Privatleben geht Sie nicht das Geringste an.«

»Privatleben ist ein gutes Stichwort«, sagte Baker und wandte sich der Assistentin zu. »Wo waren Sie gestern, Ms Roussel?«

»Ich? Wieso? Das ist doch unerheblich.«

»Wenn es so unerheblich ist, können Sie es mir ja sagen.«

»Ich war die meiste Zeit zu Hause oder bin mal spazieren gegangen.«

»Mit wem?«

»Allein«, sagte sie unsicher.

»Sie waren den ganzen schönen Sonntag über allein, und niemand kann das bezeugen?«

»Ganz genau so ist es.«

»Ich nehme an, Ihr Handy hatten Sie dabei ausgeschaltet, der besseren Entspannung wegen?«

»Ich verstehe Sie nicht«, sagte Jeanette Roussel sichtlich nervös.

Drillot ergriff wieder das Wort. »Sie gehen zu weit mit Ihrer Schnüffelei, Sergeant. Verlassen Sie sofort mein Haus, oder ich werde mich über Sie beschweren!«

Baker saß weiterhin auf dem Stuhl und traf keine Anstalten, sich zu erheben.

»Wäre so eine Liste Ihrer Segelfreunde nicht auch interessant für Ihre Frau, Dr. Drillot? Besonders dann, wenn nur ein einziger Name darauf steht – ein weiblicher Name?«

An den hastigen Blicken, die der Arzt und seine Assistentin austauschten, erkannte Baker, dass er ins Schwarze getroffen hatte.

* * *

Patricia Holburn war an diesem Morgen gar nicht erst im Hauptquartier aufgeschlagen. Nach dem langen Arbeitstag gestern hatte sie sich erschöpft gefühlt, war nach einem bescheidenen Abendessen, bestehend aus etwas Weißbrot, ein paar Käsehappen und einer halben Flasche Roten, früh zu Bett gegangen und für jede Minute Schlaf dankbar gewesen. Sie hatte heiß-kalt geduscht, die Morgensonne breitete ihre wärmenden Arme über die Insel aus, und eigentlich hätte sie sich wohlfühlen müssen, als sie den Golf hügelaufwärts steuerte, zu den prachtvollen Villen von Fort George. Hier wohnten nur Wohlhabende und Reiche, und eine der Reichsten von ihnen war Julia Duval.

Die Erinnerung an eine der schlimmsten Erfahrungen ihres Lebens hatte Pat unerwartet angesprungen wie ein Raubtier, das ihr in einer düsteren Ecke aufgelauert hatte. Es war die Erinnerung an eine andere Frau, die hier gewohnt hatte. Auch damals war Pat in ihrem Golf nach Fort George gefahren – und um ein Haar hätte sie es nicht überlebt. Wäre nicht Cy gewesen. Rettung in letzter Minute, anders konnte man es nicht nennen. Er war zur rechten Zeit da gewesen und hatte sie nicht im Stich gelassen. Anders als damals in ihrer Jugend, als Cy allein nach London gegangen war und sie mit der schweren Aufgabe, ihre kranke Mutter zu pflegen, allein zurückgelassen hatte.

Seit seiner Rückkehr nach Guernsey hatten sie sich beruflich gut zusammengerauft und agierten inzwischen wie ein eingespieltes Team, und genau das waren sie auch. Privat hatte sie Cy mehrmals die kalte Schulter gezeigt, und in letzter Zeit hatten seine Annäherungsversuche nachgelassen. Die ständigen Frotzeleien zwischen ihnen fanden auf einer freundschaftlich-kollegialen Ebene statt, und niemand außer ihnen beiden erkannte die tiefere Bedeutung der einen oder anderen Anspielung. Manchmal hatte sie fast Mitleid mit Cy gehabt, dessen Gefühle nach ihrer Wiederbegegnung wohl Purzelbäume geschlagen hatten. Jetzt, wo er sich auf die rein kollegiale Ebene zurückgezogen hatte, fragte sie sich, ob sie nicht etwas vermisste. Es war keineswegs so, dass sie nichts mehr für ihn empfand. Aber eines stand aus ihrer Sicht zwischen ihnen: Sosehr sie auch dem Polizisten Cyrus Doyle vertraute, das Vertrauen in den Mann Cyrus Doyle war vor vielen Jahren gründlich erschüttert worden.

Keine schweren Gedanken an diesem heiteren Morgen, ermahnte sie sich, rückte ihre Sonnenbrille zurecht und drosselte die Geschwindigkeit, um die richtige Einfahrt nicht zu versäumen. »La Mer Bleue« stand da auch schon in geschwungenen gusseisernen Buchstaben neben einem gusseisernen Tor, das geschlossen war. Was für ein passender Name. Von diesem Anwesen über den Klippen hatte Julia Duval zweifellos eine hervorragende Aussicht auf das blaue Meer.

Der Golf kam knapp vor dem Tor zum Stehen. Pat ließ den Motor laufen und stieg aus. Sie lächelte kurz in die Linse der Überwachungskamera, bevor sie auf den Knopf einer Gegensprechanlage an einem der steinernen Torpfeiler drückte.

Ein kaum wahrnehmbares Knacken ertönte, und eine emotionslose Männerstimme fragte: »Ja, wer da?«

»Inspector Holburn, Guernsey Police. Ich hatte mich vor einer knappen Stunde telefonisch angemeldet.«

Nach einer kurzen Pause antwortete die Männerstimme: »Richtig, fahren Sie aufs Grundstück und folgen Sie dann immer dem Hauptweg.«

Sie saß kaum wieder hinter dem Steuer, da schwangen die beiden Torflügel auch schon, wie von zwei Unsichtbaren gezogen, zurück. Als sie hindurch auf den breiten Kiesweg gefahren war, schlossen sich die beiden Flügel wieder wie von selbst. Gut, dass dies kein Gruselfilm war, sonst hätte sie sich jetzt Gedanken machen müssen. Aber nicht Furcht trieb sie hier an, sondern reine Neugier.

Pat ignorierte abzweigende Wege und folgte, wie es die Stimme am Tor ihr gesagt hatte, dem breiten Hauptweg, während unter ihren Reifen der weiße Kies leise knirschte. Hier oben gab es einige große Grundstücke, aber das von Julia Duval musste eines der größten sein. Sie fuhr Schrittgeschwindigkeit und reagierte sofort, als ein breitschultriger dunkelhäutiger Mittdreißiger vor ihr auftauchte und sie mit Handzeichen anwies, auf einem ebenfalls mit Kies bestreutem Platz anzuhalten, der auf drei Seiten von großen Hecken begrenzt wurde.

»Unser Besucherparkplatz«, sagte der Mann, als Pat ausstieg. »Es steht nur kein Schild dran, weil das nicht so schön aussieht. Aber dafür bin ich ja da.« Er streckte ihr seine Rechte, ein wahre Pranke, entgegen. »Sam Norris, Sicherheitschef.«

»Holburn, Inspector«, sagte Pat und stellte fest, dass sein Händedruck zwar kräftig war, wie sie es erwartet hatte, dass Norris aber zu wissen schien, wann er sich zurückhalten musste. Er hätte ihr wohl mit Leichtigkeit die Hand zerquetschen können. Sie schob die Sonnenbrille hoch und musterte ihn unverhohlen. Er trug dunkle Kleidung: Schuhe, Hose und ein Hemd, unter dem sich gut trainierte Muskeln abzeichneten. »Vielleicht täusche ich mich, aber ich habe das Gefühl, Sie zu kennen.«

»Wir sind uns bestimmt noch nicht begegnet, Inspector. Eine Frau wie Sie hätte ich kaum vergessen.«

Während er das sagte, musterte er sie ebenso interessiert wie sie ihn. Es wirkte aber nicht aufdringlich, und sie fühlte sich nicht unangenehm berührt. Im Gegenteil, sie war erfreut über das von ihm gezeigte Interesse.

»Mein Polizistengehirn täuscht mich selten in solchen Dingen, aber vielleicht ist es die Sommerhitze.«

»Verzeihung, wir sollten ins Haus gehen. Julia erwartet Sie bereits. Es wird heute sicher noch heißer.« Als sie ihm zu dem großen Gebäude folgte, sagte er wie beiläufig: »Möglicherweise haben Sie von mir in der Zeitung gelesen oder mich auch im Fernsehen gesehen.«

»Vielleicht«, erwiderte sie mit leichtem Erstaunen. »Helfen Sie mir bitte auf die Sprünge, Mr Norris.«

»Bitte sagen Sie Sam, das ist kürzer. Ich war vor ein paar Jahren Boxer, Schwergewicht. Aber mein Boxverband war nur ein kleiner Splitterverein, nicht zu vergleichen mit den großen, und ging dann auch Pleite. Um bei einem der großen Verbände neu anzufangen, war ich zu alt. Aber mein neuer Job hier ist auch nicht schlecht und bei Weitem nicht so schmerzhaft.«

Jetzt erinnerte sich Pat, vor ein paar Jahren im *Guernsey Spectator* einen Artikel über das Ende seiner Laufbahn gelesen zu haben. Sie hatte kein großes Interesse am Boxen, aber seit Cy in ihrer gemeinsamen Zeit im Polizeisport geboxt hatte, verfolgte sie das Boxgeschehen zumindest am Rande.

»Ich habe tatsächlich über Sie gelesen, Sam. Sie sind ein gebürtiger Gurn, nicht wahr?«

Er lachte. »Ja, auch wenn meine Hautfarbe nicht unbedingt darauf schließen lässt. Mein Großvater war Taucher bei der US Navy und nach dem Zweiten Weltkrieg hier stationiert, um nach dem Abzug der Nazis nach Minen und Unterwassersperren zu suchen. Er hat sich in eine Einheimische verliebt, eine echte Schönheit wie Sie, und ist dageblieben.«

Pat fand die Taktzahl der Komplimente jetzt doch eher verstörend als angenehm. Sie fragte sich, ob ihr Begleiter das ernst meinte oder ob es einfach seine Masche bei Frauen war. Wie auch immer, sie war nicht zum Flirten hier und nahm sich vor, nicht auf seine Avancen einzugehen.

Norris führte sie in einen kühlen Raum im Erdgeschoss des großen Hauses, der seine angenehme Temperatur einer kaum hörbaren Klimaanlage verdankte. Der Raum war eher spartanisch eingerichtet, und an den ockerfarbenen Wänden hing kein einziges Bild. Auf dem Boden standen einige große Kübel mit hohen Pflanzen, die Pat mehr oder minder exotisch anmuteten. Mehr Zierrat gab es hier nicht, aber das war auch nicht nötig. Die wahre Attraktion war die Fensterfront, die fast eine gesamte Wand einnahm und einen atemberaubenden Ausblick auf die Klippen und das blaue Meer bot. Jetzt erst verstand Pat den Namen des Anwesens voll und ganz. Die Frau, die ihr den Rücken zukehrte und direkt vor der riesigen Glasfront stand, musste das Gefühl haben, auf einem einsamen Felsen mitten im Atlantik zu sein.

Pat trat neben sie und gestand: »Das verschlägt einem wirklich den Atem.«

Die Frau drehte sich um und lächelte sie an. »Das finde ich auch, Inspector. Ich bin Julia Duval.«

»Sehr erfreut.« Pat schüttelte die ihr dargebotene schlanke Hand. »Aber Sie können diese Aussicht doch jeden Tag genießen, Mrs Duval, so oft Sie wollen.«

»Sagen Sie doch Julia, wir sind hier nicht so formell.« Sie sah wieder aufs Meer hinaus. »Wer bei diesem Anblick abstumpft, dem ist nicht zu helfen.« Erst nach einer kleinen Ewigkeit wandte sie sich wieder Pat zu. »Ich bin eine schlechte Gastgeberin und lasse Sie einfach hier stehen, ohne Ihnen etwas zu trinken anzubieten und nach Ihrem Anliegen zu fragen. Sam ist übrigens nicht nur ein guter Sicherheitchef, sondern auch ein guter Barmixer. Machst du uns zwei kühle Cocktails, Sam?«

»Für mich ohne Alkohol, bitte«, sagte Pat schnell zu Sam und sah dann Julia Duval an. »Sie kennen das sicher aus dem Fernsehen, ich bin im Dienst.«

Die Hausherrin, eine attraktive, brünette Frau Ende dreißig in einem raffiniert geschnittenen und trotzdem bequem wirkenden Cutout-Kleid, wies auf die Sitzgruppe, die einen großen Teil des Raums einnahm.

»Setzen wir uns, und Sie erzählen mir, worum es geht.«

»Es geht um den Mord gestern Morgen an der Rocquaine Bay. Sie haben das Opfer gekannt, nehme ich an. Lizzie Somers vom Shipwreck Museum.«

»Wir kannten uns, wenn auch nicht sehr gut. Mit Schiffswracks habe ich es nicht so, aber Lizzies Strandkunst hat mir sehr gefallen. Ich habe mit dem Gedanken gespielt, und ich tu es noch immer, einen Teil ihrer Arbeiten zu kaufen, um damit mein Haus zu schmücken. Was könnte passender dafür sein als Lizzies wundervolle Kunstwerke?«

»Lizzies Tod scheint sie nicht zu überraschen«, stellte Pat fest.

»George hat mich gestern angerufen und über dieses Unglück informiert, George Laforet. Natürlich hat es mich bestürzt, aber ich hatte Zeit, es zu verarbeiten. Wie gesagt, Lizzie und ich konnten gut miteinander, aber wir waren keine Freundinnen.«

»Sind Sie mit George Laforet befreundet, Julia?«

»Sagen wir, gut bekannt. Geschäftsfreunde, wäre vielleicht das richtige Wort.«

»Gemeinsame Geschäfte? Inwiefern?«

»Guernsey Gold & Silver ist längst nicht mehr nur ein

herausragendes Schmuckgeschäft. Das Unternehmen hat die Zeichen der Zeit erkannt und investiert für Anleger auf dem internationalen Markt. Man soll sein Geld arbeiten lassen, und deshalb stehe ich mit dem guten George in Kontakt.«

»Auch mit seinem Sohn Peter?«

»Wie meinen Sie das?«

»Sie haben öfter, viel öfter, mit dem Junior als mit dem Senior telefoniert.«

Julia Duval legte den Kopf leicht schief und betrachtete Pat eher amüsiert als verwundert.

»Haben Sie meine Telefondaten überprüft?«

»Nein, die der Laforets.«

»Peter ist ein alerter Geschäftsmann, was man vielleicht nicht auf den ersten Blick glauben mag, weil er etwas von einem Playboy an sich hat. Aber er ist die Zukunft des Unternehmens und für die Anlagegeschäfte verantwortlich. Deshalb ist er mein Hauptansprechpartner in dieser Sache.«

»Also gibt es zwischen Ihnen keine private Verbindung?«

Das Auftauchen von Sam Norris mit einem kleinen Silbertablett und zwei mit farbenfrohen Getränken gefüllten Cocktailgläsern enthob Julia Duval einer sofortigen Antwort. Sam, stolz auf seine Kreationen, ließ es sich nicht nehmen, ein paar erklärende Worte zu sagen, bevor er sich zurückzog.

Julia nahm augenblicklich ihr Glas, sog an dem Strohhalm und verdrehte verzückt die Augen.

»Herrlich, so lässt es sich leben.« Sie sah in Richtung Fenster. »Ist es nicht wundervoll, unser Guernsey? Ich bin so froh, hier geboren zu sein. Als dann mein Ted auf die Insel kam und wir uns verliebten, da war das Leben perfekt. Ich stamme nämlich aus einfachen Verhältnissen, wissen Sie. Mein Vater war Fischer und ist jeden Morgen, den der Herrgott werden ließ, früh mit seinem alten Kutter raus aufs Meer. Ich bin oft mitgefahren und habe ihm geholfen. Geben Sie zu, Inspector, das hätten Sie nicht gedacht!«

»Tatsächlich nicht«, sagte Pat, bevor sie wieder auf das letzte Thema zurückkam. »Der einzige Grund für Ihre vielen Telefonate mit Peter Laforet war also das Geschäft?«

»Aber ja. Meine Liebe, Sie machen sich keine Vorstellungen, wie schnell man sein hart erarbeitetes Geld durch Fehlinvestitionen verlieren kann. Deshalb will ich alles ganz genau wissen.«

Dass eine reiche Erbin von hart erarbeitetem Geld sprach, kam Pat etwas unpassend vor, aber sie ließ es auf sich beruhen. Vielleicht war Julia Duvals Leben mit *ihrem Ted* ja nicht so leicht und angenehm gewesen, wie sie jetzt tat. Etwas anderes ging Pat durch den Kopf.

»War Duval eigentlich der Name Ihres Mannes? Er ist doch französisch und klingt so nach Guernsey, als hätte er schon immer hierhergehört.«

»Ja, nicht? Das finde ich auch. Ich bin schon oft danach gefragt worden, aber es ist wirklich Teds Name. Er war kein stinkreicher Amerikaner, wie viele glauben, sondern ein stinkreicher Kanadier. Mein Mädchenname dagegen klingt überhaupt nicht nach Guernsey. Ich bin eine geborene Brown.«

Sie lachte darüber wie über einen Scherz, den sie oft zu machen pflegte.

Pat ging nicht weiter darauf ein, sondern sagte: »Kommen wir zu Lizzie Somers. Sie haben vorgestern noch mit ihr telefoniert.«

»Wegen des Ankaufs ihrer Arbeiten. Wir hatten darüber schon bei der Eröffnung ihrer Ausstellung gesprochen. Ich wollte keinen Mengenrabatt oder so etwas. Im Gegenteil, ich war bereit, einen guten Preis zu zahlen. Lizzie war das wohl nicht ganz geheuer. Sie rief schon vor ein paar Tagen an, um zu fragen, ob ich es ernst gemeint hätte. Ich habe es ihr versichert, aber am Samstagnachmittag fragte sie noch einmal nach, ob es mir ernst sei und ob sie wirklich die entsprechenden Stücke schon auswählen sollte. Ich sagte ja und dass sie es mir doch glauben solle. Als ich sie fragte, ob sie unbedingt einen schriftlichen Vorvertrag haben wolle, da lachte sie plötzlich und sagte, das sei nicht nötig. Das war schon das ganze Gespräch, es hat nicht lange gedauert.«

»Wenige Minuten nur«, sagte Pat.

»Sie sagen es.«

Auch Pat nahm jetzt ihren Cocktail und trank. Die kühle, nach Erdbeere und Kokos schmeckende Flüssigkeit tat ihr gut, und sie ließ ihren Blick fast verträumt durch das Riesenfenster aufs Meer schweifen. Aber hinter ihrer Stirn arbeitete es.

»Wissen Sie, Julia«, sagte sie schließlich in einem bedächtigen Tonfall. »Ich bewundere Sie sehr.«

»Sie meinen wohl, dass Sie mich beneiden. Nun ja, ohne Teds Geld säße ich jetzt nicht hier. Aber ich kann mich doch rühmen, sein Erbe gut zu verwalten.« Sie blickte hinauf an die Zimmerdecke. »Wenn der gute Ted von da oben auf mich herabschaut, dann ist er hoffentlich stolz auf mich.«

»Liebte Ihr *guter Ted* das Theater oder eher das Kino?«

»Das Kino. Wir haben ein eigenes hier im Keller. Wie oft haben wird da zusammen gesessen und uns alte Hollywoodschinken angesehen.«

Da kenne ich noch so einen, dachte Pat, sagte aber laut: »Ich glaube, im Augenblick ist der *gute Ted* wirklich stolz auf Sie. Das Kino vermisst er jedenfalls nicht, wenn er unser Gespräch mitgehört hat.«

Julia Duval legte ihre sonst so glatte Stirn in Falten.

»Ich fürchte, ich kann Ihnen nicht ganz folgen, meine Liebe.«

»Ich habe mich eben nicht versprochen, als ich sagte, ich bewunderte Sie.« Pat stellte das Glas zurück auf die Tischplatte aus feinem Marmor, beugte sich zu ihrer Gastgeberin vor und sah ihr fest in die Augen. »Um es genauer zu sagen, Julia, ich bewundere Ihre schauspielerischen Qualitäten. Die hätten Ted sicher gefallen. Sie haben mir zwar eine Menge erzählt, aber ich glaube Ihnen allenfalls die Hälfte davon.«

* * *

Cyrus Doyle war schon sehr gespannt auf die Frau, auf die Pat noch nach Jahrzehnten wütend war. Pat hatte, er wusste das aus eigener leidvoller Erfahrung, in solchen Dingen ein Gedächtnis wie ein Elefant. Zumindest war er in dieser Hinsicht nicht das einzige Opfer. Schon deshalb fand er Mira Bryce sympathisch, auch wenn er sie nur von einem kurzen Telefonat an diesem Morgen kannte.

»Sie müssen sich beeilen, wenn Sie mich heute Vormittag persönlich sprechen wollen, Chief Inspector«, hatte sie gesagt. »Ich will raus aufs Meer und ein paar Aufnahmen machen. Wegen der Gezeiten kann ich nicht lange warten.«

Doyle hatte ihr versprochen, er würde sich sofort auf den Weg machen, und sie hatte ihm gesagt, wo genau die *Island Queen* in St. Sampson vor Anker lag. »Ich habe ein eigenes kleines Hafenbecken mit einem Lagerhaus, in dem meine Ausrüstung liegt.«

Der Tamora rollte auf der breiten Küstenstraße, die St. Peter Port vom Hafen der Hauptstadt trennte, nach Norden, wo St. Sampson lag, die zweitgrößte Stadt Guernseys mit dem größten Industriehafen der Insel. In St. Peter Ports Hafen herrschte das übliche Gewimmel aus Privatyachten und Ausflugsbooten. Aber alle Boote, ob groß oder klein, wurden von einem wahren Giganten überschattet, der sich langsam auf den Hafen zuschob. Eines jeder riesigen Kreuzfahrtschiffe, mit denen heutzutage das große Geld gemacht wurde. Natürlich würde der Gigant aufgrund seiner Größe nicht in den Hafen einlaufen können. Tenderboote würden Passagiere und Fracht an Land und zurück bringen. Doyle glaubte nicht, dass er sich an Bord so einer schwimmenden Stadt wohlfühlen würde. Mit der guten alten Seefahrt und jener Romantik, die er bei dem Gedanken daran empfand, hatte das nichts mehr zu tun.

St. Peter Port mit seinen terrassenförmig aufsteigenden Reihen viktorianischer Häuser blieb hinter ihm zurück, während St. Sampson mit seinen Silos, Lagerhäusern und Verladekränen ihm bereits entgegenwinkte. Hübsch konnte man diesen Anblick nicht nennen, und doch sah er ihn immer wieder gern. Bevor Banken und Versicherungen, flankiert vom Tourismus, das Geld auf die Insel gebracht hatten, war St. Sampson ihr wirtschaftliches Herz gewesen. Der Guernseygranit, einst ein wahrer Exportschlager, dem die Insel einen großen Teil ihres früheren Wohlstands zu verdanken hatte, als es mit der Freibeuterei bergab ging, war hier auf die Frachtschiffe verladen worden, die zu den Britischen Inseln oder zum europäischen Festland ausliefen. Heute war der Anteil St. Sampsons an Guernseys wirtschaftlichem Ertrag viel geringer, aber noch immer rauchten hier die Schornsteine und ächzten die stählernen Kräne unermüdlich. Der Anblick mochte ein bisschen schmutzig wirken, aber es war ehrlicher Schmutz, die Kruste harter Arbeit, die von vergossenem Schweiß und schwieligen Händen kündete.

Als er den Industriehafen erreichte, hielt er Ausschau nach dem Liegeplatz der *Island Queen*. Es war wirklich ein kleines Becken, leicht zu übersehen, wäre nicht der auffällige rotweiße Anstrich des alten Fischkutters gewesen. Er parkte den Tamora neben dem Lagerhaus mit der einfachen, etwas verwitterten Aufschrift »Bryce« und ging auf den schmalen Steg, an dem der Kutter lag. Zwei Personen, eine Frau und ein Mann, waren damit beschäftigt, Ausrüstungsgegenstände an Bord zu schaffen.

Die Frau, deren kurzes Haar so blond war, dass es im Licht der Morgensonne fast weiß wirkte, trug eine blaue Latzhose über einem weißen T-Shirt. Sie war in Pats Alter, und Doyle hatte keinen Zweifel, Mira Bryce vor sich zu sehen. Der häufige Aufenthalt im Freien hatte ihre Haut gebräunt, wodurch ihr helles Haar noch stärker hervorstach. Ihre Armmuskeln wirkten für eine Frau ungewöhnlich kräftig.

Der Mann war deutlich älter und ging etwas gebeugt. Die Junisonne schien keinen Eindruck auf ihn zu machen. Er trug dunkle Arbeitshosen, einen marineblauen Guernsey Sweater und eine graue Wollmütze, die er so tief heruntergezogen hatte, dass sie die Ohren ganz bedeckte.

Die Frau hielt in der Arbeit inne, richtete sich auf und blickte Doyle mit zusammengekniffenen Augen entgegen. Er konnte nicht anders, als ihre weiblichen Formen wahrzunehmen, die sich unter dem T-Shirt deutlich abzeichneten.

»Sie haben sich Zeit gelassen, falls Sie Chief Inspector Doyle sind. Mira Bryce.«

Doyle schüttelte ihre Hand und bemerkte, dass sie einen kräftigen, fast männlichen Händedruck hatte.

»Cyrus Doyle. Ich kann leider nicht fliegen.«

»Nicht? Wie ich gelesen habe, hat die Polizei doch gerade erst zehn Millionen Pfund in einen Hubschrauber investiert.«

»Das Lieblingsspielzeug des Chief Officers. Befindet sich aber noch in der Erprobungsphase. Bevor es in der Lage ist, einen DCI zielgenau vor Ihrem Kutter ins Hafenbecken zu werfen, wird wohl noch etwas Zeit vergehen.«

Sie lachten beide, und er fand die Frau vor ihm jetzt, wo er sie persönlich kannte, noch sympathischer als zuvor. Wahrscheinlich hatte Pat einen belanglosen Vorfall aus der Schulzeit in ihrer Erinnerung hochgeschaukelt.

Mira Bryce zeigte an ihm vorbei zu dem Lagerschuppen, neben dem der Tamora stand. »Ihr Spielzeug da sieht aber auch interessant aus.«

»Es ist noch interessanter, wenn man drinsitzt. Echte Handarbeit. Ein TVR Tamora, bei dem nicht alles automatisch geregelt wird. Wer damit fährt, braucht Muskeln und Verstand.«

»Ein echtes Schätzchen, ich verstehe. Wohl sehr selten.«

»Einer von 578«, sagte Doyle nicht ohne Stolz.

»Darüber würde ich gern mehr hören, wenn ich mal mehr Zeit hätte. Oder gar mitfahren?«

»Sehr gern, Mrs Bryce. Dann schieße ich mal schnell meine Fragen an Sie ab.«

Mira Bryce warf einen zweifelnden Blick auf die klobige Taucheruhr an ihrem linken Handgelenk. »Es wird wirklich eng mit meiner Zeit. Wollen wir uns nicht lieber ein andermal verabreden?«

»Auch meine Zeit ist bemessen und ...«

»Warum kommen Sie nicht einfach mit?«

»Was meinen Sie?«, fragte Doyle, obwohl er ahnte, wovon sie sprach.

Sie deutete auf den alten, aber augenscheinlich hervorragend in Schuss gehaltenen Kutter und sagte augenzwinkernd: »Ich lade Sie ein an Bord meiner Luxusyacht, die ihren Namen *Island Queen* mehr als verdient. Sie bekommen einen Einblick in meine Arbeit, und Zeit, all Ihre drängenden Fragen zu beantworten, bleibt sicher auch. Die nicht so drängenden können wir uns ja für ein gemütliches Dinner aufheben.«

Jetzt dämmerte es Doyle, weshalb man die Frau in ihrer Schulzeit die Flinke Mira genannt hatte. Der Bootsausflug würde ein paar Stunden dauern. Andererseits konnte es sich lohnen, und er dachte dabei nicht an private Dinge. Fast nicht.

»Leichtmatrose Doyle bittet um die Erlaubnis, an Bord kommen zu dürfen«, sagte er lächelnd.

»Erlaubnis erteilt.«

Kaum hatte er das Deck des Kutters betreten, stand vor ihm der ältere Mann und musterte ihn unter der grauen Wollmütze aus skeptischen Augen.

Der Alte wandte sich an Mira Bryce, die hinter Doyle an Bord gekommen war. »Der steht uns doch bei der Arbeit nur im Weg.«

»Sei doch nicht so bärbeißig, Callum«, erwiderte die Journalistin und sah wieder in Richtung Lagerhaus. »Wer mit so einem Auto fährt, weiß auch, wie er sich auf unserem Kutter zu verhalten hat.« Sie schenkte Doyle ein entschuldigendes Lächeln. »Callum ist am Anfang immer etwas barsch. Callum Torode ist der Skipper an Bord. Früher hat der Kutter ihm gehört, und er ist mit ihm zum Fischen rausgefahren.«

»Jetzt gehört er Ihnen, nehme ich an.«

»Richtig kombiniert, Chief Inspector.«

Während Mira Bryce und ihr Skipper mit geübten Handgriffen die *Island Queen* zum Auslaufen bereit machten, überlegte Doyle, woher ihm der Name Torode vertraut war. Es war zwar kein ungewöhnlicher Name für die Kanalinseln, aber er hatte ihn kürzlich erst gehört oder gelesen, und es hatte etwas mit dem Meer zu tun gehabt. Es wollte ihm einfach nicht einfallen, und auch die frische Brise, die ihm um die Nase wehte, als der Kutter seinen Liegeplatz verließ und – langsam erst, dann mit immer höherer Geschwindigkeit – aufs offene Meer hinausfuhr, brachte seine Gehirnzellen nicht auf Trab.

KAPITEL 13

»Wollen Sie mich erpressen, Sergeant? Das würde Ihnen nicht gut bekommen. Ich habe nämlich einflussreiche Freunde.«

Jede auch noch so oberflächliche Freundlichkeit war von Dr. Randall Drillot abgefallen, sein eben noch überlegen dreinschauendes Gesicht war eine Fratze der Wut. Es fehlte nur noch der Schaum vor dem Mund.

Baker lächelte ihn süßlich an. »Von Erpressung kann keine Rede sein, Sir. Dieser Straftatbestand verlangt zu seiner Verwirklichung eine Bereicherungsabsicht des Täters. Auf Ihr Geld bin ich aber nicht aus, Mr Drillot.« Dass man vielleicht von Nötigung hätte sprechen können, behielt er lieber für sich; schließlich war er nicht Drillots Rechtsanwalt. »Ich möchte lediglich eine Auskunft von Ihnen, und Ihre Weigerung könnte der Aufklärung eines Mordfalls entgegenstehen. Wenn ich unter diesen Umständen die Hilfe Ihrer Frau Gemahlin in Anspruch nehmen möchte, ist das ganz normal. Vielleicht ist es aber besser, ich nehme sie mit ins Hauptquartier und unterhalte mich in aller Ruhe mit Ihrer Frau. Dann haben Sie Zeit und Gelegenheit, Ihre Beschwerde über mich zu formulieren.«

Mit diesen Worten erhob sich Baker und ging an der mit halb offenem Mund dastehenden Assistentin vorbei in Richtung Tür.

»Warten Sie!«, rief Drillot. »Was wollen Sie denn wissen?

207

Vielleicht ist es ja etwas, das ich mit meiner ärztlichen Schweigepflicht vereinbaren kann.«

Baker blieb stehen und drehte sich betont langsam zu ihm um.

»Ich hoffe, dass Sie es mit Ihrer Schweigepflicht vereinbaren können, Dr. Drillot. Das würde uns allen einigen Ärger ersparen. Da Sie meine Frage vergessen zu haben scheinen, wiederhole ich sie gern: Ist Margaret Laforet an den Rollstuhl gefesselt, oder kann sie aufstehen?«

»Das kann ich Ihnen wirklich nicht sagen.«

»Und dann machen Sie so einen Zirkus darum?«, fragte Baker verärgert. »Ich dachte, Sie seien ihr behandelnder Arzt.«

»Das bin ich auch. Ich wollte mit meiner Antwort ausdrücken, dass es mehr von meiner Patientin abhängt als von der medizinischen Behandlung.«

»Je mehr Sie sagen, desto weniger kapiere ich.«

»Die Verletzungen an den Beinen, die Mrs Laforet sich damals bei dem Unfall zugezogen hat, haben sich als weniger schwer erwiesen als anfangs gedacht. Aus medizinischer Sicht müsste sie rein physisch in der Lage sein zu gehen. Aber sie kann es nicht.« Nach kurzer Pause fügte Drillot hinzu: »Zumindest behauptet sie das.«

»Was heißt ›rein physisch‹ in diesem Zusammenhang? Mrs Laforet könnte gehen, wenn sie es wollte?«

Der Arzt nickte. »Ja, das haben Sie gut erfasst.«

»Also spielt sie uns allen nur etwas vor?«

»Möglich, aber das Problem könnte tiefer liegen. Vielleicht verbietet etwas in ihrer Psyche ihr, an das Laufen auch nur ernsthaft zu denken. Ein Schuldgefühl vielleicht, weil sie überlebt hat und Robert Somers nicht. Es heißt ja, die beiden wollten miteinander durchbrennen. Aber, bitte, das sind nur Gerüchte.«

»Das alles ist sehr interessant. Wäre dann nicht die richtige Behandlung eine Psychotherapie?«

Drillot seufzte entmutigt. »Was glauben Sie, wie oft ich das Mrs Laforet schon vorgeschlagen habe? Sie guckt mich dann jedes Mal vorwurfsvoll, fast böse, an und sagt, sie sei doch nicht verrückt.«

»Und?«, fragte Baker interessiert. »Ist sie das, verrückt?«

Sein Gegenüber verzog das Gesicht wie bei einem plötzlichen Schmerz, der ihn durchzuckte. »Diesen Begriff verwenden wir in der Medizin schon seit langer Zeit nicht mehr, Sergeant. Niemand ist in dem Sinne verrückt, wie man es früher angenommen hat. Menschen entwickeln von der Norm abweichende Verhaltensmuster, manche mehr, andere weniger. Nicht jedes abweichende Verhalten ist so eklatant, dass ein Psychologe es als krankhaft bezeichnen würde.«

»Würden Sie sagen, Mrs Laforet hat von der Norm abweichende Verhaltensmuster entwickelt, die man als krankhaft bezeichnen könnte?«

»Ich habe keine Ahnung, wirklich nicht. Um das festzustellen, müsste man sie psychiatrisch untersuchen, und das verweigert sie standhaft.«

»Kann man Menschen, die sich selbst gefährden, nicht zu einer solchen Untersuchung zwingen?«

»Das kann man. Aber wieso sollte jemand, der – bewusst oder unterbewusst – beschlossen hat, sein Leben im Rollstuhl zu verbringen, sich selbst gefährden?«

»Das ist ein Punkt für Sie, Doktor.« Baker kratzte sich am Hinterkopf und überlegte, aber sein spärliches medizinisches Wissen reichte nicht aus, um Drillot weitere Informationen zu entlocken. »Um es zusammenzufassen: Rein theoretisch wäre es möglich, dass Margaret Laforet, wenn sie sich unbeobachtet glaubt, aus ihrem Rollstuhl aufsteht und auf ihren Beinen herumspaziert wie Sie und ich?«

»Ja, schon. Aber sie müsste das öfter tun, damit ihre Beinmuskulatur einen längeren Spaziergang aushält. Zum Beispiel einen Spaziergang an den Strand, um einen Mord zu begehen. Darauf wollen Sie doch hinaus, oder, Sergeant?«

Baker zuckte ausweichend mit den Schultern. »Ich bedanke mich für Ihre Auskünfte, Dr. Drillot. Auf Wiedersehen.«

Der Arzt warf Baker einen strengen, kühlen Blick zu. »Jeanette wird Sie zum Ausgang bringen. Ich fand unser Gespräch sehr interessant, aber ich hoffe, dass wir uns niemals wiedersehen.«

* * *

Julia Duval zog ihre schmalen, sorgfältig getrimmten Brauen in die Höhe, um Pat mit einem Blick zu bedenken, der wohl so etwas wie höchste Verwunderung ausdrücken sollte. »Wie können Sie so etwas sagen? Ich eine Schauspielerin? Ich widme Ihnen meine Zeit, beantworte alle Fragen, und dann so etwas!«

»Zugegeben, das war jetzt etwas übertrieben mit der Schauspielerei«, sagte Pat kühl. »Ich will Ihnen gern glauben, dass Sie in Geschäftsbeziehungen zu Guernsey Gold & Silver stehen. Was ich nicht glaube, ist Ihre Behauptung, Ihre Telefonate mit Peter Laforet hätten einen rein geschäftlichen Hintergrund. Viele Telefonate mit ihm haben Sie doch zu recht später Stunde geführt, zu einer Zeit, wo man sich wohl eher über private Dinge unterhält.«

»Peter ist ein sehr beschäftigter Mann. Abends hatte er mehr Zeit, sich um meine Anliegen zu kümmern.«

»Das glaube ich gern. Ich bezweifle nur, das diese Anliegen geschäftlicher Natur waren.«

»Bezweifeln Sie es eben. Ich bleibe bei meiner Aussage,
dass diese Telefonate rein geschäftlich waren. Auch die am
Abend.«

»Auch die Telefonate gegen oder nach Mitternacht, die oft
eine Stunde und länger gedauert haben?«

Für ein paar Sekunden trafen ihre Blicke aufeinander, dann
begann Julia Duval wie aus heiterem Himmel laut zu lachen.

»*Touché*, meine Liebe, ich gebe mich geschlagen. Sie sind
wirklich gut in Ihrem Job, Inspector Holburn. Jemanden wie
Sie könnte ich in meinem Team gebrauchen. Ich denke, ich
zahle besser als die Guernsey Police.«

»Ich wüsste nicht, was ich für Sie tun könnte. Sie haben
doch schon einen Sicherheitschef, der Sie, wie mir scheint,
ganz und gar zufriedenstellt.«

Julia Duval gab sich noch immer erheitert. »Wie Sie das
jetzt sagen, hört sich das irgendwie verwerflich an. Jetzt unterstellen Sie mir nicht auch noch, ich hätte es auf Peter Laforet und den guten Sam gleichzeitig abgesehen.«

Pat hatte ein Pokerface aufgesetzt. »Sagen Sie es mir.«

Die erheiterte Millionärin strich eine imaginäre Haar-
strähne aus ihrer Stirn. »Ja, Peter und ich liebäugeln miteinander.«

»Liebäugeln? Das ist ein schönes Wort, aber ich kenne es
eher aus viktorianischen Liebesromanen. Es hat so etwas Keu-
sches an sich.«

»Sie sind köstlich, wie Sie die Dinge auf den Punkt bringen. Aber es stimmt, wir haben keine körperliche Beziehung,
obwohl wir beide nicht abgeneigt sind. Fragen Sie Peter.«

»Ich verspreche Ihnen, das werde ich tun. Aber wieso diese

Zurückhaltung? Sie werden mir doch nicht erzählen, Sie beide wollen sich für die Ehe aufsparen?«

»Mit Ihren Bemerkungen sollten Sie wirklich im Varieté auftreten, Inspector. Weder bei mir noch bei Peter dürfte es etwas zum Aufsparen geben. Ich wollte mich einfach nicht mit ihm einlassen, solange er etwas mit dem Somers-Flittchen hat. Aber das hat ja nun das Schicksal geregelt.«

»Wer immer da etwas geregelt hat, das Schicksal war es ganz sicher nicht, Mrs Duval. Es sei denn, das Schicksal hat zwei Hände, die einen Menschen strangulieren können. Zwei Hände, denen wir hoffentlich bald Handschellen anlegen werden.«

Pat hatte mit harter Stimme gesprochen und das vertrauliche »Julia« aufgegeben. Wie die reiche Witwe von der Ermordeten sprach, gefiel ihr nicht. Und es gab auch keinen Grund mehr, auf ihre Spielchen einzugehen.

Julia Duval setzte eine gleichgültige Miene auf. »Mir kann es doch egal sein, wer da am Werk gewesen ist. Hauptsache, sie ist mir nicht mehr im Weg.«

»Wussten Sie, dass Lizzie erzählt hat, sie würde sich bald scheiden lassen, um mit Peter zusammen zu sein?«

»Ja, sie hat es mir selbst gesagt.«

»Die beiden Anrufe von ihr in den letzten Tagen?«

»Ja!« Die Millionärin lachte wieder. Ein schallendes, kaltes Lachen. »Die dumme Kuh hat tatsächlich gedacht, sie könne mir damit den Wind aus den Segeln nehmen. Dabei hatte Peter mir längst gesagt, dass er mit ihr Schluss machen wollte.«

»Was halten Sie wirklich von Lizzies Strandkunst?«

»Gar nichts. Kitsch, Kinderkram, billiges Zeug. Die Somers hat von Kunst ungefähr so viel verstanden wie ein Goldfisch vom Stabhochsprung.«

»Dann hatten Sie auch nicht vor, etwas von ihr anzukaufen?«

»Nein, das habe ich mir aus den Fingern gesogen. Aber seien Sie mal ehrlich, Inspector, ist der Bastelkram für Sie Kunst?«

»Ja«, antwortete Pat in einem Ton, der keinen Zweifel an ihrer Überzeugung ließ. »Es ist etwas Neues, Einzigartiges, und ich finde es tragisch, dass Lizzie damit nicht weitermachen kann. Da ich unbedingt herausfinden möchte, wer dafür verantwortlich ist, erlauben Sie mir die Frage nach Ihrem Alibi.«

»Für gestern Morgen, richtig?«

»Richtig.«

»Da muss ich nicht überlegen. Ich war die ganze Zeit über hier, und ich habe auch einen Zeugen dafür.«

»Lassen Sie mich raten: Er heißt Sam.«

»Bingo!«, rief Julia Duval und klatschte dabei in die Hände.

* * *

Eine Schar aufgeregt kreischender Möwen begleitete die *Island Queen* auf ihrem Weg aus dem Hafen von St. Sampson hinaus aufs Meer und kreiste immer direkt über dem Boot. Wahrscheinlich hielten die Möwen das Boot für einen normalen Fischkutter und wollten sich einen Teil der erwarteten Beute sichern. Doyle, der sich hier an Bord mit seinem Sommeranzug ein wenig overdressed fühlte, blickte kurz zu ihnen hinauf, als er sein Handy zückte. Er informierte Mildred darüber, wo er sich aufhielt. Eine Sicherheitsmaßnahme für den Fall, dass er auf dem Wasser kein Netz haben sollte. Zwar war die *Island Queen* mit dem üblichen Funkgerät ausgestattet, durch das er sich jederzeit im Hauptquartier hätte melden können, aber es konnte ja sein, dass jemand ihn per Handy erreichen wollte.

Er fragte Mildred nach Neuigkeiten, aber sie verneinte. »Inspector Holburn und Sergeant Baker sind noch unterwegs.«

Irgendwie hatte er erwartet, dass die *Island Queen* Guernsey im Norden umrunden würde, um dann Kurs auf die Rocquaine Bay zu nehmen. Vielleicht, weil er den Kutter gestern dort gesehen hatte. Aber der alte Skipper im Ruderhaus ließ das Boot einen Bogen nach Steuerbord beschreiben und steuerte es dann nach Süden, in Richtung St. Peter Port.

Mira Bryce trat neben Doyle und blickte auf die vor ihnen liegende See. Sie hatte eine Sonnenbrille aufgesetzt und beschattete die Augen zusätzlich mit ihrer Rechten.

»Schon wieder einer dieser Riesenpötte, der da gerade vor Anker geht«, sagte sie beim Anblick des großen Kreuzfahrtschiffes, das Doyles Aufmerksamkeit schon vorhin auf sich gezogen hatte. »Es ist ein Skandal!«

»Was?«, fragte Doyle, der jetzt ebenfalls durch seine Sonnenbrille aufs Meer sah.

»Diese Riesenschiffe.« Mira Bryce machte aus ihrer Abneigung keinen Hehl. »Ganz abgesehen von der Wahnsinnsmenge an schädlichen Umweltemissionen, die diese Dinger ausstoßen, schädigen sie auch durch die von ihnen verursachten Wellen die Unterwasserflora und -fauna in flacheren Gebieten wie den Küstenstrichen unserer Inseln. Aber das will keiner hören, die Reedereien nicht und auch nicht unsere Regierung, die Angst hat, das schöne Geschäft mit den Touristen könne Schaden nehmen. Ich will eine Reportage auf mehreren Ebenen darüber machen, einen Film fürs Fernsehen, aber auch eine Artikelserie für die Presse.«

»Aus diesen Artikeln können Sie dann ein Buch zusammenstellen«, meinte Doyle.

Sie klopfte ihm auf die Schulter. »Gut, der Mann! Sie begreifen schnell.«

»Ich habe nur eins und eins zusammengezählt, Mrs Bryce.«

»Wer so clever ist, darf Mira zu mir sagen.«

»Haben Sie keine Sorge, man könnte Ihnen Geldmacherei vorwerfen und damit Ihre hehren Motive in Frage stellen, Mira?«

»Das hat man schon oft getan. Aber ich muss Geld einnehmen, um meine Arbeit zu finanzieren. Der alte Kutter hier will in Schuss gehalten werden, und Callum wird ungern auf seinen monatlichen Lohn verzichten, Cyrus. Darf ich Cyrus sagen?«

»Nein, bitte nicht.« Sie machte ein verdutztes Gesicht, und er erklärte: »So nennt mich nur der Chief Officer, alle anderen sagen Cy.«

»Dann Cy? Oder würde Sie das stören, sollten Sie sich eines Tages mal veranlasst sehen, mich zu verhaften?«

»Das will ich nicht hoffen, Mira«, sagte er doppeldeutig. »Außerdem verhaften wir niemanden, wir nehmen nur fest.«

»Aber das Ergebnis bleibt wohl gleich.«

»Probieren Sie es erst gar nicht aus. Sprechen wir lieber über Sie. Gestern waren Sie nicht hier an der Ostküste unterwegs, richtig?«

»Stimmt. Gestern war der Riesenpott ja auch noch nicht hier.«

»Darf ich Sie fragen, zu welchem Zweck Sie gestern in der Rocquaine Bay waren?«

»Spionieren Sie mir nach, Cy?«

Er schüttelte den Kopf. »Ihr Boot ist mit seinem besonderen Anstrich sehr auffällig. Ich habe es gestern Mittag vom Imperial aus gesehen. Der Anstrich soll wohl so eine Art Marke mit Wiedererkennungswert sein?«

»Ich sage doch, Sie sind clever. Aber warum …« Sie unterbrach sich und schlug mit der flachen Hand gegen ihre Stirn. »Natürlich, ich dumme Nuss. Sie fragen mich das, weil Lizzie Somers gestern in der Rocquaine Bay ermordet wurde.«

»Vielleicht haben Sie oder Mr Torode dort etwas bemerkt, das uns weiterhelfen könnte.«

Sie überlegte kurz und sah dabei in den blauen Himmel, als stände dort etwas geschrieben.

»Nicht, dass ich wüsste. Auch Callum hat nichts in der Art erwähnt. Wir waren ja auch erst mittags dort. Lizzie wurde schon am frühen Morgen ermordet, habe ich gehört.«

Doyle bestätigte das.

»Haben Sie schon eine heiße Spur, falls Sie darüber reden dürfen?«

»Wir haben mehrere Spuren, aber keine ist heiß, leider. Möglicherweise können Sie mir aber doch weiterhelfen, Mira.«

»Womit?«

»Mit ein oder zwei Auskünften. Zum Beispiel über ihr Verhältnis zu David Somers. Wie würden Sie das beschreiben?«

»Als freundschaftlich-kollegial. Warum?«

»Weil Sie und David oft miteinander telefoniert haben.«

»Wir stehen in ständigem Austausch. Er hilft mir bei meiner Arbeit und ich ihm bei seiner. David gibt mir Tipps, wo ich nach versunkenen Schiffen suchen kann. Wenn sie zum Erfolg führen, hole ich ihm ein paar schöne Stücke fürs Museum mit rauf. Ich arbeite an einer Artikelserie über bekannte Schiffe, die vor unseren Inseln gesunken sind. Deshalb waren Callum und ich auch gestern in und vor der Rocquaine Bay unterwegs.«

»Suchen Sie auch nach dem Wrack der *Black Hawk*?«

»Die *Black Hawk*?« Mira Bryce wirkte im ersten Augenblick erstaunt, lachte dann aber. »Das wäre wirklich eine Sensation, ihr Wrack zu finden. Am besten noch mit dem Schatz an Bord. Aber wie kommen Sie ausgerechnet auf dieses Freibeuterschiff, das schon so viele vergeblich gesucht haben?«

»Ich habe mich schon immer für die maritime Vergangenheit interessiert. Als ich gestern im Shipwreck Museum war, fiel mir das Fehlen des großen *Black-Hawk*-Schaubilds auf.«

Mira schnippte mit den Fingern. »Stimmt. Bei unserem letzten Telefonat sagte David etwas von ein paar nötigen Umbauten für die James-Saumarez-Sonderausstellung.«

»Und um was ging es in Ihrem letzten Telefonat mit Lizzie?«, fragte Doyle wie beiläufig.

»Mein letztes Telefonat mit Lizzie?«

Wie es aussah, konnte sie sich nicht daran erinnern.

»Ist noch nicht so lange her. Lizzie hat Sie gestern am späten Nachmittag angerufen, genauer gesagt, um zwanzig nach fünf.«

»Stimmt! Entschuldigung, Cy, das hatte ich verdrängt. Wahrscheinlich, weil es ein sehr kurzes Gespräch war.«

»Was wollte Lizzie?«

»Sie sagte etwas von einer spontanen Idee zu einer Zusammenarbeit zwischen uns. Ich habe ihr geantwortet, ich könne mir nichts darunter vorstellen und dass sie zurzeit doch noch die Ausstellung bei Guernsey Gold & Silver laufen habe. Sie hat nur gelacht und gemeint, man müsse ja auch an die Zukunft denken und ob ich generell zu so etwas bereit wäre. Ich habe gesagt, das hinge von ihrer Idee ab. Lizzie meinte, das wolle sie mir lieber mal bei einem Treffen erläutern.« Mira seufzte schwer. »Dazu wird es jetzt nicht mehr kommen.«

»Mehr war nicht?«

»Nein. Wie ich schon sagte, wir haben nur kurz miteinander gesprochen.«

»Ich weiß. Zwei Minuten und dreiundfünfzig Sekunden. Wie war Lizzies Stimmung? Hat sie sich irgendwie bedrückt oder besorgt angehört? Oder vielleicht aufgebracht?«

»Nichts von alledem. Sie schien sich über ihren Einfall zu freuen und war ganz heiter gestimmt. Ich habe nichts davon geahnt, dass sie keine vierundzwanzig Stunden mehr zu leben hat. Lizzie wohl auch nicht.«

Der umfunktionierte Fischkutter hatte den Hafen von St. Peter Port fast erreicht, und der Skipper drosselte den Dieselmotor. An Backbord sah man deutlich die kleine, malerische Insel Herm mit ihrem vielen Grün. Ein beliebter Ort für einen Tagesausflug von St. Peter Port aus, konnte man dort doch eine Idylle ohne modernen Straßenverkehr genießen.

»Ich muss dann mal an die Arbeit«, sagte Mira in einem Ton, als tue es ihr leid, die Unterhaltung mit Doyle zu beenden. »Aber ich habe auch noch eine Frage: Kennen Sie eine Pat oder Patricia Holburn? Sie hieß früher mal Le Mesurier. Ich habe gehört, sie sei bei der Polizei. Wir sind alte Schulfreundinnen, wissen Sie.«

Nur mit Mühe konnte sich Doyle ein Grinsen verkneifen.

»Das hat Pat auch gesagt, als gestern Ihr Name fiel. Inspector Holburn ist meine Stellvertreterin. Sie hat noch eine lebhafte Erinnerung an Ihre gemeinsame Schulzeit.«

»Wie schön. Grüßen Sie Pat bitte ganz lieb von mir.«

»Das werde ich bestimmt nicht vergessen.«

Mira verschwand unter Deck und kehrte kurz darauf mit einer Spiegelreflexkamera zurück, während die *Island Queen* immer langsamer wurde und in einem eher gemütlichen Tempo auf den vor Guernseys Küste liegenden Giganten zuhielt. Das leichte Schwanken des Kutters machte der Journalistin nichts aus. Breitbeinig stand sie an der Reling und schoss ein Foto nach dem anderen.

Die Möwenschar verlor das Interesse an dem Kutter und begab sich wie auf ein geheimes Kommando zu dem Kreuzfahrtschiff hinüber. Die Seevögel flogen so dicht beieinander, dass es auf Doyle wirkte wie eine weiße Wolke, die aus reiner Willkür und ohne Rücksicht auf die herrschenden Windverhältnisse eine Positionsänderung vorgenommen hatte.

Mira wandte den Kopf zum Ruderhaus um und rief: »Einmal um den Pott rum, Callum, aber langsam. Ich will ihn auch noch filmen.« Zu Doyle gewandt, erklärte sie: »Ein hervorragendes Motiv für meine Doku.«

Callum Torode, über dessen Namen Doyle angestrengt nachdachte, änderte den Kurs, und der Kutter tuckerte langsam an der Steuerbordseite des nebenan aufragenden Riesen entlang. Als Doyle an der weiß gestrichenen, mit dem bunten Logo der Reederei verzierten Wand des Kreuzfahrtschiffes emporblickte, fühlte er sich auf dem ehemaligen Fischkutter wie in einer Nussschale.

Die *Island Queen* hatte den Riesen zur Hälfte umrundet und Mira die Spiegelreflexkamera mit einer handlichen Filmkamera samt Steadycam vertauscht, da lösten sich aus dem Schatten des Kreuzfahrtschiffes zwei Tenderboote. Doyle hatte erwartet, die Beiboote würden Passagiere zu einem Landausflug nach St. Peter Port bringen. Aber die beiden Tenderboote, die schnell Fahrt aufnahmen, hielten auf den Kutter zu. Auf halber Strecke bewegte sich das eine Tenderboot etwas nach Steuerbord, das andere etwas nach Backbord, so dass sie die *Island Queen* in die Mitte nahmen. Oder, kam es Doyle in den Sinn, in die Zange.

Auch wenn es nur Beiboote waren, jedes der Tenderboote war ein gutes Stück größer als der alte Kutter. Als sie sich zu beiden Seiten der *Island Queen* befanden, passten sie ihre Geschwindigkeit der des Kutters an.

»Die wollen uns eskortieren«, sagte Mira zu Doyle. »Ein tolles Bild, das werde ich festhalten!«

Und schon setzte sie die Filmaufnahmen fort.

An Bord eines der Tenderboote kam ein breitschultriger Mann in der weißen Uniform eines Schiffsoffiziers an die Reling und setzte ein Megaphon an den Mund.

»Stellen Sie sofort die Filmaufnahmen ein und verlassen Sie dieses Seegebiet!«

Mira störte sich nicht weiter an dieser Aufforderung und filmte ungerührt weiter.

»Ich warne Sie zum letzten Mal«, röhrte der Offizier durchs Megaphon. »Wenn Sie damit nicht aufhören und nicht verschwinden, werden wir Gegenmaßnahmen ergreifen. Sie stören durch Ihr Verhalten das Wohlbefinden und die Privatsphäre unserer Passagiere.«

Mira hörte jetzt tatsächlich auf zu filmen, aber an ihrem entschlossenen Gesichtsausdruck erkannte Doyle, dass sie keineswegs gewillt war, klein beizugeben. Wieder verschwand sie unter Deck und kehrte nach kurzer Zeit zurück, ebenfalls mit einem Megaphon bewaffnet.

»Dies hier ist Hoheitsgebiet des Bailiwick of Guernsey und nicht Ihrer Reederei«, schallte es zu dem Tenderboot mit dem Offizier hinüber. »Sie haben nicht das geringste Recht, uns die Anwesenheit hier zu verbieten. Und Sie haben auch kein Recht, uns die Aufnahmen zu verbieten. Wir sind freie Journalisten.«

Etwas verwundert, aber ohne Widerspruch, nahm Doyle seinen neuen Beruf zur Kenntnis.

Mira setzte das Megaphon ab und wandte sich an ihn. »Denen geht es doch gar nicht um die Passagiere. Die wollen nur verhindern, dass ein schlechtes Licht auf die Reederei fällt.«

Der Offizier in der weißen Uniform rief erneut durch sein

Megaphon herüber. »Ich habe Sie gewarnt. Was jetzt passiert, geht auf Ihr Konto!«

Der Mann setzte das Megaphon ab und sprach in ein Handfunkgerät. Als sich auf seinem Tenderboot nichts tat, lief Doyle um die Decksaufbauten der *Island Queen* herum, um nach dem zweiten Tenderboot zu sehen.

Zu spät – in der Sekunde, als er das große Rohr erblickte, das aufs Vorderdeck montiert war, schoss auch schon ein fester Wasserstrahl heraus und traf den Kutter mit voller Wucht. Eine Feuerlöscheinrichtung, auch zur Abwehr von Piraten gut geeignet – oder zur Vertreibung unerwünschter Journalisten. Das Boot bediente sich direkt am Wasser des Atlantiks und konnte etliche tausend Liter pro Minute verspritzen.

Der Strahl hatte die *Island Queen* so heftig erwischt, dass sie ins Schwanken geriet. Automatisch griff Doyle nach den Decksaufbauten und hielt sich daran fest.

Er hörte den Schrei einer Frau. Mira! Als er sich nach ihr umsah, war sie zu Boden gefallen. Das Megaphon kullerte über das heftig schwankende Deck.

Doyle lief zu Mira und nahm aus den Augenwinkeln wahr, wie Callum Torode hektisch das Ruder herumriss und versuchte, den Kutter aus der Gefahrenzone zu bringen. Während die *Island Queen* Fahrt aufnahm und sich von dem Kreuzfahrtriesen und seinen beiden Tendern entfernte, beugte sich Doyle über die Journalistin. Eine Wunde klaffte an ihrer linken Stirn, und Blut rann an ihrem Gesicht hinunter, bis es das weiße T-Shirt rot färbte. Offenbar war sie mit dem Kopf gegen die Reling gestoßen. Sie wollte aufstehen, aber Doyle drückte sie sanft aufs Deck zurück.

»Nicht so hastig«, ermahnte er sie. »Bleiben Sie schön sitzen und holen Sie tief Luft. Ihr Skipper bringt uns in Sicherheit.«

Ein Lächeln erschien in ihrem bleichen Gesicht. »Danke, Cy.«

»Kann ich Sie einen Augenblick allein lassen?«

Mira nickte und lächelte weiterhin tapfer.

Doyle warf einen kurzen Blick zu den Tenderbooten, die Kurs auf ihr Mutterschiff nahmen, bevor er zu Torode ins Ruderhaus schlüpfte.

»Bei Ihnen alles klar, Skipper?«

»Ich habe alles im Griff. Was ist mit Mira?«

»Eine Platzwunde an der Stirn. Ich brauche Verbandsmaterial und eine Funkverbindung zum Polizeihauptquartier.«

Torode machte sich kurz am Funkgerät zu schaffen.

»Verbindung steht, Sir.«

Kaum hatte Doyle sein Anliegen durchgegeben, hatte der Skipper auch schon einen Verbandskasten hervorgeholt und drückte ihn Doyle in die Hand.

»Bleiben Sie in der Nähe des Kreuzfahrtschiffs«, sagte Doyle. »Wir bekommen gleich Unterstützung.«

Er eilte nach draußen, kniete sich neben Mira und reinigte ihre Wunde. Er konnte die Blutung nicht stillen und legte ihr einen dicken Kopfverband an. Sie musste Schmerzen haben, unterdrückte aber jedes Stöhnen.

»Ich hoffe, das hält, bis sich ein Arzt der Sache annimmt«, meinte Doyle, als er mit dem Verband fertig war.

»Fühlt sich gut an, Cy. Ich brauche keinen Arzt und bin bestimmt bald wieder auf dem Posten.«

Sie wollte sich erheben, aber Doyle drückte sie zum zweiten Mal zurück.

»Nichts da, schön sitzen bleiben. Sie warten auf einen Arzt und halten sich gefälligst bis dahin zurück. Alles klar?«

»Aye, Sir«, grinste sie tapfer und salutierte vor ihm.

Doyle brachte den Verbandskasten zurück ins Ruderhaus

und sagte: »Ich habe die Wunde verbunden und Mira dazu verdonnert, auf einen Arzt zu warten. Es hätte schlimmer ausgehen können. Sie haben gut reagiert, Skipper.«

»Ja, Sir.«

Es klang erleichtert, und jetzt erst bemerkte Doyle den Schweißfilm, der Torodes Gesicht bedeckte. Der Alte wischte sich mit dem Ärmel seines Sweaters über die Augen und zog die Wollmütze von seinem Kopf. Er hatte nur noch einen spärlichen Haarkranz, und auch der ansonsten kahle Schädel glänzte vor Schweiß. Torode zog ein großes zerknittertes Taschentuch aus der Hosentasche und wischte sich damit den Kopf ab.

Doyle hatte gedacht, der Skipper wolle mit der Mütze seine Glatze verdecken. Dann aber sah er das rechte Ohr. Es war viel größer als das linke und zu einem blumenkohlartigen Gebilde verformt. Beim Anblick dieser Deformation fiel Doyle schlagartig wieder ein, woher er den Namen Torode kannte.

KAPITEL 14

Calvin Baker verließ das protzige Haus des Arztes mit einer gewissen Hochstimmung. Man hätte fast von einem Siegesrausch sprechen können. Hatte sich Napoleon Bonaparte ähnlich gefühlt, als die Revolutionäre dank seiner Planung das royalistische Toulon zurückerobert hatten? Nein, wirklich, man konnte Dr. Drillots letztliche Auskunftsfreudigkeit nicht anders betrachten: Er hatte vor Baker kapituliert.

Der Fußmarsch und die frische Luft hatten ihm offenbar gutgetan, und er beschloss, auch den längeren Weg zum Sir Charles Frossard House auf Schusters Rappen zurückzulegen. Sir Charles Frossard war von 1982 bis 1992 der Bailiff of Guernsey gewesen, der erste Bürger des Staates, der oberste Richter, der Präsident des Inselparlaments und der Stellvertreter des Vizegouverneurs der Krone. Er hatte so großen Eindruck hinterlassen, dass man den Regierungssitz in der Charroterie nach ihm benannt hatte. Baker war schon gespannt, was er dort in Erfahrung bringen würde.

Während er bei Dr. Drillot und seiner mehr aufreizenden als reizenden Assistentin gewesen war, hatte sich die Luft ein gutes Stück erwärmt. Er lockerte seinen Kragen, zumal es in dem hügeligen St. Peter Port auf und ab ging. Vielleicht war das mit dem längeren Fußmarsch doch keine so gute Idee gewesen, dachte Baker, als auch noch sein Magen zu knurren begann. Er richtete es so ein, dass sein Weg über die High Street mit ihren vielen Geschäften führte, und betrat fast automatisch das große Süßwarengeschäft am unteren Ende, das ihm sehr vertraut war.

Mit einer Box voller leckerer Pralinen verließ er kurz darauf den Laden und fühlte sich für den restlichen Weg gewappnet. Die Pralinen waren nicht gerade billig gewesen, aber dafür waren sie von hoher Qualität.

Genussvoll kauend gelangte er zur Charroterie, wo es wieder bergauf ging. Zu seiner Rechten tauchte endlich die hellbraune Fassade des Regierungsgebäudes auf, vor dem die stolze Flagge Guernseys wehte. Als sein Blick auf den großen Parkplatz fiel, bei dem sich die Charroterie und die Prince Albert Road trafen, fragte er sich, ob eine Autofahrt nicht die bessere Lösung gewesen wäre.

Er schlenderte ein Stück weiter bis zu dem Parkplatz und blickte sich nach allen Seiten um. Niemand schien ihn zu beobachten. Er tat so, als wolle er sich die Schuhe zubinden, und stellte die fast leere Pralinenschachtel einfach auf dem Boden ab. Dann zückte er ein Taschentuch, betrachtete seine

Mundpartie im Außenspiegel eines geparkten Ford Focus und entfernte auch den letzten Schokoladenkrümel.

Zufrieden stand er kurz darauf im Büro eines gewissen Swinton Hocart, Leiter der Einwohnerbehörde. Ein grauhaariger Mann im grauen Anzug vor grauen Wänden. Fast fühlte sich Baker wie in einer abgedrehten *Doctor-Who*-Folge, in der Aliens die Farbe aus der Welt entfernt hatten. Sogar die beiden gerahmten Fotos an der Wand hinter Hocarts Schreibtisch – eines von Sir Charles Frossard und eines von Elizabeth II., die als Herzogin der Normandie sowohl Staatsoberhaupt als auch Regierungschefin von Guernsey war –, eigentlich Farbaufnahmen, wirkten grau.

Als Baker in einem der beiden Besucherstühle Platz genommen hatte, legte Swinton Hocart seine Rechte auf den Pappdeckel einer Akte, ohne sie zu öffnen. Irgendwie hatte Baker dabei kein gutes Gefühl. Es wirkte, als wolle der Amtsleiter den Inhalt vor ihm verbergen.

»Nun, Sie hatten sich bei unserem Telefonat heute Morgen nach einem Einwohner mit Residenzerlaubnis erkundigt, Sergeant.«

Hocart sprach schleppend, als überlegte er sich jedes Wort ganz genau. Oder als sei ihm das Thema unangenehm. Jeder Optimismus, hier leichtes Spiel zu haben, verließ Baker.

»Ganz recht, Sir. Sein Name ist Reginald Carney. Ich kann Ihnen keine genaue Anschrift geben. Er scheint in einer seltsamen Waldhütte in Torteval zu hausen.«

»Reginald Carney, ja. So steht es hier auf der Akte.«

»Mich interessiert sehr, was *in* der Akte steht.«

»Warum?«

»Weil Mr Carney ein wichtiger Zeuge in unserer aktuellen Morduntersuchung ist. Es kommt sogar als Täter in Betracht.«

Swinton Hocarts Gesicht blieb völlig unbewegt, und bei

seinem Anblick dachte Baker unwillkürlich an eine Mauer aus grauem Guernseygranit.

»Ich sehe da keinen Zusammenhang mit Mr Carneys Residenzerlaubnis.«

»Reginald Carney ist in vielen Dingen ein Rätsel für uns. Alles, was wir über ihn erfahren, könnte uns weiterhelfen. Er scheint ja ursprünglich aus England zu kommen und ist vor acht Jahren nach Guernsey gezogen. Uns interessiert, weshalb er die Erlaubnis bekommen hat, hier zu leben.«

»Ach so, das kann ich Ihnen sagen, Sergeant. Das steht in der Akte.«

Baker beugte sich gespannt vor. »Ja, bitte?«

»Die Residenzerlaubnis, so steht es hier, ist eine Belohnung für die besonderen Verdienste, die sich Mr Carney um das Bailiwick erworben hat.«

»So weit waren wir auch schon. Aber worin liegen diese besonderen Verdienste?«

»Das kann ich Ihnen auch nicht sagen, davon steht hier nichts.«

»Wird so etwas nicht vermerkt?«, fragte Baker ungläubig.

»Manchmal ja, manchmal nein. Das ist nicht zwingend.«

»Irgendwer aus diesem Haus muss den Vorgang damals doch bearbeitet haben. Können wir diese Person nicht ganz einfach fragen?«

»Natürlich, aber das hilft uns nicht weiter.«

»Warum nicht?«

»In der Akte steht, dass ich sie bearbeitet habe. Damals war ich noch Sachbearbeiter.«

»Bestens.«

»Ich habe leider nicht die geringste Erinnerung an den Vorgang oder an Mr Carney. Mir war heute, als sähe ich die Akte zum ersten Mal.«

»Geht Ihnen das mit allen Vorgängen so, die Sie vor einigen Jahren bearbeitet haben?«

»Normalerweise nicht, aber diese Angelegenheit ist mir
vollständig entfallen. Es tut mir sehr leid für Sie, Sergeant.«

Baker kratzte sich am Hinterkopf, während die verschie-
densten Theorien zur Erklärung dieser Merkwürdigkeit durch
seinen Kopf rasten.

»Sir, kann es sich bei dieser Akte um eine Fälschung handeln? Hat man sie Ihnen untergeschoben?«

»Wer sollte so etwas tun und aus welchem Grund? Außerdem stimmen alle Stempel, und die Residenzbewilligung
trägt meine Unterschrift, ganz klar erkennbar.« Hocart lehnte
sich in seinem Drehstuhl zurück und seufzte. »Es ist eine Ver-
kettung unglücklicher Umstände. Anders kann es nicht sein.
Ärgerlich, dass ich mich ausgerechnet an einen Vorgang, der
für die Polizei von Interesse ist, nicht erinnere.«

»Wirklich ärgerlich«, sagte Baker hart.

Er war nicht überzeugt, dass ihm sein Gegenüber die Wahrheit sagte. Aber er konnte ihm nicht einfach die Akte entrei-
ßen und selber nachsehen.

»Können Sie mir den Beruf des Mannes bestätigen, Sir?
Er soll Landschaftsgärtner sein.«

»Das entspricht auch meinem Kenntnisstand.«

Hocart sah bei seinen Antworten nicht ein einziges Mal in
die Akte. Für jemanden, der den Vorgang angeblich komplett
vergessen hatte, kannte er die Details erstaunlich gut.

»Was ist mit dieser Hütte im Wald«, fragte Baker zäh weiter. »Darf er überhaupt darin leben? Wem gehört sie? Ich
dachte immer, das sei Naturschutzgebiet.«

»Sie sind gut informiert, Sergeant. Diese Hütte, wie Sie es
nennen, steht am Rand des Naturschutzgebiets. Das betreffende Stück Land zählt aber schon dazu.«

»Dann darf Reginald Carney dort gar nicht wohnen«, stellte Baker fest.

»In diesem Fall schon. Der National Trust of Guernsey, dem die Verwaltung des Naturschutzgebiets untersteht, hat ihm eine Sondererlaubnis erteilt. Im Gegenzug betätigt sich Mr Carney als eine Art Aufseher und Müllsammler.«

Baker lachte kurz auf, bevor er wieder ernst wurde.

Hocart wirkte irritiert. »Was erheitert Sie so, Sergeant?«

»Die Vorstellung, wie Carney mit seiner doppelläufigen Schrotflinte für Ordnung im Wald sorgt.«

»Mir sind keine Beschwerden über ihn bekannt.«

»Hat der National Trust einen Grund für die Ausnahmeregelung angegeben? Außer dieser zweifelhaften Aufgabe, für Ordnung und Sauberkeit zu sorgen?«

»Tja, ich muss mal nachsehen.«

Der Amtsleiter schlug jetzt tatsächlich die Akte auf und blätterte gemächlich darin herum. Baker hatte schon geglaubt, es befänden sich nur unbeschriebene Blätter in dem Ordner.

»Ja, hier steht es. Die Sondererlaubnis wurde Mr Reginald Carney aufgrund seiner besonderen Verdienste um das Bailiwick erteilt.« Swinton Hocart schlug die Akte wieder zu und sah zu Baker auf. »Zufrieden, Sergeant? In einer geordneten Verwaltung findet sich alles.«

Frustriert verabschiedete sich Baker von ihm und schlenderte missmutig durch die einander ähnelnden Flure in Richtung Ausgang. Der Besuch im Sir Charles Frossard House war alles andere als ein glorreicher Sieg gewesen. Selten war auf Bonapartes Triumph bei Toulon so schnell der bittere Rückzug aus Moskau gefolgt.

* * *

Pat Holburn war froh, als der Hügel von Fort George hinter ihr lag und nicht mehr war als eine Reflexion in ihrem Rückspiegel. Auch wenn sie Julia Duval letztlich dazu gebracht hatte, ihre Lügen zu gestehen, war das für Pat kein angenehmes Gespräch gewesen. Was daran lag, dass Mrs Duval in ihren Augen eine ebenso unangenehme wie kaltherzige Person war. Hatte sie zumindest über ihr Alibi die Wahrheit gesagt? Zwar hatte Sam Norris es bestätigt, aber Pat zweifelte nicht daran, dass der Sicherheitschef – und was er in »La Mer Bleue« noch alles sein mochte – für seine Chefin bedenkenlos lügen würde.

»Vielleicht sieht man sich mal privat«, hatte der ehemalige Boxer gesagt, als er Pat zum Auto begleitet hatte. »Wäre doch nett, wenn wir uns mal in Ruhe austauschen könnten. Sie haben bestimmt viele interessante Dinge zu erzählen, und ich habe auch schon so einiges erlebt. Wir würden uns bestimmt nicht langweilen.«

»Derzeit gibt es bei mir kein Privatleben, zu viel Arbeit«, hatte sie mit einem geschäftsmäßigen Lächeln geantwortet.

»Melden Sie sich einfach, wenn Sie wieder Luft haben!«

»Warum nicht«, hatte sie ausweichend erwidert und war in ihren Wagen gestiegen.

Jetzt fühlte sie sich mit jedem Meter, den sie zwischen sich und »La Mer Bleue« brachte, wohler. Julia Duval hatte ein schönes Haus auf einem Grundstück mit traumhaften Ausblick, aber Pat hätte nicht mit ihr tauschen wollen, wenn das bedeutete, so zu sein wie sie.

»Dann lieber meine bescheidene Doppelhaushälfte«, sagte sie leise zu sich selbst, während sie auf den Hafen von St. Peter Port zufuhr.

Zwischen all den kleinen Booten, die sich an diesem herrlichen Morgen im sonnenbeschienenen Atlantik tummelten, ragte ein wahrer Riese heraus, der gestern noch nicht hier vor Anker gelegen hatte. Ein Kreuzfahrtgigant der neuesten Generation, der seine Gäste für ein, zwei Tage zu den Kanalinseln gebracht hatte. Vielleicht waren sie gestern noch in St. Malo gewesen, und übermorgen würden sie wer weiß wo sein.

Wäre so eine Kreuzfahrt auch etwas für sie? Es war bestimmt nicht billig, aber sie war Single und verdiente nicht schlecht. Einmal für ein paar Tage rauskommen aus den eingefahrenen Wegen und den nicht minder eingefahrenen Gedanken, andere Menschen kennenlernen. Warum nicht, dachte sie, während ihr Blick zum wiederholten Mal das Riesenschiff streifte.

Seltsamerweise musste sie an Cy denken, aber sie verdrängte das sofort wieder. Es brachte sie nicht weiter.

Als sie auf dem Parkplatz des Hauptquartiers aus dem Golf stieg, bemerkte sie, dass der Tamora fehlte. Cy hatte an diesem Morgen zu Mira Bryce gewollt, und offenbar war die Begegnung so interessant für ihn, dass es länger dauerte. Pat betrat das Polizeigebäude und meldete sich in Mildreds Büro.

»Der Chief Inspector und Sergeant Baker sind noch nicht zurück«, unterrichtete Mildred Mulholland sie.

»Ich habe gesehen, dass der Wagen des DCI nicht vor dem Hauptquartier steht.«

»Der dürfte noch in St. Sampson stehen. Der DCI hat diese Mira Bryce auf eine Bootstour begleitet.«

»Aha«, machte Pat, als sei ihr das gleichgültig. Dann schoss sie aber doch hinterher: »Die Flinke Mira kann es also immer noch.«

»Wie bitte, Inspector?«

»Schon gut. Ich bin in meinem Büro.«

Pat war schon halb aus der Tür, da hörte sie Mildred sagen: »Nur falls es Sie interessiert: Der DCI ist unverletzt.«

Pat erstarrte in ihrer Bewegung. Zwei Wörter wirbelten in ihrem Kopf umher, »DCI« und »verletzt«. Ihr Herz klopfte bis zum Hals. Sie drehte sich zu Mildred um und fragte mit rauer Stimme: »Was ist passiert?«

* * *

»Worauf warten wir hier eigentlich?«, fragte Mira Bryce, die noch immer auf dem Deck der leicht im Wasser schaukelnden Island Queen saß und ihren Rücken gegen die Aufbauten lehnte.

Doyle hockte neben ihr und beobachtete besorgt, wie der Kopfverband immer stärker von dem aus der Stirnwunde rinnenden Blut rot gefärbt wurde. Miras Gesicht wies weiterhin eine ungesunde Blässe auf. Doyle tippte auf eine Gehirnerschütterung.

Hin und wieder blickte er suchend zum Hafen hinüber, aber der Ozeangigant, der aufgrund seines enormen Gewichts vollkommen ruhig im Wasser lag, versperrte ihm einen Teil der Sicht. Er hörte die Sirene, bevor er das mit Blaulicht herankommende Polizeiboot Isaac Brock sah. Es fuhr mit hoher Geschwindigkeit in einer Mischung aus Eleganz und Waghalsigkeit um den ankernden Riesen herum, hielt direkt auf den rot-weißen Kutter zu und verringerte das Tempo. Inspector Warren Smith, der das Boot steuerte, brachte es ohne Mühe dicht an die Island Queen heran.

»Darauf warten wir«, sagte Doyle zu Mira, bevor er aufsprang und das Tau auffing, das ihm ein Mann der Wasserpolizei zuwarf, um es an der Reling des Kutters festzuknoten.

Ein Bär von einem Mann in Polizeiuniform und eine junge Notärztin sprangen an Bord des Kutters. Die Ärztin nannte kurz ihren Namen, ohne das Doyle richtig zuhörte, und kümmerte sich um Mira.

Doyle streckte dem Uniformierten die Hand hin. »Schön, dass Sie so schnell gekommen sind, Warren.«

Ein Lächeln trat auf das kantige Gesicht des Skippers. »Immer zur Stelle, wenn DCI Doyle ruft. Was ist passiert?«

Doyle berichtete von der Wasserattacke, und die Miene des Skippers verfinsterte sich.

»Da hätte Ihnen allen sonst was passieren können«, brummte er und richtete einen feindseligen Blick auf den Ozeanriesen. »Die glauben wohl, die können sich alles erlauben. Journalisten sind keine Piraten, auch wenn sie sich manchmal so benehmen.«

»Vielen Dank für die freundlichen Worte«, kam es von Mira, die gerade nicht zu wissen schien, ob sie grinsen oder vor Schmerz das Gesicht verziehen sollte.

»Haben Sie Lust, mich zu der schwimmenden Stadt da zu begleiten?«, fragte Doyle den Skipper der *Isaac Brock*.

»Ich freu mich drauf, Cy!«

Als die Ärztin mit dem neuen Verband fertig war, erkundigte sich Doyle bei ihr nach Miras Zustand.

»Gehirnerschütterung, Platzwunde, nichts Dramatisches. Aber wir bringen sie auf jeden Fall zur Abklärung ins Princess Elizabeth.«

»Werde ich da auch gefragt?«, meldete sich Mira.

»Nein«, antworteten Doyle und die Notärztin fast wie aus einem Mund.

Doyle wandte sich noch einmal an die Ärztin. »Können Sie Mrs Bryce mit dem Kutter in den Hafen bringen? Ich würde gern noch unserem Goliath da vorn einen Besuch abstatten.«

»Kein Problem.«

»Cy?«

Er sah Mira an. »Ja?«

»Zeigen Sie es den Mistkerlen!«

Keine fünf Minuten später wendete Callum Torode die *Island Queen*, um Mira und die Ärztin zum Hafen von St. Peter Port zu bringen. Gleichzeitig fuhr Doyle auf der *Isaac Brock* zu dem Ozeanriesen, wo sie neben einem der Tenderboote festmachten. Ein junger Schiffsoffizier begrüßte Doyle und Warren Smith, und die drei Männer fuhren mit einem Lift hinauf, der sie in der Nähe der Brücke ausspuckte. Dort erwarteten sie schon der Kapitän, ein Niederländer namens Jongman, und die übrigen Offiziere. Doyles besonderes Interesse galt dem Ersten Offizier, einem breitschultrigen Schweden mit dem Namen Berg, der die beiden Tenderboote bei ihrem Angriff auf die *Island Queen* kommandiert hatte.

»Kapitän Jongman, haben Sie den Einsatz der Löschkanone befohlen?«, fragte Doyle.

»Nein. Mr Berg hatte freie Hand bei seinem Vorgehen.«

»Also billigen Sie seinen Befehl, die Löschkanone einzusetzen?«

»Nicht, wenn der Wasserstrahl so heftig war, dass er Menschen gefährdet hat.«

»Eine Verletzte ist gerade auf dem Weg zum Krankenhaus. Mira Bryce, die Eignerin des Kutters.«

»Das ist ihre eigene Schuld«, brummte der Schwede. »Wäre Sie meinem Befehl gefolgt und hätte sich sofort zurückgezogen, wäre nichts passiert.«

Doyle sah in das breite Gesicht des Ersten Offiziers und sagte hart: »Hier an Bord mögen Sie etwas zu sagen haben, aber das Gebiet, in dem Ihr Schiff ankert, gehört zum Territorium des Bailiwick of Guernsey. Da haben Sie kein bisschen Befehlsgewalt.«

»Ich bin verpflichtet, jederzeit für das Wohl unserer Passagiere einzutreten.«

»Das Wohl Ihrer Passagiere war zu keinem Zeitpunkt in Gefahr.«

»Dieses Schiff fährt unter niederländischer Flagge. Hier an Bord können Sie mir gar nichts.«

»Ach so?« Doyle drehte sich zu Warren Smith um. »Was sagt die Wasserschutzpolizei dazu, Inspector Smith?«

Er benutzte absichtlich die förmliche Anrede.

»Sie befinden sich im Irrtum, Mr Berg, und ich schätze, das wissen Sie auch«, dröhnte der Bass des Inspectors über die Brücke. »Was Sie da behaupten, ist nichts als ein fadenscheiniger Bluff. Sie würden an Bord dieses Schiffes nur dann Immunität genießen, wenn es in hoheitlicher Funktion unterwegs wäre. Das kann man von einem Kreuzfahrtschiff nun wirklich nicht behaupten. Oder haben all Ihre Passagiere die Reise vom Staat verordnet bekommen?« Smith lachte über seinen eigenen Scherz und fuhr fort: »Diese Fahrt dient rein wirtschaftlichen Zwecken, und da Sie sich in unserem Hoheitsgebiet aufhalten, gilt hier auch unser Recht.«

»Danke, Inspector«, sagte Doyle und zog seine Handschellen hervor. »Mr Berg, ich nehme Sie vorläufig fest wegen des Verdachts einer gefährlichen Körperverletzung und weiterer Gesetzesverstöße, die man Ihnen genau vorhalten wird.«

Er belehrte den Schweden über seine Rechte und fesselte seine Hände mit den Handschellen auf den Rücken.

»Wie sieht das denn aus?«, ereiferte sich der Kapitän. »Was sollen unsere Passagiere denken, wenn sie das sehen?«

»Was haben Ihre Passagiere denn bei dem Angriff auf den Kutter vorhin gedacht? War es aufregend für sie, ein tolles Schauspiel? Es wird lehrreich für sie sein, die Konsequenzen dieses Handelns zu sehen.«

»Das ist rufschädigend für unsere Reederei!«

»Was Mr Berg sich zu Schulden kommen ließ, ist rufschädigend für Ihre Reederei.«

Kapitän Jongman wollte nicht aufgeben und sagte: »Ich brauche meinen Ersten, wenn wir übermorgen die Fahrt fortsetzen.«

»Darauf würde ich an Ihrer Stelle nicht bauen«, sagte Doyle. »Fordern Sie lieber Ersatz bei der Reederei an. Per Schiff würde es eng, aber mit dem Flieger ist sicher rechtzeitig jemand zur Stelle.«

Der junge Offizier begleitete sie wieder, als Doyle und Smith den Festgenommenen mit dem Lift nach unten brachten und auf die *Isaac Brock* verfrachteten. Da erst begann der Schwede, sich zu rühren, und überschüttete die Polizisten, halb auf Schwedisch und halb auf Englisch, mit allerlei Flüchen und Schimpfworten.

Doyle zog schnell Stift und Block aus einer Tasche, um sich Notizen zu machen.

»Was schreiben Sie da, Cy?«, fragte Warren Smith, nachdem er seinen Leuten den Befehl zum Ablegen gegeben hatte.

»Alles, was ich mir von der Tirade merken kann. Ich werde der Anklage noch die Beleidigung zweier leitender Beamter der Guernsey Police hinzufügen.«

Der Skipper brach erneut in sein tiefes Lachen aus. »Oh Mann, den fluchenden Schweden hier haben Sie aber echt gefressen!«

Doyle sah ihn ernst an. »Der Kutter hätte kentern können, und wir alle drei, die wir an Bord gewesen sind, könnten jetzt tot sein. Eine Weile hinter Gittern, Zeit zum Nachdenken, wird dem Schweden sicher guttun.«

Smith feixte. »Sagen wir doch besser, hinter schwedischen Gardinen.«

Als die *Isaac Brock* am Kai anlegte, war ganz in der Nähe die *Island Queen* vertäut. Eine Ambulanz stand am Hafen, und Mira wurde gerade hineingeschoben. Die Notärztin stand daneben und sprach mit Callum Torode. Mira richtete sich auf ihrer Trage ein wenig auf und winkte Doyle zu, als hätte sie seine Nähe gespürt. Doyle winkte zurück und lächelte ihr aufmunternd zu.

»Kaum hast du die Flinke Mira getroffen, schon steckst du in Schwierigkeiten, wie?«

Doyle blickte zur Seite und entdeckte Pat, die mit ein paar Uniformierten vor mehreren am Kai geparkten Streifenwagen stand. Sie trat auf ihn zu und erkundigte sich, wie es ihm ging.

»Ich bin ein bisschen wütend, aber dafür unverletzt.«

»Das mit dem unverletzt hat Mildred mir auch gesagt.«

»Dann musstest du dir ja keine Sorgen machen«, stellte Doyle fest.

Pat formte ein Wort mit den Lippen, ohne es auszusprechen. Es hätte »Idiot« heißen können.

»Ich weiß, dass du gegen Mira Bryce eine schwere Abneigung hast, Pat. Aber in diesem Fall ist sie die Leidtragende, wie du sehen kannst.«

Bei diesen Worten sah Doyle zu der Ambulanz hinüber, deren hintere Türen bereits geschlossen waren. Die Ärztin war vermutlich bei Mira im Inneren des Ambulanzwagens. Die beiden Sanitäter in den grünen Overalls des St. John Ambulance & Rescue Service stiegen ein, schalteten zusätzlich zum bereits flackernden Blaulicht die Sirene ein, und schon suchte sich das gelbgrüne Fahrzeug seinen Weg durch das Verkehrsgewühl am Hafen.

Callum Torode, die Wollmütze längst wieder auf dem Kopf, schlenderte in seiner typischen gebeugten Haltung zu seinem Kutter.

»He, Skipper!«, rief Doyle. »Warten Sie bitte auf mich!«

Pat blickte dem Alten nach und fragte: »Willst du mit dem Kutter zurück nach St. Sampson?«

»Ja, mein Wagen steht da noch.«

»Ich fahre dich hin, das geht schneller.«

»Kümmere du dich lieber um unseren wortgewaltigen Schweden. Ich will ihn in der Arrestzelle sehen, wenn ich ins Hauptquartier komme.«

»Was hat er angestellt? Mildred hat etwas von einer See-schlacht gemurmelt.«

»Das kann man so sehen«, sagte Doyle und brachte Pat auf den aktuellen Stand.

»Gut, ich kümmere mich um den Mann«, versprach Pat und blickte zu dem Schiffsoffizier, der von den Uniformier-ten ins Heck eines Streifenwagens verfrachtet wurde. »Aber eins musst du mir verraten: Warum legst du so großen Wert darauf, mit dem Kutter zu fahren?«

»Der Kutter ist mir nicht so wichtig, Pat. Mir geht es um den Skipper.«

KAPITEL 15

Das Haus mit der Nummer 26 in der Cornet Street rühmte sich, das älteste komplett erhaltene Gebäude in den mittel-alterlichen Stadtgrenzen St. Peter Ports zu sein. Auf jeden Fall war es ein Anziehungspunkt für Touristen. Sie drängten sich in das Geschäft und den Salon, die mit ihrer auf alt getrimmten Einrichtung und den Gaslaternen das Flair der viktorianischen Zeit verströmten. Hier konnten einem, so schien es Calvin Baker, in jedem Augenblick David Copper-field und Oliver Twist begegnen.

Das Haus war trotz seines Alters bestens in Schuss. Dafür

sorgte der Eigentümer, der National Trust of Guernsey, der hier auch seine Büros hatte. Die wiederum waren der Grund für Bakers weiteren Fußmarsch, und er war richtig stolz auf sich. Die sommersprossige junge Dame, die ihn in einem Vorzimmer voller Grünpflanzen empfing, zeigte sich etwas ungehalten darüber, dass er ohne Terminabsprache erschienen war. Er machte deutlich, dass es sich um dringende Ermittlungen handelte.

»Mord, müssen Sie wissen.«

Er sagte das in einem düsteren, verschwörerischen Tonfall, als sei Jack the Ripper wieder unterwegs.

»Ich werde sehen, was sich machen lässt. Es geht um die Liegenschaften des Trusts, sagen Sie?«

»Ja, ich bräuchte eine diesbezügliche Auskunft.«

Sie nagte an ihrer Unterlippe und führte ein kurzes Telefonat.

»Sie haben Glück, Sergeant, Ms Tennison hat ein paar Minuten Zeit für Sie. Ich führe Sie hin.«

Baker bedankte sich überschwänglich und saß zwei Minuten später Evelyn Tennison gegenüber, einer brünetten Mittfünfzigerin, die mit ihrem strengen Gesichtsausdruck auf ihn wirkte wie das weibliche Gegenstück zu Swinton Hocart. Ein geselliger Abend mit den beiden, dachte er, wäre vergebliche Liebesmüh.

Ms Tennisons schmale Lippen öffneten sich, aber auch jetzt suchte Baker vergebens nach einem freundlichen Zug in ihrem Gesicht.

»Sie fahnden hier also nach einem Verdächtigen, Sergeant?«

»Den Verdächtigen haben wir schon, aber er gibt uns einige Rätsel auf. Da ist zum Beispiel die Frage, warum er in einer Waldhütte lebt, die im vom Trust verwalteten Naturschutzgebiet liegt.«

»Das kann ich mir nicht vorstellen.«

»So lautet die Auskunft, die mir Mr Hocart von der Ein-wohnerbehörde gegeben hat.«

»Mr Hocart, so. Wissen Sie, junger Mann, der Trust ver-mietet üblicherweise keine Hütten im Naturschutzgebiet, schon gar nicht an Verdächtige. Aus diesem Grund übrigens heißt es auch Naturschutzgebiet.«

»Aber Mr Hocart …«

»Ich weiß, Mr Hocart«, seufzte Ms Tennison, schob mit dem Zeigefinger ihre randlose Brille ein Stück höher und tippte auf die Tastatur ihres Computers. »Wie heißt dieser Verdächtige?«

»Reginald Euan Carney. So steht es jedenfalls in seinen Papieren.«

Ms Tennison sah Baker an. »Ich verstehe Ihren Zusatz nicht. Wenn er so heißt, sollte es so auch in seinen Papieren stehen.«

»Möglicherweise steht es so in seinen Papieren, obwohl er gar nicht so heißt.«

»Das wäre aber doch sehr ungewöhnlich.«

Baker sah ein, dass er sich besser nicht auf eine Diskussion einlassen sollte, und sagte: »Das ist nun einmal so bei Ver-dächtigen.«

»Und nach welchem Namen soll ich jetzt suchen?«

»Reginald Euan Carney«, wiederholte Baker und fühlte sich plötzlich erschöpft. Er brauchte dringend eine Stärkung.

»Also doch.«

Ms Tennisons Finger huschten wieder über die schwarzen Tasten, und ihre Augen konzentrierten sich auf den Bild-schirm. Bis sich eine steile Falte auf ihrer Stirn bildete und sie ihr Gesicht näher an den Schreibtisch bewegte.

»Das gibt es doch nicht!«

»Was, bitte?«, fragte Baker.

»Einen Moment, ich muss mich vertippt haben.«

Wieder bediente sie die Tastatur, aber die Falte auf ihrer Stirn blieb.

Kopfschüttelnd wandte sie sich an Baker. »Das habe ich noch nicht erlebt, aber ich habe keinen Zugang zu dieser Angelegenheit.«

»Ein Computerfehler?«

Erneut schüttelte sie den Kopf. »Nein, ein Sperrvermerk.«

»Von Ihrem Vorgesetzten?«

»Ich bin hier die Vorgesetzte. Der Sperrvermerk stammt von höherer Stelle.«

Baker breitete verständnislos die Arme aus. »Ich höre.«

»Ich habe so etwas noch nie erlebt. Hier steht, die Einsicht in den Vorgang sei auf Anordnung des Vizegouverneurs der Krone verwehrt.«

»Vielleicht doch ein Computerfehler? Oder jemand hat Ihr System gehackt?«

»Eigentlich sollte ich mir so eine Unterstellung verbitten. Wir vom Trust legen viel Wert auf Datensicherheit und lassen unser Computersystem regelmäßig prüfen und updaten. Aber das hier ist wirklich ungewöhnlich.«

Sie griff zu dem Telefon neben ihrem Computer, drückte dort nur eine Taste und sagte in die Sprechmuschel: »Janet, kommen Sie bitte zu mir. Sofort.«

Janet war die sommersprossige Assistentin, die Baker hergeführt hatte. Ms Tennison schrieb eine längere Nummer auf einen kleinen Papierstreifen und gab ihn Janet.

»Gehen Sie hinunter ins Archiv. Ich benötige diesen Vorgang.«

Janet zeigte unsicher auf den Bildschirm vor ihrer Chefin. »Wir haben doch alles im Computer.«

»Meine Liebe«, begann Ms Tennison in einem gereizten Ton, »auch wenn Sie mit Computern aufgewachsen sind und schlichtes Papier Ihnen irgendwie exotisch erscheinen mag, könnten Sie sich vielleicht doch dazu bequemen, einfach meinen Auftrag auszuführen und mir diesen Vorgang aus dem Archiv zu holen.«

Die Haut rund um die Sommersprossen errötete, und Janet tat Baker leid. In diesem Moment war er froh, für einen Vorgesetzten wie DCI Doyle zu arbeiten.

»Ja, selbstverständlich«, murmelte Janet und eilte aus dem Zimmer.

»Die jungen Dinger heute«, schnaubte Ms Tennison. »Was nicht im Computer ist, das existiert für sie nicht.« Sie blickte durchs Fenster wie in weite Ferne. »Was man schwarz auf weiß besitzt, kann man getrost nach Hause tragen.« Sie richtete ihren Blick wieder auf Baker und lächelte zum ersten Mal, vielleicht herablassend, vielleicht nachsichtig. »Das Zitat sagt Ihnen wohl nichts.«

»Es stammt aus Deutschland«, sagte Baker wie beiläufig. »Goethe, Faust – Der Tragödie erster Teil, Szene im Studierzimmer.«

Ein fassungsloser Blick durch die Gläser der randlosen Brille traf ihn. »Sie kennen Goethes Faust?«

Es klang irgendwie, als hätte sie eigentlich sagen wollen: »Sie besitzen ein Gehirn?«

»Nur beiläufig. Ich interessiere mich sehr für die Zeit, in der Goethe lebte, mehr für die Historie. Das Kulturelle läuft so nebenbei. Ich fand der ersten Teil des Faust aber sehr interessant, beim Lesen des zweiten dagegen musste ich mich mit mehreren Packungen Keksen und Orangensaft künstlich wachhalten, sonst hätte ich ihn nicht zu Ende geschafft.«

241

»Den zweiten Teil? Ich kenne niemanden außer mir, der ihn gelesen hat.«

»Ich mag keine halben Sachen.«.

Ms Tennison wirkte wie elektrisiert. Sie holte einen hellblauen Zettel aus einer Schublade und reichte ihn Baker mit einem Lächeln.

»Hier, Sir, ein Infoblatt über unsern Literaturzirkel. Wir treffen uns jeden zweiten Mittwoch im Ziggurat an den Constitution Steps.«

»Das kenne ich.« Baker steckte den Zettel ein. »Man muss gut zu Fuß sein, um die Treppen da hinaufzusteigen.«

»Laufen ist gesund«, dozierte sie wie die Moderatorin einer Gesundheitssendung im Fernsehen.

»Wem sagen Sie das, Ms Tennison.«

Janet kehrte zurück und machte ein langes Gesicht. In der Hand hielt sie den Papierstreifen, den ihre Chefin ihr gegeben hatte, sonst nichts.

»Das ist aber nicht die Akte, um die ich Sie gebeten hatte«, stellte Ms Tennison fest.

»Die Akte ist nicht im Archiv.«

»Aha. Wer hat sie ausgeliehen?«

»Niemand, Ms Tennison.«

»Dann muss sie im Archiv sein.«

»Ich konnte sie nicht finden«, beteuerte Janet. »Jedenfalls ist sie nicht da, wo sie hingehört. Falls jemand sie falsch abgelegt hat, können wir lange suchen.«

»Nicht wir, Janet, Sie«, korrigierte Ms Tennison. »Das wird Ihre erste Aufgabe nach der Mittagspause sein.« Sie richtete ihre Aufmerksamkeit wieder auf Baker. »Es sieht leider so aus, als könnte ich Ihnen im Augenblick nicht weiterhelfen. Sobald die Akte auftaucht oder ich sonst etwas in Erfahrung bringe, lasse ich von mir hören.«

Baker reichte ihr seine Karte und verabschiedete sich. Janet brachte ihn zum Ausgang der Büroflucht.

»Es tut mir leid für Sie, Janet«, sagte er.

»Was?«

»Dass ich Ihnen diese blöde Arbeit eingebrockt habe.«

Sie schenkte ihm ein Lächeln. »Nicht weiter schlimm. Unten im Archiv habe ich wenigstens meine Ruhe.«

Als Baker wieder vor dem Haus in der Cornet Street stand, fühlte er sich deprimiert. Der Tag hatte mit dem Besuch bei Dr. Drillot verheißungsvoll begonnen, aber mit diesem Carney kam er einfach nicht weiter. Irgendwie musste er sich aufmuntern, und sein Magen meldete sich auch wieder mit einem langen Knurren. Sein Blick fiel auf einen verschnörkelten Werbeschriftzug auf einer Tafel vor dem Ladengeschäft: *Süßigkeiten wie zu Großmutters Zeiten – Kaufen Sie gleich eine ganze Tüte mit Plätzchen, Pralinen oder Bonbons!*

Bakers Miene hellte sich auf, und er ging in das Haus zurück.

* * *

»Ich will sofort einen Rechtsanwalt sprechen! Und den hiesigen Vertreter der Reederei! Und den schwedischen Konsul!«

Das brüllte Magnus Berg, der Erste Offizier des Kreuzfahrtgiganten, als Sergeant Topley und Constable Luscombe ihn mit sanfter Gewalt in die Arrestzelle schoben.

»Nur mit der Ruhe, Mr Berg, das braucht alles seine Zeit«, sagte Patricia Holburn, die es sich nicht hatte nehmen lassen, den polternden Schweden bis zur Zelle zu begleiten. »Wir werden Ihnen eine Liste mit hiesigen Rechtsanwälten vorlegen, falls Sie es nicht vorziehen, sich durch Ihre Reederei und deren Anwälte vertreten zu lassen. Natürlich informieren wir auch gern den schwedischen Konsul. Er wird aber nicht sofort hier erscheinen. Das zuständige Konsulat befindet sich in St. Helier auf Jersey.«

Berg stieß einen weiteren Fluch aus und verwünschte die Insel Guernsey, weil sie so klein war, dass sie nicht einmal einen eigenen schwedischen Konsul hatte. »Da ist ja jedes Legoland größer!«

»Haben Sie noch einen Wunsch, bevor wir die Tür schließen, Mr Berg?«, fragte Pat mit dem Anschein ausgesuchter Höflichkeit. »Sollen wir noch jemanden für Sie verständigen, vielleicht Pippi Langstrumpf?«

Bergs daraufhin ausbrechende Schimpfkanonade hallte ihr noch in den Ohren wider, als sie zu Mildreds Büro ging, um ihr die nötigen Informationen für das Festnahmeprotokoll zu geben. Anschließend suchte sie ihr eigenes Büro auf, fuhr den Computer hoch und gab die Wörter »Sam Norris Boxer« in das Google-Suchfeld ein. Als die Liste mit den Treffern erschien, wählte sie den Wikipedia-Eintrag aus. Da klopfte es, und Sergeant Baker schaute herein, um sich zurückzumelden. Er sah mit seinem geöffneten Kragen reichlich abgekämpft aus, als hätte er einen Wüstenmarsch der Fremdenlegion hinter sich.

»Ich habe einiges zu berichten, Inspector.«

»Gleich, Sarge, ich muss mir kurz etwas durchlesen. Sie können inzwischen den Puderzucker von ihrer linken Schulter entfernen.«

Baker trat ein und wollte die Tür schließen, aber da erschien Mildred mit einem Teller Sandwiches.

»Ich dachte, Sie beide könnten etwas zu essen vertragen. Kaffee kommt gleich.« Mildreds Blick fiel auf Pats Bildschirm. »Sam Norris!«

»Sie kennen den Mann?«, wunderte sich Pat.

Mildred lächelte versonnen. »Boxen ist toll. Das sehe ich mir immer gern vor dem Einschlafen an. Ganz schön stramme Kerle. Norris war mal ein ganz Großer. Wie haben Sie ihn noch gleich genannt? Ach ja, das Schwarze Ungeheuer.« Als sie Pats erstaunten Blick bemerkte, fuhr sie fort: »Im Boxsport ist man nicht so schrecklich politisch korrekt, was Hautfarben und solche Dinge angeht. Jedenfalls war man es vor ein paar Jahren noch nicht. Ich glaube mich sogar zu erinnern, dass Norris richtig stolz auf seinen Kampfnamen war.«

Pat nickte versonnen, hatte sich aber über etwas anderes gewundert: Sie hatte an Reginald Carney und sein Gefasel über ein schwarzes Ungeheuer gedacht.

* * *

Callum Torode stieg an Bord der *Island Queen* und fing das Tau auf, das Doyle vom Poller gelöst und ihm zugeworfen hatte. Dann sprang auch Doyle aufs Deck des Kutters und sah zu, wie der Skipper das Boot mit langsamer Fahrt aus dem Hafen von St. Peter Port brachte.

Unwillkürlich fiel sein Blick auf den Ozeanriesen, der das Meer vor dem Hafen dominierte. Die Festnahme des Ersten Offiziers hatte nichts mit dem Mordfall zu tun, aber Doyle hatte den Mann nicht ohne Strafe davonkommen lassen wollen. Jeder Autofahrer, der versehentlich auch nur eine Schramme an einem anderen Fahrzeug verursachte, wurde von der Justiz verfolgt. Was vorhin hier draußen auf dem Meer geschehen war, war in Doyles Augen viel schlimmer. Dieser Schwede hatte vorsätzlich und in Kenntnis dessen, was dabei alles passieren konnte, den Befehl gegeben, die Löschkanone einzusetzen. Vielleicht ging es sogar auf eine Anordnung des Kapitäns zurück, aber das konnte Doyle nicht beweisen. Er war sich sicher, dass Colin Chadwick in dieser Sache noch mit ihm sprechen würde. Die Reederei würde sehr wahrscheinlich Ärger machen und auch die Tourismusbehörde einschalten. Sollen sie nur, dachte er, und ein grimmiges Lächeln umspielte dabei seine Lippen.

Der Hafen lag hinter ihnen, und als vor ihnen die Insel Herm immer größer wurde, änderte die *Island Queen* ihren Kurs. Callum Torode steuerte sie nach Norden, in Richtung St. Sampson.

Doyle ging zu dem Skipper ins Ruderhaus.

»Diese Exkursion hatten Mira und Sie sich anders vorgestellt, nehme ich an.«

»Das mit Miras Verletzung ist bedauerlich, aber sonst können wir zufrieden sein.« Die knochigen Schultern des Alten hoben und senkten sich wieder. »Mira hat ein paar gute Aufnahmen von dem Pott gemacht, und die Aktion mit den Tenderbooten wird sicher für einige Aufmerksamkeit in den Medien sorgen.«

»Dann freuen Sie beide sich am Ende darüber?«

»Man muss in allem das Positive sehen. Nur so geht es im Leben weiter.«

Der Skipper wollte sich am Hinterkopf kratzen und schob die Wollmütze ein Stück nach oben. Da schien ihm bewusst zu werden, dass er nicht allein war, und schnell zog er die Mütze wieder stramm.

»Ich habe Ihr Ohr schon gesehen, Skipper. Meinetwegen können Sie die Mütze abnehmen.«

Der Mann am Ruder warf Doyle einen skeptischen Blick zu. »Ich habe mich an die Mütze gewöhnt. Für die meisten ist mein rechtes Ohr kein schöner Anblick. Sie bemühen sich dann immer, woandershin zu gucken, und merken gar nicht, wie oft sie verstohlen nach meinem Ohr sehen.«

Doyle deutete auf die Stelle, wo die Wollmütze das Blumenkohlohr verdeckte. »Ein Familienerbstück?«

Torodes Blick wurde noch skeptischer, fast feindselig, und für einen Augenblick schien er zu wachsen, als sich seine gebeugte Gestalt aufrichtete wie in einer flüchtigen Erinnerung an die Kraft vergangener Jugend.

»Wie kommen Sie darauf?«

»Dass sich so etwas vererbt, kommt häufiger vor, als man denkt. Und dass es auf Guernsey gleich zwei Torodes mit einem deformierten rechten Ohr geben soll, die nichts miteinander zu tun haben, ist doch sehr unwahrscheinlich.«

»Wieso zwei?«

»Sie werden doch Ihre eigene Familiengeschichte kennen, Skipper. 1798 vor der Rocquaine Bay, der Untergang der *Black Hawk*. Ich habe gestern vor dem Einschlafen noch einiges darüber gelesen.«

»Und?«

»Na, kommen Sie. Nur eine Handvoll Überlebender, einer davon ein Maat namens Seymour Torode, der ein deformiertes Ohr hatte. Ein versunkener Schatz von angeblich fünf Millionen Pfund in heutiger Währung. Von all dem wollen Sie nichts wissen?«

Torode grinste plötzlich. »Natürlich weiß ich davon, aber ich habe mir schon vor vielen Jahren angewöhnt, es lieber nicht zu wissen. Was glauben Sie, wie viele hoffnungsvolle Schatzjäger mit kruden Theorien darüber, wo das Wrack der *Black Hawk* zu finden sei, sich schon an mich rangemacht haben, hm?«, lachte er rau.

»Haben Sie und Mira es nie versucht?«

»Nicht ernsthaft. Natürlich haben wir, wenn Mira zu einem Wrack hinabgetaucht ist, scherzhaft gesagt: Das ist bestimmt die *Black Hawk*, und gleich sind wir beide steinreich.

Aber wenn die *Black Hawk* wirklich in oder vor der Rocquaine Bay läge, hätte man sie mit den modernen Radar- und Sonar-suchanlagen, die es heutzutage gibt, längst gefunden. Je älter ich werde, desto mehr halte ich diese ganze Schatz- und Schiffsuntergangsgeschichte für Seemannsgarn, das mein Vorfahre und die anderen sogenannten Überlebenden ge-sponnen haben.«

»Wieso *sogenannte* Überlebende?«

»Ich habe da so eine eigene Theorie, aber die muss nicht stimmen.«

»Ob sie stimmt oder nicht, Skipper, ich möchte sie gern hören.«

»Ich glaube, die *Black Hawk* ist damals in dem Sturm gar nicht gesunken«, sagte Torode zu Doyles Verblüffung. »Sey-mour Torode und die anderen wurden von Captain Black an Land gesetzt, um die Mär vom Schiffsuntergang zu verbrei-ten. Wahrscheinlich haben Black und seine Männer sich nicht an die Grenzen ihres Kaperbriefs gehalten und hatten Blut an ihren Händen. Was genau passiert sein könnte, kann ich nicht sagen. Vielleicht haben sie ein einheimisches Schiff überfallen und mussten mit dem Galgen rechnen.«

»Das hätten Ihr Vorfahre und die möglichen weiteren Überlebenden aber auch befürchten müssen.«

»Vielleicht waren sie bereit, das Risiko auf sich zu nehmen, weil sie lieber zurück zu ihren Familien wollten, als ihr Le-ben irgendwo in der Fremde zu fristen.«

»Und warum die Geschichte mit dem Millionenschatz?«, fragte Doyle.

Er hatte beschlossen, Torodes Theorie gegenüber skeptisch zu bleiben. Alles in ihm sträubte sich dagegen, eine der Lieb-lings-Schiffsgeschichten aus seiner Kindheit als Lügenge-spinst enttarnt zu sehen.

»Meiner Meinung nach gibt es keinen Schatz, aber seine Erfindung ist eine geniale Idee«, antwortete der Skipper. »Dadurch hat sich alle Welt für den Schatz interessiert und nicht für alles andere, was mit der letzten bekannten Kaperfahrt der *Black Hawk* zusammenhängt. Niemand hat den Untergang des Schiffes angezweifelt. Warum auch? Alle wollten ja, dass es gesunken ist. Nur dann gab es einen Schatz zu finden.« Er lachte laut auf. »Vielleicht spinne ich auch nur, aber für mich ist das die einzig plausible Erklärung für das anscheinend auf ewig verschollene Wrack.«

Auch wenn Doyle es nicht glauben wollte, er musste zugeben, dass die Theorie des Skippers einiges für sich hatte. Natürlich gab es keine Beweise dafür, aber in sich war sie schlüssig.

»Sie sollten ein Buch darüber schreiben«, sagte er. »Vielleicht wird das ein richtiger Millionenschatz, wenn Hollywood es verfilmt.«

»So was kann ich nicht. Ich bin ein Mann der See, kein Schreiberling. Mira könnte es vielleicht, aber sie hat genug anderes zu tun.« St. Sampson war längst in Sicht, und Torode änderte den Kurs etwas nach Backbord. »Wieso interessiert Sie das alte Seemannsgarn, Chief Inspector?«

»Hat es mich schon immer. Als ich klein war, konnte mir mein Vater gar nicht genug von solchen Geschichten erzählen. Es gab eine Zeit, da hätte ich wer weiß was darum gegeben, der Schiffsjunge Jim Hawkins zu sein oder der Fähnrich zur See Hornblower.«

Der Skipper rieb mit einer Hand über sein spitzes Kinn. »Und das ist alles?«

»Beinah«, sagte Doyle und heftete seinen Blick auf den anderen. »Für ein altes Seemannsgarn, das angeblich nicht das Papier wert ist, auf dem es weitererzählt wird, begegnet mir die Geschichte vom Untergang der *Black Hawk* seit gestern Morgen einfach zu häufig.«

»Seit gestern Morgen?«

»Seit die Leiche von Lizzie Somers am Strand von Rocquaine gefunden wurde.«

»Wenn Sie da einen Zusammenhang sehen, dann spinnen Sie vermutlich ein noch wilderes Garn als der alte Seymour Torode«, sagte der Skipper mit unbewegter Miene. Er deutete mit einem knöchrigen Zeigefinger nach vorn. »Wir sind gleich in St. Sampson. Es war sehr interessant mit Ihnen, Chief Inspector.«

KAPITEL 16

Als Doyle zu dem Lagerhaus ging, neben dem der Tamora stand, rief er Pat an.

»Ich wollte mich nur zurück an Land melden. Sonst glaubst du noch, der alte Skipper Torode hätte mich schanghait.«

»Jetzt, wo deine Seeschlacht längst hinter dir liegt, meldest du dich«, kam es spitz von Pat zurück.

»Mitten in der Schlacht ging es schlecht. Aber ich finde es rührend, dass du dich um mich sorgst.«

»Ich würde mich um jeden sorgen, der sich mit der Flinken Mira abgibt.«

»Apropos. Ich würde gern einen Abstecher zum Princess Elizabeth machen, bevor ich ins Hauptquartier komme. Oder liegt etwas Dringendes an?«

»Wie wäre es mit dem Austausch unserer Ermittlungsergebnisse? Baker ist auch wieder zurück. Natürlich nur, wenn du die Aufklärung des Mordes an Lizzie Somers noch für dringend hältst. Das Princess Elizabeth hat übrigens auch schon Telefon.«

»Ein persönlicher Besuch ist doch irgendwie …« Er suchte nach dem richtigen Wort.

»Persönlicher«, half Pat ihm aus.

»Genau. Außerdem möchte ich bei dieser Gelegenheit versuchen, noch etwas aus unserem Waldschrat herauszukriegen.«

»Dann ruf lieber vorher Ms Sally Brombeerkuchen an, damit sie sich nicht beschwert.«

»Tust du das für mich?«, bat Doyle. »Sag ihr, sie möchte, wenn es irgend geht, zum Krankenhaus kommen.«

»Und falls sie verhindert ist, durch einen dringenden Gerichtstermin zum Beispiel, was bei Anwältinnen ja vorkommen soll, bist du eben aus Zeitgründen gezwungen, allein mit ihrem Mandanten zu sprechen.«

Doyle lachte leise. »Was denkst du nur von mir, Pat?«

»Darauf werde ich nicht antworten, weil ich es mir mit meinem Vorgesetzten nicht verscherzen will. Also gut, ich sage der Anwältin Bescheid. Und du fragst bitte Carney, ob das schwarze Ungeheuer, von dem er gefaselt hat, ein ehemaliger Boxer namens Sam Norris ist.«

»Gern, aber wieso?«

»Das erkläre ich dir später, Cy. Wenn du irgendwann Zeit hast, dich mit deinem Team auszutauschen.«

* * *

Mira Bryce ging es den Umständen entsprechend gut.

»Alles nicht schön, aber im moderaten Bereich«, wie es Dr. Gupta-Jones ausdrückte, auf die Doyle in Miras Krankenzimmer traf. »Ein paar Tage unter Beobachtung hier, und dann kann Mrs Bryce auch schon wieder nach Hause.«

»Von wegen«, sagte Mira. »Ich bin Freiberuflerin, ich kann

mir keine paar Tage im Krankenbett leisten. Schon gar nicht jetzt, wo der Riesenkasten hier vor Anker liegt. Ich brauche unbedingt Unterwasseraufnahmen von dem Ding. Morgen früh bin ich hier raus.«

»Das werden wir noch sehen«, erwiderte die indische Ärztin kühl und verließ das Zimmer.

Doyle wickelte den Strauß gemischter Sommerblumen, den er unterwegs bei einer Gärtnerei gekauft hatte, aus dem Papier.

»Etwas Buntes gegen das klinische Weiß hier, dachte ich.«

»Für mich, Cy?«

Sie strahlte bis über beide Ohren, während er sich demonstrativ in dem Zimmer umsah, in dem Mira allein lag.

»Ich wüsste nicht, für wen sonst«, sagte er und fand eine Vase für die Blumen, die er neben das Kopfende von Miras Bett stellte. »Möglicherweise ist das etwas aufdringlich von mir, aber Sie können mir hier ja nicht weglaufen.«

»Das würde ich niemals tun.«

»Gut«, sagte er lächelnd und setzte sich vorsichtig auf die Bettkante. »Da wir gerade dabei sind, unser netter Schiffsoffizier mit der Löschkanone sitzt in der Arrestzelle. Ich hoffe, er ist übermorgen nicht an Bord, wenn sein Kahn die Kanalinseln verlässt.«

»Super!« Mira klatschte in die Hände. »Schade nur, dass ich seine Festnahme nicht filmen konnte. Ob man das nachholen kann?«

»Ich glaube nicht, dass Mr Berg damit einverstanden ist.«

»Egal. Dann nehmen wir ein Double und stellen die Szene nach. Aber Sie könnten sich selbst spielen.«

»Ich bin kein Schauspieler«, sagte er zu Mira, die ihm auf einmal so fremd erschien, wie sie es in Wahrheit auch war. »Themawechsel. Was wissen Sie über die *Black Hawk*?«

Sie wirkte überrascht.

»Das nenne ich wirklich mal einen Themawechsel. *Black Hawk*, hm? Sprechen Sie von dem Freibeuterschiff, das mit einem Schatz an Bord vor Guernseys Küste gesunken sein soll?«

»Vor Rocquaine, um genau zu sein. Einer der Überlebenden hieß Seymour Torode. Wenn wir Callum Torode folgen wollen, hätte ich sagen müssen: einer der *sogenannten* Überlebenden.«

Mira lachte. »Ich sehe schon, Sie haben die Zeit mit Callum gut genutzt. Glauben Sie seiner Theorie?«

»Diese Frage wollte ich Ihnen stellen, Mira. Was, glauben Sie, ist mit der *Black Hawk* geschehen?«

»Ich bin im Gebiet der Kanalinseln schon zu einer Menge Schiffswracks hinabgetaucht, habe aber nicht den geringsten Hinweis auf die *Black Hawk* entdeckt. Und ich bin nicht die Einzige, die danach gesucht hat. Wäre Captain Blacks Schiff irgendwo da unten, hätte es schon jemand gefunden.«

»So ähnlich hat Ihr Skipper sich auch ausgedrückt. Also halten Sie seine Theorie zumindest für vertretbar?«

»Absolut.« Mira wirkte amüsiert. »Ich habe den Eindruck, Sie jagen jetzt Piraten statt eines Mörders.«

»Sie haben recht, ich sollte mich mehr auf den Fall Lizzie Somers konzentrieren. Daher muss ich mich auch leider verabschieden.«

* * *

Auf dem Gang, an dem Reginald Carneys Krankenzimmer lag, stritten sich lauthals zwei Frauen. Die eine trug eine Polizeiuniform und hatte ein noch blasseres Gesicht als gewöhnlich. Es war Constable Hosier, die Wachdienst vor dem Zimmer hatte. Die andere trug Zivil, einen schreiend bunten

Hosenanzug, und ihre kurzen strohblonden Haare standen nach allen Seiten ab. Sally Tomlinson.

Auch Doyle musste seine Stimme erheben, um beide zur Ruhe zu ermahnen. »Würde mir vielleicht eine der Damen sagen, was hier los ist?«

Sally zeigte anklagend auf Constable Hosier. »Sie hat ihn gehen lassen, einfach so!«

»Sprechen Sie von Ihrem Mandanten, Reginald Carney?«

Die Rechtsanwältin nickte. »Sehen Sie doch nach, wenn Sie mir nicht glauben.«

»Guter Vorschlag.« Doyle öffnete die Zimmertür. Das einzige Bett war zerwühlt – und leer. »Wo ist Carney?«

»Er ist gegangen, Sir«, erklärte Constable Hosier. »Vor wenigen Minuten.«

»Warum haben Sie ihn nicht davon abgehalten, Constable? Deshalb stehen Sie schließlich hier.«

»Der Captain sagte, er dürfe Mr Carney mitnehmen.«

»Der Captain?« Kurz dachte er an den Freibeuter Captain Black, aber der konnte allenfalls noch als Geist in Erscheinung treten. »Was für ein Captain?«

»Captain Broadley von der Royal Navy, Sir. Er trug Zivil, aber er hat sich ausgewiesen.«

»Wieso liefert Ihr Constable meinen Mandanten an die Royal Navy aus?«, ereiferte sich die Rechtsanwältin.

»Das«, sagte Doyle mit Blick auf Hosier, »würde mich auch interessieren.«

»Captain Broadley ist Adjutant des Vizegouverneurs und hatte ein vom Vizegouverneur unterzeichnetes Schreiben dabei. Darin stand, Mr Reginald Carney sei ohne Verzögerung in die Obhut des Captains zu übergeben.«

Guernsey gehörte nicht zum Vereinigten Königreich, sondern unterstand direkt der Britischen Krone, und der Vizegouverneur vertrat auf Guernsey die Krone. Doyle konnte sich beim besten Willen nicht vorstellen, was die mit dem alten, abgerissenen Reginald Carney zu schaffen hatte.

»Sie hätten mich sofort anrufen sollen, Constable«, sagte Doyle ernst.

»Oder mich«, ergänzte Sally.

»Ich wollte Sie anrufen, Sir, aber dann tauchte diese Furie hier auf und veranstaltete so ein Tamtam, dass ich nicht dazu gekommen bin.«

Sally stampfte mit dem rechten Fuß auf. »Ich bin keine Furie, ich bin Rechtsanwältin!«

»Haben Sie dieses Schreiben des Vizegouverneurs?«, fragte Doyle die Polizistin.

»Nein, Sir, der Captain hat es wieder mitgenommen.«

»Dann haben Sie gar nichts Schriftliches in der Hand?«

»N-nein, Sir.«

Die Anwältin hatte tief Luft geholt und blies wieder zum Angriff. »Wenn Mr Crumbley etwas zustößt, wenn er vielleicht entführt wurde, dann trägt die Polizei die Verantwortung.«

»Ihr Mandant heißt Carney und nicht Crumbley«, erinnerte Doyle sie. »Ich werde mich sofort um die Angelegenheit kümmern und Sie benachrichtigen, sobald ich Näheres weiß.«

»Und ich, Sir, soll ich weiter hier Wache halten?«, fragte Hosier.

Nach einem erneuten demonstrativen Blick in das leere Zimmer entgegnete Doyle: »Wozu sollte das gut sein?«

* * *

255

Auch Dr. Helena Nowlan, zu der Doyle mit eiligen Schritten ging, zeigte sich überrascht, dass ihr Patient Reginald Carney das Krankenhaus verlassen hatte.

»Auf Anordnung des Vizegouverneurs sagen Sie, DCI?«

»So hat Constable Hosier es mir berichtet. Leider hat sie sich nichts Schriftliches aushändigen lassen.«

Die Chefärztin, die hinter dem rechtwinkligen Schreibtisch in ihrem geräumigen, lichtdurchfluteten Büro saß, blickte nachdenklich durch eins der großen Fenster nach draußen.

»Die eine Patientin will das Krankenhaus entgegen dem ärztlichen Rat verlassen, der andere wird ohne Wissen der Ärzte vom Adjutanten des Vizegouverneurs abgeholt. Was ist nur aus der Autorität der Ärzte geworden?«

»Da bin ich nicht kompetent, Dr. Nowlan. Daher hoffe ich, es handelt sich um eine rein rhetorische Frage.«

Sie richtete ihren Blick wieder auf Doyle, und das Lächeln, das dabei auf ihren Zügen lag, stand ihr gut.

»Natürlich, Mr Doyle. Mrs Bryce ist eine intelligente Frau und weiß, was sie tut. Bei unserem Mr Carney sehe ich das etwas anders, und deshalb mache ich mir Sorgen um ihn.« Die schlanken Finger ihrer Rechten spielten mit der Telefonanlage. »Ich würde am liebsten gleich im Government House anrufen und mich beim Vizegouverneur beschweren.«

»Warten Sie damit lieber, bis ich etwas Klarheit in den Vorgang gebracht habe, Doktor. Noch wissen wir nicht, ob dieser angebliche Captain Broadley die Wahrheit gesagt hat.«

»Sie meinen, Carney wurde von jemandem entführt, der nur vorgab, im Auftrag des Vizegouverneurs zu handeln?«

»Möglich.«

»Aber wer sollte Interesse an einem alten Mann haben, der in einer Waldhütte haust?«

»Gegenfrage: Warum sollte der Vizegouverneur Interesse an so einem Mann haben?«

»Ich weiß es nicht«, sagte die Ärztin nach kurzem Überlegen. »Wie wollen Sie weiter vorgehen, DCI?«

»Ich werde mich über den Chief Officer mit dem Vizegouverneur in Verbindung setzen.«

»Über Chadwick? Wollen Sie sich nicht selbst mit dem Vertreter der Krone anlegen?«

»Es gibt Zeiten für den Krieg und Zeiten für die Politik. Hier scheint mir erst einmal die Politik das Mittel der Wahl zu sein.«

»Und wenn die Sie nicht weiterbringt?«

Doyle lächelte dünn. »Ein kluger Mann hat mal gesagt, der Krieg sei die Fortsetzung der Politik mit anderen Mitteln.«

»Ah, Wellington.«

»Fast. Clausewitz.«

KAPITEL 17

Auf der Fahrt zum Hauptquartier zerbrach sich Doyle den Kopf über das mysteriöse Verschwinden von Reginald Carney. Was auch immer dahinterstecken mochte, ihm wollte kein wirklicher Grund einfallen, weshalb eine hochgestellte Persönlichkeit wie der Vizegouverneur ein Interesse an einem heruntergekommenen Säufer wie Carney haben sollte. Doyle musste in dieser Angelegenheit etwas unternehmen, bevor die Spur abkühlte und Carney auf Nimmerwiedersehen untertauchte. Doyle glaubte zwar nicht, dass Carney der Mörder von Lizzie Somers war, doch er war zumindest ein Tatzeuge. Zwar einer mit einem vom Alkohol stark getrübten Gedächtnis, aber einen anderen hatten sie nicht. An jeder Kreuzung, vor der Doyle warten musste, spielte sein Fuß ungeduldig mit dem Gaspedal, und mehr als einmal erntete der kleine Sportwagen mit dem lauten Raubtierbrummen neugierige Blicke.

»Sie sollen sofort zum Chief kommen«, sagte Mildred zu Doyle, sobald er seinen Kopf durch ihre Tür steckte. »Sofort heißt dringend und eilig, hat Frances Blanchford noch gesagt.«

»Da wollte ich sowieso gerade hin«, erwiderte Doyle und war auch schon auf dem Weg zu Guernseys oberstem Gesetzeshüter.

Frances Blanchford musste gar nichts sagen, als er das Vorzimmer betrat. Auch diesmal, das entnahm er schon ihrem Blick, bedurfte es keiner Voranmeldung. Ein kurzes Klopfen, und er betrat Colin Chadwicks Büro.

Der Chief war nicht allein. In einem der Besucherstühle saß ein Mann mit blondem, sehr kurz geschnittenem Haar. Das Gesicht, das sich zu dem Eintretenden umwandte, war glattrasiert, und wache blaue Augen musterten Doyle. Er schätzte ihn auf Ende dreißig. Zur Begrüßung stand der Blonde auf. Er hatte ungefähr Doyles Größe, wirkte aufgrund seiner kerzengeraden Haltung aber noch etwas größer.

»Schön, dass Sie so schnell kommen konnten, Cyrus«, sagte Chadwick jovial. »Darf ich vorstellen, das ist …«

Doyle fiel ihm ins Wort: »Captain Broadley, nehme ich an.«

»Richtig, Sir«, sagte der Blonde und streckte ihm seine Hand entgegen. »Woher wussten Sie das?«

»Der militärisch kurze Haarschnitt und die gerade Haltung lassen auf den Soldaten schließen. Kein einfacher Soldat, wie man an Ihrer nicht billigen und sehr gepflegten Kleidung erkennt. Also ein Offizier mit dem in die Weite gerichteten Blick eines erfahrenen Seemanns. Royal Navy.«

»Das ist toll«, freute sich Broadley. »Wie bei Sherlock Holmes.«

258

Noch immer war seine Hand ausgestreckt, und Doyle schüttelte sie der Form halber. Fast widerwillig nahm er zur Kenntnis, dass der Händedruck des Captains warm und fest war.

»Bei Sherlock Holmes ist es ja auch oft so, dass sich der Übeltäter mitten in die Höhle des Löwen wagt«, sagte Doyle kühl.

»Übeltäter?«, wiederholte Chadwick und hätte sich fast an dem Wort verschluckt. »Machen Sie keine dummen Scherze, Cyrus!«

»Soll ich lieber sagen: Kidnapper oder Verschwörer?«

»Der DCI hat ja recht, Sir«, sagte Broadley zu Chadwick. »Er scheint bereits zu wissen, dass ich Mr Carney unter meine Fittiche genommen habe.« Er wandte sich an Doyle. »Ich hätte mich vorher mit Ihnen ins Einvernehmen setzen sollen, Sir. Bitte sehen Sie mir nach, dass ich eigenmächtig gehandelt habe, aber sowohl der Admiral als auch ich haben die Situation als dringlich eingestuft.«

Mit dem Admiral meinte er vermutlich den Vizegouverneur, der den Rang eines Vice Admiral in der Royal Navy bekleidete.

»Wollen wir uns nicht alle setzen, damit wir in Ruhe miteinander sprechen können?«, schlug der Chief Officer vor. »Ich werde Frances bitten, uns Tee zu bringen.«

»Es wäre mir lieber, sie würde uns Reginald Carney wiederbringen«, sagte Doyle, während er sich auf dem zweiten Besucherstuhl niederließ. »Es sei denn, Captain Broadley ist deswegen hier.«

»Da muss ich Sie leider enttäuschen.« Seiner Wortwahl zum Trotz schwang kein Bedauern in der Stimme des Captains mit. »Wir haben Mr Carney ins Government House gebracht und kümmern uns dort um sein Wohlergehen. Übrigens wird er dort auch ärztlich betreut.«

»Auch anwaltlich?«

»Wie meinen Sie das, Chief Inspector?«

»Ms Sally Tomlinson, die Mr Carney als Anwältin beigestellt wurde, war von seinem Verschwinden ebenso wenig angetan wie ich.«

»Sie wird selbstverständlich ihr Honorar bekommen«, versicherte Broadley. »Aber ab sofort werden unsere Anwälte Mr Carney betreuen. Im Übrigen hoffe ich, dass die Polizei ihn nicht länger als Verdächtigen behandeln wird.«

»Wir werden sehen«, gab sich der Chief Officer, der gerade im Vorzimmer drei Tassen Tee bestellt hatte, diplomatisch zurückhaltend.

»Was heute im Princess Elizabeth geschehen ist, macht ihn mir jedenfalls nicht unverdächtig«, schnaubte Doyle. »Weshalb interessiert sich die Krone so sehr für ihn? Hat er die Kronjuwelen gestohlen? Oder ist er ein illegitimer Nachkomme von Königin Victoria?«

»Die Krone legt in diesem Fall größten Wert auf Verschwiegenheit«, wich Broadley aus.

»Selbst wenn er nicht der Mörder ist, er ist unser einziger Augenzeuge.«

»Als wir ihn vorhin zum Government House brachten, hatte ich nicht den Eindruck, dass er in der Lage ist, vernünftige Auskünfte zu geben.«

»Entscheiden Sie das jetzt, Captain? Sind Sie jetzt der DCI?«

»Keinen Streit, meine Herren. Ich bin auch nicht glücklich über das eigenmächtige Vorgehen des Captains, aber der Vizegouverneur wird gute Gründe für seine Anweisung gehabt haben, dessen bin ich mir sicher.«

Fast bewunderte Doyle den Chief Officer dafür, wie er angesichts dieses groben Eingriffs in die Befugnisse der Polizei nicht nur die Ruhe bewahrte, sondern auch noch freundlich lächelte. Aber gerade aufgrund solcher Eigenschaften war Colin Chadwick wohl der Chief Officer.

Frances Blanchford brachte ein Tablett mit Tee, Milch, Zucker und Gebäck. Trotz seiner inneren Anspannung bemerkte Doyle beim Anblick des Teegebäcks, dass er Hunger hatte. Das Frühstück lag lange zurück, und er hatte an Bord der *Island Queen* viel frische Seeluft eingeatmet. Die machte ihn immer hungrig. Er folgte dem Beispiel der beiden anderen und bediente sich bei dem Gebäck, wenn auch mit dem schlechten Gefühl, dass es eine Art Verbrüderung zwischen ihm und dem Captain war.

»Die heutigen Ermittlungen haben neue Fragen an Mr Carney aufgeworfen«, sagte Doyle schließlich. »Wann können wir ihn vernehmen?«

»Die heutigen Ermittlungen?«, wiederholte Captain Broadley gedehnt. »Sprechen Sie von der Seeschlacht draußen vor dem Hafen?«

Das war ein geschicktes Ablenkungsmanöver, und Chadwick sprang darauf an.

»Seeschlacht? Was für eine Seeschlacht?«

»Das haben Sie noch nicht gehört, Sir?« Broadley spielte den Überraschten. »Die Guernsey Police in Gestalt von DCI Doyle gegen die niederländische Handelsmarine. Verluste: ein gefangener Schwede.«

»Der Bericht darüber ist noch in Arbeit, Sir«, reagierte Doyle auf den fragenden Blick seines Vorgesetzten. »Ich hielt die Ermittlungen im Mordfall Somers für dringender. Mein Kompliment an Captain Broadley. Sein Geheimdienst funktioniert ausgezeichnet. Allerdings hat er zu erwähnen vergessen, dass die bekannte Journalistin und Dokumentarfilmerin Mira Bryce mit einer Platzwunde am Kopf und einer Gehirnerschütterung im Princess Elizabeth liegt. Verantwortlich dafür ist der von mir festgenommene Schwede, der mit einer Löschkanone auf den Kutter von Mrs Bryce schießen ließ.«

Chadwicks Kopf ruckte von Doyle zu Broadley und wieder zurück zu Doyle.

»Seeschlacht, Niederländer, Schweden, Kanone? Das hört sich an wie ein neuer Teil von *Fluch der Karibik*.«

»Ich lasse Ihnen noch heute einen detaillierten Bericht zukommen«, versprach Doyle erneut. »Aber eigentlich wollten wir ja über die Vernehmung von Reginald Carney sprechen. Ich bin immer noch der Meinung, er gehört in Polizeigewahrsam und nicht ins Government House. Außerdem kann ich mir nicht vorstellen, dass er dort eine bessere ärztliche Betreuung genießt als im Princess Elizabeth.«

»Ja«, sagte Chadwick und trank noch einen Schluck Tee. »Da gebe ich Ihnen recht.«

Er sah den Captain an, fragend und auffordernd zugleich.

»Sie werden Gelegenheit bekommen, mit ihm zu sprechen. Aber bitte gedulden Sie sich, bis wir uns bei Ihnen melden. Glauben Sie mir, der Admiral will Ihre Ermittlungen nicht behindern. Wir müssen uns nur sicher sein, dass Mr Carney bei klarem Verstand ist.«

»Warum ist das für Sie so wichtig?«, fragte Doyle. »Er ist doch nur ein alter Landschaftsgärtner. Oder etwa nicht?«

Broadley ignorierte die Frage und erhob sich.

»Ich muss mich jetzt verabschieden und bedanke mich, auch im Namen des Admirals, für Ihr Verständnis. Stellen Sie bitte nicht Guernsey auf den Kopf nur wegen Reginald Carney.« Zu Doyle gewandt, setzte er hinzu: »Auch wenn Sie einen schnellen Wagen fahren, schalten Sie mal einen Gang runter. Zu viel Wissen macht Kopfweh.«

Als der Captain das Büro verlassen hatte, zählte Doyle zur

Beruhigung im Geiste langsam bis fünf, bevor er zu Chadwick sagte: »Broadleys Abschiedsworte an mich hörten sich fast an wie eine Drohung.«

»Ich bin sicher, so war es nicht gemeint, Cyrus.«

»Wir lassen uns das also einfach so gefallen?«

»Das habe ich nicht gesagt. Aber wir sollten einstweilen nicht dem Vizegouverneur auf den Schlips treten. Also befolgen wir seinen Wunsch und halten hier auf Guernsey den Ball flach.«

»Das heißt was?«

Chadwick lächelte hintergründig. »Der Captain hat nur von Guernsey gesprochen. Aber wenn Mr Carney tatsächlich aus Südengland kommt, muss er auch dort Spuren hinterlassen haben. Falls Sie, natürlich ganz privat zur persönlichen Entspannung, einen Kurztrip dorthin unternehmen möchten, sage ich Frances gern, Sie möge Ihnen einen Flug buchen.«

Der Pegel von Doyles Verärgerung über Captains Broadleys Auftritt sackte deutlich ab, und er grinste Chadwick an.

»Vielen Dank, Colin!«

KAPITEL 18

Als Pat und Baker auf Doyles Aufforderung hin zum Austausch der Ermittlungsergebnisse im Besprechungsraum erschienen, wunderten sie sich über die Anwesenheit des Chief Officers.

»Die Zeit drängt, und wir sollten uns absprechen«, erläuterte Doyle. »Deshalb ist erstens die Lunchpause gestrichen und zweitens der Chief anwesend.«

»Wieso drängt die Zeit?«, fragte Pat.

»Weil ich noch heute Nachmittag nach Gatwick fliegen

werde. Von da geht es weiter in den schönen Süden Englands zu einem spontanen Kurzurlaub.«

»Ich muss wohl mal zum Ohrenarzt. Ich habe eben Kurzurlaub verstanden.«

»Ganz recht«, sagte Doyle, bevor er sie und Baker über den Hintergrund aufklärte.

»Jetzt wird mir einiges klar«, sagte Baker und berichtete von seinen Schwierigkeiten, mehr über Carney und seine dubiose Waldhütte herauszufinden. »Wenn die Krone ihre schützende Hand über ihn hält, wundern mich ein Sperrvermerk und eine verschwundene Akte nicht länger. Was ist dieser Carney, ein ehemaliger Liebhaber der Königin?«

»Wir wollen doch keine pikanten Spekulationen in die Welt setzen«, ermahnte ihn Chadwick. »Schon gar nicht über Ihre Majestät!«

»Wir können davon ausgehen, dass Bakers Besuche bei der Regierung und beim National Trust die Leute, die sich vor Carney stellen, aufgeschreckt haben«, meinte Doyle. »Der zeitliche Zusammenhang spricht dafür.«

»Das konnte ich nicht wissen«, sagte Baker etwas kleinlaut.

»Sie haben vorbildlich gehandelt, Sarge«, fuhr Doyle fort. »Genauso hätte ich es auch gemacht. Wer weiß, vielleicht hat gerade das eine Kette von Ereignissen in Gang gesetzt, die uns letztlich weiterbringt.«

»Gut möglich«, stimmte Pat ihm zu. »Schade nur, dass wir Carney im Augenblick nicht nach dem schwarzen Ungeheuer befragen können, das nach seiner bisherigen Aussage Lizzie Somers getötet hat. Ich habe nämlich eins kennengelernt.«

Als sie von ihrem Besuch bei Julia Duval und deren Sicherheitschef Sam Norris berichtet hatte, sagte Chadwick: »Das ist ein wirklich seltsamer Fall. Dauernd tauchen neue Verdächtige auf.«

»Ich habe auch noch eine Verdächtige für unsere Liste.«
Baker gab Dr. Drillots medizinischen Befund über Margaret
Laforet wider. »Somit ist es theoretisch möglich, dass sie Liz-
zie Somers ermordet hat.«

Pat wirkte unzufrieden. »Das wäre schwer zu beweisen,
wenn sie die Gelähmte tatsächlich nur spielt. Wir können sie
schlecht in ihrem Rollstuhl quer über die Straße schieben,
sie dann auf den Strand von Rocquaine kippen und auffor-
dern: ›Nun stehen Sie mal auf und zeigen Sie uns, wie Sie so
morden.‹ Wenn Mrs Laforet dabei nicht mitspielt, sehen wir
alt aus.«

»Ich würde ihren Namen ohnehin ganz unten auf unsere
Liste schreiben«, sagte Doyle. »Ein richtiges Motiv kann ich
nicht sehen. Im Gegenteil, nach ihrer schwierigen Affäre mit
Robert Somers sollte man annehmen, dass sie ihrem Sohn
das Glück an der Seite von Lizzie gegönnt hätte.«

»Aber damit hätte Lizzie ihren Mann David verraten, immerhin der Sohn von Robert Somers«, gab Baker zu bedenken.

Doyle war alles andere als überzeugt. »Das ist jetzt aber
um ein paar Ecken gedacht.«

Baker wiegte leicht den Kopf hin und her. »Immerhin ist
Mrs Laforet eine Frau.«

»Das habe ich jetzt nicht gehört«, murmelte Pat.

»Was ist eigentlich mit dieser Seeschlacht, von der Captain
Broadley gesprochen hat?«, erkundigte sich der Chief Officer.

»Was er da sagte, hörte sich für mich nach einer wilden …«

Weiter kam er nicht.

Mildred öffnete die Tür und sagte: »Hier ist ein dringender Besuch für den DCI. Sehr dringend, wie mir scheint.«

Da war auch schon eine zierliche Asiatin an ihr vorbei in
den Besprechungsraum geschlüpft. Doyle erhob sich bei
ihrem Anblick von seinem Stuhl.

»Sondra!«

»Cy!«, rief die Besucherin, lief wie ein Kind mit ausgestreckten Armen auf ihn zu und sprang regelrecht in seine Arme.

Sie war mehr als einen Kopf kleiner als er, und er hatte keine Mühe, sie herumzuwirbeln, ganz so, wie er es früher getan hatte. Für einen Moment war es so, als gäbe es nur sie beide. Dann sah Doyle die vier fragenden Augenpaare, die auf ihn und die Asiatin gerichtet waren, und er stellte Sondra wieder auf den Boden.

»Die Seele unserer Abteilung, Mildred Mulholland, kennst du ja schon«, sagte er zu ihr und stellte die anderen vor. Zu seinen Mitarbeitern und zu Chadwick gewandt, fuhr er fort: »Darf ich vorstellen: Detective Chief Inspector Sondra Lee von der Hongkong Police, Abteilung B, Verbrechen und Sicherheit.«

* * *

Der Chief Officer hatte sich als Erster halbwegs von der Überraschung erholt. Er setzte ein offizielles Gesicht auf und verneigte sich leicht vor Sondra Lee, wie er es vermutlich mal in einem Film über Asien gesehen hatte,

»Herzlich willkommen auf Guernsey, DCI Lee. Es freut mich sehr, dass die Kriminalabteilungen der Hongkong und der Guernsey Police, äh, so eng miteinander verbunden sind.« Mit einem Seitenblick auf Doyle fügte er hinzu: »Allerdings hätte ich mir gewünscht, DCI Doyle hätte mich im Vorfeld über Ihren Besuch informiert.«

Auch Sondra verbeugte sich leicht, hielt dem Chief aber dann auch ihre Hand hin. Chadwick schüttelte sie heftig, zu heftig. Er war mit den Gebräuchen in Asien nicht wirklich vertraut.

»Seien Sie Cy nicht böse, Sir. Er hat nichts davon gewusst.«

»Du hättest ruhig was sagen können, als wir gestern telefoniert haben.«

Der Vorwurf in Doyles Stimme war, für alle erkennbar, nur gespielt. Zu groß waren seine Überraschung und die Freude, Sondra wiederzusehen.

Sie zwinkerte ihm zu. »Ich sagte doch, dass ich mich bald bei dir melde. Als du anriefst, hatte ich den Koffer schon gepackt und war auf dem Sprung zum Flughafen. In London beginnt morgen eine internationale Polizeikonferenz zum Thema Kriminalermittlung im einundzwanzigsten Jahrhundert. Da dachte ich, ich mache einen Abstecher nach Guernsey und bringe die Akte Minnie Wang persönlich vorbei.« Sie reichte Doyle einen USB-Stick. »Falls Ms Wang während meiner Abwesenheit vernommen werden soll, mein Stellvertreter, Inspector Eric Chan, ist informiert und hat die Anweisung, der Guernsey Police zügig und unbürokratisch zu helfen.«

Chadwick wandte sich an Doyle. »Das Thema dieser Konferenz klingt interessant, warum sind wir da nicht vertreten?«

»Als ich Sie Anfang des Jahres darauf ansprach, Colin, hielten Sie es für Zeitverschwendung.«

Chadwicks Miene erstarrte kurz. »Das muss ein Missverständnis gewesen sein.«

»Leider habe ich wegen der Konferenz wenig Zeit, mir diese schon aus der Luft beeindruckende Insel anzusehen«, sagte Sondra. »Du wirst sie mir hoffentlich ein andermal zeigen, Cy. Mein Flieger zurück nach England geht in zwei Stunden.«

Doyle horchte auf und fragte: »Welcher Flug ist das?«

Sondra zog ein Ticket aus einer Tasche ihrer taillierten Sommerjacke.

»Air Aurigny Services«, las sie vor und nannte die Flugnummer. »Ein Nonstopflug nach Gatwick.«

»Mit der Maschine fliege ich auch.« Als er die Überraschung auf Sondras schmalem Gesicht sah, erklärte er: »Eine kurzfristige – inoffizielle – Ermittlung.«

Sondras Augen leuchteten auf. »Das ist ja großartig! Wir müssen es unbedingt hinkriegen, dass wir nebeneinander sitzen, Cy. Wir haben uns so viel zu erzählen.«

Er ließ sich von ihrer Begeisterung anstecken und nickte heftig.

»Das ist ja mal eine Fügung des Schicksals«, sagte Pat ohne jede Begeisterung und streckte eine Hand aus. »Darf ich eine Kopie von dem Stick ziehen? Dann haben wir die Unterlagen auch, falls du sie mitnehmen willst, Cy.«

Als Doyle Pat den Stick gab, sagte Sondra: »Hinweise auf kriminelle Verstrickungen von Minnie Wang haben wir nicht gefunden. Allerdings ist das Software-Unternehmen, für das sie arbeitet, Future, Software & Solutions, in einige Hochsicherheitsprojekte verstrickt. Das letzte große Projekt, bei dem sie als Chefprogrammiererin eingesetzt war, hieß AFOT. *Automatic Financial Observation and Transaction*. Eine Software für Börsen und Banken, mit der das computergesteuerte Anlagegeschäft optimiert werden soll.«

»Wahrscheinlich noch weniger menschliche Einflussnahme und noch schnellere Transaktionen«, kam es halblaut von Baker, als spräche er mit sich selbst.

Sondra hatte ihn gehört und sah ihn an. »Ja, Sergeant, so in der Art. Maschinen statt Menschen. Auf dem internationalen Finanzmarkt können Sekundenbruchteile entscheidend sein.«

»Eine vielbeschäftigte Frau also, diese Ms Wang«, stellte Doyle fest. »Kaum zu glauben, dass sie nebenbei noch Zeit hat, *Counterstrike* zu spielen und ein Spiel über historische Seeschlachten für David Somers zu programmieren.«

»Sie ist halt fleißig«, sagte Sondra. »Zumindest darf sie in ihrer Freizeit nebenbei arbeiten und auch Geld damit verdienen, solange nicht das Kerngeschäft von Future, Software and Solutions tangiert ist. Das ist es in diesem Fall nicht, weil die sich nicht mit der Programmierung von Spielen beschäftigen.«

»In der kurzen Zeit hast du dich aber sehr schlau gemacht«, staunte Doyle.

»Auf dem Flug von Hongkong nach London hatte ich viel Zeit, um ihre Akte zu studieren. Darunter ist auch ihr Arbeitsvertrag. Befindet sich alles auf dem Stick.«

»Minnie Wangs Arbeitsvertrag? Wie bist du daran gekommen?«

»Gute Kontakte, Cy. Frag bitte nicht weiter.«

»Werde ich nicht. Ich muss los und ein paar Sachen für den Englandtrip zusammenpacken. Magst du mit zu mir nach Hause kommen, Sondra?«

Sie mochte, und Doyle besprach sich schnell mit Pat, die während seiner Abwesenheit die Ermittlungen leiten würde.

Zum Abschied sah sie ihn ernst an. »Sei vorsichtig, Cy, pass auf dich auf!«

»Du meinst, wegen Sondra?«

»Jetzt bilde dir mal nichts ein«, seufzte sie. »Reginald Carney scheint mächtige Freunde zu haben. Hier auf Guernsey hast du unsere Einheit hinter dir und die Vollmachten, die dir als DCI zustehen. In England bist du kein DCI mehr. Nur ein Privatmann. Klar, *Mister* Doyle?«

»Klar. Aber wahrscheinlich ist alles halb so schlimm. Vielleicht hat Carney mal im Buckingham Palace die Hecken gestutzt und genießt seitdem eine Hochsicherheitseinstufung, weil der Computer ihn aus Versehen als Mitglied der königlichen Familie abgespeichert hat.«

»Na, auf den Zuwachs haben die Royals wohl gerade gewartet. Dann guten Flug und *mànyòng*!«

»Du sprichst Chinesisch, Pat? Was heißt das?«

»Wohl viel vergessen seit deiner Zeit in Hongkong? Es heißt: Lass es dir schmecken!«

KAPITEL 19

Ein langer, anstrengender Tag lag hinter Doyle. Er war verschwitzt und müde, als er den alten Friedhof am Stadtrand von Faversham betrat. Es war ein sehr warmer Sommerabend, auch wenn die Sonne schon tief stand. Die verlassene Kapelle und die alten Eichen warfen lange Schatten, und jeder der zahlreichen Grabsteine gab seinen eigenen kleinen Schatten hinzu. So viel Schatten, und doch schwitzte Doyle. Er wischte sich mit dem Handrücken über die Stirn und blickte sich, gegen die Sonne blinzelnd, um.

Der Friedhof wurde schon lange nicht mehr benutzt, das wurde ihm sofort klar. Wildwuchs wucherte auf den Gräbern. Etliche Grabsteine standen schief oder waren bereits umgestürzt, und niemand schien Anstoß daran zu nehmen. Die meisten Fenster der Kapelle waren kaputt, und die rote Backsteinmauer, die den Friedhof umgab, bröckelte an zahlreichen Stellen. Außer Doyle gab es hier nur Tote, und er begann, nach ihnen zu suchen. Es war eine eintönige Aufgabe, und immer wieder schweiften seine Gedanken ab. Während er von einem Grab zum anderen ging und die Inschriften der Grabsteine zu entziffern versuchte, dachte er an Sondra Lee, noch immer so quicklebendig und vergnügt, wie er sie vor vielen Jahren kennengelernt hatte.

Ihr überraschender Besuch hatte alte, fast vergessene Erinnerungen in ihm wachgerufen. Erinnerungen, die mit angenehmen Gefühlen verbunden waren. Aber heute war nicht der Tag, seine Gedanken und Gefühle zu sortieren. Zu viel anderes war geschehen, musste bedacht und erledigt werden.

Er hatte das Wiedersehen mit Sondra einfach genossen, ebenso den gemeinsamen Flug nach Gatwick. Der Flug war nicht ausgebucht gewesen, und so hatten sie ohne Mühe in der zweimotorigen Propellermaschine nebeneinander sitzen können. Sie hatten gemeinsame Erinnerungen ausgetauscht, ohne dabei in die Tiefe zu gehen. Dazu war der einstündige Flug zu kurz gewesen, und dafür war seit damals auch zu viel Zeit vergangen. Es gab weder Traurigkeit noch Vorwürfe, die ihr gemeinsames Lachen hätten trüben können. Das war gut so, fand Doyle. Er erinnerte sich an die Zeit mit Sondra als eine heitere Zeit. Auch wenn sie jetzt so taten, als hätte sich nichts zwischen ihnen verändert, war beiden klar, dass sie für den Wimpernschlag einer Sekunde in ein Echo vergangener Leben geraten waren, mehr nicht.

In Gatwick hatten sie sich mit einem geschwisterlichen Wangenkuss voneinander getrennt. Natürlich hatten sie sich ein baldiges Wiedersehen vorgenommen, um ganz in Ruhe in der Vergangenheit zu schwelgen und sich über die Gegenwart auf den neuesten Stand zu bringen. Wie man sich das so verspricht in dem beiderseitigen Wissen, dass es nie dazu kommen wird. Sondra hatte ihren aufgegebenen Koffer abgeholt, war in den Gatwick Express zur Victoria Station gestiegen, und der Widerhall seiner Vergangenheit war ebenso plötzlich verschwunden, wie er aufgetaucht war.

Doyle hatte bei Hertz einen Ford Mustang Convertible gemietet und war mit offenem Verdeck über die Autobahn erst ein Stück in nördlicher Richtung und dann immer nach Osten gefahren. Er hatte die Fahrt genossen. Der Mustang, einerseits sportlich und andererseits traditionsverhaftet, war ein Auto nach seinem Geschmack. Allerdings dank modernster Technik so leicht zu handhaben, dass er ihn nicht zu häufig würde fahren wollen, sonst hätte ihn das noch von seinem nur mit Kraft und Verstand zu bändigenden Tamora entwöhnt.

In Faversham hatte er Reginald Euan Carney tatsächlich im Geburtsregister gefunden, was er nicht unbedingt erwartet hatte. Dessen Eltern, William Lloyd und Veronica Carney, hatten am Stadtrand gewohnt, in einer zumindest damals noch fast ländlichen Gegend, in der seitdem sehr viel abgerissen und neu gebaut worden war. Ein großes Feuer hatte Anfang der 1950er Jahre in einer Siedlung gewütet und diese quasi ausradiert. Ganze Straßen waren verschwunden und mit ihnen, wie es schien, jede Erinnerung an die Familie Carney. Er hatte ältere Passanten gefragt, aber niemand schien die Carneys zu kennen. Die Menschen von damals, die alten Nachbarn oder Kollegen, waren weggezogen oder tot. Das war der Eindruck, den er bekam. Vielleicht waren auch die Carneys schon vor ewigen Zeiten fortgegangen, hatten den Umbau ihres Viertels als Chance gesehen, etwas Neues zu beginnen. Vielleicht aber ruhten sie auch auf dem alten Friedhof von damals. Von der schwachen Hoffnung angetrieben, hier eine Spur von ihnen zu finden, war Doyle hergekommen.

Er las eine Grabinschrift nach der anderen, manchmal sehr knapp gehalten, manchmal so, dass sie menschliche Schicksale offenbarte. Wieder und wieder beugte er sich über ein vergessenes Grab, und wieder und wieder wurde er enttäuscht. Er hatte seit Stunden nichts gegessen, und das Loch in seinem Magen wuchs mit jeder Grabreihe, die er abschritt. Außerdem musste er sich noch eine Unterkunft für die Nacht besorgen.

Die Sonne versank allmählich irgendwo jenseits der alten Friedhofsmauer, und die einzelnen Schatten vereinigten sich zum abendlichen Zwielicht. Doyle zog die kleine Stabtaschenlampe aus seinem Jackett, um die Inschriften besser lesen zu können. Hin und wieder hörte er das Motorgeräusch eines Wagens. Er achtete nicht weiter darauf, so sehr war er auf seine Aufgabe konzentriert.

Das nächste Grab wurde von einem großen schlichten Stein geschmückt, der sich schon bedenklich nach vorn neigte. Als der weißliche Lichtkegel seiner Lampe auf die verwitterte Inschrift fiel, wollte er es anfangs kaum glauben. Einige Buchstaben waren nicht mehr lesbar, aber als Ganzes betrachtet, konnte er sich die fehlenden Buchstaben zusammenreimen:

Hier ruht in Frieden vor seinem Schöpfer
der Maurer William Lloyd Carney, 6. Jan. 1916-4. Mai 1952
mit seiner Familie
Veronica Carney, geb. Sillitoe, 23. Juli 1919-4. Mai 1952
Matilda Carney, 18. Nov. 1947-4. Mai 1952
Reginald Euan Carney, 23. Mai 1949-4. Mai 1952
Das große Feuer fraß ihre sterblichen Leiber,
der Erlöser empfing ihre unsterblichen Seelen.

Es dauerte eine kleine Weile, bis Doyle das verarbeitet hatte, auch wenn ihn die Fakten nicht überraschten. Was ihn bewegte, war die Tragödie, die sich dahinter verbarg. Die Familie Carney war nicht weggezogen, hatte nicht die Chance dazu gehabt. Das Feuer, das ihr Viertel vernichtet hatte, hatte

Vater, Mutter, Tochter und Sohn verschlungen. Reginald Carney, der seltsame Einsiedler, der erstaunlicherweise den Schutz der Britischen Krone genoss, war gestorben, als er noch keine drei Jahre alt gewesen war. Damit stand fest: Wer immer der alte Mann auf Guernsey auch war, er war er nicht Reginald Carney.

Doyle vertauschte die Stablampe mit dem Handy und machte eine Aufnahme der Inschrift. Als die Helligkeit des Blitzes durch die Abenddämmerung zuckte, glaubte er sich für einen Sekundenbruchteil in die Vergangenheit versetzt. Ein altes Arbeiterviertel am Rand der Stadt, aufzuckende Flammen, in Brand stehende Häuser, ferne Sirenen, rufende Männer, flehende Frauen, schreiende Kinder. Dann wieder Stille und Dämmerlicht. Was geblieben war, lag vor ihm, und es mochte hier noch ähnliche Gräber geben. Aber er hatte gefunden, was er gesucht hatte.

Seine Gedanken kehrten schlagartig ins Hier und Jetzt zurück. Etwas hatte ihn irritiert. Ein Motorengeräusch war abrupt verstummt. Und hatte er kurz darauf nicht etwas gehört, das sich wie das Schließen einer Autotür angehört hatte? Das konnte hundert harmlose Gründe haben, aber er musste unvermittelt an Pats Ermahnung denken.

Schnell ließ er das Handy in einer Tasche seines Sommerjacketts verschwinden und duckte sich, so gut es ging, hinter den Grabstein. Sein Blick versuchte, die düstere Welt des abendlichen Friedhofs zu durchdringen, und er lauschte nach jedem Geräusch. Wäre dies ein Film gewesen, hätte er jetzt ein Käuzchen rufen hören. Aber da war nichts außer den fernen Lauten der Stadt, die jetzt zu einer anderen Welt zu gehören schien.

Dann war da doch ein Geräusch, dumpf, aber deutlich. Es kam von rechts, und sein Kopf ruckte herum. Vor dem dunklen Hintergrund der Friedhofsmauer bewegte sich etwas. Eine menschliche Gestalt, wie es aussah. Ein Mann von großer breitschultriger Statur. Er musste von draußen auf die hohe Mauer geklettert und dann heruntergesprungen sein. Als er unten aufgekommen war, hatte er das dumpfe Geräusch verursacht.

Doyle konnte keine Einzelheiten erkennen und schon gar kein Gesicht. Aber ihm war klar, dass der Mann nicht der Friedhofsgärtner war. Falls der Unbekannte schon länger auf der Mauer gehockt hatte, kannte er spätestens seit dem Aufleuchten des Handyblitzes Doyles Position. Tatsächlich nahm die schemenhafte Gestalt eine geduckte Haltung an und näherte sich Doyle mit bewundernswerter Lautlosigkeit.

Wenige Schritte links von Doyle stand eine der alten Eichen. Sie hatte einen breiten Stamm und weit verzweigte Wurzeln, die allmählich die angrenzenden Gräber anhoben. Bemüht, ebenso lautlos zu sein wie der Unbekannte, kroch Doyle auf den Baum zu und ging hinter dem Stamm in Deckung. Er hatte den Mund geöffnet, um lautlos zu atmen, und seine Muskeln waren zum Zerreißen gespannt. Unbewaffnet, wie er war, konnte er sich nur auf seine Körperkraft verlassen.

Der Fremde, noch immer in gebeugter Haltung, näherte sich dem Grab, die rechte Hand leicht vorgestreckt. Er hatte eine Schusswaffe, eine Automatik, wie es aussah. Als der Mann das Grab erreichte, blickte er sich langsam nach allen Seiten um. Er war vermutlich irritiert, weil Doyle nicht mehr da war. Sobald der Bewaffnete den Blick von ihm abwandte, stieß sich Doyle, die Fußsohlen gegen eine der großen Baumwurzeln gestemmt, mit den Händen vom Boden ab und sprang auf den anderen zu.

Der hatte etwas bemerkt und ruckte zu Doyle herum. Aber

Doyle war schneller und landete einen wuchtigen Faustschlag an der Schläfe des Mannes. Er sah in ein fleischiges Gesicht unter einem ausladenden lockigen Haarschopf, wie er schon seit Jahrzehnten nicht mehr in Mode war. Der Mund des Mannes öffnete sich zu einem Schmerzenslaut, aber er war nicht außer Gefecht gesetzt.

Er wollte seine Automatik auf Doyle richten. An dieser schnellen Reaktion erkannte Doyle, dass sein Gegner für solche Situationen ausgebildet war. Aber das war er auch. Blitzschnell legte er seine Hände fest um den rechten Unterarm des Lockenkopfs und drehte seine Beute mit jeder Hand in eine andere Richtung. Wieder stöhnte der andere auf. Es musste sich für ihn anfühlen wie tausend winzige Nadeln, die durch sein Fleisch gebohrt wurden. Er öffnete die rechte Hand, und die Automatik entglitt ihr.

Die Waffe lag im Unkraut auf dem Carney-Grab. Als Doyle nach ihr greifen wollte, wurde ihm schmerzhaft klar, dass er den anderen unterschätzt hatte. Sobald Doyle dessen Arm losließ, drehte der Mann sich ein Stück, und ein kräftiger Fußtritt landete in Doyles Rücken. Er fiel auf das Grab, rollte sich geistesgegenwärtig weiter und griff mitten in das Unkraut. Das Glück war auf seiner Seite, und er bekam die Automatik zu fassen. Eine österreichische Waffe, eine Glock 17, wie sie Doyle gut vertraut war. Er richtete sie auf den Fremden, der sich, einen großen Stein in der Linken, auf ihn stürzen wollte. Die Rechte des Mannes war vermutlich noch paralysiert.

»Keine Bewegung!«, sagte Doyle, der am Boden kniete und die Glock mit beiden Händen auf den Kopf des anderen gerichtet hatte, mit metallischer Stimme. »Sonst erwischt dich deine eigene Kugel.«

Der Angreifer gehorchte aufs Wort. Er wusste genau, welche verheerende Wirkung ein Kopfschuss aus dieser geringen Distanz hatte. Von dem, worauf seine Lockenpracht saß, würde nicht viel übrig bleiben.

»Sehr gut.« Doyle zielte weiterhin auf ihn und bewegte die Waffe keinen Millimeter. »Jetzt die linke Hand ganz langsam nach unten und den Stein loslassen!«

Wieder gehorchte der Mann ohne Zögern, und in Doyles Gehirn klingelten die Alarmglocken. Das lief alles ein bisschen zu glatt. Der Fremde war augenscheinlich für den Kampf mit der Waffe wie auch von Mann zu Mann ausgebildet. Dass er sich gar nicht weiter zur Wehr setzte, erschien Doyle seltsam.

»Jetzt ganz langsam mit dem Bauch auf den Boden legen, die Nase in den Dreck!«

Diesmal gehorchte der Fremde nicht. Er verharrte in seiner krummen, nach vorn gebeugten Haltung. Sein Blick hatte sich verändert und wirkte herausfordernd.

Da hörte Doyle eine fremde Stimme wie aus dem Nichts: »Jetzt sind Sie an der Reihe, Doyle. Waffe vorsichtig ablegen und die Hände hinter den Kopf!«

Doyle blickte vorsichtig nach rechts und sah einen zweiten Unbekannten. Er war noch größer und kräftiger als der andere und trug sein dunkles Haar extrem kurz. In den Händen hielt er das beste Argument für seine Forderung, ebenfalls eine Glock. Er zielte damit auf Doyles Kopf.

»Wir sollten verhandeln«, schlug Doyle vor, ohne die Waffe zu senken oder gar abzulegen. »Unsere Argumente sind gleich stark.«

»Das sehe ich anders«, erwiderte der Kurzhaarige. »Wenn Sie nicht augenblicklich tun, was ich sage, sind Sie tot. Ich aber nicht.«

»Dafür Ihr Freund.«

Die Mundwinkel des Kurzhaarigen zuckten wie bei einem unterdrückten Grinsen.

»Wer sagt Ihnen, dass er mein Freund ist?«

»Wenn nicht Ihr Freund, dann zumindest ein geschätzter Kollege. Sonst hätten Sie längst geschossen.«

»Das kann ich jederzeit tun. Vielleicht spiele ich einfach gern ein bisschen. Sie sollten Ihr Blatt aber nicht überreizen, Doyle!«

Ein Räuspern, das von einer weiteren Person stammen musste, irritierte Doyle. Ein älterer Mann mit schütterem Haar, die Hände in den Taschen seines altmodischen Trenchcoats vergraben, trat ohne Hast auf sie zu. Wenige Schritte von dem Carney-Grab entfernt blieb er stehen und lächelte. Ein Lächeln ohne echte Heiterkeit, es wirkte wie antrainiert.

»Vielleicht sollten wir diese verfahrene Situation friedlich auflösen, meine Herren. Eine Schießerei auf einem dämmrigen, verfallenen Friedhof am Rand der Stadt, das ist doch wie aus einem zu melodramatisch geratenen Drehbuch. Außerdem möchte ich weder einen ehemaligen DCI von Scotland Yard noch einen Agenten des Security Service mit zermatschtem Schädel hier liegen sehen. Allein der Papierkram verursacht mir Kopfweh.«

»Security Service?«, wiederholte Doyle. »MI5?«

»Die einen sagen so, die anderen so, es kommt aufs selbe raus«, sagte der Mann im Trenchcoat und klang dabei völlig entspannt. »Ich bin Major Hudson.«

»Den Rang eines Majors gibt es beim MI5 nicht.«

»Die Hausaufgaben gemacht, wie? Beim Yard stellen sie keine Trottel ein. Im Gegensatz zu unserem Verein.« Beim letzten Satz blickte er zu dem Lockenkopf. »Ich war Major in der Armee. Ich finde, Major klingt besser als Head Officer.«

»Und die beiden Clowns hier?«, fragte Doyle.

»Der, der die Schießerei überleben würde, ist Agent Andrews. Der arme Trottel mit den Locken, der so blöd war, sich entwaffnen zu lassen, ist Agent Raymond. Eigentlich hätte er es verdient, dass Sie abdrücken, DCI. Aber wie gesagt, der ganze Papierkram ... Protokolle, Kondolenzschreiben, ein Nachruf, der ganze Mist.«

Doyle atmete tief durch. Die Situation war ebenso verwirrend wie verfahren. Er musste sich zwingen, bei klarem Verstand zu bleiben.

»Das hört sich alles nett an, Major Hudson, oder wie immer Sie wirklich heißen mögen. Aber woher weiß ich, dass Sie kein Märchenonkel sind?«

KAPITEL 20

Calvin Baker war das ungewöhnliche Geräusch seiner Türklingel gewöhnt, und er blickte nur deshalb irritiert von dem großen Atlas, der neben anderen Büchern aufgeschlagen auf seinem hufeisenförmigen Schreibtisch lag, auf, weil er keinen Besuch erwartete. Klingel war für das Gerät, das die ohrenbetäubende Mischung aus Hufschlag, Säbelklirren, Kanonendonner, Hornsignal und Kommandogeschrei verursachte, eigentlich das falsche Wort. Baker blickte auf seine Armbanduhr. Schon halb zehn durch. Das konnte auch kein Paketbote mehr sein.

Wieder blies die sogenannte Türklingel zur Attacke, und er freute sich über seine kleine digitale Spielerei. Er hatte die Audiodatei in mühsamer Kleinarbeit abgemixt. Seufzend erhob er sich von dem gepolsterten Schreibtischstuhl, wischte mit dem Handrücken ein paar Schokoladen- und Kekskrümel von seinen Lippen und verließ sein großes Arbeitszimmer, das er wegen der geraden Wände so sehr schätzte. Vielmehr wegen der Regale an den geraden Wänden und der vielen Bücher, die in mehreren Reihen hintereinander in den Regalen standen.

Er grinste, als er auf den Flur trat. Die Idioten unter seinen wenigen Besuchern erkannte er an der Frage, ob er denn auch all die Bücher gelesen hätte. Früher hatte er darauf geantwortet: »Dann bräuchte ich sie ja nicht mehr.« Inzwischen zuckte er nur mit den Schultern und dachte sich seinen Teil. Mit Leuten, deren höchstes geistiges Niveau erreicht war, wenn sie halbnackten C-Promis bei blöden Spielchen im Fernsehen zusahen, war ein Gespräch über Bücher so sinnvoll wie die Diskussion mit einem Schweizer über die christliche Seefahrt.

Die dritte Attacke, stürmischer als die vorherigen.

»Ist ja gut, bin unterwegs«, brüllte er in Richtung Haustür.

Als er die Tür öffnete, wurde ihm erst bewusst, wie dunkel es draußen schon war. Er hatte im Flur kein Licht gemacht, da er sich dort auch blind zurechtfand, und sah in der ersten Sekunde nur einen Schemen vor sich stehen.

»Mein Gott, Calvin, was ist das? Ich hätte fast einen Herzschlag gekriegt.«

Seine Augen gewöhnten sich an das Dämmerlicht und erkannten Jasmyn Allisette, die ihn etwas pikiert ansah. Neben ihr auf dem Boden stand eine reichlich große und prall gefüllte Reisetasche.

»Waterloo«, sagte er nur.

»Wie, Waterloo?«

»Der Film mit Christopher Plummer als Wellington und Rod Steiger als Napoleon. Ich habe sämtliche Geräusche dem Film entnommen. Die Attacke der Scots Greys auf die französischen Stellungen.«

»Aha«, machte Allisette verständnislos. »Ich dachte, das sei zweihundert Jahre her. Warum bringst du noch heute Unschuldige mit dem Lärm um?«

»Zweihundert Jahre stimmt ziemlich genau.« Baker strahlte. »Du kennst dich ja doch aus.«

»Hältst du mich für blöd, nur weil ich ein rothaariges Mädchen bin?«

»Würde mir nie einfallen.« Er wurde sich wieder der ungewöhnlichen Situation bewusst und blickte auf die Reisetasche. »Was kann ich für dich tun, Jasmyn? Hast du einen späten Großeinkauf gemacht?«

»Ich würde gern bei dir übernachten, Calvin.«

»Wie«, fragte jetzt er, »übernachten?«

»Am besten waagerecht. Falls du so viel Platz hast. Ist ja ein schickes Cottage. Wohnst du hier allein?«

»Nein, mit Marengo. Aber er schläft schon, falls ihn die Klingel nicht geweckt hat. Aber dann würden wir ihn wahrscheinlich singen hören.«

Allisette wirkte überrascht. »Du hast einen Freund? Einen Sänger?«

»Er ist ein Südholländer.«

»Aha. Heißt das, für mich ist kein Platz mehr?«

»Quatsch! Oder willst du in seinem Käfig übernachten?«

»Käfig?«

»Ein großer Käfig. Er fühlt sich dort bestimmt nicht eingeengt. Du bist doch keine radikale Tierschützerin?«

»Na klar bin ich für den Tierschutz, und manchmal kann ich auch radikal sein, aber was ist jetzt genau mit diesem Marengo? Warum schläft er schon?«

»Um diese Zeit sollte ein Kanarienvogel schlafen, oder?«

»Kanarienvogel?« Allisette wollte sich fast ausschütten vor Lachen. »Du bist echt 'ne Marke, Calvin. Es hat sich jetzt schon gelohnt, dass ich hergekommen bin. Das erste Mal seit gestern, dass ich was zu lachen hatte.«

»Verstehe.« Baker hatte sich von der Überraschung ihres Besuchs erholt, und sein Gehirn verarbeitete die Fakten. »Du hast Stress mit deiner ... Partnerin, hm? Dann komm mal rein.«

Er griff nach der Reisetasche – sie war wirklich sehr schwer – und ging voran in den Flur, wo er das Licht einschaltete.

Allisette folgte ihm und schloss die Haustür hinter sich.

Als sie im Flur stand, sprudelte es aus ihr heraus: »Rosie ist nicht mehr meine Partnerin. Wir haben uns getrennt. Ich muss total verblendet gewesen sein, die ganze Zeit über. Ihr liegt gar nichts an mir, sie denkt nur an sich selbst. Ich weiß nicht, warum ich das heute erst erkannt habe. Besser spät als nie, was? Jedenfalls habe ich mit ihr Schluss gemacht und bin raus aus der Wohnung.«

»Warum ist sie nicht ausgezogen? Sie hat doch noch ihre Wohnung in St. Andrew.«

»Sie hat gesagt, wenn ich Schluss mache, soll ich auch verschwinden. Ich hatte einfach keine Lust mehr auf weitere Diskussionen. Verstehst du das?«

Er sah in ihren schönen grünen Augen Tränen glitzern, stellte die Tasche ab und schloss sie in seine Arme.

»Schon gut, Jasmyn. Ich verstehe das sehr gut. Du kannst hierbleiben, solange du möchtest. Du kannst in meinem alten Jugendzimmer schlafen. Meine Eltern haben es zum Gästezimmer umfunktioniert, als ich ausgezogen bin.«

Er ließ sie los, damit sie nicht dachte, er wolle die Situation irgendwie ausnutzen.

Allisette wischte kurz mit einem Taschentuch über ihre Augen und fragte: »Wo sind deine Eltern?«

»Sie leben jetzt in Irland, in der Nähe von Cork. Mein Vater kommt von dort, und er wollte wieder zurück in die Heimat. Da habe ich das Haus übernommen. Schön viel Platz.«

»Für dich und Marengo?«

Er nickte.

Plötzlich kicherte Allisette. »Ich dachte immer, Marengo sei ein Hühnergericht.«

»Ist es auch. Schmeckt übrigens sehr gut, ich koche es hin und wieder mal. Eigentlich ist Marengo ein Ort in Norditalien, wo Napoleon die Österreicher geschlagen hat. Danach hatte der Kaiser einen solchen Hunger, dass er ein Huhn Marengo verputzt hat.«

»Du kannst kochen, Calvin?«

»Klar. Oder glaubst du, ich ernähre mich nur von Schokoriegeln?«

»Nun ja, manchmal machst du den Eindruck. Was dein Huhn Marengo angeht, ich bin schon gespannt auf das Rezept.«

Baker brachte sie ins Gästezimmer und zeigte ihr das Bad.

»Mach dich in Ruhe frisch, Jasmyn. Ich mache uns inzwischen eine heiße Schokolade.«

»Es ist Sommer. Wir haben draußen noch reichlich über zwanzig Grad.«

»Heiße Schokolade schmeckt immer. Vor allen Dingen beruhigt sie die Nerven. Ich bin dann in meinem Arbeitszimmer. Immer der Mozart-Musik nach.«

Als Allisette einige Minuten später ins Arbeitszimmer kam, glitt ihr staunender Blick über die Wände voller Bücher. Sein Blick wiederum hing an ihr, und gespannt wartete er auf ihre Reaktion.

»Ich nehme nicht an, dass du die Wälzer alle gelesen hast«, sagte sie schließlich zu seiner Erleichterung. »Eine Menge

Geschichte, hauptsächlich achtzehntes und neunzehntes Jahrhundert. Wozu brauchst du die alle?«

»Das Zeitalter der Französischen Revolution und Napoleon Bonapartes ist mein Fachgebiet. Ich schreibe darüber.«

»Du schreibst? Was denn?«

»Artikel über diese Epoche, hauptsächlich für historische und militärhistorische Publikationen. Vielleicht wird eines Tages mal ein Buch draus, aber das dauert noch.«

»Du wirst veröffentlicht? Mit deinem Namen?«

»Ja«, sagte er nur und reichte ihr einen hohen Becher mit heißer Schokolade. Auf dem Becher prangte ein Porträt Wellingtons. Sein eigener Becher wurde von Napoleon geschmückt.

»Das ist ja super!«, rief Allisette begeistert. »Ich möchte unbedingt was von dir lesen!«

»Tja«, meinte er skeptisch, »wenn es dich nicht langweilt.«

»Wieso denn?«

»Die meisten fragen mich eher verwundert, warum ich mich für so etwas interessiere.«

»Und was antwortest du?«

»Dass ich es nicht weiß. Der eine interessiert sich für Fußball oder Briefmarken, der andere für die Rosenzucht oder das Einkochen von Marmelade. Ich interessiere mich hierfür.« Er zeigte auf die Bücher vor ihm auf dem Schreibtisch.

»Warum hast du nie etwas davon erzählt?«

»Es verwirrt die Leute nur. Sie können mich dann noch schwerer einordnen. Mir reicht es schon, der Dicke mit der Schokolade zu sein. Außerdem lasse ich mir mein Hobby nicht gern zerreden.«

»Sitzt du gerade an einem neuen Artikel?«

»Ja«, sagte er knapp. Er wusste aus Erfahrung, dass er die

Leute hoffnungslos überforderte, wenn er sich in Details erging.

Aber Allisette fragte, nachdem sie einen Schluck von der Schokolade getrunken hatte, weiter: »Welches Thema?«

»Eugène de Beauharnais und seine italienischen Feldzüge in den Jahren 1813 bis 1814.«

»Oha, da muss ich passen. Bei Beauharnais denke ich an Napoleons Frau Josephine. Über sie gab es vor Jahren mal einen Fernsehfilm.«

»Eugène war ihr Sohn, also Napoleons Stiefsohn. Er hat ihn adoptiert und zum Vizekönig von Italien ernannt. Eugène hat sich als fähiger Feldherr erwiesen und 1814 in Italien erst kapituliert, als Napoleon bereits abgedankt hatte. Du weißt ja, Elba und so.«

»Natürlich. Von da kam Napoleon zurück, und dann hat es bei Waterloo ordentlich gerumst.«

Baker musste lachen. »So war es, Jasmyn. Du hast ein Jahr Geschichte präzise in einem Satz zusammengefasst.«

»War dein Eugène dann auch dabei? Bei Waterloo, meine ich.«

»Nein. Sein Schwiegervater, der König von Bayern, brachte ihn dazu, bei Frau und Kindern zu bleiben. So entging er der für Napoleon verhängnisvollen Schlacht.«

»Er hat eine Prinzessin geheiratet. Na, das war wohl keine Liebesheirat, sondern so ein Ding, das die Väter ausgehandelt haben.«

»Korrekt. Prinzessin Auguste war schon anderweitig verlobt, aber sie war der Preis dafür, dass Napoleon ihren Vater zum König machte. Es wurde dann aber eine innige Liebe daraus. Auch deshalb ist Eugène wohl lieber bei ihr geblieben, als noch einmal in die Schlacht zu ziehen.«

Allisette hockte sich mit übereinandergeschlagenen Beinen in seinen großen Lesesessel und sah ihn mit leuchtenden Augen an.

»Eine innige Liebe zwischen Vizekönig und Prinzessin, und der Vizekönig hielt zu ihr, statt in den Krieg zu ziehen. Das ist wie im Märchen, jetzt wird es interessant. Erzähl mir mehr, Calvin!«

»Was denn? Wie sich Auguste erst gegen die Heirat sträubte und dauernd schmollend in Ohnmacht fiel? Oder von den sieben Kindern, die sie miteinander hatten?«

»Alles.« Allisette sah aus wie ein kleines Mädchen, das sich auf die Erzählungen der Großmutter freute. Sie lächelte ihn über den Rand ihres Schokoladenbechers hinweg an. »Das sind genau die Geschichten, die ich jetzt hören möchte!«

KAPITEL 21

»Ich werde jetzt mein Handy aus der Tasche ziehen, ganz langsam«, sagte der Mann, der sich Major Hudson nannte. »Damit Sie nicht überreagieren und mit dem Zeigefinger zucken.«

»Wozu?«, fragte Doyle.

»Ich soll Ihnen doch beweisen, dass ich kein Märchenonkel bin. Dazu möchte ich jemanden anrufen, dem Sie hoffentlich mehr vertrauen als mir.«

»Wer soll das sein?«

»Ein gewisser Colin Chadwick, den ich noch aus seinen Tagen beim Yard kenne. Ist das okay?«

»Ja, aber alles in Zeitlupe!«

Gespannt beobachtete Doyle, wie der andere etwas aus der linken Außentasche seiner Jacke zog, die unter dem offenen Trenchcoat hervorlugte. Etwas Schwarzes, Kleines. Tatsächlich ein Handy und keine Waffe.

»Jetzt müsste ich seine Privatnummer auf Guernsey haben«, murmelte der Major.

Doyle, vollgepumpt mit Adrenalin, konnte die Nummer ohne nachzudenken abrufen und nannte sie ihm.

»Danke«, sagte Hudson und gab die Ziffern ohne Hast ein. »Hallo? Colin, sind Sie es? Entschuldigen Sie die Störung zu später Stunde. Hier ist Jack, Jack Hudson. (...) Ja, danke, eigentlich ganz gut. Abgesehen davon, dass einer Ihrer Männer im Augenblick eine Glock 17 auf den Kopf eines meiner Männer richtet. Ein anderer meiner Männer wiederum zielt mit seiner Glock 17 auf Ihren Mann. Vielleicht können Sie die Situation entschärfen, indem Sie mich identifizieren. (...) Um wen es geht? DCI Doyle natürlich. Oder haben Sie noch jemanden nach England geschickt, Colin?«

»Das ist ja eine nette Vorstellung«, rief Doyle. »Machen Sie ein Soloprogramm daraus und treten Sie damit im Londoner West End auf.«

»Da ist wirklich Ihr Chief Officer dran, DCI.«

»Tatsächlich? Oder vielleicht doch die Queen oder der Lordsiegelbewahrer?«

»Ich bringe Ihnen das Handy, wenn Sie einverstanden sind.«

»Also gut. Aber weiterhin alles in Zeitlupe, Major. Und vergessen Sie nicht: Ein Trick von Ihnen, und Agent Raymond muss nie wieder seine Dauerwelle föhnen!«

Wäre die Situation nicht so ernst gewesen, hätte es ulkig ausgesehen, wie der Mann im Trenchcoat sich betont langsam auf Doyle zubewegte. Er sah aus wie ein schlechter Pantomime. Endlich stand er neben ihm und hielt sein Handy an Doyles Ohr.

»Colin, sind Sie das?«, fragte Doyle, während er weiterhin auf den Lockenkopf zielte.

»Ja, natürlich. Cyrus, was ist da bei Ihnen los?«

Es war eindeutig Colin Chadwicks Stimme.

»Nur ein kleines Missverständnis zwischen mir und drei Fremden. Deren Boss behauptet, Major Hudson vom MI5 zu sein.«

»Er behauptet es nicht nur, er ist es. Die schneidende Stimme ist unverkennbar. Schaffen Sie dieses Missverständnis schnell aus der Welt, Cyrus!«

»Wird gemacht, Colin. Und gute Nacht!« Doyle ließ die Glock-Automatik langsam sinken und legte sie in das Unkraut zurück. »Also gut, rauchen wir die Friedenspfeife.«

»Du bist auch so eine Friedenspfeife«, hörte er die Stimme von Agent Andrews. »Was ist, Sir, soll ich den Schnüffler jetzt abballern?«

»Nur, wenn Sie anschließend den Papierkram übernehmen, Andrews«, seufzte Major Hudson. »Falls Sie das nicht vorhaben, stecken Sie die Waffe weg. Und Sie, Raymond, sammeln Ihr Schießeisen ein und reinigen es bei nächster Gelegenheit sorgfältig. Wenn da der halbe Friedhof drinsteckt, fliegt es Ihnen beim nächsten Einsatz um die Ohren.«

»Ja, Sir.«

Doyle verharrte in seiner kauernden Position und sah zu, wie der Lockenkopf die Waffe an sich nahm und nach kurzer Inspektion in das Hüftholster unter seiner Lederjacke schob. Dann strich er mit der linken Hand vorsichtig über das rechte Handgelenk.

»Tut noch immer höllisch weh«, sagte er mit einem schiefen Grinsen zu Doyle. »Sie haben den Schraubstockgriff wirklich drauf. Wer hat Ihnen das beigebracht, ein Ausbilder beim Yard?«

»Nein, mein Vater. Er hat den Griff im Krieg gelernt.«

»Falkland?«

»Zweiter Weltkrieg.«

»Oh. War er bei den Commandos?«

»Nein, Guernsey Police.«

»Er war sicher ein guter Mann.«

»Er *ist* ein guter Mann.«

»Vielleicht sollte ich Sie eine Weile zur Grundausbildung auf die Kanalinseln schicken, Raymond«, sagte Major Hudson und streckte eine Hand nach Doyle aus. »Stehen Sie auf, DCI Doyle. Sie haben bestimmt einige Fragen an uns.«

»Richtig, Sir.« Doyle erhob sich und scheute sich dabei nicht, die helfende Hand des Majors zu ergreifen. Er hätte sie nicht benötigt, aber die Geste war wie ein Handschlag. »Da es hier schon reichlich düster ist und mein Magen in den Kniekehlen hängt, würde ich die Unterhaltung gern irgendwo fortsetzen, wo es einen Happen zu essen und einen Schluck zu trinken gibt.«

Hudson lächelte, und diesmal wirkte es halbwegs echt. »Das wollte ich auch gerade vorschlagen. Andrews, Sie kennen sich doch hier aus. Wo können wir uns stärken und haben trotzdem unsere Ruhe?«

Der Agent mit den kurzen Haaren überlegte nicht lange. »Das Lion & Crown, Sir. Ein gemütlicher Pub mit einigen abgetrennten Nischen. Mit dem Auto ist es keine fünf Minuten von hier.«

»Gut.« Der Major blickte sich nach allen Seiten um. »Dann Abmarsch, damit hier endlich wieder die gewohnte Friedhofsruhe einkehrt.«

* * *

Das warme Irish Stew, das sich in seinem Magen mit einem kalten Guinness Draught vermischte, belebte Doyles Lebensgeister. Normalerweise hielt er sich mit Alkohol im Dienst zurück, aber nach dem Friedhofsabenteuer, das seine Nerven bis aufs Äußerste strapaziert hatte, konnte er dem kühlen Dunklen nicht widerstehen. Major Hudson, der ihm gegenüber in einer Nische des Lion & Crown saß, schien das ähnlich zu sehen und genehmigte sich einen Single Malt. Seinen beiden Agenten hatte er dagegen Orangensaft verordnet. Es erinnerte Doyle an einen Kollegen aus Oxford, mit dem zusammen er vor vielen Jahren einen Fall bearbeitet hatte. Der Oxforder DCI war ein großer Bierliebhaber gewesen, auch im Dienst, hatte aber seinen Sergeant auf strenge O-Saft-Diät gesetzt.

In dem Pub war es gemütlich, und das Essen schmeckte gut. Trotzdem war es nicht besonders voll. Wenige Tische waren besetzt, und ein Teil der Gäste hatte sich an der Theke versammelt, um mit dem Wirt und seiner Frau über Fußball, das Fernsehprogramm oder sonst was zu debattieren, während Rod Stewarts Reibeisenstimme in dezenter Lautstärke aus den Lautsprechern kam. Doyle und die drei MI5-Männer saßen etwas abgeschieden von allen anderen und konnten sich, wie erhofft, in Ruhe unterhalten.

»Wie sind Sie mir so schnell auf die Spur gekommen, Major?«, fragte Doyle. »Ein Tipp aus Guernsey, vom Admiral?«

»Was für ein Admiral?«

»Zum Beispiel der Admiral, der zurzeit als Vizegouverneur die Interessen der Krone auf Guernsey vertritt. Oder vielleicht sein Adjutant, Captain Broadley?«

Hudsons Gesicht war eine undurchdringliche Maske, als er antwortete: »Namen sind Schall und Rauch. Wichtig ist doch allein, dass wir uns getroffen haben. Und für Sie, dass Sie erfahren haben, wonach Sie gesucht haben.«

»Zur Hälfte allenfalls. Ich weiß jetzt, dass unser Reginald Carney auf Guernsey nicht der echte Reginald Carney ist. Der wurde nicht alt genug, um eine Ausbildung als Landschafts-gärtner zu machen. Wobei ich auch nicht glaube, dass der falsche Reginald Carney etwas von Gärtnerei versteht. Er brauchte einfach eine neue Identität, und irgendwer beim MI5 oder einem anderen geheimen Verein hat sich für den Freinamen Reginald Carney entschieden. So nennt man in Ihrer Branche doch falsche Identitäten, die auf Namen basie-ren, die tatsächlich in irgendeinem Geburtsregister stehen, deren Träger aber schon in früher Kindheit verstorben sind, oder?«

»Ganz recht, frei gewordene Namen«, bestätigte der Ma-jor.

»Ohne den blöden Grabstein wäre das doch nie aufgeflo-gen«, raunzte Agent Andrews. »Ich verstehe gar nicht, wa-rum man den nicht entsorgt oder zertrümmert hat.«

Sein Vorgesetzter warf ihm einen nicht gerade freundli-chen Blick zu. »Pietät, Respekt, sagen Ihnen diese Begriffe etwas, Andrews?«

Der Agent grinste in seinen O-Saft. »Die kenne ich aus Kreuzworträtseln.«

Hudson machte eine wegwerfende Handbewegung. »Die Jugend von heute. Schreibt Moral nur noch ohne M.«

Das Geplänkel war ein Ablenkungsmanöver, aber Doyle fiel nicht darauf rein. Die drei anderen waren Profis, er aber auch.

»Kommen wir doch zu dem falschen Reginald Carney zu-rück«, schlug er vor. »Wer ist er wirklich? Was hat er getan? Und vor wem fürchtet er sich?«

»Sie geben nicht auf, was?«, meinte Major Hudson kopf-schüttelnd. »Alles, wonach Sie eben gefragt haben, unterliegt der Geheimhaltung.«

»Sie werden es mir sagen, Major. Dafür verspreche ich

Ihnen, es niemandem zu erzählen außer dem Chief Officer und meiner Stellvertreterin.«

»Wieso glauben Sie, dass ich es Ihnen sagen werde?«

»Warum sonst sitzen wir hier? Weil Sie und Ihre Gorillas kein Zuhause haben?«

»Hu!«, machte Raymond. »Gorillas! Das habe ich ja zuletzt in einem schwarz-weißen Gangsterfilm gehört.«

»Der DCI hat schon recht«, wurde er von Hudson belehrt. »Auf dem Friedhof haben Sie wirklich die Intelligenz eines Gorillas gezeigt.« Der Major sah wieder Doyle an. »Und Sie haben auch recht mit der Annahme, dass ich Ihnen sagen werde, was Sie wissen wollen. Gegen Ihr Schweigegelübde. Aber anders werde ich Sie wohl nicht los, oder?«

»Diesmal haben Sie recht, Major«, erwiderte Doyle und schob seinen leeren Teller der blondierten Wirtin zu, die zum Abräumen an den Tisch trat.

Hudson senkte seine Stimme und beugte sich zu Doyle vor. »Bevor sich global agierende Großfirmen wie Blackwater in den USA oder G4S bei uns um die sogenannte Sicherheit in Ländern kümmerten, in denen Staaten als solche offiziell nicht in Aktion treten dürfen, waren die Regierungen im Konfliktfall auf inoffizielle Truppen angewiesen.«

»Um es in einem Wort zu sagen, auf Söldner.«

»Ja. Zu einer dieser Truppen gehörte der Mann, den Sie als Reginald Carney kennen und dessen wahrer Name hier wirklich ohne Belang ist. Er kennt ihn vielleicht selbst nicht mehr. Wir können ihn auch den Colonel nennen nach dem Rang, den er zuletzt bekleidete, als er Anführer seiner Einheit war. In einem Land jenes Gebiets, das man früher als Schwarzafrika bezeichnet hat, einem Land, dem Großbritannien in besonderer Weise verbunden ist und in dem ein gnadenloser Bürgerkrieg herrschte, haben er und seine Leute unsere Interessen auf, sagen wir mal, ihre eigene Art vertreten.«

»Das heißt was?«

»Ein paar blutige Massaker gehen auf das Konto dieser Männer. Wirkliche Gemetzel, in denen auch auf Frauen und Kinder keine Rücksicht genommen wurde. Ganze Dörfer wurden auf diese Weise ausgelöscht. Selbstverständlich hat die Regierung Ihrer Majestät erst hinterher davon erfahren.«

»Selbstverständlich.«

»Nicht so sarkastisch, Mr Doyle. Als unsere Regierung davon erfuhr, hat sie den Colonel und seine Truppe zeitnah abgezogen. Außerdem zeichnete sich da ohnehin ein Sieg der Rebellen ab. Die sind, wahrscheinlich durch Folter von Gefangenen, an die Namen des Colonels und etliche seiner Männer gekommen. Sie alle stehen seitdem auf einer Todesliste. Einige hat es bereits erwischt. Der Colonel als Anführer war besonders in Gefahr und zog es vor, sich mit einer anderen Identität auf Guernsey niederzulassen. Bei allem, was er verbrochen haben mag, dürfen Sie zwei Dinge nicht vergessen: Es herrschte ein Bruderkrieg, der auf beiden Seiten mit äußerster Brutalität geführt wurde. Und der Colonel hat sich große Verdienste um das Vereinigte Königreich erworben.«

Je länger er dem Major zuhörte, desto klarer wurden die Dinge für Doyle. Die »schwarzen Ungeheuer«, vor denen sich der angebliche Reginald Carney so sehr fürchtete, waren Killer aus jenem afrikanischen Land, in dem er mit seinen Leuten einst gewütet hatte. Wobei sein alkoholvernebelter Verstand offenkundig keine Rücksicht auf politisch korrekte Sprachregelungen nahm.

»Besteht die Bedrohung für den Colonel heute noch?«

»In der Praxis schwer zu sagen, theoretisch schon«, sagte

Hudson. »Seit Jahren hat es niemanden von der Todesliste mehr erwischt, sehen wir von natürlichen Todesfällen mal ab. Aber die von dem herrschenden Diktator, der sich Präsident nennt, ausgesprochene Todesdrohung hat keine zeitliche Begrenzung.«

Doyle leerte sein Bierglas und nickte. »Dann will ich auch offen zu Ihnen sein, Major. Ich halte Ihren Colonel nicht für den Mörder, den wir suchen, aber für einen wichtigen Zeugen. Ganz ausschließen kann ich seine Täterschaft jedoch nicht. Vielleicht hat er es getan, ohne es zu wissen. Er scheint sich halb um den Verstand gesoffen zu haben.«

»Ich weiß. Unsere Regierung hat wirklich gut für ihn gesorgt. Dass er jetzt, wie ich gehört habe, wie ein Einsiedler in einer Hütte lebt, hat er sich selbst und seiner Trinkerei zuzuschreiben.«

»Ich möchte ihn gern in aller Ruhe und in aller Form vernehmen. Unter anwaltlicher Begleitung und ärztlicher Aufsicht, meinethalben auch in mehreren Sitzungen. Es ist schwierig, aus ihm etwas Vernünftiges herauszukriegen. Ich würde ihn nur zu den Umständen des Mordes befragen. Nicht zu seiner Vergangenheit, die ist für meine Morduntersuchung nicht weiter von Interesse. Könnten Sie erreichen, dass der Vizegouverneur seine schützende Hand so weit anhebt, dass ich zu meiner Vernehmung komme?«

»Wenn ich mein Okay gebe, sollte das kein Problem sein. Aber dafür erwarte ich eine Gegenleistung, Mr Doyle.«

»Und die wäre?«

»Sie holen jetzt Ihr Handy hervor und löschen vor meinen Augen das Foto, das Sie vorhin von dem Grabstein gemacht haben.«

»Wir könnten das Ding einfach einkassieren«, schlug Agent Raymond vor.

»Oder zertrümmern«, lautete Agent Andrews' Variante. Dann kann er auch kein neues Foto damit machen.«

»Hoffnungslos«, sagte Major Hudson und sah seine Begleiter an. »Also, DCI, haben wir einen Deal? Natürlich beinhaltet der Ihr Ehrenwort, das Carney-Grab nicht erneut zu fotografieren.«

Doyle legte sein Handy auf den Tisch aus dunklem Holz und löschte vor den Augen der anderen das Foto.

»Kein Duplikat, zum Beispiel in einer Cloud?«

»Keine Cloud, kein Duplikat, kein neues Foto. Mein Ehrenwort.«

»Zeit für uns, nach London zurückzufahren«, sagte der Major und erhob sich. Erst jetzt wurde Doyle bewusst, dass der andere die ganze Zeit über im Trenchcoat am Tisch gesessen hatte. »Wann fliegen Sie zurück auf Ihre Insel?«

»Morgen Vormittag. Ich werde mir wohl hier im Pub ein Zimmer nehmen. Der Tag war lang, heiß und anstrengend.«

»Vernünftig«, meinte Major Hudson und nickte ihm zu.

Doyle begleitete die drei zur Tür und sah zu, wie sie in den dunklen Ford Kuga stiegen und in Richtung Ausfallstraße davonfuhren. Er ging in den Pub zurück, aber nur, um seine Jacke zu holen. Er war zwar der Meinung, mit Major Hudson und dessen Männern im Reinen zu sein, aber er war sich nicht sicher, ob die das auch so sahen. Jeder im Pub konnte bezeugen, dass sie friedlich an einem Tisch gesessen und sich höflich voneinander verabschiedet hatten. Warum also sollte jemand die MI5-Leute verdächtigen, falls Doyle während der Nacht in seinem Zimmer etwas zustieß?

Er schaltete sein Handy aus, stieg in den Mietwagen, in dessen Kofferraum noch sein Gepäck lag, und fuhr in Richtung Autobahn, die er schon in Milstead wieder verließ. Dort fand er ein kleines Hotel, in dem er die Nacht verbringen wollte. Es besaß einen Hinterhofparkplatz, der von der Straße aus nicht einsehbar war. Das war ein wichtiges Kriterium für die Auswahl des Hotels gewesen. Auf dem Parkplatz hatte er ein passend geformtes Holzstück gefunden, das er wie einen Keil unter seine Zimmertür schob. Bevor er das Licht löschte, legte er das scharfe Steakmesser, das er im Lion & Crown von einem Nachbartisch heimlich eingesteckt hatte, griffbereit auf den Nachttisch.

DRITTER TAG

Dienstag, 16. Juni

KAPITEL 22

Der Morgen war noch jung, und die sich langsam über Guernsey erhebende Sonne ließ alle Gebäude lange Schatten werfen, die auf ihn wie Geister wirkten. Vielleicht waren sie es wirklich. Die Ufermauer zu seiner Rechten warf ihren Schatten weit auf den Strand. Der Strand, an dem sich das schwarze Ungeheuer Lizzie Somers geholt hatte. Vielleicht war es gar kein Ungeheuer gewesen, sondern ein Mensch. Das war ihm erst kürzlich klargeworden, und die Belohnung für diesen Einfall presste er mit beiden Händen fest an sich wie einen wertvollen Schatz. Eine Flasche Whisky, fast voll, noch dazu eine gute Sorte. Was für ein Geschenk!

Er hielt es nicht länger aus. Dieser quälende Durst. Ihm kam es vor, als hätte er seit Wochen nur noch Wasser, Saft, Kaffee und Tee zu trinken bekommen. Mit jeder Faser seines Körpers sehnte er sich nach etwas Richtigem. Mit vor Verlangen zitternden Fingern öffnete er den Schraubverschluss, der prompt auf den Boden fiel und auf die Fahrbahn kullerte. Er setzte die Flasche an die Lippen, beugte sich nach hinten und trank den Whisky, als wäre er Wasser. Ein Wohlgefühl aus brennender Wärme breitete sich in ihm aus, und endlich fühlte er sich wieder wie er selbst.

»Dank dem edlen Spender«, murmelte er und leckte über seine rissigen Lippen. Nur keinen Tropfen verschwenden! Er betrat die Fahrbahn und wollte den Flaschendeckel aufheben. Ein lautes Hupen schrie ihn an wie ein Raubtier, und er taumelte im letzten Augenblick zurück auf den Gehweg. Ein schwerer Lkw rauschte an ihm vorbei, und er spürte deutlich den Fahrtwind in seinem Gesicht. Der Fahrer des Lastwagens hupte noch einmal, obwohl keine Gefahr mehr bestand.

»Arschloch«, brummte er und hielt nach dem Deckel der Whiskyflasche Ausschau. Vermutlich hatte der Fahrtwind ihn davongewirbelt. Auch egal, die Flasche würde wohl nicht lange vorhalten bei seinem Durst. Auf den Schreck genehmigte er sich noch einen kräftigen Schluck. Nein, besser zwei. Dann ging er weiter an der Bucht entlang, aber nicht am Strand. Vielleicht war es ja doch ein Geist gewesen, ein Ungeheuer, dem Lizzie zum Opfer gefallen war. Er blieb lieber auf dieser Seite der Küstenmauer, am Rand der Straße. Lkws konnte man leichter ausweichen als Geistern.

Obwohl er sich unwohl fühlte, setzte er einen Fuß vor den anderen. Er wollte nach Hause, wo niemand ihm vorschrieb, was er zu tun und zu lassen hatte. Da war dieses seltsame Gefühl in seinem Magen, als wolle ihn etwas von innen auffressen. Er nahm noch einen Schluck Whisky, um diesen brennenden Schmerz zu betäuben, und ging tapfer weiter. Auf der Höhe des Imperial Hotels überquerte er die Straße, schleppend, taumelnd, und fast wäre er doch noch überfahren worden. Der Fahrer des BMW-SUV, der um die Biegung beim Imperial schoss, hatte nicht gehupt. Hätte der Wagen ihn erwischt, hätte der Typ vielleicht nicht einmal angehalten.

Endlich hatte er den Wald erreicht und tauchte ins Unterholz ein. Seine Hütte konnte nicht mehr weit entfernt sein. Darauf einen Schluck – auch gegen den kaum noch auszuhaltenden Schmerz in seinem Magen. Er krümmte sich zusammen und übergab sich, fühlte sich aber danach kein bisschen besser. Also noch einen Schluck, gegen den schlechten

Geschmack in seinem Mund und gegen den höllischen Schmerz. Es fühlte sich an wie die Faust eines Unsichtbaren, der ihm die Eingeweide bei lebendigem Leib herausriss.

Seine Beine gaben nach, und er stürzte zu Boden. Dabei schlug sein Kopf gegen einen scharfkantigen Stein, und Blut sickerte von seiner aufgerissenen Stirn. Die Flasche in seiner Rechten war zum Glück heil geblieben. Aber seine Hände zuckten krampfartig, und er konnte nichts dagegen tun. Die Flasche entglitt ihm, rollte ein kleines Stück über den moosigen Waldboden und blieb an irgendeinem Gestrüpp hängen. Hilflos musste er zusehen, wie die goldgelbe Flüssigkeit auslief und versickerte.

Dann waren die Geister über ihm. Wie aus dem Nichts kamen sie, stürzten sich auf ihn und wühlten in seinen Eingeweiden herum. Gesichter von Männern, Frauen und Kindern. Manche von den Spuren der Folter gezeichnet, andere mit verbrannter Haut, die in Fetzen von ihren Knochen hing. Sie alle wollten Rache an ihm nehmen, und jetzt war der Augenblick gekommen.

Doch sie waren so schnell verschwunden, wie sie gekommen waren, und er war nicht länger der Landschaftsgärtner Reginald Euan Carney. In den letzten Sekunden seines Lebens wurde sein Kopf ganz klar, und Colonel James Robert Burton wurde wieder zu dem Offizier mit dem analytischen Verstand, dem scharfen Denker, der er einst gewesen war. Der Nebel vor seinem inneren Auge lichtete sich, und er wusste, wer ihn getötet hatte. Stöhnend wälzte er sich auf die Seite, kämpfte mit aller Macht gegen das krampfartige Zucken seiner Hände an und griff nach einem abgebrochenen Zweig, den er fest umklammerte.

* * *

Als die Propellermaschine der Air Aurigny über den Kanalinseln einschwenkte und der kleine grüne Punkt mitten im Meer die Konturen Guernseys annahm, fühlte sich Doyle zum ersten Mal seit seiner Begegnung mit den MI5-Agenten richtig entspannt. Er blickte aus dem Fenster durch den wolkenlosen Himmel. Während sich unter ihm die einzelnen Ortschaften abzuzeichnen begannen, das Grün der Wälder und Wiesen, die flachen Sandstrände und die steil abfallenden Klippen, selbst einzelne Gewächshäuser, die das Licht der Vormittagssonne funkelnd reflektierten, wurde ihm bewusst, wie heimisch er hier in der relativ kurzen Zeit seit seiner Rückkehr wieder geworden war. Die Jahre in London schienen unendlich weit entfernt, nur noch eine blasse Erinnerung, so wie Hongkong. Er dachte an Sondra – auch sie war nicht mehr als eine verblassende Erinnerung.

Das unterschwellige Gefühl der Bedrohung, das er seit seinem Besuch auf dem alten Friedhof in Faversham empfunden hatte, war verschwunden. Vielleicht war es nur Einbildung gewesen, aber bei Männern wie diesem Major Hudson konnte man nicht vorsichtig genug sein. Sie selbst mochten sich für Ehrenmänner halten, aber wenn das Vaterland rief, waren sie zu allem bereit. So wie der Colonel, der sich jetzt Reginald Carney nannte, zu allem bereit gewesen war. Die Worte des Majors spukten noch in seinem Kopf herum: *Gemetzel, blutige Massaker, keine Rücksicht auf Frauen und Kinder, ganz Dörfer ausgelöscht.*

Er hatte unruhig geschlafen und schlecht geträumt. Die Traumfetzen, an die er sich noch erinnerte, zeigten ihm verstümmelte Kinder, misshandelte Frauen, vor Schmerz, Wut und Trauer schreiende Männer und züngelnde Flammen, die alles und jeden auffraßen. Falls Carney – anders konnte er ihn nicht nennen – diese Träume jede Nacht hatte, musste es die

Hölle für ihn sein. Vermutlich eine Hölle, die er verdient hatte, Vaterland hin oder her.

Doyle war froh gewesen, als die Nacht vorüber war. Noch unter der Dusche im Hotel glaubte er, die Schreie gepeinigter Seelen zu hören. Aufs Frühstück hatte er verzichtet und war mit dem Ford Mustang auf dem kürzesten Weg zur M20 gefahren. Er hatte das Verdeck geöffnet, und der Fahrtwind auf der Autobahn hatte ihn erst richtig munter gemacht. Nachdem er den Wagen abgegeben hatte, war er zum Air-Aurigny-Schalter gegangen, um einen Platz auf dem nächsten Nonstop-Flug nach Guernsey zu buchen. Er hatte absichtlich auf eine frühere Buchung per Telefon verzichtet. Auch wenn es nach seiner Ansicht im Sinne des MI5 liegen musste, dass er England verließ, wollte er keine Spuren hinterlassen. Möglicherweise kam Major Hudson noch auf dumme Gedanken und versuchte, ihn aus irgendeinem Grund abzufangen. Das Vaterland und seine oft dubiosen Interessen waren immer für einen Grund gut. Erst kurz vor dem Start hatte Doyle sein Handy wieder eingeschaltet und in einem kurzen Telefonat Mildred über seine Ankunftszeit informiert.

Es knackte leicht in seinen Ohren, als die ATR 72 nach unten sackte und wie ein zu allem entschlossener Raubvogel auf den Guernsey Airport zuhielt. Das eben noch kristallblau schimmernde Meer verschwand aus seinem Blickwinkel, die Häuser und Bäume unter ihm wuchsen immens schnell und waren dann auch verschwunden. Ein kurzer und heftiger Ruck, und der stählerne Vogel hatte guten alten Guernseyboden unter seinen Rädern. Zu Hause, durchzuckte es Doyle, und für eine Sekunde fühlte er sich unbeschwert wie ein kleines Kind.

Guernseys Flughafen war klein, und die Abfertigung ging mit der gewohnten Zügigkeit vonstatten.

»Kaum unten, schon draußen«, hörte er einen der anderen Passagiere scherzen.

Seinen alten, abgewetzten Schweinslederkoffer in der Rechten verließ er das Flughafengebäude und blinzelte ins helle Licht auf der Suche nach dem nächsten freien Taxi. Er hatte den Tamora gestern beim »Petit Château« gelassen, weil er ihn ungern über Nacht auf dem Flughafenparkplatz stehen lassen wollte. Hier draußen, wo keine Klimaanlage mehr für eine geregelte Temperatur sorgte, traf ihn die Sommerwärme fast unerwartet, und selbst sein leichtes Jackett erschien ihm viel zu dick. Er setzte den Koffer ab und zog das Jackett aus.

»Eine Fahrt im klimatisierten Wagen zum Polizeihauptquartier, der Herr? Oder soll es erst nach Hause und unter die Dusche gehen?«

Doyle sah sich um und blickte in Pats lächelndes Gesicht. Sie sah hinreißend aus in ihrer legeren Sommergarderobe: eine helle Hose, darüber ein hellblaues Shirt und über dem Shirt eine offene Sommerjacke, farblich passend zur Hose. Es lag wohl daran, dass sie immer hinreißend aussah – dass sie Pat war.

»Pat!« Unwillkürlich nahm er sie in die Arme und drückte sie an sich. »Das ist schön!«

Irritation trat in ihre blauen Augen. »Was ist los, Cy? Du tust so, als wärst du zehn Monate weg gewesen.«

»So ist mir auch.« Er ließ sie los und trat einen halben Schritt zurück. »Entschuldigung, das war der Überschwang.«

Noch immer musterte Pat ihn skeptisch. »Gab es Probleme mit DCI Lee?«

»Ob du es glaubst oder nicht, an Sondra habe ich kaum gedacht, seitdem sie gestern in Gatwick in ihren Zug gestiegen ist.«

»Es geht mich ja auch nichts an.« Sie zeigte hinter sich. »Da steht mein Wagen. Hast es ja eigentlich nicht verdient, abgeholt zu werden, nachdem du bei Mildred nichts als deine Ankunftszeit hinterlassen hast.«

»Danke für den freundlichen Empfang«, lachte er, als er mit seinem Koffer neben Pat zu ihrem Golf ging. »Da fühle ich mich gleich wieder richtig heimisch.«

»Du hättest ja wirklich mal kurz durchgeben können, wie es dir geht.«

»Hat der Chief nichts gesagt?«, fragte Doyle, legte den klei-nen Koffer auf den Rücksitz und nahm auf dem Beifahrersitz Platz.

Pat ließ den Motor an, und sofort nahm auch die Klimaan-lage mit einem singenden Geräusch den Betrieb auf.

»Nicht ein Wort. Mit ihm hast du also gesprochen?«

»Unfreiwillig und auch nur kurz. Du hörst alles, wenn wir bei ihm sind.«

»Geheimnisvoll tun wir auch noch.« Pat lenkte den Wa-gen vom Parkplatz, reihte sich in die Schlange auf der Aus-fahrt vom Flughafengelände ein und setzte vor der Einfahrt zur Rue des Landes den linken Blinker. Sie sah ihn forschend an. »Irgendwie siehst du aus, als wärst du einem Geist begeg-net.«

»Dem Geist der weiten Welt da draußen.«

»Tu nicht so, als hättest du dein ganzes Leben hier auf der Insel verbracht. Meine Mutter hätte gesagt: Woanders haben die Menschen auch nur einen Kopf, zwei Arme und zwei Beine.«

Pat fädelte den Golf durch das auf den Kanalinseln einzig-artige Filter-in-turn-System, das eigentlich nur auf die wech-selseitige Verständigung der Verkehrsteilnehmer setzte und doch den meisten Besuchern, aber auch vielen Einheimischen Kopfzerbrechen bereitete, und fuhr dann auf der Rue des Landes in östlicher Richtung.

»Ich könnte da was hinzufügen«, sagte Doyle. »Woanders haben sie auch zwei Glock-Pistolen, mit denen sie drohen, einen abzuballern. Nicht meine Sprachwahl.«

Pat warf ihm einen kurzen Seitenblick zu, und plötzlich war sie deutlich blasser. »Man sollte dich wirklich nicht allein lassen, Cy. Das nächste Mal komme ich mit!«

Er grinste. »Ja, Ma'am.«

Der Golf wurde schneller, und sie passierten die diversen Hotels an der Straße zum Flughafen.

Als sie am La Trelade vorbei waren, sagte Pat: »Noch kannst du es dir aussuchen. Soll ich an der nächsten Abzweigung nach rechts fahren und dich nach Hause bringen, unter die Dusche? Oder willst du direkt zum Chief?«

»So verlockend es auch wäre, von dir unter die Dusche gebracht zu werden, ich glaube, der Chief hätte dafür wenig Verständnis.«

* * *

»Dafür habe ich natürlich Verständnis«, sagte Colin Chadwick, als Doyle seinen Bericht beendet und erzählt hatte, wie er das Foto des Grabsteins gegen das Versprechen, dass Major Hudson für eine baldige Vernehmung Reginald Carneys sorgen würde, gelöscht hatte.

Doyle lehnte sich auf dem Besucherstuhl zurück und war dankbar für das Tablett mit den Gläsern und den beiden Wasserflaschen, das Frances Blanchford vor ein paar Minuten gebracht hatte. Er sah Pat an und schenkte auf ihr Nicken hin ihnen beiden ein. Während Pat nur einen kleinen Schluck nahm, trank er das halbe Glas in einem Zug leer. Das viele Sprechen hatte seine Kehle ausgedörrt.

Als er das Glas abstellte, sah er den Chief an. »Hat sich Major Hudson noch einmal bei Ihnen gemeldet?«

»Nein, er ist nicht der gesprächige Typ. War er noch nie. Falls er noch einmal anruft, dann wahrscheinlich, um uns mitzuteilen, dass Reginald Carney bereit zur Vernehmung ist. Aber ich gehe davon aus, dass wir dann eher vom Government House hören werden, wahrscheinlich von Captain Broadley. Hudson bleibt gern im Hintergrund. Dass er gestern so offen mit Ihnen geplaudert hat, ist eine Seltenheit.«

»Er hatte keine andere Wahl«, meinte Doyle.

»Doch, hatte er«, sagte Pat mit spitzer, vorwurfsvoller Stimme. »Er hätte dich auch einfach von einem seiner Männer *abballern* lassen können.«

»Zum Glück ist ja alles gut gegangen«, beschwichtigte Chadwick. »Ich schlage vor, Sie beide widmen sich wieder den laufenden Ermittlungen in unserem Mordfall, und ich gebe Ihnen Bescheid, sobald ich etwas vom Government House höre. Auf jeden Fall können wir festhalten, dass …«

Das Telefon auf seinem Schreibtisch läutete, und nach einem kurzen Gespräch reichte der Chief den Hörer an Doyle weiter.

»Ihre Abteilung, Cyrus, Mrs Mulholland, dringend.«

»Stellen Sie ruhig auf laut«, sagte Doyle. »Mildred, was gibt's?«

»Zwei Anrufe, Sir. Einmal Dr. Nowlan vom Princess Elizabeth. Mira Bryce hat sich heute schon in aller Frühe selbst entlassen. Das hat aber anscheinend bis vorhin niemand bemerkt. Dann Constable Bunting. Ob Sie ihn in einer halben Stunde im Auberge du Val treffen können? Falls nicht, soll ich ihn anrufen. Er sagt, er hätte etwas Wichtiges herausgefunden.«

»Ich fahre hin, danke.« Er reichte Chadwick den Hörer zu-

307

rück. »Ich muss zugeben, den guten Bunting hatte ich fast vergessen. Wenn er gestern bei Guernsey Gold & Silver angefangen und jetzt schon etwas Wichtiges herausgefunden hat, dann ist er als Undercover-Agent wirklich eine gute Wahl.«

»Ich bin ganz Ihrer Meinung«, sagte Chadwick. »Cyrus, warum laden Sie Inspector Holburn nicht zum Lunch ins Auberge du Val ein?«

Doyle lächelte. »Sie nehmen mir das Wort aus dem Mund, Colin.«

KAPITEL 23

Das Auberge du Val war ein kleiner Traum. Das Hotel mit angeschlossenem Restaurant war ein altes, umgebautes Farmhaus und stand, umgeben von Bäumen und Kräutergärten, in einem lauschigen Tal der Gemeinde St. Saviour. Doyle ahnte, warum Constable Bunting diesen Ort für das Treffen gewählt hatte. Er war abgeschieden, so dass Bunting keine Enttarnung befürchten musste, und er lag zwischen der Rocquaine Bay und St. Peter Port, aber deutlich näher an der Bucht. Wahrscheinlich war die Zeit begrenzt, die Bunting sich bei Guernsey Gold & Silver für die Mittagspause nehmen konnte.

Pat parkte den Golf vor dem Auberge du Val. Doyle stieg aus, blickte sich um und sog die würzige Waldluft in seine Lungen.

»Hier ist es wirklich wunderschön. Wir sollten öfter herkommen.«

»Wir?«, fragte Pat.

»Das ging mir nur so durch den Kopf. Ich bin heute ein bisschen impulsiv, muss wohl noch der Jetlag sein.«

Pat kicherte. »Jetlag nach einer Stunde Propellerflug, das ist wirklich gut.«

»Also nimmst du es mir nicht übel?«

»Keine Spur. Es sei denn, du ziehst die Einladung gleich wieder zurück.«

»Ich denke nicht dran.«

Sie waren vor Constable Bunting da und wählten in dem gemütlichen Restaurant einen Tisch in der Ecke, möglichst abgeschieden von den beiden anderen Paaren, die hier ihren Lunch einnahmen.

»Fangen wir schon mal an«, schlug Doyle vor. »Bunting wird nicht viel Zeit mitbringen, und ich habe heute noch nichts gegessen. Ich bin hungrig wie ein Bär nach dem Winterschlaf.«

»Kein Frühstück gehabt?«, wunderte sich Pat.

»Ich wollte möglichst schnell nach Gatwick und zurück.« *Zu dir*, hätte er fast gesagt, kriegte aber noch die Kurve und fügte hinzu: »Zurück auf unsere lauschige Insel.«

Er wählte als ersten Gang die Melone mit Früchtepüree, weil es sich wunderbar erfrischend anhörte. Als Hauptgericht nahm er das Sirloin-Steak, bat aber darum, die Knoblauchbutter durch einfache gesalzene Butter zu ersetzen. »Aus Rücksicht auf die Dame«, wie er dem Kellner erklärte. Den Abschluss sollte die hausgemachte Mousse aus Waldfrüchten bilden. Pat schloss sich ihm beim ersten und dritten Gang an und wählte als Hauptgericht den Auberginen-Parmesan-Auflauf. Als Getränk reichte ihnen Tafelwasser. Oder wie Doyle sagte, als der Kellner gegangen war: »Einen guten Wein suchen wir uns das nächste Mal aus, wenn wir keinen Mord aufzuklären haben. Einverstanden?«

»Gern«, sagte Pat und wollte noch etwas hinzufügen, aber da fiel ihr Blick auf den Restauranteingang und auf einen schlanken jungen Mann in lockerer Freizeitkleidung. »Da kommt unser Undercover-Agent.«

Bevor Bunting sich setzen konnte, war der Kellner auch schon wieder zur Stelle. Der Constable hatte, wie erwartet, nicht so viel Zeit, und gab sich mit einem Bar Lunch zufrieden, der nur aus einem Gang bestand: Schweinemedaillons mit Parmaschinken.

»Dazu vielleicht ein Stout.«

»Lieber nicht«, fuhr Doyle dazwischen. »Bei der Hitze draußen ist ein Tafelwasser besser.« Er blickte den Kellner an. »Bringen Sie einfach noch ein drittes Wasserglas.«

»Ja, Sir«, sagte der Kellner und konnte seine Verwunderung nicht ganz verbergen.

Als sie wieder allein waren, lachte Doyle leise. »Wahrscheinlich hält der gute Mann Sie jetzt für unseren Sohn, Constable, dem wir noch Vorschriften machen. Aber nun los, wie stehen die Aktien bei Guernsey Gold & Silver?«

»Ganz tief im Keller, Sir. Ich war gestern mit Faith aus, müssen Sie wissen.«

»So etwas hatte ich gehofft. Aber es ging jetzt doch sehr schnell.«

»Eigentlich nicht«, sagte Pat. »Wenn ich an unsere erste Begegnung mit ihr zurückdenke.«

Bunting überwand seine Irritation über Pats Bemerkung rasch und fuhr fort: »Ich habe sie eingeladen, um meinen Einstand bei Guernsey Gold & Silver zu feiern.«

»Sehr gute Idee«, lobte Doyle. »Was hat sie Ihnen erzählt?«

»Es sind natürlich nur Sachen, die ihr nebenbei zu Ohren gekommen sind. Es gab ein paar lautstarke Auseinandersetzungen zwischen George und Peter Laforet, und die konnte man wohl kaum überhören. Ich fasse das alles mal zusammen.«

»Sobald der Kellner uns die Vorspeisen und das Wasser gebracht hat«, sagte Doyle.

Als der Kellner den Tisch wieder verlassen hatte, erzählte Bunting: »Das Hauptgeschäft machen die bei Guernsey Gold & Silver schon lange nicht mehr mit ihrem Schmuck. Der ist nur das Aushängeschild. Das dicke Geld kommt mit den Anlagegeschäften rein, die sie für vermögende Kunden durchführen. Peter Laforet ist dabei, diese Sparte immer stärker auszubauen. Dafür hat er vor wenigen Monaten eine brandneue Software angeschafft, die auf dem breiten Markt noch nicht eingeführt ist. So ein Programm, das dafür sorgt, dass die Computer ganz allein und superschnell die Entscheidungen treffen. Die Anschaffung war wohl etwas übereilt, weil die Software noch ein paar Kinderkrankheiten hatte. Eigentlich war Peters großer Plan, damit allen Konkurrenten voraus zu sein und Millionen zu scheffeln. Aber durch die übereilte Einführung dieser Software hat er Millionen in den Sand gesetzt. Zwei Millionen Pfund, und seitdem stecken die Laforets mächtig in der Sch ... Entschuldigung, sitzen sie in der Tinte, wollte ich sagen.«

»Wie heißt sie?«, platzte es aus Doyle heraus.

»Die ... Tinte, Sir?«

»Die Software, Constable!«

Bunting kratzte sich am Kopf. »Hat so einen komischen Namen, Af-irgendwas.«

»AFOT?«, fragte Pat.

Buntings Augen leuchteten auf.

»Ja, Ma'am, das kann es sein.«

»*Automatic Financial Observation and Transaction*«, sagte Doyle leise. »Da war Sondras Recherche nicht umsonst. Jetzt ergibt sich ein ganz neues Bild.«

»Für mich noch nicht«, gestand Bunting ein.

»Wir sind Ihnen mit dieser Software etwas voraus«, sagte Pat. »Der DCI hat nämlich gute Beziehungen nach Hongkong.«

Bunting schnippte mit den Fingern. »Wo Sie das sagen, Ma'am, von Hongkong hat Faith auch etwas aufgeschnappt.«

Nachdem der Kellner die Hauptgerichte serviert hatte, fragte Doyle: »Warum melden Sie sich erst heute Mittag, Constable? Ist es gestern Abend mit Faith so spät geworden?«

Das Erröten auf Buntings Wangen war unübersehbar. »Nun, eigentlich waren wir die ganze Zeit über zusammen, bis heute zur Mittagspause. Da habe ich so getan, als müsste ich noch was Behördliches erledigen, wegen des neuen Jobs. Ich, äh, will damit sagen, Sir …«

»Lassen Sie es gut sein«, erlöste ihn Pat. »Der DCI weiß ganz genau, was Sie damit sagen wollen.«

* * *

Nachdem er seine Schweinemedaillons verspeist hatte, fuhr Constable Bunting zur Rocquaine Bay zurück.

»Wundern Sie sich nicht, wenn Inspector Holburn und ich später bei Guernsey Gold & Silver vorbeischauen«, hatte Doyle ihm gesagt. »Die neue Sachlage wirft auch ein paar neue Fragen auf. Wir werden uns beim Dessert darüber beraten. Außerdem könnte es Verdacht erregen, wenn wir zur selben Zeit wie Sie dort auftauchen.«

Der Kellner brachte die hausgemachte Mousse aus Waldfrüchten, und Doyle ließ den ersten Löffel langsam auf seiner Zunge zergehen.

»Ein Genuss«, sagte er und beobachtete, wie Pat ihren Löffel in die lockere Mousse eintauchte und ihr Dessert probierte. »Oder was sagst du?«

»Ganz deiner Meinung, Cy. Und jetzt darfst du mir ruhig mitteilen, was dir außer der Mousse noch auf der Zunge liegt. Ich sehe dir doch an, dass du mir noch etwas sagen willst.«

»Ist mein Pokerface so leicht zu durchschauen?«

»Für mich schon. Also, raus damit!«

»Ich wollte mir nur den Hinweis erlauben, dass sich DCI Lee als sehr hilfreich erwiesen hat. Nur, weil du etwas allergisch auf sie zu reagieren scheinst.«

Pat setzte eine scheinheilige Miene auf. »Ich weiß gar nicht, wovon du sprichst.«

»Dann muss ich mich getäuscht haben.« Das leichte Grinsen auf Doyles Gesicht verschwand. »AFOT also, und schon ist die Kohle weg. Verlass dich auf Computer, und du bist verlassen.«

»Jeder Computer ist so gut wie seine Programmierung. Beziehungsweise jede Software. Peter Laforet hatte da offenbar ein zu schnelles Händchen.«

»Oder zu gute Kontakte nach Hongkong«, ergänzte Doyle. »Vermutlich beides. Da hat die arme Lizzie Somers aber was angerichtet.«

»Glaubst du, sie hat ihm AFOT beschafft?«

»Beschafft nicht unbedingt, aber vielleicht davon erzählt. Es ist doch sehr gut vorstellbar, dass David Somers am Küchentisch oder sonst wo von der Supersoftware berichtet hat, an der seine chinesische Bekannte arbeitet.«

»Möglich, ja. Da wollte Lizzie ihrem Geliebten helfen und hat ihm in Wahrheit einen Bärendienst erwiesen.« Pat sann kurz über diese Theorie nach, bevor sie fortfuhr: »Wenn es so ist, haben wir einen guten Grund mehr, aus dem Laforet senior so schlecht auf Lizzie zu sprechen ist. Mord aus Zorn oder Rache also?«

»Das käme für beide Laforets in Frage, Vater und Sohn. Die

Mutter im Rollstuhl lassen wir jetzt mal außen vor, so lange Bakers Theorie, dass sie vielleicht recht gut zu Fuß ist, nicht erhärtet wird.«

»Bei dieser neuen Sachlage kommt auch Julia Duval wieder ins Spiel. Eine Verbindung zwischen ihr und Peter Laforet würde das Zwei-Millionen-Pfund-Loch mit Leichtigkeit stopfen. Noch ein Grund für die Familie Laforet, Lizzie nicht wohlgesonnen zu sein.«

Doyle aß den Rest seiner Mousse und überlegte laut: »Nehmen wir mal an, David Somers hat in alten Unterlagen, von denen im Museum einige lagern dürften, einen Hinweis auf den Ort gefunden, an dem das Wrack der *Black Hawk* liegen soll. Möglicherweise hat er sich mit Mira Bryce und ihrem Skipper, immerhin ein Nachfahre eines der damaligen Überlebenden, zusammengetan, um das Wrack aufzuspüren und den Fünf-Millionen-Schatz zu bergen. Vielleicht hat Lizzie diese Info auch an Peter Laforet durchgestochen.«

»Du spielt auf das Buch an, das du bei ihm entdeckt hast.«

»Ja. Wenn Lizzie von den Geldsorgen der Laforets gewusst hat, musste ihr klar sein, dass Julia Duvals Chancen bei Peter gestiegen und ihre eigenen gesunken waren. Hätte Peter aber den Schatz der *Black Hawk* geborgen, wäre er nicht auf Julia Duvals Geld angewiesen gewesen.«

»Und Lizzie hätte wieder freie Bahn gehabt«, sagte Pat, die jetzt auch mit dem Dessert fertig war. »Damit zweifelst du erstens die Aussagen von Mira und ihrem Skipper über die Auffindbarkeit der *Black Hawk* an. Zweitens haben wir dadurch ein Mordmotiv auf der anderen Seite der Küstenstraße, im Fort Grey bei der Familie Somers. Aber David hat ein Alibi durch seine Bekannte in Hongkong.«

»Wir sollten auf Sondras Angebot zurückkommen und Minnie Wang durch ihren Kollegen in Hongkong vernehmen lassen.« Doyle überlegte kurz. »Gut möglich, dass auch Victoria Somers in die Schatzsuche eingeweiht ist und die ohnehin ungeliebte Schwägerin getötet hat.«

»Übrigens hat uns Carney schon erzählt, er habe von Lizzie etwas über Geldschwierigkeiten der Laforets gehört.« Pat tippte an ihre Stirn und fuhr fort: »Ganz so unzurechnungsfähig scheint er nicht zu sein.«

»Nur leider derzeit nicht greifbar. Ich hoffe sehr, das ändert sich bald.«

»Was ist mit Mira und ihrem Skipper? Falls sie dich über das gesunkene Freibeuterschiff belogen haben, trifft das vielleicht auch auf die Frage zu, wo sie am Sonntagmorgen gewesen sind.«

»Das ging mir auch gerade durch den Kopf, Pat. Da die beiden über eine Tauchausrüstung verfügen, denk mal an Folgendes: Würde für einen alkoholvernebelten Mann wie Carney, der von einiger Entfernung auf die Stelle blickt, an der Lizzie Somers getötet wurde, eine Person im schwarzen Neoprenanzug nicht aussehen wie ein schwarzes Ungeheuer?«

KAPITEL 24

Pat bog am Ende der Route du Coudré nach links ab auf die Route de Rocquaine und fragte: »Wohin jetzt, Cy, rechts oder links?«

Rechts von ihnen erstreckten sich der Strand und das Meer, das unter der Mittagssonne grünblau schimmerte, bis es sich am Horizont mit dem azurblauen, fast wolkenlosen Himmel traf. Aus dem Wasser, mit dem Land durch einen kurzen, schmalen Damm verbunden, erhob sich der Felsen mit dem imposanten Anblick von »Cup and Saucer«. Ein paar

Ausflügler, denen es am mittäglichen Strand vielleicht zu heiß war, gingen über den Damm zum Shipwreck Museum.

Links gegenüber zeigte der zu zwei Dritteln gefüllte Parkplatz von Guernsey Gold & Silver, dass auch dort Betrieb herrschte. Wahrscheinlich lockte der Tearoom gerade zur Mittagszeit viele Besucher an. Dass Constable Bunting es geschafft hatte, an seinem zweiten Arbeitstag ausgerechnet zum Lunch Pause machen zu dürfen, nötigte Doyle Respekt ab.

»Nach links«, entschied er. »Bei den Laforets können wir wenigstens mit neuen Fakten auftrumpfen. Den Geschwistern Somers dagegen können wir mit nichts anderem kommen als mit Spekulationen. Vielleicht sind wir nach dem Besuch bei Guernsey Gold & Silver wieder etwas schlauer.«

Als sie am Tearoom vorbeigingen, konnte Doyle Bunting nirgends entdecken. Aber Faith, die an den Tischen draußen bediente, sah Doyle und winkte ihm fröhlich zu. Er erwiderte den Gruß nur mit einem knappen Nicken.

Pat sah ihn amüsiert an. »Warum so schüchtern, Cy?«

»Nur aus Rücksicht auf Bunting natürlich. Ich möchte ihm die Sache nicht vermasseln.«

»Der Herr bewahre dir dein gesundes Selbstbewusstsein.«

Kaum hatten sie die Verkaufsräume betreten, da stießen sie auf Jessica Falla, die in ihrem auberginefarbenen Kostüm wirkte wie aus dem Ei gepellt. Ihrer Miene war anzusehen, dass sie auf ein Gespräch mit Doyle und Pat nicht gerade erpicht war. Sie machte eine unentschlossene Bewegung, als spiele sie mit dem Gedanken, den beiden schnell aus dem Weg zu gehen.

Doyle setzte sein Berufslächeln auf und hielt direkt auf sie zu. »Guten Tag, Ms Falla. Gibt es Neuigkeiten?«

»Nein, wieso sollte es?«

Die Verkaufsleiterin gab sich Mühe, souverän zu wirken, konnte aber ihre Unsicherheit nicht ganz überspielen. Ihre Lider zuckten hin und wieder, und sie rieb die Finger der rechten Hand nervös aneinander.

»Ich dachte, Ihnen ist vielleicht noch etwas eingefallen, das unsere Ermittlungen beschleunigt.«

»Nein, gar nichts. Wenn Sie aus diesem Grund gekommen sind, ist der Besuch für Sie nicht lohnenswert.«

»Wie lohnenswert der ist, wird sich noch erweisen. Beschränkt sich Ihre Tätigkeit auf den Verkauf? Oder sind Sie auch in die Finanzanlagegeschäfte von Guernsey Gold & Silver involviert?«

»Nein, ich bin nur für den Schmuckverkauf zuständig. Warum?«

»Wir würden gern mit der Person sprechen, die für die Anlagegeschäfte zuständig ist.«

»Das ist Peter, Peter Laforet.«

»Was läuft eigentlich besser, das Verkaufs- oder das Anlagegeschäft?«, fragte Pat.

»Der Schmuckverkauf ist das traditionelle Herzstück von Guernsey Gold & Silver, aber das Geschäft mit den Geldanlagen ist in den letzten Jahren stark gewachsen. Da sind ganz andere Summen im Spiel.«

»Und es läuft gut?«, fragte Pat weiter.

»Davon gehe ich aus, aber Peter kann Ihnen das besser erzählen.«

Peter Laforet hielt sich im Obergeschoss auf, in der Abteilung für finanzielle Transaktionen. Jessica Falla wirkte erleichtert, als Doyle sie bat, ihn und Pat zu ihm zu führen. Vermutlich deshalb, weil sie so die Polizei schnell loswurde.

Der Juniorchef empfing sie auf dem Gang und schloss eine Tür hinter sich. Doyle hatte vorher noch einen Blick hindurchwerfen können und mehrere Arbeitsplätze mit Computern gesehen. An allen Arbeitsplätzen saßen Mitarbeiter.

»Finanzielle Transaktionen, die höchste Konzentration erfordern, nehme ich an«, sagte Doyle mit Blick auf die verschlossene Tür.

Laforet lächelte schwach. »Sie haben es erfasst, Chief Inspector. Jede Ablenkung könnte da störend sein.«

»Es gibt doch Computersysteme, die so etwas automatisch erledigen.«

»Nicht bei uns. Ist alles noch gute alte Handarbeit. Es gibt Gebiete, auf denen ist der Mensch den Computern einfach überlegen.«

»Zumindest dann, wenn die Software nicht in Ordnung ist oder übereilt eingesetzt wird. Wie bei AFOT, nicht wahr?«

Laforet versuchte, seine Überraschung zu verbergen. Aber er konnte Doyle nicht täuschen. Sein ganzer Körper erstarrte für den Bruchteil einer Sekunde, und danach sog er die Luft ein bisschen zu scharf ein.

»Was meinen Sie, DCI?«

»AFOT, *Automatic Financial Observation and Transaction*. Die Software, die Sie aus Hongkong bezogen und eingesetzt haben, bevor sie reif für den Markt war. Ich nehme an, Sie haben einiges dafür hingeblättert, dass Minnie Wang Ihnen AFOT vorab beschafft hat. Aber noch größer dürften Sie die Verluste getroffen haben, die AFOT Ihnen bescherte. Zwei Millionen Pfund, falls das noch der aktuelle Stand ist.«

Die von Doyle genannten Details durchbrachen Peter Laforets Abwehr vollständig. Er ließ die Schultern nach vorn hängen, und auch der leiseste Anflug eines Lächelns verließ sein Gesicht.

»Woher wissen Sie das?«, fragte er leise, den Blick ungläubig auf Doyle gerichtet.

»Das spielt keine Rolle. Wichtig sind die Fakten und die neue Betrachtung des Mordes an Lizzie Somers, die sich daraus ergibt.«

»Nicht so laut, Chief Inspector. Das ... das darf nicht bekannt werden, sonst ist unser Unternehmen erledigt. Können wir in mein Büro gehen?«

Doyle stimmte zu, und sie folgten Laforet in sein erstaunlich kleines Büro am Ende des Ganges. Es gab nur ein Fenster, aber das nahm fast eine ganze Wand ein und bot einen tollen Ausblick auf die Rocquaine Bay. Wer hier saß und mit Millionen jonglierte, konnte leicht die Bodenhaftung verlieren, dachte Doyle. Bis einen die Millionen, die man verspekuliert hatte, auf den Boden der Tatsachen zurückholten.

Er und Pat setzten sich und lehnten das Mineralwasser ab, das Laforet ihnen anbot. Laforet selbst schwitzte trotz der Klimaanlage heftig und trank das Wasser in großen Schlucken. Auf seiner Stirn bildete sich ein Schweißfilm, und mehrmals wischte er mit einem großen Taschentuch darüber. Jetzt wirkte er gar nicht mehr wie ein Playboy.

»Ihrem Drang zur Geheimhaltung entnehme ich, dass der durch AFOT entstandene Verlust noch nicht bekannt gegeben wurde, auch nicht den Anlegern gegenüber, die Ihnen ihr Geld anvertraut haben.«

»Nein, der Vorfall hat unser Haus bis jetzt nicht verlassen.« Laforet setzte eine Leichenbittermiene auf. »Das dachte ich jedenfalls bis eben, als Sie zu mir kamen.«

»Sollten Sie Ihre Anleger nicht so schnell wie möglich in Kenntnis setzen?«, fragte Pat.

»Wir versuchen alles, um den Verlust zu ersetzen. Keinem unserer Anleger soll ein Schaden entstehen. Aber wenn die Geschichte publik wird, sind wir erledigt. Dann vertraut uns niemand mehr, und wir werden auch keine Gelegenheit mehr haben, das verloren gegangene Geld wieder hereinzuholen.«

»Das dürfte nicht leicht sein«, meinte Pat. »Da Sie sich die AFOT-Software auf nicht ganz legalem Weg besorgt haben, wie ich das sehe, können Sie Future, Software & Solutions kaum auf Schadensersatz verklagen, und Minnie Wang wird Ihnen dafür auch nicht zur Verfügung stehen.«

»Wir arbeiten hart, um das verlorene Geld wieder reinzuholen«, sagte Laforet mit verkniffenem Gesicht.

Pat Augen fixierten ihn, nagelten ihn regelrecht fest. »Bevor die Bombe platzt, meinen Sie?«

»Wir hoffen, dass wir es schaffen, bevor die Bombe platzt.«

»Wie realistisch ist diese Hoffnung?«

»Ich weiß es nicht«, seufzte Laforet und senkte seinen Blick zu Boden.

Doyle ließ ihm keine Zeit zur Besinnung und fragte: »Heißt ein Teil dieser Hoffnung Julia Duval?«

Laforet wischte mit der flachen Hand über seine Augen, bevor er wieder seine Besucher ansah. »Julia könnte uns mit einem Federstrich aus der Patsche helfen.«

»Indem sie Ihre Unterschrift unter einen zinslosen Kredit für Sie setzt, meinen Sie das?«, hakte Doyle nach. »Als eine Art Hochzeitsgeschenk?«

»Ja, Chief Inspector. Das ist die große Hoffnung, die meine Eltern hegen.«

»Und Sie?«

»Ich auch.«

»Wusste Lizzie Somers das?«

Laforet nickte wie in Zeitlupe. »Aber sie hat es nicht akzeptiert.«

»Deshalb mussten Sie Lizzie vorgestern töten. Nur so konnten Sie verhindern, dass Lizzie Ihnen bei Julia Duval dazwischenfunkt.«

»Nein, das ist nicht wahr!« Laforet hatte seine Lethargie abgeschüttelt, sprang von seinem Stuhl auf und ballte die Fäuste. »Ich habe Lizzie nicht getötet, das müssen Sie mir glauben. Es stimmt, sie hat mir bei Julia dazwischengefunkt, und ich war deshalb sauer auf sie. Am Sonntagmorgen bin ich zum Strand, um ihr zu sagen, sie solle das bleiben lassen. Ich wollte ihr ein für allemal klar machen, dass ich mich für Julia entschieden habe. Aber das konnte ich nicht. Sie war schon tot.« Der Elan fiel von ihm ab, und er sackte auf den Stuhl zurück. »Haben Sie noch keine Spur vom wahren Mörder?«

»Danach zu fragen, fällt Ihnen aber früh ein«, sagte Pat. »Lizzies Tod ist ja auch kein großer Verlust für Sie. Freie Bahn für eine Beziehung mit Julia Duval, und Lizzies Versuche, sich unentbehrlich zu machen, waren ja auch keine großen Erfolge.«

»Nicht nur die AFOT-Geschichte, auch die Sache mit dem Schatzschiff«, klinkte sich Doyle ein. »Es war doch Lizzie, die Sie auf die *Black Hawk* angesetzt hat, richtig?«

»Das war eine dumme Idee, und eigentlich hat sie das auch gewusst. Ihr Mann und diese Journalistin, Bryce, waren hinter dem angeblichen Schatz her. Lizzie spielte mir alle Informationen darüber zu, die sie in die Finger kriegen konnte. Ich sollte den Schatz bergen, um nicht von Julia abhängig zu sein.« Laforet schüttelte fast traurig den Kopf. »Ich bin doch kein Unterwasserforscher oder Bergungsspezialist. Aber ich habe vergeblich versucht, ihr das auszureden. Es war eine fixe Idee, die Besitz von Lizzie ergriffen hatte. Sie hat David regelrecht ausspioniert, um alles Mögliche über dieses ominöse Schatzschiff herauszufinden.«

»Sie selbst waren also nicht auf den Schatz erpicht, Mr Laforet?«

»Es war in meinen Augen nie eine realistische Option. Ich hielt es für romantischen Unsinn.« Nach einer kurzen Pause fuhr er fort: »Im Gegensatz zu Lizzie.«

* * *

»Glaubst du ihm, Cy?«

Pat stellte die Frage, als sie das Gelände von Guernsey Gold & Silver verließen und die Küstenstraße in Richtung Fort Grey überquerten.

»Er wirkte aufrichtig, aber das kann man von jedem guten Schauspieler sagen. Immerhin hat er das bestätigt, was wir uns bereits zusammengereimt hatten. Jetzt bin ich gespannt, was David und Victoria Somers dazu sagen.«

Victoria Somers stand am Museumseingang an der Kasse und warf ihnen einen Blick zu, vor dem sogar Alexander der Große zurückgeschreckt wäre.

»Sie schon wieder?«, lautete dann auch die Begrüßung. »Können Sie uns nicht in Ruhe lassen?«

»Nicht, solange Lizzies Mörder frei herumläuft«, erwiderte Doyle und gab sich erst gar keine Mühe, einen freundlichen Ton in das Gespräch zu bringen.

»Dann sorgen Sie doch endlich dafür, dass er hinter Schloss und Riegel kommt!«, keifte Ms Somers.

»Deshalb sind wir hier.«

Ein Zucken lief über ihr verhärmtes Gesicht. »Was ... was soll das heißen?«

»Es gibt ein paar Punkte, die wir gern mit Ihnen und Ihrem Bruder abklären würden.«

»Wir stecken mitten in der Arbeit. Es ist Saison.«

»Sehr bedauerlich, dass der Mörder Ihrer Schwägerin mitten in der Saison zugeschlagen hat«, sagte Doyle sarkastisch. »Wir werden im *Guernsey Spectator* eine Anzeige schalten und alle Mörder auf der Insel bitten, erst nach der Saison aktiv zu werden.«

Hinter Doyle und Pat wurde ein Touristenpaar unruhig, und sie ließen die beiden an die Kasse treten. Sie unterhielten sich auf Deutsch, was Doyle nur rudimentär verstand. Unwillkürlich dachte er an seinen deutschen Kollegen und Freund Kay Dietrich, der an der Ostsee lebte und von dem er viel zu lange nichts mehr gehört hatte. Als die Touristen weitergingen, griff Victoria Somers zum Telefon.

»Wen wollen Sie anrufen?«, fragte Doyle.

»Jemanden, der mich hier vertritt. Damit wir uns unterhalten können. Sie geben sonst doch keine Ruhe.«

Kurz nach dem Telefonat übernahm eine sehr junge Mitarbeiterin, der dauernd die langen dunkelbraunen Haare vor die Augen fielen, die Kasse. Victoria führte Doyle und Pat zu einem Lagerraum, in dem sich ihr Bruder zu schaffen machte.

»David sucht Sachen für die Saumarez-Sonderausstellung zusammen«, erklärte Ms Somers.

Sie rief laut nach ihm, und dann gingen alle vier in ein Büro, das ähnlich klein war wie das von Peter Laforet. Viel mehr Leute hätten nicht hineingepasst. David Somers gab sich, wie schon bei ihrer ersten Begegnung, offener und freundlicher als seine Schwester, aber Bedauern über den Tod seiner Frau war ihm auch jetzt nicht anzumerken.

»Sie haben also neue Fragen«, sagte er fast aufgeräumt.

»Dann schießen Sie mal los.«

»Gern«, erwiderte Doyle. »Wie weit sind Sie und Mira Bryce mit Ihrer Suche nach dem Wrack der *Black Hawk*?«

»Wie?«

»Spielen Sie nicht den Überraschten, Mr Somers. Leugnen ist zwecklos. Wie heißt es doch immer im Fernsehkrimi? *Wir wissen alles.*«

David Somers' Laune verschlechterte sich schlagartig. »Hat sich Mira verplappert, ja?«

»Wir stellen hier die Fragen, nicht Sie«, belehrte ihn Pat.

»Wie Sie wollen. Wir suchen ein bisschen nach der *Black Hawk*, aber gefunden haben wir sie noch nicht. Ich habe viele alte Unterlagen aus dem Museumsarchiv ausgewertet. Daraus ergeben sich gewisse Hinweise, und ich habe mich mit Mira zusammengetan, weil sie eine erfahrene Taucherin ist und die Unterwasserwelt der Kanalinseln kennt wie keine Zweite. Wir reden nicht groß darüber, weil wir nicht möchten, dass uns jemand die Beute wegschnappt, falls es denn eine gibt.«

»So wie Ihre Frau versucht hat, Ihnen die Beute wegzuschnappen?«, fragte Doyle.

»Ich verstehe Sie nicht, Chief Inspector.«

»Wir wissen von Peter Laforet, dass Lizzie Sie wegen der *Black-Hawk*-Geschichte ausspioniert hat. Sie hat alles, was sie in Erfahrung bringen konnte, an Peter Laforet weitergeleitet, aber zu ihrem Pech hat der sich nicht groß dafür interessiert. Dass Laforet nicht darauf angesprungen ist, konnten Sie natürlich nicht wissen. Also haben Sie Lizzie getötet, bevor sie und Ihr Nachbar Ihnen den Fünf-Millionen-Schatz wegschnappen konnten.«

»Davon ist nichts wahr. Ich habe gar nicht gewusst, dass Lizzie mich auch auf diese Weise betrogen hat.«

»Sie war halt durch und durch verkommen, eine unmoralische Schlampe«, sagte Victoria voller Überzeugung und funkelte die Polizisten böse an. »Außerdem vergessen Sie, dass mein Bruder für die Tatzeit ein Alibi hat!«

»Wir stehen in enger Verbindung mit der Hongkong Police

und werden dieses Alibi genau überprüfen, verlassen Sie sich darauf. Außerdem gibt es auch die Möglichkeit, jemandem mit einem Mord zu beauftragen.«

»Ach ja, und wen?«, fragte Victoria aufsässig.

»Jemanden, der kein Alibi für die Tatzeit hat«, sagte Doyle kühl und heftete seinen Blick auf Ms Somers.

»Wollen Sie etwa mich beschuldigen? Wenn das so ist, sage ich kein weiteres Wort ohne Rechtsanwalt. Und mein Bruder auch nicht.«

Das schwungvolle *Eye-Level-Theme* aus der Fernsehserie *Van der Valk* erfüllte plötzlich den Raum, und Doyle griff nach seinem Smartphone. Mildred.

Das Gespräch war nur kurz, und danach sagte er zu den beiden Museumsbetreibern: »Denken Sie einfach mal in Ruhe über die Sache nach. Vielleicht haben Sie uns doch noch etwas mitzuteilen.« Er stand auf und sah Pat an. »Kommst du? Wir haben einen dringenden Einsatz.«

KAPITEL 25

»Was ist los?«, fragte Pat, als sie und Doyle eilig das Shipwreck Museum verließen.

»Mildred sagt, am Waldrand in der Nähe des Imperial Hotels wurde ein Toter gefunden. Baker ist schon unterwegs. Bei dem Toten soll es sich um Reginald Carney handeln.«

»Carney?« Pat warf ihm einen ungläubigen Blick zu. »Aber der befindet sich doch in allerhöchster Obhut.«

»Mildred will über den Chief das Government House kontaktieren. Sie meldet sich, wenn sich etwas ergibt. Das Imperial ist nicht weit. Wir werden uns gleich selbst davon überzeugen können, ob es Carney ist oder nicht.«

Sie liefen über den Damm an Land und hasteten über die Küstenstraße zum Parkplatz von Guernsey Gold & Silver, wo Pats Golf stand. Mit dem Wagen war es ein Katzensprung zum Imperial. Als Doyles unsteter Blick über das Meer mit den vielen Surfern und Seglern glitt, glaubte er, ein Stück weiter draußen ein wohlbekanntes rotweißes Boot zu erkennen. Bevor er sich vergewissern konnte, versperrte die Flutmauer ihm den Blick.

»Seltsam«, brummte er. »Für eine Sekunde hätte ich schwören können, da draußen die *Island Queen* zu sehen.«

»Die Sehnsucht nach der Flinken Mira muss ja mächtig groß sein. Da kann ich für dich nur hoffen, dass sie nicht in die Angelegenheit verwickelt ist.«

»Jetzt lass das mal, Pat. Es sah wirklich aus wie Miras Kutter.«

»Und was wäre daran so seltsam?«

»Mira war so versessen darauf, die Auswirkungen des Ozeanriesen auf die Unterwasserflora und -fauna zu dokumentieren. Um das zu tun, müsste sie sich auf der entgegengesetzten Seite der Insel aufhalten.«

»Das ist wirklich seltsam«, sagte Pat nachdenklich. »Vielleicht ist der Schatz der *Black Hawk* für sie doch verlockender. Besonders jetzt, wo wir von der Schatzsuche wissen. Wenn das Ganze publik wird, kann sie sich wohl vor Trittbrettfahrern kaum retten. Geschähe ihr eigentlich recht. Früher hat sie andere ausgenutzt.«

Pat nahm den Fuß vom Gas, weil sie ihr Ziel fast erreicht hatten. Beim Imperial standen ein paar Polizeifahrzeuge, und Kollegen in Uniform waren dabei, ein Waldstück hinter dem Hotel mit Flatterband abzusperren.

Sergeant George Topley schien die Befehle zu geben, und an ihn wandten sich Doyle und Pat mit der Bitte um eine kurze Einweisung in die Lage.

»Ein Toter, sieht verdammt aus wie dieser Carney. Die Leiche liegt da vorn am Anfang des Waldes. Zwei Wanderer haben sie vor einer halben Stunde entdeckt.«

»Tod durch Fremdeinwirkung?«, fragte Doyle.

»Könnte sein. Die Stirn ist gegen einen großen scharfkantigen Stein gestoßen und weist eine schlimme Wunde auf. Jemand könnte den Mann zu Boden gestoßen haben. Aber vielleicht ist er mit seinem besoffenen Kopf auch nur gestolpert und hingefallen.«

»Woher wissen Sie, dass er getrunken hatte?«

»Die Whiskyflasche liegt ganz in der Nähe. Sie muss ihm aus der Hand gefallen sein.«

»Wer hat den Tod festgestellt?«, fragte Pat.

»Einer von den Wanderern. Es sind zwei Ärzte aus Newcastle, ein Augenarzt und ein Chirurg.« Verlegen strich der Sergeant mit einer Hand über seine linke Wange. »Verzeihung, darf ich etwas fragen?«

»Nur zu!«, ermunterte ihn Doyle.

»Es ist ja irgendwie so ein geheimes Ding, aber man munkelt, dieser Carney sei in allerhöchster Obhut gewesen. Wie kommt er dann hierher?«

»Das ist die große Preisfrage. Mit anderen Worten: Ich habe keine Ahnung. Führen Sie uns zu dem Toten? Ich hege noch immer die leise Hoffnung, dass es nicht Carney ist.«

»Er trägt zwar keine Papiere bei sich, aber für mich sieht er ganz klar aus wie der Mann, der aus dieser Waldhütte auf Constable Allisette geschossen hat.«

Topley brachte Doyle und Pat zu dem Leichnam, und hier verflüchtigte sich Doyles leise Hoffnung. Der Mann, der bäuchlings auf dem Waldboden lag, war eindeutig Reginald Carney, wie sie ihn in Unkenntnis seines wahren Namens weiterhin nennen würden.

Unfall oder nicht?, fragte sich Doyle. Da war die Wunde auf Carneys Stirn, aus der einiges Blut ausgetreten war. Aber es sah für ihn nicht unbedingt nach einer tödlichen Wunde aus. Die Whiskyflasche in der Nähe des Toten, zum überwiegenden Teil ausgelaufen oder vielleicht auch ausgetrunken, schien eine andere Sprache zu sprechen.

Pat trat einen Schritt näher an den Leichnam heran und fragte: »Was ist das da in seiner rechten Hand?«

»Sieht aus wie ein Zweig«, meinte Topley. »Vielleicht hat er sich daran festzuhalten versucht, als er stürzte.«

Doyle war neben Pat getreten und sagte: »Nein, er hat etwas damit in den Boden geritzt. Da, sieht aus wie ein Kreis.«

»Oder wie ein O«, murmelte Topley nachdenklich. »Der Anfangsbuchstabe vom Namen seines Mörders vielleicht – falls er ermordet wurde. Gibt es in diesem Fall einen Verdächtigen mit O?«

»Wir haben jede Menge Verdächtige, aber niemanden mit O«, seufzte Pat bedauernd.

»Es ist auch kein O, es ist tatsächlich ein Kreis«, sagte Doyle. »Seht doch mal, er hat noch einen Pfeil in den Boden geritzt, der von dem Kreis weg zeigt.«

»Dieses Gekrakel soll ein Pfeil sein?«, wunderte sich Topley.

»Dann ergibt es einen Sinn. Es ist das Marssymbol, das Zeichen für das männliche Geschlecht.«

Pat blickte Doyle ebenso erstaunt an wie Topley und fragte: »Glaubst du das wirklich? Carney wollte uns in seinen letzten Sekunden mitteilen, dass sein Mörder ein Mann war? Das ist aber nicht sonderlich hilfreich. Auch wenn alle Frauen wegfallen, haben wir auf Guernsey immerhin noch um die dreißigtausend Verdächtige.«

Doyle fotografierte den Toten und das Zeichen im Boden mit dem Handy.

»Vielleicht wollte er uns damit noch mehr mitteilen. Er muss sich etwas dabei gedacht haben.«

»Verzeihung, Sir«, begann der Sergeant vorsichtig. »Aber wenn er wirklich so einen besoffenen Kopf hatte, wie die Whiskyflasche vermuten lässt, erscheinen mir tiefschürfende Gedanken doch etwas weit hergeholt.«

»Ich weiß nicht, was beim Sterben im Kopf eines Menschen vor sich geht«, erwiderte Doyle. »Vielleicht hatte der Colonel einfach ein paar wache letzte Sekunden.«

»Der Colonel?«, fragte Topley.

»Das haben Sie nie gehört, Sarge!«

»Klar, Sir, ich verstehe.«

Topley führte Doyle und Pat zum Pub des Imperial, wo an einem Tisch im Freien die beiden Ärzte aus Newcastle saßen und sich ein Bier auf den Schreck genehmigten. Auch wenn sie den Arztberuf ausübten, war es für sie doch sehr überraschend gewesen, mitten im Urlaub beim Wandern über einen Toten zu stolpern. Leider konnten sie keine Hinweise auf einen möglichen Mörder geben. Sie hatten niemanden in der Nähe der Leiche gesehen. Topley notierte sich die wesentlichen Daten der beiden, während Doyle und Pat in den Wald zurückgingen.

Dort war es in der Zwischenzeit voll geworden. Vor Ort waren Sergeant Baker, ein Polizeifotograf, die Spurensicherung, und gerade traf eine schöne blonde Frau im blauen Plastikanzug ein: Dr. Helena Nowlan.

»Gut, dass Sie kommen, Doc«, rief Doyle ihr entgegen. »Hier ist einiges unklar.«

»Wie meistens, DCI. Aber darf ich mir erst die Leiche ansehen, bevor ich etwas zu ihr sage?«

»Verzeihung, natürlich.«

Als sie den Toten sah, wurde sie blass im Gesicht, was der erfahrenen Ärztin und Pathologin sicher nicht häufig passierte.

»Carney?«

»Ja, Doktor«, sagte Doyle. »Fragen Sie mich jetzt bitte nicht, wie er hierhergekommen ist.«

»Wäre er doch lieber im Princess Elizabeth geblieben«, sagte sie leise, bevor sie ihren Koffer abstellte, den Mundschutz anlegte und sich über den Toten beugte.

Während sie den Leichnam untersuchte, bemerkte Doyle, dass Sergeant Baker am Rand des abgesperrten Leichenfundorts mit jemandem laut diskutierte. Ein großer Mann mit kerzengerader Haltung und kurzgeschnittenem blondem Haar. Er trug einen hellen Sommeranzug und hatte trotz der Wärme eine blaurot gestreifte Krawatte mit tadellosem Knoten umgebunden.

»Ich glaub's ja nicht«, entfuhr es Doyle, und er berührte Pat leicht an der Schulter. »Der Blonde da vorn, der mit Baker spricht, ist Captain Broadley.«

Sie gingen zu Baker und dem Captain, der jenseits des Flatterbands stand. Das wütende Gesicht des Blonden hellte sich auf, als er Doyle erblickte.

»Gut, dass Sie kommen, DCI. Ihr Sergeant will mir nicht sagen, wer der Tote ist.«

Statt Broadley zu antworten, wandte sich Doyle an Baker. »Gut gemacht, Sarge. Zivilisten haben keinen Zugang zu Informationen aus laufenden Ermittlungen.«

»Was heißt hier Zivilist?«, empörte sich der Captain. »Ich bin Captain der Royal Navy und der Adjutant des Vizegouverneurs.«

»Ich wusste nicht, dass der Adjutant des Vizegouverneurs

einen Posten innerhalb der Polizei bekleidet«, erwiderte Doyle kühl. »Ist das jetzt so?«

»Nein, natürlich nicht«, antwortete Broadley, zerknirscht und verärgert zugleich.

»Dann sind Sie für mich ein Zivilist, Ihr Rang bei der Royal Navy in allen Ehren. Aber wir sind hier nicht auf einem Flugzeugträger Ihrer Majestät.«

»Schon gut, Doyle, ich habe verstanden. Sie sind der Boss hier. Vielleicht könnten Sie mir jetzt sagen, wer der Tote ist?«

»Welches Interesse haben Sie daran?«

»Ich dachte, es könnte sich um Reginald Carney handeln.«

Doyle spielte den Überraschten. »Wieso das, Captain? Der befindet sich doch in Ihrer Obhut im Government House.«

»Er ist leider abgehauen. Dabei hat es ihm an nichts gefehlt.«

»Auch nicht an Whisky?«

»Whisky? Alkohol haben wir ihm angesichts seines Gesundheitszustands nicht gegeben.«

»Aber er hat danach verlangt, nehme ich an.«

»Das hat er, ja. Sehr lautstark sogar.«

»Dann wissen Sie, woran es ihm gefehlt hat. Neben seiner Leiche haben wir eine angebrochene Whiskyflasche gefunden. Übrigens eine teure Marke. Kann es sein, dass er die aus den Beständen des Vizegouverneurs entwendet hat?«

»Das kann ich mir nicht vorstellen. Wie es aussieht, hat er das fest verschlossene Fenster seines Zimmers aufgehebelt, ist dann raus auf den Balkon und da an der Fassade hinabgeklettert. Er hatte also gar keine Gelegenheit, sich am Whisky des Admirals zu bedienen.«

»Vielleicht eine eingeschmuggelte Flasche?«

»Auch das kann ich mir nicht vorstellen. Es war niemand bei ihm, zu dem er eine nähere Beziehung hatte.«

»Auch nicht seine Rechtsanwältin, Ms Tomlinson?«

»Stimmt! Die kam gestern am späten Nachmittag zum Government House. Ich wollte sie erst nicht vorlassen, weil wir unsere Anwälte gebeten hatten, sich um Mr Carney zu kümmern. Aber sie beharrte darauf, das von ihm persönlich zu hören.«

»Hat Carney seine Anwältin ihrer Pflicht entbunden?«

»Nein«, sagte Broadley kleinlaut. »Er bestand darauf, weiter von ihr vertreten zu werden. Keine Ahnung, warum.«

»War sie allein mit ihrem Mandanten?«

»Ja, ungefähr fünfzehn Minuten.«

»Hatte sie ihre große Umhängetasche dabei? So ein buntes Teil, sehr auffällig?«

»Ja, sie haben recht«, knurrte der Captain. »Da hätte sogar mehr als eine Flasche hineingepasst. Aber weshalb hätte sie das tun sollen? Hat – hatte – sie ein so enges Verhältnis zu Carney?«

»Eigentlich nicht. Sie ist ihm vom Gericht beigeordnet worden. Aber sie ist eine sehr ungewöhnliche Persönlichkeit, schwer einzuschätzen.« Doyle sah Baker an. »Sergeant, setzen Sie sich mit Ms Tomlinson schnellstmöglich in Verbindung und klären Sie die Sache mit der Whiskyflasche. Machen Sie ihr klar, dass sie die Wahrheit sagen soll. Eine Lüge käme der Behinderung unserer Ermittlungen gleich.« Doyle fischte die Visitenkarte der Rechtsanwältin aus einer seiner Taschen und reichte sie Baker. »Hier sind ihre Nummern, Handy und Festnetz.«

»Sofort, Sir.«

Baker griff nach seinem Handy und entfernte sich ein paar Schritte von den andern.

Captain Broadley rieb mit Daumen und Zeigefinger mehrmals über seine Nasenwurzel und sah plötzlich erschöpft aus.

»Danke, dass Sie mir gesagt haben, wer der Tote ist.«

»Von Ihrer Seite war das Vertrauen leider nicht so groß«, erwiderte Doyle. »Sie hätten mich über Carneys Flucht sofort informieren sollen, dann hätten wir ihn mit viel mehr Leuten suchen können als Sie.«

»Sie haben ja recht, DCI. Aber erstens war es mir einfach peinlich, und zweitens ist da diese verfluchte Geheimhaltung. Die Regierung Ihrer Majestät pocht darauf. Sie haben ja in Faversham selbst erlebt, wie unangenehm das sein kann.«

»Unangenehm?« Doyle lachte rau und ohne jede Heiterkeit. »Unangenehm ist es tatsächlich, wenn ein Pistolero vom MI5 die Waffe auf einen richtet und seinen Boss fragt, ob er einen jetzt endlich abballern darf.«

»Dieses Detail kannte ich noch nicht«, sagte Broadley und wirkte durchaus schuldbewusst.

»Es wird wohl auch in keinem Bericht auftauchen«, meinte Doyle. »Wann genau ist Carney getürmt?«

»So genau können wir es nicht sagen. Als eine Krankenschwester um kurz nach sieben heute Morgen in sein Zimmer sah, war er weg.«

»Vom Government House bis hierher sind es ungefähr zehn Kilometer. Das wäre für einen Mann, der besser in Schuss ist als Carney, zu Fuß ein Marsch von zwei Stunden. Ich glaube nicht, dass Carney dazu fähig gewesen wäre. Hatte er Geld für ein Taxi – und damit vielleicht auch für den Whisky?«

»Soweit ich weiß, hatte er nicht genug Bargeld bei sich, weder für ein Taxi noch für eine gute Flasche Whisky. Nur ein paar lumpige Münzen. Vielleicht ein früher Bus? Für den könnte es gereicht haben.«

»Oder er ist per Anhalter gefahren«, schlug Pat vor. »Am frühen Morgen schwärmen die Lkws aus, um Hotels, Restaurants und Strandkioske zu beliefern. Die Fahrer freuen sich schon mal, wenn sie jemandem zum Schwatzen haben.«

»Guter Einfall«, sagte Doyle. »Wir sollten sowohl die Busfahrer als auch die Transportfahrer befragen.«

»Ich leite das in die Wege, Cy.«

Während Pat ihr Handy zückte, kehrte Baker kopfschüttelnd zu ihnen zurück.

»Ich hatte keinen Erfolg. In Sally Tomlinsons Büro sagte mir ihre Assistentin, sie habe eine Gerichtsverhandlung, und dabei sei ihr Handy grundsätzlich ausgeschaltet. Ich habe beim Pförtner des Gerichts und bei Ms Tomlinsons Assistentin meine Nummer mit dem Hinweis hinterlassen, sie möge mich dringend anrufen.«

»Danke, Baker«, sagte Doyle und wandte sich wieder an Captain Broadley. »Ich schlage vor, Sie kehren zum Government House zurück und sprechen dort noch einmal mit allen Personen, die irgendwie, und sei es auch nur kurz, Kontakt zu Reginald Carney hatten. Vielleicht bekommen Sie noch etwas raus, das uns weiterhelfen kann.«

»Das werde ich tun, Mr Doyle. Eine Frage habe ich noch: Ist Carney eines natürlichen oder eines gewaltsamen Todes gestorben?«

»Die Frage habe ich auch. Ich melde mich bei Ihnen, sobald ich Gewissheit habe.«

Doyle blickte durchs Unterholz und sah Dr. Nowlan nur schemenhaft. Immerhin konnte er erkennen, dass sie noch mit der Untersuchung des Leichnams beschäftigt war.

* * *

»Vorläufige Schätzung des Todeszeitpunkts: vor fünf bis sieben Stunden, also am frühen Morgen«, sagte Helena Nowlan keine zwanzig Minuten später. Sie hatte sich ein Stück von der Leiche entfernt, den Mundschutz abgenommen und sämtliche Instrumente wieder im Tatortkoffer verstaut. Ihr Blick traf Doyle und Pat. »Wer von Ihnen stellt mir jetzt die Kardinalfrage, ob natürliche oder unnatürliche Todesursache?«

Bevor jemand darauf antworten konnte, kam Baker, dessen Handy vor drei Minuten angeschlagen hatte, eilig heran.

»Das war Sally Tomlinson«, keuchte er. »Sie schwört Stein und Bein, weder Whisky noch sonst etwas bei Carney eingeschmuggelt zu haben. Aber sie ist sehr empört über den Tod ihres Mandanten und möchte dringend wissen, ob es ein natürlicher Todesfall war.«

Mit einem grimmigen Lächeln auf den Lippen sah Doyle wieder die Ärztin an. »Da haben Sie Ihre Frage, Doc. Noch nie interessierten sich wohl so viele Leute für den alten Carney wie jetzt, wo er tot ist. Na ja, ihm wird es wohl recht gewesen sein.«

Die Ärztin schälte sich aus dem Plastikanzug, und Doyle war ihr dabei behilflich.

Sie bedankte sich und sagte: »Ich möchte gern alles über den alten Mann wissen, was Sie wissen, DCI.«

»Das kann ich Ihnen nicht sagen. Woher wissen Sie überhaupt, dass ich mehr Informationen habe als Sie?«

»Guernsey ist klein, und der Buschfunk ist schnell. Irgendwer hat mir etwas geflüstert von wegen DCI Doyle auf geheimer Mission in England.«

Pat hob abwehrend die Hände. »Ich war es nicht.«

»Womit der Ball wieder bei Ihnen liegt, Doc«, sagte Doyle. »Wir warten alle gespannt auf Ihre Beantwortung der großen Preisfrage.«

Dr. Nowlan rollte den Plastikanzug zusammen und blickte in die Gesichter der drei Kriminalbeamten.

»Möglicherweise liegt ein Drittverschulden vor. Das hängt ganz allein davon ab, ob er selbst oder ein anderer das Gift in den Whisky gemischt hat.«

»Gift?«, ächzte Baker und griff mit einem erschrockenen Gesichtsausdruck an seine Gurgel.

»Die Stirnverletzung war auf keinen Fall die Todesursache. Carneys durch jahrelangen und übermäßigen Alkoholmissbrauch ohnehin schwer geschädigten Organe haben versagt. Daran ist er gestorben.«

»Sie haben in der Whiskyflasche also Spuren von Gift gefunden«, meinte Pat.

»Nein«, widersprach die Ärztin. »Bis jetzt nicht. Der Leichnam weist auch keine äußeren Spuren eines Gifttodes auf. So gesehen, könnte ich mir die Sache einfach machen und von einem natürlichen Todesfall sprechen. Es war halt eine Flasche Whisky zu viel.«

»Warum machen Sie es sich dann nicht einfach?«, erkundigte sich Doyle. »Schon hätten Sie eine Akte vom Tisch.«

»Ich kenne Carneys Befunde der Untersuchung im Princess Elizabeth gut genug, um zu wissen, wie schwer geschädigt sein Körper war. Aber nach meiner Erfahrung nicht so schwer, dass diese Flasche hier gereicht hätte, ihn umzubringen. Zu dem Alkohol, der als Katalysator gewirkt hat, ist mit hoher Wahrscheinlichkeit etwas hinzugekommen. Ich tippe auf eine Thalliumvergiftung und werde die Leiche im Princess Elizabeth dahingehend untersuchen. Thallium ist geschmacks- und geruchslos, und führt zu keinen spezifischen Symptomen. Es löst sich sehr gut in Flüssigkeit auf, und schon ein Gramm davon ist absolut tödlich. Es greift die Nieren, die Leber, das Gehirn und andere Organe an. Allerdings tritt der Tod üblicherweise erst nach zehn bis dreizehn Tagen ein, wenn wir von einer geringen Dosis ausgehen. Falls man

Carney nicht schon vor geraumer Zeit mit Thallium vergiftet hat, muss sich in dieser Whiskyflasche eine sehr hohe Dosis befunden haben. Im Verein mit dem Alkohol und den bereits angegriffenen Organen könnte das zu einem schnellen Tod durch ein gleichzeitiges Multiorganversagen geführt haben.«

»Wann können Sie mit Gewissheit sagen, dass es Thallium war?«, fragte Doyle.

»Vielleicht schon im Laufe des Nachmittags. Ich muss eine Haarprobe von Carney im Labor untersuchen. Ähnlich wie Arsen lässt sich auch Thallium noch Jahre nach dem Tod in den Haaren nachweisen. Ein Mörder, der eine Vergiftung vertuschen will, würde deshalb auch nicht danach greifen.«

Doyle blicke auf den Toten und fühlte sich irgendwie elend. Wenn Major Hudson ihn nicht angelogen hatte, war dieser Mann für die schlimmsten Verbrechen verantwortlich, denen ein Mensch sich schuldig machen konnte. Auch wenn er im geheimen Regierungsauftrag gehandelt haben mochte, die Moral ließ sich nicht per Dekret abschalten. Trotzdem traf Carneys Tod ihn. Er war ein Mensch gewesen und hätte nach Doyles Meinung vor einen – gerechten – menschlichen Richter gehört. Mord hatte nichts mit Gerechtigkeit zu tun. Außerdem wurde Doyle das Gefühl nicht los, dass Carneys Tod keine Strafe für seine Untaten sein sollte, sondern mit dem Mord an Lizzie Somers zusammenhing.

»Vielleicht hatte der Mörder nicht viel Zeit, um etwas anderes zu arrangieren«, überlegte er laut. »Falls Carney nach seiner Flucht aus dem Government House – aus welchem Grund auch immer – Kontakt zu dem Mörder von Lizzie Somers aufgenommen hat, sah dieser sich möglicherweise genötigt, schnell zu handeln.«

»Mit der Theorie bin ich einverstanden«, sagte Pat. »Aber wer hat kurzfristig eine größere Menge Thallium zur Hand?«

»Vielleicht ein Apotheker«, meinte Baker.

»Hoffentlich nicht«, seufzte Doyle. »Wir haben weiß Gott genug Verdächtige, aber ein Apotheker ist nicht darunter. Mir ist die Liste auch so lang genug.«

»Früher hat man Thallium häufig als Rodentizid eingesetzt«, sagte Dr. Nowlan.

»Rattengift?«, vergewisserte sich Pat.

»Umgangssprachlich Rattengift, ja. Inzwischen ist es aus der Mode gekommen, in vielen Ländern auch nur nach besonderer Genehmigung einsetzbar.«

»Wird es auf Guernsey noch verwendet?«, fragte Doyle.

»Genaues kann Ihnen da sicher ein Experte für Schädlingsbekämpfung sagen. Soweit ich weiß, werden Rodentizide auf Thalliumbasis nicht mehr an Privatkunden verkauft. Aber Unternehmen in der Nähe von größeren Rattenansammlungen, zum Beispiel nah am Wasser, haben das wohl vorrätig.«

Pat blickte durchs Unterholz zur Rocquaine Bay. »Näher am Wasser als das Shipwreck Museum geht kaum.«

»Das ist es!«, stieß Doyle hervor.

Er war Pats Blick nicht gefolgt, sondern hatte das Zeichen angestarrt, das Reginald Carney – der Colonel – mit wahrscheinlich letzter Kraft in den Boden geritzt hatte. Für ihn war es weiterhin das Marssymbol, das Kennzeichen für das männliche Geschlecht.

»Was ist was?«, fragte Pat.

»Das Shipwreck Museum, David Somers. Von ihm muss Carney die Whiskyflasche haben. Dann ergibt dieses Gendersymbol einen Sinn. Carney wollte uns nicht mitteilen, dass ihn ein *Mann* getötet hat, sondern dass es *der* Mann war. Aber wie macht man das, wenn einem nur noch wenige Sekunden bleiben? Wenn man nicht mehr in der Lage ist, einen Namen zu schreiben?«

Pats Blick wanderte zweifelnd zwischen Doyle und dem eingeritzten Zeichen hin und her.

»Falls das da wirklich das Marszeichen darstellen soll, Cy, wie entnimmst du ihm dann, dass es auf David Somers gemünzt ist?«

»Das entnehme ich dem Kontext. Unser erstes Mordopfer ist eine Frau, Lizzie Somers. *Die* Frau, um die sich derzeit alles dreht. Der einzig mögliche Sinn dieses Zeichens hier ist der Hinweis, dass Carneys Mörder *der* Mann ist.«

»Aber welcher Mann?«

»Der, der zu Lizzie Somers gehört, ihr Ehemann.«

»Warum nicht ihr Geliebter? Der gehörte doch mindestens ebenso gut zu ihr.«

»Möglich«, gab Doyle nach kurzem Nachdenken zu. »Vielleicht hast du recht. Aber denkt ein Mann, der unmittelbar vom Tod bedroht ist, nicht auch möglichst einfach?«

»Heißt das, ich denke zu kompliziert? Weil ich eine Frau bin?«

Doyle breitete in einer Geste der Hilflosigkeit die Arme aus und schlug vor: »Fahren wir einfach zu Somers und fragen ihn. Baker, Sie übernehmen hier!«

KAPITEL 26

Die Tür zum Lagerraum stand einen Spaltbreit offen, was Victoria Somers nicht wunderte. David suchte in dem riesigen Raum voller maritimer Gegenstände noch nach ein paar Blickfängern für die Saumarez-Sonderausstellung, die ihm am Herzen lag. So sehr, dass er den Tod seiner Frau kein bisschen bedauerte? Victoria hatte Lizzie zwar nie gemocht, sie von Anfang an abgelehnt und ihren Bruder vor der Heirat gewarnt, aber er musste sie doch einmal geliebt haben. Diese Liebe mochte erloschen sein, als er erkannt hatte, dass sie wirklich eine Schlampe war. Aber konnte das jeden Funken Zuneigung vertilgen? Manchmal war David ihr unheimlich. Victoria schob es auf die Saumarez-Ausstellung. Die nahm David so gefangen, dass ihm nicht einmal die Zeit für einen Ansatz von Trauer blieb. Das sagte sie sich immer wieder, aber tief in ihrem Innern ahnte sie, dass sie sich etwas vormachte.

Sie war immer die große Schwester für David gewesen und hatte versucht, ihm die fehlende Mutter zu ersetzen. Deshalb wollte sie sich nicht eingestehen, gescheitert zu sein. David ein vollkommen gefühlskalter Mensch? Das durfte nicht sein. Das war auch nicht so. Hin und wieder war er richtig nett zu ihr und erwies ihr Freundlichkeiten, brachte sogar manchmal ein kleines Geschenk für sie mit. Doch dann gab es Situationen, in denen er ihr völlig kalt erschien, als wäre alles Freundliche nur eine Maske.

Victoria verdrängte diesen Gedanken ganz schnell wieder. Es war ein gefährlicher Gedanke, der ihr ganzes bisheriges Leben sinnlos erscheinen ließ. Ihr Bruder war der Dreh- und Angelpunkt ihres Daseins. Ihn als gefühlskalt anzusehen, hätte zu weitreichende Folgen gehabt. Selbst ihr Bild von Lizzie wäre dann nicht länger gültig gewesen. Lizzie hätte plötzlich einen Grund dafür gehabt, sich woanders Zuneigung zu suchen.

Victoria schüttelte sich und versuchte, diese quälenden Gedanken, die sie in letzter Zeit öfter heimsuchten, von sich abzuschütteln. Ganz so, wie ein Hund versuchte, lästige Flöhe loszuwerden.

Als sie schon weitergehen wollte, um wieder ihren Platz an der Kasse einzunehmen, hörte sie die Stimme ihres Bruders. Sie kam aus dem Lagerraum.

Neugierig trat sie dicht an den Spalt heran und lauschte. Sie hörte Davids Stimme jetzt deutlicher. Er sprach offenbar zu jemandem, aber sie hörte keine andere Stimme. Also telefonierte er mit seinem Handy.

»... habe ich aus der Welt geschafft. Die beiden Bullen, die hier waren, haben sich eilig verzogen, nachdem der Chief Inspector einen Anruf bekam. Inzwischen ist beim Imperial ein richtiger Polizeiauflauf. Ich schätze, die haben Carneys Leiche gefunden. Ja, der war heute Morgen bei mir, in aller Herrgottsfrühe. Hat mir irgendeinen verdrehten Scheiß erzählt, dass er jetzt unter dem Schutz des Vizegouverneurs steht.« David lachte, und es klang irgendwie schmutzig. »Das habe ich ihm natürlich keine Sekunde lang abgenommen. Aber er scheint einen klaren Moment gehabt zu haben, was Lizzies Tod angeht. Deshalb war er hier. Er wollte es mir erzählen.«

Eine kurze Pause entstand, in der wohl die andere Person sprach.

»Ich fand es bedenklich«, fuhr David fort. »Er hatte sich erinnert, dass Lizzie nicht von einem schwarzen Seeungeheuer getötet worden ist, sondern von einem Taucher aus dem Meer. Er wollte sogar eine Frauengestalt unter dem Neoprenanzug erkannt haben. Das war mir dann doch zu riskant.«

Wieder entstand eine Pause, aber Victoria verarbeitete das Gehörte nur langsam. Was daran liegen mochte, dass sie es einfach nicht wahrhaben wollte.

»Was sollte ich schon tun?«, fragte David jetzt. »Ich habe ihm natürlich gesagt, er bräuchte sich nicht weiter darum zu kümmern. Ich würde das alles an die Polizei weiterleiten. Ich konnte doch nicht zulassen, dass die Bullen dich auf ihre Liste der Verdächtigen setzen, Mira. Es reicht, wenn sie mich im Visier haben.«

Mira Bryce also! Victoria hatte es sich fast gedacht.

»Wir hatten Glück, dass der alte Säufer nicht direkt zu den Bullen gerannt ist. Ich sei so ein netter Mann, und zu mir hätte er so viel Vertrauen. Ja, das waren wirklich seine Worte.« Wieder das dreckige Lachen. »Was sollte ich schon tun? Ich habe mich mit einer Flasche Whisky bei ihm bedankt. Er saß wohl schon länger auf dem Trockenen und hat sich tierisch gefreut. Ich nehme an, die Flasche ist nicht alt geworden. Und er wird auch nicht mehr älter. Ich habe nämlich etwas von unserem Rattengift beigemischt. Scheint funktioniert zu haben, wenn ich an die Bullen unten beim Imperial denke.«

Mira schien etwas zu sagen, und Victoria war darüber fast erleichtert. Ein Teil von ihr wäre am liebsten weggelaufen und hätte alles Gehörte schnell wieder vergessen. Ein anderer Teil war die Neugier. Obwohl sie zutiefst schockiert war von dem, was sie hörte, wollte sie mehr erfahren, noch mehr, alles. Sie drückte sich enger an den Türspalt. Wahrscheinlich hatte David die schwere Eisentür nicht richtig verschlossen, und sie war wieder aufgegangen, nachdem er den Lagerraum betreten hatte. Sonst hätte er kaum so offen über das alles gesprochen.

»Nein, die hat nichts gemerkt. Es war sehr früh, und die alte Hexe hat so laut vor sich hin geschnarcht, dass ich es auf dem Gang hören konnte. Ich denke, ihre Zeit ist bald abgelaufen. Falls mir die Bullen noch einmal auf den Pelz rücken, werde ich die Farbdose mit ihren Fingerabdrücken unter ihre Sachen schmuggeln und die Bullen mit einem anonymen Anruf verständigen.«

Victorias Herz schlug bis zum Hals, und sie glaubte, es pochen zu hören. Hitze- und Kältewellen durchfluteten abwechselnd ihren Körper, und sie rang nach Atem.

»Natürlich ist es exakt dieselbe Farbe, die du bei Lizzie benutzt hast. Sonst wäre es doch witzlos. Jetzt kümmere dich mal wieder um die *Black Hawk*. Wäre doch zu schade, wenn uns da noch irgendein Hobbyschatzsucher in letzter Sekunde zuvorkommt. Nein, bleib ruhig in der Bucht. Wenn du jetzt, wo sie den alten Carney gefunden haben, überstürzt abhaust, erregt das erst recht Verdacht. Es läuft doch alles wie am Schnürchen, Liebling. Auf bald!«

Ihre Gefühle überschlugen sich. Verärgerung, Fassungslosigkeit, Angst, Wut, Enttäuschung. Wie konnte ihr David das nur antun, nachdem sie so viele Opfer für ihn gebracht hatte? Ihr eigenes Leben hatte sie für ihn aufgegeben, um immer an seiner Seite zu sein. Treusorgender vielleicht als eine Mutter. Und er wollte sie opfern, den Mord auf sie schieben. Ein billiges Bauernopfer, mehr schien sie nicht für ihn zu sein. Abscheu vor David erfüllte sie und dann ein rasender Zorn, der alles andere beiseitefegte.

Victoria riss die Tür auf und stürmte in solcher Hast in den Lagerraum, dass sie fast über eine alte Galionsfigur gestolpert wäre. Sie riss dabei die an die Wand gelehnte Skulptur einer Seejungfrau um und verursachte ein lautes Poltern.

David hatte es natürlich gehört und tauchte aus den Tiefen des Lagerraums auf, die Augen geweitet, als sähe er einen Geist vor sich.

»Victoria, was tust du hier?«

»Ich habe alles gehört! Jedes Wort, das du zu Mira gesagt hast. Wie kannst du nur?«

Er wirkte seltsam gelassen und trat ganz langsam auf sie zu.

»Wie kann ich was nur? Ich verstehe nicht, wovon du sprichst, Victoria.«

»Du bist kalt, ganz kalt. Alle benutzt du nur. Mich hast du ein Leben lang benutzt. Wahrscheinlich benutzt du auch Mira nur. Niemand bedeutet dir etwas, oder? Kalt wie ein Eisblock. Selbst Lizzie war ein besserer Mensch als du. Sie hatte wenigstens Gefühle.«

»Aber du hast Lizzie doch gehasst. So sehr, dass du sie vor zwei Tagen ermordet hast. Weißt du nicht mehr, Victoria? Du hast ihr am Strand eins übergebraten, hast sie entkleidet und mit ihrem eigenen BH erdrosselt. Dann hast du sie mit dem Farbspray für alle sichtbar als das markiert, was sie war: eine Hure. Erinnere dich doch!«

Er war jetzt fast in Reichweite und blicke sie beschwörend an.

»Das lasse ich mir nicht einreden. Du kannst mich nicht für das verantwortlich machen, was du zusammen mit Mira getan hast. Ich kenne euren Plan. Jedes Wort habe ich mir gemerkt, und ich werde alles der Polizei sagen.«

»Das sollte mich wundern«, sagte David kühl, und ein Klappmesser lag plötzlich in seiner Rechten. Mit einem Daumendruck klappte er die Klinge auf. »Es ist natürlich bedauerlich, dass deine Tat dich in den Wahnsinn getrieben hat. Niemand hätte dir zugetraut, dass du versuchst, deinen geliebten Bruder umzubringen. Zum Glück hatte ich mein Arbeitsmesser dabei und konnte mich verteidigen. Ich sehe schon die Schlagzeile vor mir: *Familiendrama in Fort Grey!*«

David machte einen Sprung nach vorn und stach mit dem Messer in ihre Richtung. Victoria wich zur Seite aus, stolperte gegen die Wand und fiel hin. Mehrere an der Wand lehnende Gegenstände stürzten zu Boden wie vorher die Galionsfigur. Victoria war mit dem Hinterkopf gegen die Wand gestoßen, und ein heftiger Schmerz war die Folge.

»Gleich hast du es überstanden, Schwesterlein!«

Er warf sich auf sie, und Victoria sah das Messer in einem durch die hohen, schmalen Fenster hereinfallenden Sonnenstrahl aufblitzen. Sie konnte nicht ausweichen, aber sie reagierte instinktiv. Sie riss einen Gegenstand hoch und hielt ihn David entgegen.

Der schmerzende Kopf und ihre Panik drohten sie zu übermannen. Für einen Augenblick wurde alles dunkel um sie herum, aber dann hatte sie sich wieder gefasst. Wo war David mit seinem Messer abgeblieben?

Hastig sah sie sich um und entdeckte ihn links von ihr, nicht weit entfernt. Das Messer war ihm entglitten. Er lag in seitlicher Haltung auf dem Boden, den Mund wie zu seinem lautlosen Schrei geöffnet. Blut rann aus diesem Mund.

Der Gegenstand, nach dem sie in Panik gegriffen hatte, steckte in seiner Brust. Ein Bootshaken mit einem Stiel aus lackiertem Holz. Der dreißig Zentimeter lange Eisenhaken am Ende des Stiels hatte sich tief in Davids Fleisch gebohrt.

David rührte sich nicht, und sein starrer Blick war ins Leere gerichtet. Für Victoria war klar, dass sie ihren Bruder getötet hatte. Oder hatte er sich selbst umgebracht, als er sich auf sie stürzte? Sie hatte sich nur verteidigt, hatte nicht mal gewusst, was sie ihm entgegenhielt. Der Stiel des Bootshakens war einfach das Erstbeste gewesen, was ihr in die Hände geraten war.

Sie atmete in kurzen, hastigen Zügen, und das Bild ihres toten Bruders flirrte vor ihren Augen, als wäre sie in einer heißen Wüste mit vor Hitze flimmernder Luft. Ihre Empfindungen schwankten zwischen der Erleichterung, überlebt zu haben, und einem Schuldgefühl, das ihr den letzten Atem zu rauben drohte. David, der Inhalt ihres Lebens, lag tot vor ihr, und der Gedanke, dass es ihre Schuld war, stürzte wieder und wieder auf sie ein. Wie ein Wasserfall, dessen tausender und abertausender Tropfen sie sich nicht erwehren konnte.

»Nein«, sagte sie mit brüchiger Stimme und dann noch einmal und jetzt fester: »Nein!«

Schwankend kam sie auf die Beine und versuchte, das heftige Zittern ihrer Knie unter Kontrolle zu bekommen. Es war nicht ihre Schuld, und es war auch nicht Davids Schuld. Es waren die Frauen gewesen, die ihn dazu getrieben hatten. Erst hatte die Schlampe Lizzie David lächerlich gemacht und ihn zur Weißglut getrieben. Dann war diese abgefeimte Journalistin gekommen, Mira, und hatte seinen Zustand ausgenutzt. Sie war es doch gewesen, die Lizzie umgebracht hatte, nicht David. Das hatte Victoria bei dem Telefonat eben genau herausgehört.

Mira, auch eine von diesen gutaussehenden Frauen, die glaubten, ihnen gehöre die Welt! Sie hatte David becirct mit ihrem wohlgeformten Körper und ihrem verlockenden Gerede vom großen Reichtum durch den Schatz der *Black Hawk*.

Victoria sah in Davids starres Gesicht, in dem sich nichts bewegte außer dem Blut, das aus seinem Mund rann. Er war kein Täter, er war ein Opfer.

Lizzie und Mira waren die wahrhaft Schuldigen an Davids Schicksal, an seinem Tod. Lizzie hatte ihre Strafe bereits erhalten, jetzt war Mira an der Reihe. Von diesem Gedanken beseelt hob Victoria das Messer auf und klappte die Klinge ein.

»Mira wird das büßen. Ich werde dich rächen, David!«

Nach einem letzten Blick auf ihren Bruder verließ sie den Lagerraum und lief zum Museumsausgang.

* * *

An der Kasse saß noch die junge Ruby Leach, die hier als Saisonaushilfe jobbte. Sie warf ihrer vorbeihastenden Chefin einen erstaunten Blick zu und fragte etwas. Victoria hörte gar

nicht hin, drängte sich unsanft an ein paar auf die Eintritts-
tickets wartenden Besuchern vorbei und verließ die alten
Mauern von Fort Grey.

Nahe des kleinen Felsens, auf dem das Fort sich erhob,
dümpelten ein paar kleinere Boote träge und unbeachtet im
Wasser. Eins dieser Boote, ein Außenborder mit cremefarbe-
nem Rumpf, gehörte den Somers. Victoria hatte es schon
seit Ewigkeiten nicht mehr benutzt. David war mit ihm hin
und wieder in die Bucht hinausgefahren, wohl irgendwelche
Theorien über gesunkene Schiffe überprüfen. Vielleicht war
es dabei auch um die *Black Hawk* gegangen. Nach allem, was
Victoria jetzt wusste, war das kein abwegiger Gedanke.

Sie lief zu dem schmalen Damm, löste die Leine, die das
Boot in der Nähe des Ufers hielt, und watete dann einfach
durch das flache Wasser, ohne Rücksicht darauf, dass ihre
Kleidung bis hinauf zum Bauch durchnässt wurde. Eine
Familie mit Kindern ging über den Damm zum Fort Grey. Die
Kinder blieben aufgeregt stehen und deuteten auf die Frau,
die wie eine Gehetzte durchs Wasser lief.

Victoria nahm das aus den Augenwinkeln wahr, und es
kümmerte sie nicht weiter. Sie kannte nur ein Ziel: Mira
Bryce, die irgendwo da draußen an Bord ihres auffälligen Kutters war.

Der Außenbordmotor befand sich zum Glück im Boot. David hatte es nicht für nötig befunden, ihn nach der letzten
Fahrt mit an Land zu nehmen. Wahrscheinlich hatte er vor-
gehabt, das Boot bald wieder zu benutzen. Vielleicht, dachte
sie mit einem grimmigen Lächeln, für eine Fahrt hinaus zur
Island Queen, zu Mira.

Victoria löste die Verriegelung des Motors und senkte ihn
ab, bis sich die Schraube im Wasser befand. Sie pumpte so
lange Kraftstoff in den Motor, bis sie den Gegendruck spürte.

Schließlich griff sie nach dem Startseil und zog es mit einer kräftigen Bewegung heraus. Nichts geschah. Trotz mehrerer Versuche wollte es ihr zuerst nicht gelingen, den Motor anzuwerfen. Sie erinnerte sich an etwas, das ihr Vater ihr mal vor langer Zeit für so einen Fall gesagt hatte. Sie pumpte noch etwas Kraftstoff nach, und dann sprang der Motor tatsächlich beim nächsten Versuch an. Dann musste sie ihr ganzes Können aufbieten, um das Motorboot um Fort Grey herumzusteuern. Allmählich wurde sie mit dem Boot wieder vertraut und nahm Fahrt auf in Richtung offenes Meer.

KAPITEL 27

»Ist die Frau in dem Boot nicht Victoria Somers?«, fragte Pat, als sie und Doyle den Golf verlassen hatten und über den Damm auf die alte Festung mit dem Museum zugingen. »Sie scheint es eilig zu haben.«

Auch Doyle blieb stehen, beschattete die Augen mit einer Hand und blickte durch seine Sonnenbrille in die Bucht hinaus. Er sah das cremefarbene Boot mit dem Außenbordmotor. Die einzige Person im Boot sah er nur von hinten. Mit der Kurzhaarfrisur hätte es ebenso gut ein Mann wie eine Frau sein können. Das Boot hatte Fort Grey fast umfahren und wurde schneller, die Person darin war jetzt kaum noch zu identifizieren.

»Wahrscheinlich hast du recht. Wenn sie es war, möchte ich wissen, wo sie hin will.«

»Vielleicht Rattengift, das als Beweismittel dienen könnte, im Meer verstreuen.«

»Das will ich nicht hoffen.«

Mit beschleunigtem Schritt setzten sie ihren Weg zum Museum fort und erkundigten sich bei der jungen Frau an der Kasse nach Victoria Somers.

»Die ist eben hier rausgelaufen. Sie wirkte wie von der Tarantel gestochen, war gar nicht ansprechbar. Ich habe ihr zugerufen, wie lange ich noch die Kasse betreuen soll, aber ich glaube, sie hat mich gar nicht gehört.«

»Ist etwas Besonderes vorgefallen?«, fragte Doyle.

»Ich habe nichts bemerkt.«

In diesem Moment ertönten aus dem Innern des Museums laute Rufe: »Ruby, wir brauchen Hilfe! Wähl den Notruf, Ruby!«

Es war die Stimme eines jungen Mannes.

Doyle trat näher an die Kassiererin heran. »Wer ruft da?«

»Das ist Jay, mein Kollege.«

Der Mann, der jetzt angelaufen kam, war blass im Gesicht, und sein Blick heftete sich auf Ruby.

»Den Notruf, Ruby, wähl ihn! Der Boss liegt im Lagerraum und verblutet.«

»Neun-neun-neun!«, sagte Doyle eindringlich zu der Kassiererin und bat ihren Kollegen: »Bringen Sie uns zum Lagerraum! Guernsey Police.«

Keine Minute später standen sie in dem großen, vollgestellten Raum mit den offensichtlichen Spuren einer gewalttätigen Auseinandersetzung.

»Ein Unfall ist das nicht«, entfuhr es Pat bei David Somers' Anblick, und sie wandte sich an den jungen Mann namens Jay. »Nächster Verbandskasten?«

»Ich hole ihn.«

Doyle hatte zum Handy gegriffen und Dr. Nowlans Nummer gewählt.

»Was gibt es, DCI? Ich wollte gerade zurück zum Princess Elizabeth.«

»Fort Grey, Lagerraum. Ein Mann liegt im Sterben. Notruf ist erfolgt.«

»Zwei Minuten«, sagte die Ärztin nur und unterbrach die Verbindung.

Pat kniete neben David Somers, der wie tot auf dem Boden lag. Der Bootshaken in seiner blutgetränkten Brust schloss jeden Gedanken an ein Unglück oder einen Suizid aus.

Als Doyle sich ebenfalls hinkniete, sagte Pat: »Er hat noch Pulsschlag, aber nicht mehr viel.«

»Nowlan ist gleich hier. Ich würde den Bootshaken vorher nicht entfernen. Der Widerhaken würde die Blutung nur verstärken.«

Hatte Somers sie gehört, oder spürte er ihre Anwesenheit? Seine Lider flatterten leicht, und er öffnete die Augen. Anfangs wirkte sein Blick trübe, als würde er durch sie hindurchblicken, aber dann schien er sie zu erkennen. Seine Lippen öffneten sich. Er wollte etwas sagen, aber heraus kam nur ein Blutschwall.

»Nicht sprechen«, ermahnte ihn Pat. »Gleich kümmert sich eine Ärztin um Sie.«

Als hätte er das nicht gehört, versuchte Somers es erneut, und diesmal kamen leise, nur mühsam zu verstehende Worte über seine blutigen Lippen.

»Mira helfen ... sie töten ...«

»Wer will Mira töten?«

Doyles Frage trug ihm einen strafenden Blick von Pat ein. Natürlich war es für Somers besser, wenn er nicht sprach. Andererseits stand offenbar Mira Bryces Leben auf dem Spiel.

Somers bemühte sich erkennbar um eine Antwort und brachte schließlich ein einziges Wort zustande: »Victoria!«

Doyle und Pat wechselten einen bedeutungsschwangeren

Blick, und Doyle stieß leise hervor: »Du hattest recht, sie war in dem Boot.«

»Und sie will zu Miras Kutter«, ergänzte Pat.

Jay kam mit einem Verbandskasten herbeigelaufen.

»Wir lassen Sie kurz allein mit Ihrem Boss«, sagte Doyle zu ihm. »Am besten verändern Sie nichts an seiner Lage. Halten Sie den Verbandskasten in Bereitschaft. Jeden Augenblick ist eine Ärztin hier.«

Er verließ mit Pat den Lagerraum, und sie eilten im Laufschritt dem Museumsausgang zu. Als sie ins Freie traten, hörte Doyle ein leises, beständiges Knattern. Er blickte sich rasch um und entdeckte den Polizeihubschrauber in Höhe der benachbarten L'Eree Bay. Die Leute am Strand schirmten ihre Augen ab und blickten neugierig nach oben.

»Ein Schauflug vor versammeltem Publikum«, brummte Doyle. »Der Chief lässt nichts aus, um sein neues Prunkstück vorzuführen.« Er zog sein Handy und sagte zu Pat: »Ruf sämtliche verfügbaren Kräfte, besonders die auf dem Wasser. Geh über die Zentrale, die Verbindung zu Mildred brauche ich.«

Er hatte noch nicht ausgesprochen, da hielt Pat schon ihr eigenes Telefon in der Hand und rief die Zentrale im Hauptquartier. Zeitgleich sprach Doyle mit Mildred und gab ihr knapp präzise Anweisungen.

Kaum war er damit fertig, kam Dr. Nowlan durch den Torbogen der alten Festungsmauer gelaufen.

»Sagen Sie der Kassiererin, sie soll Sie zum Lagerraum führen!«, rief Doyle ihr zu.

Sie nickte und hastete sofort weiter.

Gespannt beobachtete Doyle das stählerne Insekt über der benachbarten Bucht im Norden. Der Hubschrauber bewegte sich auf sie zu und schien auf Fort Grey herunterzugehen.

Doyle winkte ihm zu und wandte sich an Pat: »Geh ein

bisschen auf Abstand und sorg dafür, dass keiner der Leute hier dem Hubschrauber zu nahe kommt.«

Pat hatte begriffen, war er vorhatte, und schüttelte heftig den Kopf.

»Das tust du nicht, Cy! Du riskiert dein Leben!«

Er lächelte ihr aufmunternd zu.

»Nicht so dramatisch. Belmondo hat das öfter gemacht.«

»Du und deine Filme. Am liebsten würde ich …«

Das jetzt ohrenbetäubende Knattern verschluckte ihre Worte, und der Schatten der Riesenlibelle fiel auf Doyle. Pat trat einige Schritte zurück. Sie wirkte besorgt und wütend zugleich, und sie rief ihm etwas zu, aber er sah nur ihre Mundbewegungen. Es musste etwas sein wie: »Du bist lebensmüde!«

Der Hubschrauber konnte auf der schmalen Fläche zwischen dem kalkweißen Martello-Turm und der grauen Festungsmauer nicht landen und schwebte mit erstaunlicher Präzision ungefähr einen Meter über dem Turm, aber seitlich ein Stück versetzt, in der Luft. An der einen Seite glitt eine Tür auf. Doyle sah Kopf, Oberkörper und Arme des Operators, und schon fiel etwas zu ihm herunter: eine Rettungsleiter.

Er schnappte sich das untere Ende der Strickleiter und kletterte an dem Tauwerk mit Stahleinlage so weit hinauf, bis er auf der untersten Aluminiumsprosse Tritt fasste. Der Operator gab ihm Handzeichen, er möge weiter nach oben klettern, um in den Hubschrauber zu kommen.

Sekunden konnten jetzt wichtig sein. Doyle schüttelte den Kopf und deutete, während er sich mit der linken Hand an dem Herkules-Tauwerk festhielt, mit der rechten hinaus in die Bucht. Der Operator wirkte überrascht, nickte dann aber und wandte sich in Richtung Cockpit, um dem Piloten Doyles Entscheidung mitzuteilen. Anschließend zog sich der Operator ein Stück weiter ins Innere des Hubschraubers zurück, hielt aber Blickkontakt zu Doyle. Beide Hände Doyles umspannten jetzt fest das rote Tauwerk.

Der Stahlvogel stieg senkrecht höher, damit der Passagier auf der Strickleiter nicht gegen die Granitmauer der Festung schlug. Als sich das untere Ende der Rettungsleiter einen knappen Meter über der Mauerkrone befand, bewegte sich der Hubschrauber in horizontaler Richtung und verließ Fort Grey. Sobald er das Meer erreichte, flog er etwas schneller. Doyle war überrascht von dem starken Windstoß, der die Strickleiter – und mit ihr Doyle – hin und her schüttelte. Er kniff Augen und Lippen gleichzeitig zusammen und dachte daran, dass es in den alten Filmen immer viel leichter ausgesehen hatte. Belmondo hatte immer gelächelt.

KAPITEL 28

Einmal wäre das kleine Motorboot fast mit einem Surfer und einmal fast mit einer Segelyacht kollidiert. Victoria hatte kein Auge dafür. Sie achtete weder auf den blass gewordenen Surfer noch auf die wütend schimpfenden Leute an Bord der Yacht. Ihr Blick war fest auf den Kutter mit dem rot-weiß gestrichenen Rumpf gerichtet, der sich nicht von der Stelle bewegte und nur leicht in den Wellen schaukelte. Offenbar war er hier vor Anker gegangen. Mit jeder Sekunde kam sie dem Kutter näher, und alles andere um sie herum wurde bedeutungslos.

Sie wollte nur eins: David rächen. Ihr Bruder war tot, und die Frau an Bord des Kutters trug daran die Schuld. Sie hatte David dazu gebracht, an dem Mordkomplott gegen Lizzie teilzunehmen. Mira Bryce musste David geradezu verhext haben. Sonst hätte er doch nicht im Traum daran gedacht, Victoria die Schuld in die Schuhe zu schieben. Niemals!

Jetzt war es nur noch ein kurzes Stück bis zur *Island Queen*, und Victoria drosselte die Geschwindigkeit. Man hatte sie bemerkt, und zwei Gestalten sahen sie über die Backbordreling hinweg an.

An den alten Skipper, der selbst im Hochsommer seine Wollmütze trug, hatte sie nicht einen Augenblick gedacht. War er Miras Komplize? Vermutlich. Wie auch immer, er würde Victoria nicht daran hindern, Rache zu nehmen.

Neben ihm stand Mira, die sich offenbar auf einen Tauchgang vorbereitete. Sie trug einen Taucheranzug mit halblangen Ärmeln und Beinen. Das schwarze, mit orangefarbenen Streifen verzierte Neopren schmiegte sich hauteng an ihren sportlichen Körper und ließ sie für einen Mann – einen Mann wie David – sicher noch begehrenswerter aussehen. Die Hexe an Bord des Kutters würde ihre Strafe bald erhalten.

Mira und ihr Skipper blickten Victoria verdutzt entgegen, und die Frau mit den hellen, kurzen Haaren entschloss sich zu einem halbherzigen Winken.

Victoria winkte zurück und lächelte sogar, auch wenn es ihr schwerfiel. Sie schaltete den Motor aus, und ihr Boot glitt langsam an den Kutter heran. Als das Motorboot die *Island Queen* erreicht hatte, warf Victoria dem Skipper ein Tau zu, damit er das Boot an dem größeren Kutter festmachte.

»Ich muss Ihnen dringend was von David überbringen, Mira. Kann ich an Bord kommen?«

»Von David?« Mira runzelte die Stirn. »Wir haben vorhin miteinander telefoniert.«

»Das hat er mir erzählt. Er wäre auch selbst rausgefahren, aber die Vorbereitung der Sonderausstellung lässt ihm kaum Zeit für etwas anderes.«

»Warten Sie einen Augenblick.«

Mira verschwand für eine halbe Minute und hakte dann eine kurze Bordleiter aus Aluminium an der Reling ein.

Als Victoria nach der Leiter griff und hinaufzusteigen begann, wunderte sie sich, wie ruhig sie plötzlich war. Sie wusste genau, was sie zu tun hatte. Es stand ihr, wie in einem Comicheft, Bild für Bild vor Augen.

Der Skipper half ihr, über die Reling an Bord zu kommen, und sie bedankte sich mit einem knappen Lächeln. Ein lauter werdendes Geräusch irritierte sie, aber nur kurz. Ein Hubschrauber schwebte über der Bucht. Sie sah nicht einmal genauer hin. Es gehörte nicht zu ihrem Plan.

»Was sollen Sie mir von David bringen, Victoria?«

Sie spürte Miras Blick, der forschend über ihren Körper glitt. Die Journalistin schien nach einem Päckchen oder etwas in der Art zu suchen. Abgelenkt sah Mira plötzlich in die Luft, wohl zu dem Hubschrauber, dessen Motorlärm immer lauter wurde.

»Es ist ganz klein«, sagte Victoria und steckte ihre rechte Hand in eine Tasche ihrer Jeans. Ihre Finger umklammerten das Messer, das sie im Lagerraum an sich genommen hatte, und ihr Daumen löste mit einem kleinen Druck zur Seite die Sperre, mit der die Klinge gesichert war. »Hier, Mira, das ist für Sie!«

Victoria trat einen Schritt auf Mira zu, holte gleichzeitig das Messer hervor und schob die Klinge mit dem Daumen nach draußen. Aber bevor sie zustechen konnte, fiel etwas hart auf ihre Schultern und riss sie um. Sie stürzte auf das Deck des Kutters und nahm erstaunt zur Kenntnis, dass ein Mensch für ihren Sturz verantwortlich war. Jetzt sah sie über sich deutlich den Hubschrauber mit der herabhängenden Strickleiter.

* * *

Für ein, zwei Sekunden fühlte sich Doyle benommen, und er sah alles um sich herum nur verschwommen. Bei seinem Sprung auf das Deck der *Island Queen* war er mit der Stirn gegen die Aufbauten gestoßen. Zum Glück klärte sich sein Blick schnell und traf sich mit dem der überraschten Victoria Somers. Sie erhob sich stöhnend auf die Knie, und ihre Augen suchten nach dem Messer, das ihr beim Sturz entfallen war. Es war gegen die Reling gerutscht.

Sie kam nicht dazu aufzustehen. Doyle war über ihr, zog ihre Arme auf den Rücken und fesselte sie dort mit seinen Handschellen.

»Lassen Sie mich!« Sie schrie wie eine Wahnsinnige. »Ich muss David rächen!« Ihre Augen fixierten Mira Bryce. »Diese Hexe ist schuld an seinem Tod! Sie hat ihn zu seinen Untaten getrieben!«

»Ich glaube nicht, dass ihn jemand dazu treiben musste«, sagte Doyle. »Außerdem, und vielleicht freut Sie das, ist Ihr Bruder am Leben.«

»David lebt? Sie belügen mich!«

»Als ich ihn eben verließ, war er schwer verletzt, aber nicht tot. Die Chefärztin des Princess Elizabeth kümmert sich um ihn. Daher nehme ich Sie auch nicht wegen der Tötung eines Menschen fest, sondern wegen des Verdachts auf zweifache versuchte Tötung und auf gefährliche Körperverletzung.«

»David lebt«, wisperte Victoria, und in ihren Augen leuchtete es auf. Lauter fuhr sie fort: »Er hat mich angegriffen … mit dem Messer. Ich … ich habe mich nur verteidigt!«

»Ob Sie in Notwehr gehandelt haben, wird das Gericht entscheiden.«

Mira trat zu Doyle. »Cy, das war ja wie im Kino! Ich danke Ihnen, Sie haben mir das Leben gerettet!«

Sie wollte ihm einen Kuss auf die Wange geben, aber er schob sie mit einer Hand von sich fort.

»Tut mir leid, Mira, aber das wäre Fraternisierung mit dem Feind. Auch Sie nehme ich fest wegen des Verdachts auf ein Tötungsdelikt.«

»Ist das ein Scherz? Wen soll ich getötet haben?«

»Lizzie Somers. Ich habe Sie in Verdacht, das schwarze Ungeheuer zu sein, von dem Reginald Carney gesprochen hat. In Ihrem Neoprenanzug hat er Sie mit seinem alkoholumnebelten Verstand genau dafür gehalten.«

»Das ist doch Unsinn, Cy! Weshalb hätte ich das tun sollen?«

»Damit Lizzie nicht weiter das ausspioniert, was Sie und David Somers über das Wrack der *Black Hawk* herausgefunden haben.«

»Dafür gibt es doch keine Beweise!«

»Vielleicht plaudert David Somers ja, sobald es ihm besser geht.«

»Das muss er gar nicht«, rief Victoria. »Vorhin hat er mit der Hexe telefoniert. Ich habe es mit angehört. Daraus ging hervor, dass Mira den Mord begangen hat. Mir wollten sie es in die Schuhe schieben, indem sie mir eine rote Farbspraydose unterjubeln.«

»Alles gelogen«, sagte Mira scharf. »Die *Island Queen* war am Sonntagmorgen gar nicht in der Rocquaine Bay.«

»Vermutlich lag sie ein Stück weiter draußen unter der Obhut Ihres Skippers, während Sie sich unter Wasser und damit für Lizzie unsichtbar an sie herangemacht haben«, widersprach Doyle. Bis jetzt hatte seine Stimme sachlich geklungen, aber jetzt nahm sie einen scharfen Ton an: »Ein feiger, heimtückischer Mord!«

»Gib es auf, Mira, der Bulle hat uns durchschaut. Deshalb

ist er jetzt auch dran!« Das war Callum Torode. Er stand schräg hinter Doyle und hatte ein Druckluft-Harpunengewehr auf ihn gerichtet. »Je eher wir ihn und die Verrückte von Fort Grey zu den Fischen schicken, desto besser!«

»Das hat doch keinen Sinn.« Doyle hatte seine Augen fest auf den Skipper gerichtet, um sich nicht durch einen hoffnungsvollen Blick hinauf zum Hubschrauber zu verraten. »Wie wollen Sie mit Ihrem lahmen Fischkutter denn entkommen? Sie beide sollten die Sache jetzt und sofort aufgeben, und es wird vor Gericht zu Ihren Gunsten berücksichtigt werden.«

»Quatsch mit Soße!«, zischte Torode. »Wir sind dicht dran an der *Black Hawk*, Bulle. Das können dir die Fische erzählen, zu denen ich dich jetzt schicke!«

Doyle sah in den Augen des Alten, dass er tatsächlich abdrücken wollte. Aber der Operator, dessen Aussteigen aus dem Helikopter Doyle aus den Augenwinkeln beobachtet hatte, war jetzt lautlos so weit an der Strickleiter heruntergeklettert, dass er mit einem seiner Stiefel gegen Torodes Hinterkopf treten konnte. Der Skipper stieß einen erstickten Schrei aus, vielleicht mehr vor Schreck als vor Schmerz, und taumelte nach rechts. Dabei zog er den Abzug durch, aber die Spitze des Harpunenpfeils bohrte sich nur in eine Deckplanke und blieb dort federnd stecken.

Der Operator ließ die Strickleiter los. Er landete auf Torode und ging mit ihm zu Boden. Ein harter Faustschlag des Operators setzte den Skipper außer Gefecht. Dabei rutschte diesem die Mütze vom Kopf und enthüllte das Blumenkohlohr, das der Operator mit Erstaunen anblickte.

»Gut gemacht, Kollege!«, rief Doyle ihm zu und sagte dann zu Mira: »Seien wenigstens Sie vernünftig und versuchen keine Tricks!«

»Schon gut«, sagte sie leise, und die Anspannung wich aus ihrem Körper. »Ich weiß, wann ich verloren habe.«

Von Norden her jagte ein großes Motorboot heran, und Doyle erkannte die *Isaac Brock*.

»Da kommt Verstärkung«, rief er dem Operator zu, der noch immer auf dem Skipper hockte.

Der nickte nur und reckte den rechten Daumen hoch. Doyle wandte sich zu dem Polizeiboot um und winkte.

KAPITEL 29

Die *Isaac Brock* brachte die drei Gefangenen direkt nach St. Peter Port. Ein Mann der Besatzung folgte ihr mit der *Island Queen*. Im Hafen der Hauptstadt würden sich die Kollegen von der Spurensicherung den Kutter vornehmen. Jeder Hinweis auf das, was hier am Sonntagmorgen vor sich gegangen war, konnte in den anstehenden Gerichtsverfahren hilfreich sein. Der Operator war über die Strickleiter zurück in den Hubschrauber geklettert, und der hatte Kurs auf den Flughafen genommen.

Doyle übernahm das kleine Motorboot, mit dem Victoria Somers zur *Island Queen* gefahren war, und tuckerte damit zurück zum Fort Grey. Nach dem ungewöhnlichen Helikopterflug und dem Gerangel auf dem Kutter entspannte er sich etwas, atmete tief durch und hatte fast das Gefühl, zum Vergnügen eine Bootstour durch die Rocquaine Bay zu unternehmen.

Bei Fort Grey sah es so aus, als hätte sich das komplette Polizeiaufgebot vom Imperial Hotel dorthin verlagert. So ähnlich war es auch, und nur wenige Leute waren am Fundort von Carneys Leiche zurückgeblieben. Constable Watkins half Doyle beim Festmachen des Bootes, und er gelangte fast trockenen Fußes an Land.

Doyle sah gerade noch, wie ein Ambulanzwagen mit Sirenen und Alarmlicht abfuhr, allerdings in einem gemäßigten Tempo. Offenbar durfte der Patient keinen zu heftigen Erschütterungen ausgesetzt werden.

»Das ist David Somers, nehme ich an.«

»Ja, Sir«, bestätigte Watkins. »Dr. Nowlan konnte ihn so weit stabilisieren, dass er transportfähig ist. Sie ist bei ihm in der Ambulanz.«

»Dann drücken wir mal alle fest die Daumen, dass er durchkommt.«

»Wirklich, Sir? So viel Mitgefühl mit einem Mörder?«

»Der Tod wäre eine Erlösung für ihn«, sagte Doyle. »Mir wäre es lieber, Ihr Mann kümmert sich für viele Jahre um Somers.«

»Ah, verstehe.«

Ein kurzes Grinsen glitt über Constable Watkins' Gesicht. Ihr Mann war Aufseher in Guernseys Gefängnis Les Nicolles.

Doyle schlug den Weg zum Shipwreck Museum ein, aber noch vor der Festungsmauer kam ihm Pat entgegen.

»Du hast eine Schramme am Kopf«, sagte sie mit ernster Miene.

»Das ist nicht weiter von Bedeutung.«

»Da magst du recht haben.« Sie nickte leicht. »Sicher nicht so gravierend wie der Schaden *in* deinem Kopf.«

»Wie bitte?«

»Du hast schon verstanden, Cy. Die Aktion vorhin mit dem Hubschrauber war unverantwortlich. Du bist Polizist und nicht Artist!«

»Ist doch alles gutgegangen.«

»*Ist doch alles gutgegangen*«, äffte sie ihn nach. »Du kannst von Glück sagen, dass du mein Vorgesetzter bist.«

»Das weiß ich schon lange, Pat. Ich könnte mir an meiner Seite niemand Bess …«

»Unsinn, das meinte ich nicht«, unterbrach sie ihn barsch. »Wenn du nicht mein Vorgesetzter wärst, dann würde ich dir jetzt kräftig eine scheuern!«

Damit drehte sie sich um und verschwand im Torbogen der Festungsmauer. Nachdenklich blickte Doyle ihr hinterher. Dann trat ein Lächeln auf sein Gesicht.

* * *

Der Tag war noch lange nicht vorüber. Spuren wurden gesichert, Vernehmungen durchgeführt, Protokolle geschrieben, und nach etlichen Stunden saß Doyle dem Chief Officer zum vorläufigen Rapport gegenüber.

»Hat sich der neue Hubschrauber also schon als hilfreich erwiesen«, sagte Chadwick zufrieden. »Und das so schnell. Sehr gut!«

»Vielleicht sollten wir die Sache nicht zu sehr hochspielen«, erwiderte Doyle und dachte an Pats Reaktion auf seinen Stunt.

»Im Gegenteil, Cyrus. Das wird morgen der Aufmacher im *Spectator* sein. Wir haben da ein tolles Bild, das ein Museumsbesucher aufgenommen hat. Da hängen sie wie James Bond am Hubschrauber. Einfach klasse!«

Doyle stöhnte innerlich auf, sah aber ein, dass er seinen euphorischen Vorgesetzten in dieser Sache nicht würde umstimmen können. Der Helokopter war derzeit Chadwicks Lieblingsthema. Also erstattete er seinen Bericht.

»David Somers, Mira Bryce und dieser Skipper Torode

stecken also hinter dem Mord an Elizabeth Somers«, stellte Chadwick fest.

»Ja, Colin. Mira Bryce redet wie ein Buch und versucht, obwohl sie die Tat ausgeführt hat, sämtliche Verantwortung auf Somers und Torode zu schieben. Somers liegt noch auf der Intensivstation und ist somit derzeit nicht vernehmungsfähig. Tja, und Torode will nichts sagen. Vielleicht so eine Art überlieferter Piratenehre. Sein Pech, wenn er dadurch schlechter dasteht.«

»Was ist mit David Somers' Schwester?«

»Victoria Somers hat uns alles erzählt, was sie weiß. Sie benimmt sich ganz normal, aber der Psychologe bezweifelt, dass sie es ist. Möglicherweise landet sie nicht im Gefängnis, sondern in der anderen geschlossenen Anstalt.«

»Und dieses sagenhafte Freibeuterschiff mit dem Fünf-Millionen-Schatz?«

Chadwicks Augen leuchteten auf, als er die Frage stellte.

»Verfallen Sie bloß nicht dem Goldrausch«, sagte Doyle lachend. »Wir haben ja gesehen, wohin das führt.«

»Aber es wäre doch ein Ruhmesblatt für die Guernsey Police, wenn wir diesen Schatz für die Staatskasse sichern könnten.«

»Wir müssen wohl abwarten, bis die Experten alles ausgewertet haben, was wir bei David Somers und Mira Bryce finden. Dann wird sich herausstellen, ob die beiden wirklich eine konkrete Spur verfolgt haben. Ich persönlich hoffe, dass sie nur einem Phantom nachgejagt sind.«

»Warum?«

»Ich liebe alte Legenden und mag gar nicht, wenn sie sterben. Guernsey lebt von diesen Geschichten.«

»So gesehen, mögen Sie recht haben.« Der Chief seufzte und setzte eine missmutige Miene auf. »Da wäre noch die

Angelegenheit mit Constable Allisette zu klären. Sind Sie der Meinung, wir sollten ein Disziplinarverfahren einleiten?«

»Nein«, sagte Doyle. »Ich denke, wir sollten die Suspendierung aufheben. Es wird Allisette ein Warnschuss vor den Bug sein.«

Er sprach aus ehrlichem Herzen. Seine Wut auf Jasmyn Allisette war längst verraucht. Er war froh, den Fall aufgeklärt zu haben, und fühlte sich gleichzeitig müde. Das alles wollte er möglichst schnell abschließen.

»Dann nur einen Eintrag in die Personalakte?«, schlug Chadwick vor.

»Auch davon würde ich abraten. Allisette hat sonst immer hervorragende Arbeit geleistet. Vor ihr liegt vielleicht eine richtige Polizeikarriere. Die würden wir ihr mit einem Eintrag in die Akte spürbar erschweren. Ihr Fehlverhalten ist nicht durch die Presse gegangen, und Allisette Freundin hat sich als unschuldig im Fall Lizzie Somers erwiesen. Ich finde, wir sollten keinen unnötigen Staub aufwirbeln.« Zum Abschluss seiner kleinen Ansprache schoss Doyle den entscheidenden Pfeil ab. »Gerade jetzt, wo der Einsatz des neuen Hubschraubers der Öffentlichkeit in einem so positiven Licht präsentiert werden kann, sollten wir es vermeiden, dass ein Schatten auf die Einheit fällt.«

Der Chief dachte kurz nach und schlug dann mit der flachen Hand auf die Schreibtischplatte.

»Sie haben recht, Cyrus. Ende gut, alles gut, nicht wahr?«

Doyle gestattete sich ein Lächeln wie unter Brüdern.

»Ja, Colin, wie immer.«

* * *

Zurück in seiner Abteilung teilte Doyle Pat, Baker und Mildred die Entscheidung bezüglich Allisette mit.

»Ich werde sie noch heute aufsuchen und ihr sagen, dass sie ab morgen wieder normalen Dienst versieht.«

Baker räusperte sich. »Sir, das ist nicht nötig. Das mache ich gern für Sie.«

»Schon gut, Sarge. Ich verstehe ja Ihre Sehnsucht nach Allisette. Aber ich habe sie vom Dienst suspendiert, also ist es auch meine Aufgabe, sie vom Ende der Suspendierung in Kenntnis zu setzen. Ich fahre noch heute in die Rue des Clercs und sage es ihr.«

»Da werden Sie sie nicht finden, Sir, Sie müssten mit zu mir kommen«, meldete sich Baker wieder.

»Wieso das?«

»Jasmyn wollte heute Abend kochen. Ich meine, wo sie doch sowieso frei hat.« Verzückung trat in Bakers Blick, als er hinzufügte: »Sie versucht ein Huhn Marengo.«

»Marengo? Kochen?«, wiederholte Doyle.

Pat trat einen Schritt an ihn heran und sagte leise: »Kochen, Cy, ist die Zubereitung von Nahrungsmitteln zu einem möglichst schmackhaften Mahl zwecks dessen Verspeisung. Wir dürfen aus Sergeant Bakers Aussage folgern, dass er und Allisette heute Abend zu einem gemeinsam Dinner verabredet sind. Die Freude der beiden, wenn sich ihr Vorgesetzter dazugesellt, wird wohl unbeschreiblich sein.«

»Ach so, natürlich«, brummte Doyle und wandte sich wieder an Baker. »Dann ist es wohl besser, Sie sagen es ihr, Sarge. Sie soll morgen pünktlich zum Dienst erscheinen.«

»Keine Sorge, ich werfe sie rechtzeitig aus dem Bett und bringe sie mit. Gibt es sonst noch etwas, Sir?«

»Nein, schwirren Sie ab«, sagte Doyle und sah zu, wie ein gut gelaunter Calvin Baker die Abteilung verließ. Als Doyle mit Pat und Mildred allein war, meinte er: »Ich gebe offen zu, ich habe den Mann unterschätzt.«

* * *

Doyle verließ an diesem Abend als Letzter die Kriminalabteilung und nahm sich ein Taxi zur Saints Bay. Moira machte ihm schnell ein paar Würstchen warm, und er setzte sich zu seinem Vater vor den Fernseher. Leonard Doyle war heute in recht guter Verfassung und sah sich die Wiederholung einer alten Krimiserie an. Darin ging es um einen höheren Beamten vom Sicherheitsdienst, der ihn ein wenig an Major Hudson erinnerte und seine beiden jungen Helfer. Der eine von ihnen hatte tatsächlich eine ähnliche Lockenpracht wie MI5-Agent Raymond. Die beiden Jüngeren feuerten im Namen der Staatsräson aus allen Rohren und verschrotteten ganze Autos und halbe Häuser.

»Da bleibt kein Stein auf dem anderen«, meinte dann auch Leonard Doyle, nicht ohne Begeisterung. »Das Ganze ist natürlich vollkommen unrealistisch.«

»Das«, sagte Doyle gedehnt und nahm einen Schluck aus seiner Flasche Randalls Guilty, »würde ich so nicht sagen.«

VIER TAGE SPÄTER

Samstag, 20. Juni

EPILOG

Dr. Helena Nowlans Autopsie hatte ergeben, dass Reginald Carney tatsächlich mit einer hohen Dosis Thallium vergiftet worden war. Das hatte aber auch David Somers in einer ersten kurzen Vernehmung gestanden, nachdem er am Tag zuvor die Intensivstation hatte verlassen können. Heute Vormittag war Carney beerdigt worden, und die einzigen Trauergäste waren Cyrus Doyle, Captain Broadley und Sally Tomlinson gewesen. Als wäre sie eine nahe Angehörige, hatte sich die Rechtsanwältin bei Doyle und dem Captain für ihr Erscheinen bedankt.

»Was Sie beide über meinen Mandanten wissen, werde ich wohl nie erfahren«, hatte sie geseufzt.

»Darüber sollten Sie froh sein, Sally«, hatte Doyle erwidert. »Glauben Sie mir, Mr Carney wäre Ihnen dann nicht sympathischer. Wenn Sie ihn in Erinnerung behalten möchten, dann lieber als den alten Spinner und Strandwächter von Rocquaine.«

Dies war der erste freie Tag für Doyle und sein Team, seit am vergangenen Sonntag die Leiche von Lizzie Somers entdeckt worden war. Die Sonne lachte weiterhin über Guernsey, als wolle sie gar nicht mehr damit aufhören, und es wäre der richtige Tag für einen Ausflug gewesen. Aber Doyle konnte sich, seit er von der Beerdigung zurückgekehrt war, zu nichts aufraffen. Seinem Vater ging es heute nicht so gut – er war die meiste Zeit über geistig abwesend –, sonst hätte Doyle etwas mit ihm unternommen.

Doyle setzte sich auf die Terrasse und studierte den *Guernsey Spectator* von vorn bis hinten. Als er die halbseitige Verlobungsanzeige von Peter Laforet und Julia Duval sah, nahm er das eher beiläufig zur Kenntnis. Dem abgedruckten TV-Programm entnahm er, das gleich ein alter Spielfilm lief, *Der Eroberer*. John Wayne als Dschingis Khan war natürlich sehr gewöhnungsbedürftig, aber tausendmal besser als kein John Wayne. Doyle holte sich eine Flasche Randalls aus dem Kühlschrank und hockte sich vor den Fernseher, da meldete sich sein Handy. Zu seinem Erstaunen war es Pat.

»Es tut mir leid, Cy, ich habe es gerade erst gesehen.«

»Was?«, fragte er verwirrt.

»Das mit dem John-Wayne-Film, der gleich beginnt. Du sitzt sicher schon mit einer Flasche Randalls vor dem Fernseher.«

»Äh …«

»Jetzt habe ich einen ganzen Picknickkorb voll leckerer Sachen und dachte, wir könnten uns vielleicht an der Rocquaine Bay treffen. Am Strand bei Fort Grey. Damit wir wieder gute Erinnerungen an diesen Ort haben.«

»Bin gleich da«, sagte Doyle. »Der Fernseher ist kaputt, der Kühlschrank auch.«

* * *

Doyle machte einen kurzen Abstecher zu Guernsey Gold & Silver und ließ den Tamora dort auf dem Besucherparkplatz stehen. Als er die Straße in Richtung Strand überquerte, fiel sein Blick unwillkürlich auf die Mauern von Fort Grey. Die Ausflügler auf dem Damm sorgten für ein gewohntes Bild, als hätte es die Tragödie um die Familie Somers nie gegeben.

Die Angestellten führten das Museum einstweilen kommissarisch weiter. Wahrscheinlich würden die Somers-Geschwister es verkaufen müssen, um ihre Anwaltsrechnungen zu bezahlen. In der Zeitung hatte es geheißen, das Shipwreck Museum solle in die öffentliche Hand übergehen.

Pat saß im Schatten eines Sonnenschirms auf einer ausgebreiteten Decke neben einem Picknickkorb und blickte hinaus aufs blaugrün schimmernde Meer. In ihrer kurzen transparenten Strandtunika, unter der ein türkisfarbener Badeanzug durchschimmerte, sah sie bezaubernd aus. Ihre unbekleideten Beine reichten über die Decke hinaus, und ihre Füße spielten mit dem Sand und den Kieseln.

Sie schien seine Nähe gespürt zu haben und drehte sich zu ihm um, als er nur noch zwei Schritte von ihr entfernt war.

»Da bist du ja. Schön. Ich bekomme allmählich Hunger.«

»Ich war ganz kurz bei Guernsey Gold & Silver.«

»Um zur Verlobung zu gratulieren?«

Er lachte. »Ganz sicher nicht. Ich habe etwas gekauft, zur Erinnerung an Lizzie Somers und an ihre Kunst. Eine für dich, eine für mich.«

Doyle nahm zwei zur Kunst umgewidmete Fischdosen aus der Papiertüte, die er bei sich trug, und reichte eine an Pat weiter. Das Motiv war in beiden Dosen identisch, nur die Farbschattierungen variierten. Lizzie hat in jede Dose eine Miniatur von Fort Grey gezeichnet. Neben der Festung war ein Segelschiff auf dem Meer zu sehen. Der Bootsrumpf bestand aus einem Stück Strandholz, das Segel aus abgeschliffenem weißen Seeglas. Darüber schien die Sonne in Gestalt einer kleinen rötlichen Muschel.

»Wunderschön, danke!«

Pat strahlte und gab Doyle, der sich neben ihr auf die Decke setzte, einen Kuss auf die Wange.

»Hätte ich das gewusst, hätte ich mehr gekauft«, sagte er. »Aber es ist doch eine deutliche Steigerung zu deinem Angebot von Dienstag, mir kräftig eine zu scheuern.«

Beide lachten, bis Pat in Richtung Guernsey Gold & Silver blickte.

»Wie hat Bunting seinen Undercover-Einsatz verdaut?«

»Es hat ihm wohl Spaß gemacht, war ihm nur viel zu kurz.«

»Wegen der kleinen Faith?«

Doyle nickte und grinste breit. »Als er seine Tarnung auffliegen ließ, hat sie wohl das gemacht, was du mir am Dienstag nur angedroht hast. Aber wie ich hörte, haben sie sich wieder versöhnt.«

Pat griff in den Picknickkorb und nahm eine Flasche Moët & Chandon Brut Impérial und zwei Champagnergläser in Tulpenform heraus.

»Ich dachte, wir stoßen auf Lizzie Somers und ihre Strandkunst an.«

»Eine sehr gute Idee.« Doyle öffnete die Flasche und füllte ihre Gläser. »Mögen sich die Menschen hier an der Rocquaine Bay und überall immer an Lizzies einzigartige Begabung erinnern, nicht als eine Kunst des Todes, sondern als etwas Lebendiges, Bleibendes!«

Sie genossen den Champagner, waren aber so klug, die Flasche nicht zu leeren.

»Das könnte bei der Wärme fatale Folgen haben«, meinte Pat.

»Genau.« Doyle zwinkerte ihr zu. »Wir könnten uns zu einer Unbedachtheit hinreißen lassen, wie es vielleicht Mildred formulieren würde.«

Mit großem Appetit widmeten sie sich den Leckereien, die Pat gezaubert hatte: kleine Yorkshire Puddings mit selbstgemachter Lachscreme; deftige Scones, bei denen Pat Schinken und Käse in den Teig eingebacken hatte; Gemüsepuffer mit einem herzhaften, aber nicht zu intensiven Tomatendip; als süßen Abschluss kleine Schälchen mit Erdbeeren in einer hausgemachten Schokoladencreme. Pat musste einen großen Teil dieses Tages in der Küche verbracht haben.

Nach dem Essen dösten sie etwas vor sich hin. Doyle beobachtete, durchaus ein bisschen neidisch, die Kinder, die Burgen und Kanäle in den Sand bauten oder mit Plastikbällen spielten. Als hätte jemand die Uhr um Jahrzehnte zurückgedreht in seine eigene Kindheit. Die Einzigen, die nicht von ihren Smartphones lassen konnten, waren ein paar Erwachsene.

Erst nach einer ganzen Weile nahm er wahr, dass Pat, einen Ellbogen auf die Decke und ihr Kinn auf die flache Hand gestützt, ihn von der Seite betrachtete. Sie lächelte, als sie seinen Blick bemerkte.

»Du siehst aus, als würdest du vor dich hin philosophieren, Cy. Was denkst du gerade?«

»Wenn ich all die Kinder hier sehe, wie sie sich mit den einfachsten Dingen beschäftigen und ihren Spaß daran haben, dann hege ich ein bisschen Hoffnung, dass die Menschheit noch nicht verloren ist.«

»Puh«, machte sie, als sei sie von einer unerwarteten Hitzewelle getroffen worden. »Das sind ja wirklich schwere Gedanken für so einen heiteren Tag.«

»Lenk mich doch ab.«

»Ich dachte, wir könnten uns ein bisschen unterhalten.«

»Gern«, sagte Doyle und drehte sich ganz zu ihr um. »Schlag ein Thema vor.«

Pat tat, als müsse sie überlegen, aber das verschwörerische Lächeln in ihren Mundwinkeln verriet ihm, dass sie genau wusste, worauf sie hinauswollte. Schließlich beugte sie sich ein Stück zu ihm vor, fuhr sanft mit dem Zeigefinger über das Grübchen an seinem Kinn und sagte: »Reden wir über Hongkong!«

NACHWORT

Alle Bösartigkeiten und Schlechtigkeiten in diesem Roman entstammen der Phantasie des Autors, aber ein paar andere Dinge und Lokalitäten haben einen mehr oder weniger realen Hintergrund. Deshalb seien mir an dieser Stelle ein paar aufklärende Worte erlaubt.

Das alte Fort Grey, das »Cup and Saucer« mit dem Shipwreck Museum steht tatsächlich und unübersehbar im Westen Guernseys an der Rocquaine Bay. Die Familie Somers mit all ihren Eigenheiten und Umtrieben allerdings habe ich erfunden. Ich versichere an dieser Stelle, dass die wahren Betreiber des Shipwreck Museum nichts mit den Somers gemein haben und in keiner Weise Pate für diese gestanden haben. Ein Besuch des Museums sei jedem Guernsey-Reisenden empfohlen, der sich ein wenig für die maritime Geschichte der Insel interessiert. Näheres hier: http://www.museums.gov.gg/article/101090/Fort-Grey

Sowohl Guernsey Gold & Silver als auch die Familie Laforet sind gänzlich meiner Phantasie entsprungen, und falls es irgendwo ein Unternehmen mit diesem oder ähnlich lautendem Namen geben sollte: Es ist nicht mit dem in diesem Roman geschilderten Betrieb identisch, und ich will auch keinerlei Gemeinsamkeiten unterstellen. Wer auf der Höhe von Fort Grey die Küstenstraße überquert, findet an dem Ort, an dem ich Guernsey Gold & Silver angesiedelt habe, ein ehrbares Unternehmen namens Guernsey Pearl, das – ich betone es noch einmal – nicht das Geringste mit dem von mir geschilderten Guernsey Gold & Silver zu tun hat. Bei Guernsey Pearl findet man, der Name deutet es schon an, eine große Auswahl an Perlenschmuck. Zu dem Unternehmen gehört auch ein Tea House mit allerlei Erfrischungen und Köstlichkeiten. Wer wissen will, ob dort vielleicht eine junge Dame namens Faith arbeitet, findet hier erste Informationen: http://guernseypearl.com

Das Imperial Hotel erhebt sich an der beschriebenen Stelle über die Rocquaine Bay und bietet eine imposante Aussicht über die Bucht. Wenn man im dortigen Pub auch einen peinlich-witzigen Barry McFarland vergeblich suchen wird, kann man dort am Samstagabend doch versuchen, einen Sonntagsbraten zu gewinnen. Mehr über das Imperial hier: http://www.imperialinguernsey.com

Reginald Carneys einsame Waldhütte wird man vergebens suchen – jedenfalls an dem von mir geschilderten Ort. Ich habe sie dort aus rein romantechnischen Gründen hingestellt. Ein ähnliches Häuschen, festungsartig abgesichert, verriegelt und verschlossen, steht an waldloser Stelle im Norden Guernseys. Wer darin wohnt? Ich weiß es nicht. Als ich davor stand und die ganzen Abwehrmaßnahmen sah, habe ich es vorgezogen, nicht anzuklopfen. Wer auch immer es ist, er will offenkundig seine Ruhe haben.

Ich kann mich leider nicht rühmen, der Erfinder von Lizzie Somers' Strandkunst zu sein. Einzelne in diesem Roman geschilderte Kunstwerke habe ich mir ausgedacht, aber alles Wesentliche basiert auf den wundervollen und originellen Werken einer Künstlerin, deren Wirkungskreis eher die deutsche Ostseeküste als die Kanalinsel Guernsey ist. Manuela Ramoth heißt die begabte Dame, und außer der Liebe zur

Strandkunst hat sie selbstredend nichts mit Lizzie Somers gemeinsam. Hier bekommt man einen ersten Einblick in »Dosenfisch & andere Köstlichkeiten« (so der Name ihrer ersten Ausstellung): https://www.manuela-ramoth.de

J. L.

Jan Lucas
Cyrus Doyle und
das letzte Vaterunser
Kriminalroman
368 Seiten. Broschur
ISBN 978-3-7466-3337-4
Auch als E-Book erhältlich

Cyrus Doyle – der charmante Ermittler

Cyrus Doyle wird auf der Straße von einem Fremden um Hilfe ange-
fleht. Dessen Sohn wurde wegen Mordes an seiner Geliebten verhaftet
– zu Unrecht, wie sein Vater glaubt. Als einige einflussreiche Leute
Cyrus Doyle dazu bewegen wollen, den alten Fall nicht neu aufzurol-
len, wird er misstrauisch. Seine Nachforschungen führen ihn hinein in
die Vergangenheit der Guernsey Police und decken jahrelang gehütete
Geheimnisse auf. Bei den Ermittlungen steht ihm seine Kollegin Pat zur
Seite – bis sie plötzlich spurlos verschwindet …

Ein verzweifelter Hilferuf und der Mord an einer jungen Frau

**Regelmäßige Informationen erhalten Sie über unseren Newsletter. Jetzt anmelden
unter: www.aufbau-verlag.de/newsletter**

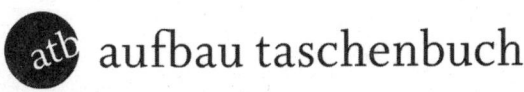

Jan Lucas
Cyrus Doyle und der herzlose Tod
Kriminalroman
368 Seiten
978-3-7466-3324-4
Auch als E-Book erhältlich

Wilde Landschaft und grausame Morde

Nach zwanzig Jahren bei der London Metropolitan Police kehrt
Detective Chief Inspector Cyrus Doyle in seine Heimat Guernsey
zurück. Schon bei der Ankunft wartet eine große Aufgabe auf ihn:
Auf der Insel hat es ein Unbekannter auf Polizisten abgesehen. Er tötet
sie mit einem Pfeil in den Hals und schneidet ihnen das Herz heraus.
Was hat das mit den alten Insellegenden – und mit seinem Vater, einer
echten Polizeilegende, zu tun? Dann gerät Cyrus Doyle selbst ins Visier
des Pfeilmörders.

Ein Kriminalfall vor der einzigartigen Kulisse Guernseys

**Regelmäßige Informationen erhalten Sie über unseren Newsletter. Jetzt anmelden
unter: www.aufbau-verlag.de/newsletter**

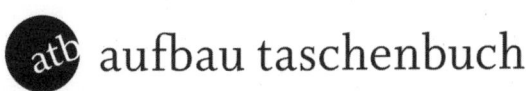

Maria Dries
Die schöne Tote von Barfleur
Ein Kriminalroman aus der Normandie
352 Seiten
ISBN 978-3-7466-3139-4
Auch als E-Book erhältlich

So mörderisch ist die Normandie

Ein Mann stürzt in die Gendarmerie von Barfleur, um seine Frau
Maryline als vermisst zu melden. Am selben Tag macht eine
Pilzsammlerin eine grauenvolle Entdeckung. Ein weiblicher Fuß ragt
aus dem Unterholz. Rasch ist klar, dass Maryline ermordet wurde.
Die Polizei steht vor einem Rätsel – und man bittet Commissaire Philippe
Lagarde um Hilfe, obschon der eigentlich seinen Ruhestand genießen
wollte. Denn der Ehemann der Toten, der sofort in Verdacht gerät, ist
ein Freund des einzigen Polizisten von Barfleur.

Der zweite Roman mit Commissaire Lagarde – Spannung mit echt
französischem Flair

Regelmäßige Informationen erhalten Sie über unseren Newsletter. Jetzt
anmelden unter: www.aufbau-verlag.de/newsletter

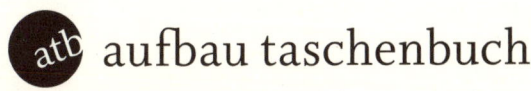